La Revanche

Du même auteur

Le Serment
Éditions de La Martinière, 2021
Points, 2022

Arttu Tuominen

La Revanche

Traduit du finnois par
Anne Colin du Terrail

Éditions
de La Martinière

Titre original : *Hyvitys*
publié par WSOY, Helsinki, Finlande, juin 2020

Ce livre a été publié grâce au soutien financier du FILI
– Finnish Literature Exchange.

ISBN : 978-2-7324-9686-3

À Julia, la plus courageuse

Prologue

Dans la pénombre, ses yeux paraissent presque noirs. Les arbres qui s'agitent à la lumière des lampadaires lui tatouent le visage de leur ombre. Assis sur un tabouret en bois, il se regarde dans le miroir de la table de maquillage. La télévision est allumée. Des représentants de l'Union de la gauche, des Chrétiens-démocrates et de l'Association pour les droits des LGBT, ainsi que l'archevêque de Finlande et le directeur de la campagne antigay « Ne vous soumettez pas ! » débattent des conséquences de la loi sur le mariage pour tous, deux ans après son adoption.

Si Dieu avait accepté l'homosexualité, il l'aurait dit, et ne l'aurait jamais condamnée…

Quand l'aurait-il prétendument condamnée ? Montrez-moi un seul passage de la Bible !

Il se passe les doigts sur la joue, descend vers la pointe du menton puis le cou, sent le piquant de sa barbe naissante.

La Bible est très claire…

Si deux personnes s'aiment, pourquoi la société devrait-elle les séparer…

Il a des yeux gris cendré, un nez fin, des lèvres minces légèrement arquées vers le bas, des cheveux noirs aussi raides qu'une crinière de lion et, dans l'expression de son visage, quelque chose de très dur, mais en même temps de triste.

Que pensez-vous des manifestations qui se poursuivent depuis le mois d'avril sur la place de la Gare à Helsinki ? Faudrait-il y mettre un terme ?

Notre législation garantit la liberté d'expression et le droit de manifester…

La police devrait évidemment intervenir en cas d'actes racistes ou d'incitations à la haine mettant en danger…

Il déteste son visage. Ses pommettes osseuses, son cou épais et sa barbe dont même le rasoir le plus affûté ne peut venir à bout – et son corps. Ses larges épaules, son torse, ses bras. Il hait tout ce qu'il voit, tout ce qu'il touche.

Plus de cent mille citoyens ont signé la pétition en faveur de la loi. Est-ce que ce n'est pas un signal clair…

Je représente six mille électeurs et je n'ai pas l'intention de laisser tomber…

À gestes lents et réfléchis, il applique du fond de teint sur son visage, puis une légère couche de poudre. Un par un, les défauts, rides et rugosités de sa peau disparaissent. Il se maquille les paupières et les cils, souligne ses yeux de khôl. Chaque trait de crayon, chaque touche, chaque effleurement adoucit sa peau. Quelque part – sous cette écorce – se trouve son véritable moi. Dans le miroir, on peut en entrevoir un fragment, tel un bref aperçu par l'entrebâillement d'une porte.

De l'autre côté, tout est beau. Multicolore.

Vivant.

Il pose un filet sur ses cheveux, se met du rouge à lèvres et ajuste sa perruque sur sa tête. Ses cheveux blonds cascadent en éventail dans son dos telle une queue de sirène. Il se lève et éteint la télévision. Son collier de perles luit dans la pénombre, aussi noir que ses pupilles, mais quand un rai de lumière tombe dessus, il scintille comme de l'ivoire.

Il enfile son soutien-gorge et choisit sur un cintre une longue robe rouge et blanche, se couvre les épaules d'un châle et s'examine dans le miroir. Il réprime un sourire prêt à éclore. S'il y cédait, la magie s'évanouirait. Il veut profiter de l'instant, bien qu'il sache qu'à un moment ou à un autre la pantoufle de verre tombera et se brisera. Comme toujours.

Le taxi le dépose au coin d'Yrjönkatu et de la place du Marché. Un jeune, ivre, crie quelque chose en s'empoignant l'entrejambe. Un autre siffle. Le videur lui ouvre la porte de la discothèque, il lui glisse un billet dans la main. À l'intérieur, il fait sombre, des lumières clignotent. Une basse résonne. Il y a la queue au vestiaire, la foule se presse. Il fend la cohue, frôle des peaux moites, sent la sueur, écoute la musique.

La piste de danse est bondée. Une machine à fumée crache de la vapeur sur les danseurs. Il traverse la salle jusqu'aux toilettes des femmes. Quelqu'un lui effleure la cuisse au passage, mais retire sa main en voyant sa mine. Il se fraye un chemin à contre-courant dans un flot continu d'hommes, de femmes, d'êtres comme lui et d'autres. Dans les toilettes, il vérifie son maquillage et sourit dans le miroir à une femme qui rectifie son rouge à lèvres. Elle lui rend son sourire.

Dans le couloir, le rythme de basse lui frappe à nouveau la poitrine. À côté de la porte, contre le mur, deux hommes s'embrassent. Il va au bar et s'assied sur un tabouret tout juste libéré par un jeune homme qui lui jette un coup d'œil, puis se retourne pour le scruter plus attentivement. Quand son regard fixe croise le sien, il lui adresse un clin d'œil et lui envoie un baiser volant. Le jeune homme se trouble et disparaît dans la foule.

Il commande une eau minérale sans glaçons et observe la piste de danse. Dans la lumière stroboscopique, les mouvements des danseurs paraissent saccadés, comme dans un film au ralenti. Il sursaute en sentant sur lui un regard et voit, à l'autre bout du bar, un homme au visage hâlé, avec une barbe de trois jours et des yeux noirs. Il porte un blazer gris et, dessous, une chemise blanche dont les deux boutons du haut sont ouverts. L'inconnu le regarde et sourit. Il lui rend son sourire. L'autre se lève et le rejoint. Il sent le parfum de son après-rasage et braque les yeux sur son col ouvert.

L'inconnu lui murmure à l'oreille quelque chose qui le fait rire, et il le suit sur la piste de danse. Là, l'autre le prend par la main et l'attire dans la foule. Il sent les regards posés sur eux, mais laisse la musique le porter, aujourd'hui il s'en moque. Ses pieds quittent le sol, sa tête se renverse en arrière et l'inconnu, sans s'éloigner un seul instant, le serre contre lui, tournoie, l'étreint, rit.

Ils sortent de la discothèque et traversent la place, main dans la main, en direction de l'hôtel Vaakuna. Malgré la clarté de la nuit d'été, les lampadaires sont allumés. Des cris retentissent dans leur dos, mais l'inconnu l'attire fermement contre lui. Ses talons aiguilles claquent sur le pavé. Dans l'ascenseur, ils s'embrassent pour la première fois. Leurs lèvres se pressent les unes contre les autres, leurs hanches se touchent. Il plonge les doigts dans les cheveux de l'inconnu et lui pose la main sur la nuque.

La porte de la chambre claque derrière eux. Il songe que la pantoufle de verre ne tombera peut-être pas cette nuit, mais sait qu'elle tombe toujours. Tombe et se brise.

1

Il fixait le plafond peint en blanc de la chambre d'hôtel. L'homme à la chemise blanche dormait à côté de lui. La couverture se soulevait au rythme de sa lourde respiration. Il avait été réveillé par un bruit à l'extérieur, pareil à un roulement de tonnerre. Un chien aboyait, l'alarme antivol d'une voiture hurlait.

Il s'assit et posa ses pieds nus sur le sol. C'était l'heure à laquelle la magie s'évanouissait. Il se leva pour aller dans la salle de bains. La lumière était aveuglante. Il se regarda fixement dans le miroir. Sa barbe naissante perçait sous son maquillage. Il se haït plus que jamais.

Il retourna auprès du lit et entreprit de ramasser ses vêtements, par terre, en prenant soin ne pas réveiller son compagnon. On entendait dehors des sirènes de voiture de police. Sur la table de chevet, l'écran de son téléphone portable clignota. Il jeta un coup d'œil au nom de l'appelant et plissa le front. Il retourna dans la salle de bains et décrocha.

« Oksman.

– Je te réveille ? demanda Jari Paloviita.

– Il est trois heures et demie.

– Habille-toi. Je passe te prendre en bas de chez toi dans dix minutes.

– Qu'est-ce qui se passe ?

– Il y a eu une explosion dans une discothèque, le Venus. Le bâtiment est en feu, il y a des blessés. Et pourquoi est-ce que tu chuchotes, tu es avec une femme ?

– Je suis chez mes parents. Ma mère est malade. Je te retrouve devant la discothèque dans vingt minutes. »

L'inspecteur principal Henrik Oksman raccrocha, alla à la fenêtre et jeta un coup d'œil dans la rue par la fente des rideaux. De nouvelles voitures de police, deux camions de pompiers et une ambulance passèrent à toute allure devant l'hôtel.

« Tu dois y aller ? »

Son compagnon s'était assis. Il plissait les yeux, ensommeillé.

Oksman le regarda en songeant qu'il était encore plus beau à peine réveillé avec son torse nu, velu, et ses cheveux en bataille, qu'en blazer et bien coiffé. Il enfila son collant et sa robe.

« Oui.

– Je te reverrai ? »

Sans répondre, Oksman fourra le reste de ses affaires dans son sac à main et fit claquer la fermeture. Le bruit des sirènes emplissait maintenant toute la ville et résonnait entre les immeubles.

« Il s'est passé quelque chose ? » demanda son compagnon, et il alla à la fenêtre. Les lumières bleues léchaient les murs des bâtiments. Ses fesses luisaient dans la lumière qui tombait par la fente des rideaux.

« Il y a le feu quelque part », dit Oksman en se dirigeant vers la porte, et il regarda une dernière fois la chambre d'hôtel et son compagnon avant de filer.

2

Il était quatre heures et quart quand l'inspecteur principal Henrik Oksman gara sa Saab en face de la station de taxis de la place. Impossible d'approcher plus en voiture. Il était dans la police depuis quatorze ans et ne se rappelait pas avoir jamais vu autant de véhicules de secours à la fois. Tout l'angle de la place et d'Yrjönkatu clignotait de bleu.

La rue était barrée sur toute la longueur du pâté de maisons, jusqu'au croisement de Valtakatu. Des centaines de civils se pressaient derrière les rubans de police. La plupart étaient des jeunes sortant tout juste des bars des alentours. Tous voulaient voir le lieu de l'accident, mais la jungle de véhicules bouchait la vue. Des camions de pompiers, des ambulances, des voitures de police.

Oksman frissonna. Deux heures plus tôt, il était lui-même dans cette discothèque. L'idée le perturbait, comme des interférences brouillant le signal d'un téléviseur. Alors qu'il aurait dû réfléchir à l'enquête qui les attendait, il songeait à toutes les questions auxquelles il devrait peut-être répondre. Il se baissa pour passer sous les rubans et repéra de loin Jari Paloviita, appuyé à un camion de pompiers, en pleine conversation téléphonique. Quand celui-ci le vit arriver, il raccrocha et glissa son portable dans sa poche.

« Je commençais à penser que tu ne viendrais pas », dit-il.

Oksman regarda l'entrée du Venus. Il n'y avait plus ni porte ni fenêtres. Il ne restait que des montants calcinés et des débris de verre, de métal et de bois projetés dans la rue. Des tuyaux d'incendie serpentaient vers l'embrasure noircie de l'entrée d'où s'échappaient encore de fins nuages de fumée. Les clients évacués de la discothèque avaient été rassemblés de l'autre côté de la rue, où des urgentistes et trois patrouilles de police soignaient leurs blessures et notaient leurs coordonnées. La nuit avait fraîchi et beaucoup étaient trop légèrement vêtus. On avait trouvé quelque part un tas de couvertures que l'on distribuait à ceux qui en avaient le plus besoin. Oksman repéra dans le groupe au moins deux hommes habillés en femme. Il nota aussi que les policiers leur lançaient des regards torves.

On avait déployé près du mur du bâtiment une bâche sous laquelle on distinguait cinq bosses.

« Cinq ? s'assura Oksman.

– Trois hommes et deux femmes. Pour l'instant. Ils n'ont laissé entrer que la police scientifique... et Linda.

– Des blessés ?

– Des dizaines, ceux dans un état critique ont été emmenés à l'hôpital. »

Deux pompiers en combinaison de protection sortirent du bâtiment. Une femme, grande et mince, vêtue elle aussi d'une combinaison, les suivit sur le trottoir. Elle s'empressa d'ôter son masque à gaz et fouilla dans ses poches à la recherche de ses cigarettes.

Oksman et Paloviita la rejoignirent.

« Alors ? » demanda Paloviita.

L'inspectrice principale adjointe Linda Toivonen alluma une cigarette et tira une bouffée avant de répondre :

« Quelqu'un a jeté une grenade par la porte. Le vestiaire est en miettes, pour le reste les dégâts matériels ne sont pas énormes. Si le feu s'était étendu plus loin à l'intérieur, ç'aurait pu être beaucoup plus grave. »

Linda proposa une cigarette à Paloviita, qui secoua la tête. Ils la laissèrent terminer la sienne. Les secours s'affairaient autour d'eux. Pompiers remballant leurs tuyaux, agents de police guidant des ambulances, urgentistes courant entre les voitures.

La commissaire Susanna Manner fut bientôt aussi sur place. Elle avait les paupières rougies par le manque de sommeil et ses mâchoires se raidissaient pour masquer ses bâillements. Elle se baissa pour passer sous les rubans, resta un moment sur place à regarder autour d'elle, les vit et se dirigea vers eux.

« Combien ? » demanda-t-elle, tentant sans aucun succès d'avoir l'air réveillée.

Linda écarta les doigts de sa main droite. Manner hocha la tête.

« Un acte terroriste ?

– Une grenade. Une, à coup sûr, et peut-être deux, dit Linda.

– Pourquoi ? »

Oksman et Paloviita échangèrent un regard. Linda répondit pour eux.

« C'est une boîte de nuit fréquentée par la communauté gay et lesbienne. »

Le commentaire de Linda les laissa tous muets. En fin de compte, bien qu'aucun d'eux ne le dît tout haut, une grenade dans une discothèque n'avait rien d'un événement exceptionnel dans un monde où des bombes explosaient dans des centres commerciaux, où des passants étaient attaqués au hasard dans la rue à coups de couteau et où des voitures-béliers fonçaient dans la foule. Triste, mais pas exceptionnel.

3

Tous étaient fatigués et personne, autour de la table, ne cherchait à s'en cacher, bâillant et s'étirant ouvertement. La police scientifique avait examiné la scène de crime toute la nuit et continuerait jusque tard dans l'après-midi. Après que les derniers clients de la discothèque avaient été conduits à l'hôpital ou ramenés chez eux, les enquêteurs étaient retournés à l'hôtel de police sous la conduite de Susanna Manner. Paloviita avait commencé par préparer du café bien noir, remplir son mug et servir les autres. Il bâilla, se frotta le menton et sentit sous sa main le contact rêche de sa barbe naissante. Il avait tout de suite été clair que la nouvelle de l'événement se répandrait à la vitesse d'un incendie de forêt dans le pays et dans le monde entier. Les réseaux sociaux débordaient déjà de photos et de vidéos des lieux. Dans toute l'Europe, les rédactions étaient réveillées et rédigeaient à l'instant même les gros titres du matin.

La commissaire Susanna Manner était pour tous une petite énigme. Elle dirigeait l'unité d'investigation judiciaire depuis le début du mois de mars. À trente-six ans, elle détenait, en plus de sa formation de cadre de la police, un doctorat en droit. Elle venait de Lapua, où elle avait d'abord été cheffe de la police locale, puis procureure. Son prédécesseur à Pori, Juhani Heinonen, avait été recruté comme expert par la Police judiciaire centrale et, pendant une brève période, Jari Paloviita avait assuré l'intérim. À la suite de certains événements, il avait toutefois été écarté du poste, qui avait été ouvert à concours. Parmi la bonne centaine de candidatures, celle de Susanna Manner s'était imposée haut la main. Tout nouveau chef éveillait la curiosité, la suspicion et même la peur, mais depuis que Manner était là, personne dans l'équipe n'avait eu de mal à dire d'elle, au contraire. En même temps, tous attendaient de voir comment elle réagirait face à une situation de crise. Et maintenant plus que jamais, c'était le cas.

Linda alluma la télévision accrochée au mur. Le générique des informations du matin résonna et une voix de femme énuméra les principaux titres :

« Attentat à la grenade contre une discothèque de Pori fréquentée par la communauté homosexuelle. Cinq morts et des dizaines de blessés. La police suspecte un acte terroriste…

« Violent incendie dans un immeuble d'habitation du centre d'Helsinki. Aucune victime. Les pompiers continuent de lutter contre les flammes… »

La musique du générique se tut et le visage de l'un des présentateurs surgit à l'écran. « Un attentat à la bombe a eu lieu à trois heures du matin dans une discothèque du centre de Pori, le Venus. La police a confirmé la mort de cinq personnes. Plusieurs dizaines de blessés ont été hospitalisés. La police s'occupe de contacter les familles des victimes. Aucun suspect n'a pour l'heure été arrêté. La police régionale du Sud-Ouest n'a pas divulgué de détails sur l'affaire et tiendra une conférence de presse à neuf heures. »

La rédaction s'était procuré des images filmées à l'aide d'un téléphone portable. La vidéo granuleuse montrait la façade noircie de l'immeuble incendié ainsi que la flottille de véhicules de secours, gyrophares allumés. Le présentateur passa ensuite en revue les autres informations, sur l'économie, la réforme des services sociaux et médicaux et les sports, avant de revenir sur l'attentat. Deux invités étaient arrivés dans le studio.

La présentatrice prit la parole : « Nous accueillons sur notre plateau deux spécialistes du terrorisme, Kari Salmi, maître de conférences et auteur d'une thèse sur le terrorisme international, et le major Tuomo Paju, coordinateur des opérations internationales de l'état-major des forces armées. Bonjour.

– Bonjour.

– Kari Salmi, vous avez longuement étudié le terrorisme international et en particulier européen. L'attentat contre le Venus répond-il aux critères d'un acte terroriste ? »

Les yeux de Salmi, qui portait un costume noir légèrement froissé, erraient de droite à gauche comme à la poursuite d'une mouche bourdonnant dans le studio.

« Euh, le terrorisme est en soi difficile à définir et un acte isolé comme celui-ci, ou un attentat visant une communauté donnée, est donc, euh…

– Quelle est la définition d'un acte terroriste ? l'interrompit la présentatrice.

– Le but du terrorisme est de semer la panique… la peur, et d'ébranler les structures…

– Le Venus est connu pour être fréquenté par la communauté homosexuelle. Est-ce que cela peut avoir motivé l'attentat ?

– C'est encore, euh, peut-être… les actes terroristes sont en général dirigés contre des tares sociales… une religion ou un État… Le nationalisme en soi…

– Vous considérez donc l'homosexualité comme une tare ? L'orientation sexuelle peut-elle être une cible ?

– Euh… »

Le présentateur se tourna vers l'autre invité : « Major Tuomo Paju, vous travaillez en tant qu'expert du terrorisme auprès de l'état-major des forces armées et dirigez l'unité de lutte contre la menace terroriste extérieure. Comment définiriez-vous cet attentat ? »

Le major respirait le calme, les mains tranquillement posées sur la table, les doigts croisés, décontractés. « Les informations dont nous disposons laissent penser que l'acte était prémédité, mais nous n'en connaissons pas les motifs exacts. Il s'agit à l'évidence d'un attentat à la bombe, mais on ne peut pas, sans en savoir plus, le considérer comme un acte terroriste.

– Les attentats à la bombe sont extrêmement rares en Finlande. En général, quels en sont les mobiles ?

– Comme l'a dit M. Salmi, les facteurs déclenchants peuvent être très variés, de l'idéologie politique au nationalisme et à la haine.

– L'attentat a visé une discothèque fréquentée par la communauté homosexuelle le jour même de la diffusion par MTV d'un débat sur le mariage gay.

– Il y a déjà eu dans le monde des actes terroristes dirigés contre des minorités de genre ou d'orientation sexuelle, déclara le major. Le plus connu est peut-être la fusillade de 2016 dans une boîte de nuit d'Orlando, aux États-Unis, qui a fait cinquante morts et autant de blessés. Il est primordial d'arrêter rapidement les auteurs et d'empêcher d'autres attaques éventuelles. »

La présentatrice essaya encore une fois de tirer de Kari Salmi une prise de position plus nette : « Dans votre thèse, vous écrivez que le terrorisme est aussi appelé à augmenter en Finlande, comme dans le reste de l'Europe. Après l'attaque islamiste au couteau à Turku, en 2017, et maintenant cette bombe, faut-il craindre que le terrorisme fasse un jour partie de notre quotidien, comme dans certains pays du Sud de l'Europe ?

– L'attentat d'aujourd'hui est très différent de celui de Turku, par exemple, bien que, euh, d'une certaine manière, le terrorisme se répète toujours.

– Le ou les auteurs n'ont pas été arrêtés. Doit-on s'attendre à ce qu'ils récidivent ?

– Ça, euh, la police... je n'en sais rien. »

La caméra se tourna vers le présentateur qui coupa la parole à Salmi. « D'après des informations qui viennent de nous parvenir, l'auteur de l'attentat contre la discothèque avait posté une vidéo sur le Net juste avant son acte. Nous allons la diffuser dans un instant. Attention, son contenu peut heurter les personnes sensibles. »

Dans le bureau de Manner, tous se figèrent, puis se regardèrent.

Une vidéo YouTube pixelisée apparut sur l'écran de télévision, filmée dans un local mal éclairé. Une cave ou un abri antiaérien. Du béton gris perçait sous la peinture citron vert écaillée des murs. Au premier plan, une table où traînaient des objets. Jari Paloviita reconnut parmi eux un pistolet P35 de fabrication polonaise. Il lui fallut un moment pour comprendre que les six autres masses sombres étaient des grenades. Une ombre tomba sur le mur, diminua, et l'homme qui s'était tenu derrière la caméra vint s'asseoir à la table, comme pour une conférence de presse. Il portait une cagoule noire ne découvrant que sa bouche et ses yeux, dont le bas reproduisait les mâchoires grimaçantes d'une tête de mort.

L'homme regarda droit vers la caméra. Ses yeux ressemblaient à des billes de marbre enfoncées dans un crâne. « Et Dieu créa l'homme à son image ; Il créa l'homme et la femme. »

Sans détacher une seule seconde le regard de la caméra, il poursuivit : « La volonté de Dieu est immortalisée dans les pages de la Bible : Il a créé la sexualité entre la femme et l'homme. Tout le reste est péché. »

Ce n'est qu'alors qu'il cligna des yeux pour la première fois. Leur expression figée avait quelque chose d'effrayant.

« Quand je regarde autour de moi, je vois que le monde déraille. La parole de Dieu a été oubliée et l'homme est tombé dans le péché. La Bible le dit : Tu ne coucheras point avec un homme comme on couche avec une femme. C'est une abomination. »

L'homme fixait la caméra, comme hypnotisé, cherchant à transpercer l'écran du regard pour atteindre les spectateurs. Un silence absolu régnait dans le bureau de Manner. Si quelqu'un avait laissé tomber un trombone, il aurait fait en touchant le sol l'effet d'un haltère.

« La sainte loi est claire. La position de Dieu est manifeste : l'homosexualité est une abomination. Et pourtant, aujourd'hui, l'archevêque de Finlande en personne s'est opposé au message de la Bible et a défendu cette abomination. Notre propre archevêque s'est déclaré partisan du mariage gay ! C'est impardonnable, contre-nature ! »

L'homme frappa du poing sur la table. Les grenades roulèrent et s'entrechoquèrent.

« La propagande homosexuelle a plongé ses racines jusque dans l'Église. L'Église, qui devrait être le plus fervent apôtre de la parole de Dieu. L'Église s'effrite de l'intérieur, comme toutes les grandes civilisations avant leur chute. Les médias traditionnels encouragent l'homosexualité. C'est devenu une mode, on en parle dans les journaux, on la porte aux nues. Les gens se retournent contre les véritables disciples de Notre-Seigneur Jésus. Ça aussi, c'est écrit : la Bible prophétise qu'à la fin des temps, le monde sombrera dans l'iniquité.

« L'humanité est arrivée au bout de sa route. La propagande homosexuelle attisée par les médias traditionnels dénigre et calomnie ceux qui croient en la Bible. Elle qualifie ses opposants de racistes et cherche à leur donner honte de croire en Dieu. C'est immoral ! »

L'homme saisit une grenade et la fit tourner entre ses doigts tel un œuf dur.

« Il est temps de nous insurger. Nous, les véritables disciples de Jésus. Beaucoup de pécheurs connaîtront aujourd'hui la colère divine. Cette nuit, je serai le vent de Dieu et ferai passer sur eux un souffle brûlant. Je vais leur montrer que nous ne nous soumettons pas, que nous sommes prêts pour la nuit. »

Il brandit la grenade en direction de la caméra.

« Cette nuit, le sang des blasphémateurs rougira les rues. » Il se pencha en avant, et sa voix s'assombrit. Ses yeux brillaient, tels des cristaux de glace, d'un regard si dur et exigeant que tous les spectateurs sentirent les poils de leurs bras se hérisser.

« Je vous invite à me rejoindre sur mon chemin vers l'union avec Dieu. Peu importe que vous soyez un homme ou une femme, faible ou fort. Il suffit que vous aimiez le Seigneur tout-puissant et que vous soyez prêt à rejoindre son armée. L'homosexualité représente tout ce qui va mal dans notre société. C'est un fléau envoyé par Satan en personne qui nous contamine lentement. Je vous en conjure : suivez-moi. Suivez-moi, et Notre-Seigneur Jésus vous récompensera ! »

Manner éteignit la télévision. Les téléphones portables de toutes les personnes présentes vibraient et clignotaient. La commissaire les fixa à tour de rôle d'un regard sévère. Tous sentaient le changement d'atmosphère, comme si un vent froid avait balayé la pièce. Puis Manner tourna les yeux vers son téléphone, qui vibrait sur son bureau. Elle le prit, jeta un coup d'œil au numéro et décrocha.

« Police régionale du Sud-Ouest, Susanna Manner… Oui, je suis… Tout à fait… Conférence de presse à neuf heures… »

Elle regarda la pendule.

« Dans une heure… Oui, bien sûr… Oui, je sais. Nous avons une équipe… Je pense qu'il est beaucoup trop tôt… ça n'a aucun sens, je… Je ne suis absolument pas d'accord ! Dans ce cas, j'exige un ordre écrit… Bien sûr que je proteste ! C'est clair… au revoir. »

Manner raccrocha, posa son téléphone sur la table et se tourna vers ses subordonnés. « C'était Säynätsalo, à Turku. La responsabilité de l'enquête a été confiée à la Police judiciaire centrale. Chapitre 34*a* du Code pénal, crime de haine commis dans une intention terroriste à l'encontre de l'orientation sexuelle, de l'identité de genre et de l'expression de genre. »

Personne ne fit de commentaire. Tous savaient que la loi était claire sur ce point. Et elle l'était encore plus depuis le journal télévisé. La mine de Manner était malgré tout orageuse.

« Crime de haine commis dans une intention terroriste, répéta Linda Toivonen, abattue, en secouant la tête.

– Des enquêteurs de la PJC vont arriver dès aujourd'hui. Ils vont prendre l'affaire en main.

– Et nous, quel va être notre rôle ? À moins qu'on ne nous écarte complètement ? demanda Paloviita.

– Si seulement… Nous allons mettre toutes nos ressources à leur service, autrement dit nous continuons comme avant. À la seule différence que les décisions passeront par la PJC.

– Et la conférence de presse ?

– Annulée. La PJC se charge désormais aussi de la communication. Et personne ne dit plus un mot à la presse, même pas inadvertance.

– Ce type est fou, dit Linda. Il va recommencer. »

Manner hocha la tête. « Ça me dépasse. Diffuser cette vidéo en direct dans un journal télévisé ! C'est déjà en soi une mise en danger de la sécurité nationale. En pratique, cet homme a déclaré la guerre aux homosexuels. Les médias n'ont vraiment aucun sens des responsabilités ? »

Paloviita alla retirer l'ordinateur portable de Manner de sa station d'accueil et tapota sur le clavier. Quand il le tourna vers les autres, ils virent sur l'écran la vidéo filmée dans la cave.

« Celui qui l'a postée se fait appeler l'Envoyé, dit-il.

– Elle a déjà cumulé près de huit mille vues, s'affola Manner.

– Et elle se diffuse sur tous les réseaux sociaux. Personne ne peut plus la supprimer, constata Paloviita. Quant au sens des responsabilités des médias, ils n'en ont jamais eu.

– OK, reprit Manner. Ce n'est pas parce que nous ne sommes plus officiellement en charge de l'enquête que nous allons rester à attendre sans rien faire que la PJC agisse. La première priorité est de déterminer à partir de quelle adresse la vidéo a été postée sur le Net. Contactez les fournisseurs d'accès. Mettez-y les ressources nécessaires. Et si on ne les a pas, trouvez-les à l'extérieur. Quel que soit le prix. Deuxièmement, il faut analyser jusqu'au moindre pixel de cette vidéo. Je veux tout savoir sur elle. La marque des vêtements de cet homme, qui en vend, le modèle de son pistolet, s'il porte des bijoux, combien de grains de poussière il y a sur la table, de quelle couleur sont ses yeux...

– Et où il a trouvé une caisse de grenades, ajouta Linda Toivonen.

– Ça aussi... et sa voix. Je veux qu'un phoniatre examine la vidéo et analyse son discours. Je veux une estimation de son âge, de sa région d'origine. Savoir s'il y a dans son discours des mots particuliers, des répétitions, des défauts de prononciation.

– Il est jeune, dit Oksman. Sans doute moins de la trentaine. Mince. Ce pourrait être un sportif, il a les épaules larges mais la taille fine.

– Bien, approuva Manner. Quoi d'autre ?

– L'arme est un FN belge. Ça vaut facilement deux mille euros, au marché noir. »

Paloviita, se rendant compte qu'il restait en retrait, s'empressa de protester : « Je suis sûr, moi, que c'est un P35 polonais, j'en ai tellement vu au cours de ma carrière que j'en mettrais ma main à couper. »

Oksman se tourna vers lui et répéta d'un ton ferme : « C'est un FN.

– On le saura très vite, dès que le labo aura examiné la vidéo, déclara Manner d'un ton conciliant. Pouvez-vous me dire quoi que ce soit sur les grenades ? »

Les deux hommes haussèrent les épaules, et Linda resta elle aussi muette.

« On n'en trouve pas en vente libre. Ni ici ni ailleurs, sauf peut-être dans quelques coins d'Afrique. Elles ont donc été volées quelque part.

– C'est un bon point de départ. Qui peut se procurer ce genre d'explosifs, et où ? Passez en revue toutes les affaires des dix dernières années impliquant des grenades. Y compris les saisies. »

Paloviita hocha la tête. « Ce serait plus facile si on en savait un peu plus sur ces grenades. Année de fabrication, pays d'origine, modèle. Si j'ai bien compris, il en existe différents types.

– Tu crois que cet homme, l'Envoyé, va récidiver ? » demanda Linda à Manner.

Celle-ci réfléchit un instant avant de répondre : « J'en suis sûre. Il vient de déclarer la guerre à l'homosexualité, qu'il considère comme une maladie. Et il a une caisse de grenades sur sa table. Ça ne peut finir qu'en catastrophe. Nous devons tenir compte de la menace d'un nouvel attentat, même s'il ne se produit pas tout de suite. »

Elle saisit sur son bureau le téléphone portable qui vibrait presque sans interruption depuis le début de la conversation, décrocha et se détourna pour répondre.

« Il faut arrêter au plus vite l'auteur de l'attentat, déclara Linda, sinon on va se faire lyncher. Le terroriste de Turku a été appréhendé en quelques minutes, mais imaginez si ce n'avait pas été le cas. »

Paloviita hocha sombrement la tête. « Ça va de toute façon être un cirque invraisemblable. Tous les médias du pays sont en train d'envoyer des équipes. Et il en vient aussi de l'étranger. Je vois d'ici les titres : *Le terroriste qui se fait appeler* l'Envoyé *agite la menace de nouveaux attentats et appelle ses sympathisants à le rejoindre dans sa guerre contre les homosexuels. La police n'a aucune piste.* »

Manner raccrocha et rejoignit les autres, la mine sombre. « La PJC veut s'adjoindre des experts locaux, ce qui veut dire qu'on va détacher du personnel de chez nous pour les aider. Je suggère que vous y alliez tous. »

Ils se regardèrent. Il n'y avait pas à discuter.

« Quoi d'autre ?

– La communication. Je pense qu'aucun de nous n'a jamais eu à faire face à un raz-de-marée médiatique comme celui qui nous attend.

– Sans même parler des réseaux sociaux, renchérit Paloviita. Qui d'entre vous a regardé le débat de MTV sur le mariage gay, hier soir ? Je n'ai pas réussi à tenir plus d'un quart d'heure avant de changer de chaîne. C'était tout simplement insupportable. Dire qu'en 2019, en Finlande, des gens pensent encore que l'homosexualité est un trouble mental dont on peut guérir par la prière. J'imagine jusqu'où ça peut déraper sur les forums anonymes.

– Tu ne crois quand même pas vraiment que quelqu'un puisse prendre au sérieux le discours délirant d'un type encagoulé ? L'homosexualité n'est plus un tabou, de nos jours, intervint Linda.

– Il est mentalement dérangé, c'est sûr, rétorqua Paloviita. Il faut être malade pour jeter des grenades par la porte d'une boîte de nuit bondée. Malheureusement, l'Envoyé n'est pas le seul détraqué de ce pays. Et la violence engendre la violence, hélas. Tout comme les fusillades dans les écoles et le terrorisme s'alimentent mutuellement. Cette médiatisation – cette provocation – peut faire exploser la violence latente de gens qui n'attendaient qu'une chose, que quelqu'un ouvre le feu et les invite à participer à des actions radicales.

– Autre chose, déclara Manner en tournant les yeux vers Oksman, assis dans le fond du bureau. La Bible. Je veux tout savoir sur ce qu'elle dit de l'homosexualité. Je te confie cette tâche. »

Il hocha la tête, et elle poursuivit : « Il est exceptionnel, en Finlande, que quelqu'un prétende agir au nom de Dieu. Nous devons en savoir plus sur sa vision du monde. Quand vous aurez le temps, allez interroger des membres d'une paroisse, pasteur ou autre.

– Pasteur ? s'étonna Paloviita.

– L'Église doit s'exprimer sur cet attentat. Le fait que quelqu'un s'autorise de la parole de Dieu pour tuer fait d'elle un acteur de l'affaire.

– Quand l'Église a-t-elle jamais endossé la responsabilité de quoi que ce soit ? grogna Linda. On tue depuis toujours des millions de gens au nom de Dieu, d'Allah et de je ne sais qui d'autre. Aujourd'hui, le terroriste a cité la Bible, hier, c'était le Coran, demain, ce sera le Talmud. Je vous parie cent euros que dans les deux heures qui viennent, l'archevêque condamnera l'attentat et s'en lavera les mains comme Ponce Pilate. »

Paloviita tendit la main vers elle. « Pari tenu ! Je suis d'accord, mais je parie que l'Église publiera un communiqué déjà dans l'heure qui vient.

– Ce pasteur de Pori qui a participé au débat sur l'homosexualité, hier, comment s'appelle-t-il, déjà ? demanda Manner. Ce hippie tatoué qui porte des boucles d'oreilles. Dites-moi.

– Mikael Fredriksson ? suggéra Paloviita. Je dirais que c'était le plus sensé de la bande, même s'il avait plus l'air d'un rocker pur et dur que d'un pasteur.

– Allez lui parler, conseilla Manner.

– Religion ou pas, de telles incitations nourrissent les organisations extrémistes. Ces excités n'attendaient que ça. L'occasion de lâcher la bride à leurs propres démons », constata Lidia.

4

Le trottoir devant la discothèque s'était couvert d'une masse incroyable de fleurs et de bougies, et l'on en déposait sans cesse davantage. Cinq photos encadrées s'alignaient sur le seuil noirci. Des drapeaux arc-en-ciel et des rubans de deuil émergeaient çà et là parmi les bouquets.

Il y avait sur place plus d'une dizaine de personnes aux bras chargés de bouquets et autant de journalistes prenant des photos. Des jeunes, sur le trottoir d'en face, pleuraient ouvertement. Le ciel était gris, un vent froid s'engouffrait entre les immeubles. Oksman se fraya un chemin dans la foule et pénétra dans la cour où était garée la fourgonnette banalisée de la police scientifique. Elle était là depuis l'aube. La porte de service du Venus était gardée par un agent qu'Oksman reconnut, Pasi Jaakola, l'un des rares avec qui il échangeait à l'occasion quelques mots. Ils s'étaient rencontrés par hasard dans les douches de l'hôtel de police, à l'automne précédent, et se saluaient depuis. Leurs regards se croisèrent et, curieusement, Oksman fut désarçonné par son sourire.

« Je peux entrer ? demanda-t-il d'un ton officiel qui ne fit qu'élargir le sourire de Pasi.

– Oui, si ça ne te fait pas peur. »

Oksman haussa les sourcils.

« Raunela, commença Pasi, est…

– Égal à lui-même ? » suggéra Oksman, qui dut lui aussi sourire, car au même moment de sonores jurons retentirent à l'intérieur. Il reconnut la voix de Ville Raunela.

« Je vais peut-être attendre un instant », déclara-t-il en s'arrêtant aux côtés de Pasi. Il laissa son regard parcourir la cour où se superposaient des rambardes métalliques, du béton et de l'asphalte dans les fissures duquel poussaient des herbes folles. Oksman songea que les immeubles étaient comme les gens. Leur belle façade cachait la saleté, les dégâts du gel et les feuilles mortes de l'arrière.

Raunela sortit, vêtu d'une combinaison couverte de suie, abaissa son masque de protection et repoussa sa capuche. Son visage et son crâne chauve luisaient de transpiration. Il essuya la buée de ses lunettes, remarqua les regards goguenards d'Oksman et de Pasi et grogna : « Essayez donc un jour vous-même cette tenue. Les pompiers ont tout noyé, putain ! on se croirait dans une piscine. Tout est foutu.

– Je peux y aller ? » demanda Oksman.

Pour toute réponse, Raunela se contenta de lui jeter un regard furieux. Oksman ouvrit la porte, qui donnait dans un débarras où des tables et des chaises étaient empilées contre le mur. Le sol trempé était couvert de suie et des traces de pas boueuses des techniciens et des pompiers. L'attentat et l'eau avaient causé des dégâts si importants que l'immeuble risquait de devoir être démoli. Du débarras, un couloir menait à la réserve d'alcool, à côté de laquelle se trouvait une petite cuisine et, en face, des vestiaires et un bureau exigu, équipé d'un ordinateur et d'une imprimante. Oksman poussa la porte va-et-vient et se retrouva derrière le bar. Des éclats de verre crissèrent sous ses chaussures. La scientifique avait dressé partout des projecteurs dont les halogènes antédiluviens transformaient le lieu en un sauna chaud et humide. Une jungle de câbles serpentait par terre.

Il ne restait sur place qu'une technicienne qui creusait avec la pointe d'un couteau l'un des panneaux de chêne du bar. Elle entendit le crissement de verre, se retourna, vit Oksman et lui adressa un signe de tête. Il répondit de même à son salut et la laissa travailler en paix. Le spectacle était accablant. Les étagères à alcools étaient en miettes, tout comme l'ensemble des bouteilles et des verres. Les tables avaient été renversées par les clients se ruant vers la sortie, à moins que ce soient les pompiers qui les aient écartées de leur chemin. Des dalles acoustiques tombées du plafond flottaient dans l'eau noire de suie. L'air était chargé d'une odeur piquante, mélange indéterminé de produits divers et, pendant un bref instant, Oksman paniqua à l'idée qu'il respirait peut-être de l'amiante ou d'autres substances toxiques.

Des manteaux d'homme et de femme, trempés, pendaient encore dans le vestiaire telles des chauves-souris au plafond d'une grotte.

Oksman se revit, le soir précédent, assis sur l'un des tabourets de bar maintenant rassemblés au milieu de la piste de danse – et fut soudain pris d'une violente envie de sortir à l'air libre. L'endroit ressemblait à des catacombes. Il songea aux photos, devant la porte principale, et aux bosses sous les bâches, cette nuit, de l'autre côté de la rue. L'une d'elles aurait pu être lui. La vie tenait à peu de chose. Tu tournais à gauche, tu mourais, tu tournais à droite, tu vivais. Il ne put s'empêcher de penser à ce que ses collègues – ou ses parents, son père – auraient dit en voyant des photos de son corps dans sa robe rouge et blanc.

Il se sentait totalement épuisé. Il était debout depuis vingt-huit heures. Tout semblait s'effondrer sur lui, la discothèque grise de cendres, les dalles de son plafond. Il était policier, et se trouvait sur les lieux une heure à peine avant l'explosion. Il aurait évidemment dû en informer immédiatement tout le monde et donner son témoignage sur les événements de la soirée. C'était son devoir. En cachant sa présence, il se rendait coupable de faute professionnelle.

Mais il ne pouvait bien sûr rien dire à personne. Il ne supporterait jamais une telle honte. C'était comme le pilier planté au milieu de la discothèque qui, s'il s'écroulait, lui ferait tomber sur la tête le peu que l'explosion avait épargné.

Le nombre de morts était plutôt limité par rapport à ce qui aurait pu se produire dans le pire des cas. Si les grenades n'avaient pas explosé dans le vestiaire mais sur la piste de danse, ou si l'incendie avait été plus important, on aurait pu compter des dizaines de victimes, voire des centaines. Oksman songea au chaos qui avait dû régner dans la discothèque bondée. La fumée, la poussière, les cris, la bousculade, les flammes. Il secoua la tête pour chasser ces images et fit le tour du reste des lieux. Le spectacle était encore plus désolant qu'il n'aurait pu l'imaginer.

« Bingo ! » s'exclama la technicienne.

Oksman la rejoignit à grandes enjambées. Elle tenait quelque chose dans sa main gantée. Il se pencha pour regarder, tandis qu'elle dirigeait sa lampe frontale vers un débris de la taille et de la forme d'un médiator de guitare.

« Un éclat ? » demanda-t-il.

Elle hocha la tête et retourna sa trouvaille. « Regarde mieux. »

Oksman distingua une suite de chiffres frappés dans le métal. « Un numéro de série ? »

La technicienne gratta la suie du doigt pour faire apparaître tous les chiffres, puis laissa tomber le fragment dans un sachet en plastique transparent qu'elle scella avec de l'adhésif rouge. « Avec de la chance, ça nous permettra de déterminer l'origine des grenades. »

L'air pollué de la discothèque donnait des nausées à Oksman. Il avait aussi mal à la tête. Il sortit par le même chemin qu'à l'aller et emplit ses poumons d'air frais. Sa peau luisait d'humidité, son maillot de corps lui collait à la peau. Il sortit son mouchoir et s'essuya le visage et le cou.

« Tu parles d'un bordel ! » constata Pasi.

Oksman acquiesça. Il aperçut Raunela qui faisait les cent pas près d'un rack à vélos en braillant dans son téléphone, l'air furieux. Apparemment, tout avait encore une fois été fait de travers, selon lui, ou en tout cas dans le désordre. Pasi devina ses pensées et lui sourit. Oksman lui rendit son sourire.

Il descendit les marches du perron et retourna dans la rue. Il y avait toujours énormément de monde, et peut-être même encore plus. Après cet événement traumatisant, tous s'unissaient dans le chagrin. Ce rassemblement avait quelque chose de consolant, songea Oksman. L'humanité n'était peut-être pas définitivement condamnée. Il s'appuya au mur de l'immeuble et examina la foule ; surtout des jeunes, hommes et femmes, mais aussi des personnes âgées et même des bébés. Beaucoup portaient sur leurs vêtements ou dans leurs cheveux des emblèmes arc-en-ciel. Des brassards, des pins. Puis Oksman fronça les sourcils, l'œil attiré par quatre hommes plantés de l'autre côté de la rue. Ils se distinguaient du reste de la foule par leur tenue, mêmes jeans agrémentés de chaînes leur descendant jusqu'aux genoux et blousons d'aviateur noirs arborant dans le dos un poing blanc, avec au-dessus les initiales *WO,* et en dessous les mots *Blood & Honour.* Ils se tenaient les jambes largement écartées, de la fumée montait de leurs cigarettes, des crachats giclaient d'entre leurs dents. Ils éclataient par moments de rires grossiers. Oksman les examina.

Tous sauf un étaient bâtis comme des armoires à glace. On voyait qu'ils faisaient de la muscu.

Oksman savait que les initiales au dos de leurs blousons étaient celles d'un groupuscule d'extrême droite, White Order. Et Blood & Honour faisait référence à un réseau de distribution de musique qui organisait entre autres des concerts de groupes néonazis. Oksman avait déjà eu affaire à WO pour des affaires liées sans exception à deux choses : l'usage de psychotropes et la violence, en général associés avec inventivité. Il observa le comportement des quatre hommes qui, les mains fourrées dans les poches, balançaient de temps à autre des crachats. Les gens les évitaient d'instinct. Une femme accompagnée d'une fillette d'environ cinq ans la tira même violemment par le bras pour l'écarter d'eux. Il était clair pour tout le monde qu'ils étaient venus pour persifler et se réjouir de l'attentat.

Oksman fut pris d'un accès de fureur.

Il fourra son téléphone dans sa poche et traversa la rue dans leur direction. Un grand type à crête iroquoise le vit arriver et adressa un signe de tête à ses camarades, qui se tournèrent pour lui faire face. Oksman sortit de sa poche sa carte de police et la leur montra.

L'iroquois cracha un glaviot à ses pieds. Sans même y jeter un coup d'œil, Oksman l'enjamba et s'arrêta devant le groupe. Les quatre hommes se placèrent en demi-cercle autour de lui. Il avait beau être au moins aussi grand qu'eux, il lui manquait plusieurs dizaines de kilos pour atteindre leur poids. La scène attira aussitôt des curieux.

Oksman et ses adversaires se fixaient. Un léger sourire étira les lèvres gercées de l'iroquois, révélant ses dents jaunies par le tabac. Il porta sa cigarette à ses lèvres, emplit ses poumons et souffla la fumée droit sur le visage d'Oksman. Ce dernier ferma les yeux. Les autres rigolèrent.

« Qu'est-ce qu'il veut, le souriceau ? demanda l'iroquois.

– Vous, je veux que vous dégagiez de là, vous perturbez les gens, dit Oksman.

– Nous avons le droit, comme tout le monde, de nous trouver dans un lieu public. Si ça te dérange, tu peux foutre le camp.

– Les gens qui sont ici doivent pouvoir exprimer leur chagrin sans être importunés. Vous n'avez en tout cas pas l'air de beaucoup compatir.

– Et c'est toi qui décides de quoi on doit avoir l'air ?

– Arrêtez vos conneries », grogna Oksman. Il bouillait de rage et dut faire un effort pour se contrôler. La mine de l'iroquois s'assombrit, ses yeux se plissèrent. Il tira de nouveau sur sa cigarette, mais souffla cette fois la fumée sur le côté.

« Tu as raison, dit-il d'une voix sourde. Je ne peux pas dire que ça me désole que ces pédés soient crevés. Ça fait même longtemps que rien ne m'a autant réjoui. »

Deux agents avaient aussi repéré depuis un moment les membres de White Order et suivi l'évolution de la situation. Ils fendirent la foule. Le barbu du groupe les vit arriver et poussa ses camarades du coude. Le sourire de l'iroquois s'élargit à nouveau.

« Voilà la cavalerie.

– Vous avez trois secondes pour ficher le camp. »

L'iroquois jeta un coup d'œil aux agents, deux colosses qui n'étaient plus qu'à une vingtaine de mètres et dont on entendait grincer les ceintures tactiques.

« Ou quoi ?

– Ou vous vous retrouvez au poste pour interrogatoire, entre autres pour rébellion. »

L'iroquois faillit dire quelque chose, mais renonça. Il serra les dents sur son mégot de cigarette, toujours souriant. Puis il claqua des talons, leva le bras en un salut nazi et se fondit dans la foule avec ses camarades.

Au même moment, les agents rejoignirent Oksman. Ils suivirent du regard les blousons d'aviateur qui disparaissaient derrière le coin de la rue. L'un d'eux demanda :

« Tout va bien ?

– Tout va bien, assura Oksman, le regard toujours fixé au loin.

– Il y a des types de WO qui traînent ici depuis ce matin, seuls ou à plusieurs, constata l'autre agent.

– Pourquoi ne les avez-vous pas fait évacuer ? Les gens ont peur », grogna Oksman.

Les agents se regardèrent, surpris par son ton furieux. « Je ne vois pas ce qu'on aurait pu faire. Ils n'ont commis aucune infraction. »

Oksman les fixa droit dans les yeux, mâchoires serrées. Puis il tourna les talons, traversa la rue et laissa les agents le regarder s'éloigner, stupéfaits.

Les deux hommes restèrent silencieux longtemps, puis l'un d'eux ouvrit la bouche. « Quel sale type, ce Bœuf… »

Son coéquipier, qui connaissait comme tout le monde le surnom d'Oksman, hocha la tête. « J'ai entendu raconter qu'il avait failli se faire virer à l'automne dernier parce qu'il avait perdu des preuves importantes dans une affaire d'attaque au couteau.

– La rumeur dit vrai. C'était l'arme du crime. Le suspect a été libéré sans qu'aucune charge soit retenue contre lui. Pour moi, ils auraient aussi bien pu le flanquer à la porte. La prochaine fois qu'il aura besoin d'aide, on le laissera se débrouiller seul avec ces bouffeurs de stéroïdes. Ils vont en faire du petit bois. »

Dans un éclat de rire, ils retournèrent à leur poste à la porte de la discothèque. Des gens allaient et venaient. La mer de fleurs s'étendait. Le vent soufflait toujours en rafales, mais le soleil avait fait son apparition.

5

Susanna Manner tendit à Paloviita, assis à côté d'elle, le document qu'elle venait de parcourir. Il vérifia que son appareil auditif était bien en place (il l'était toujours) et lut à voix haute :

« Profil psychologique de l'Envoyé, en date du 10 juillet 2019. Numéro de référence de la Police judiciaire centrale POL/5560/34.56/2019. Rédigé par Joonas Sveholm, docteur en criminologie, et Anne Tiilikainen, docteure en psychiatrie. Confidentiel, réservé aux autorités. »

Paloviita feuilleta le rapport, trouva le résumé et reprit sa lecture :

« L'Envoyé, ci-après *le suspect*, est un homme âgé de vingt-deux à vingt-huit ans. Il est introverti et renfermé et agit seul. Il est mal à l'aise en société. Il souffre de troubles bipolaires ou d'une dépression d'intensité moyenne qui n'ont pas été traités de manière appropriée. Le suspect éprouve un sentiment de vide qui se manifeste par une hostilité envers la communauté homosexuelle, mais aussi plus généralement par du mépris envers les médias, les autorités et le gouvernement. »

Par quel miracle peuvent-ils conclure tout ça ? se demanda Paloviita. Il ne fit cependant aucun commentaire et continua de lire :

« Le suspect se comporte comme un observateur qui ne participe activement ni à la vie sociale et politique, ni aux débats de société, mais les suit de près par différents canaux. Si le suspect a une activité professionnelle, il se peut qu'il vienne de perdre son emploi ou envisage de le quitter. Dans tous les cas, il a récemment été confronté à de grands changements qui ont provoqué chez lui un besoin d'agir. Il est dénué d'ambition professionnelle et n'occupe pas de poste particulièrement en vue. Il s'efforce toutefois d'accomplir correctement son travail afin d'éviter d'attirer l'attention. Dans son entourage professionnel, il est jugé consciencieux, réservé et solitaire. Il peut être ouvrier métallurgiste, chauffeur ou magasinier. »

Paloviita songea aux chauffeurs de taxi de sa connaissance, à l'un des magasiniers d'une enseigne de bricolage et au garagiste ayant redressé la carrosserie de sa voiture, sans réussir à les imaginer jetant des grenades dans une discothèque fréquentée par la communauté gay.

« Le suspect est issu d'une famille de la classe moyenne inférieure et a reçu une éducation religieuse. Il a subi dans son enfance des humiliations et des violences. La Bible constitue pour lui un ensemble de préceptes essentiel et il s'applique à en respecter les enseignements. Il n'a ni conjoint ni famille et vit seul. Il doute de lui-même et de sa sexualité. Il a connu des déceptions sentimentales, ou des échecs dans ses interactions sexuelles. »

Paloviita s'aperçut qu'au fur et à mesure de sa lecture, une image de l'apparence physique du suspect se formait dans son esprit, malgré sa volonté de ne pas se laisser influencer. Mais d'un autre côté, il n'avait rien de concret à opposer au rapport.

« Le suspect est capable de raisonnements complexes et planifie méticuleusement ses actes. Il est conscient de leurs conséquences et des risques encourus et sait s'y préparer. Il n'est pas particulièrement sportif, mais mène une vie saine et régulière. Il ne fait pas usage de psychotropes, paie ses impôts et ses factures et respecte ses obligations. Sa haine est dirigée contre les communautés qui contribuent selon lui à *la décadence de la société*. C'est pourquoi l'attentat a visé un établissement accueillant avec bienveillance la communauté homosexuelle et non, par exemple, un membre d'une telle minorité. Il cible les structures favorables à l'homosexualité et à la différence. Le message du suspect est que toutes les organisations encourageant la culture gay doivent être détruites. Il a une lecture fondamentaliste et partiale de la Bible. Il est convaincu d'agir de manière moralement juste et d'exécuter la volonté de Dieu. Il n'a aucun remords et prépare très probablement d'autres actions terroristes visant potentiellement les lieux de rencontre fréquentés par la communauté homosexuelle, les bureaux de leurs organisations et les manifestations telles que les marches des fiertés, mais aussi les médias, les autorités et les personnalités politiques défendant le mouvement LGBT. Le suspect s'y connaît en technologie. Il maîtrise le fonctionnement des réseaux informatiques et la diffusion des données et sait exploiter les appareils et circuits électriques. Il est prudent, mais fanatisé et prêt à risquer sa vie et à mourir pour sa cause. Il est aussi armé et n'hésitera pas à user de violence en cas de confrontation. »

Le résumé s'arrêtait là. Paloviita fit circuler le document.

« Il faut bien avouer – en toute franchise – que le profil est arrivé vite. L'attentat s'est produit il y a à peine neuf heures.

– Moi aussi, j'aurais été capable d'écrire ça, objecta Linda. Le profil colle avec tous les fanatiques religieux. Étroit d'esprit et privé de jouets dans son enfance.

– Il s'agit d'un profil préliminaire, rappela Manner. Il est bien sûr à ce stade très général et va se préciser peu à peu, mais c'est toujours mieux que rien. Et il a été élaboré par les meilleurs experts de ce pays.

– Je n'ai aucune confiance dans les analyses faites dans des bureaux, à Helsinki, par des gens qui n'ont jamais travaillé comme policiers sur le terrain, insista Linda.

– Allons, allons, la freina Manner. L'analyse n'est pas une science exacte. Le profilage des criminels se fonde sur des cas concrets. Il est utilisé avec succès aux États-Unis depuis les années soixante-dix, et chez nous depuis les années quatre-vingt-dix.

– Pour moi, ce rapport est étonnamment détaillé, compte tenu du peu d'éléments dont nous disposons, mais il donne aussi beaucoup à réfléchir, intervint Paloviita. Surtout le côté technologique. C'est intéressant. Mais à vrai dire, savoir utiliser le Net est si courant de nos jours qu'on peut difficilement le considérer comme un signe distinctif. L'attentat lui-même a malgré tout été exécuté selon le schéma classique : frapper et partir en courant. L'Envoyé n'a pas utilisé de bombe à retardement ou de dispositifs de mise à feu sophistiqués.

– C'est peut-être voulu, constata Manner. Si le but est de semer la terreur, une bombe à retardement n'a pas le même effet que l'explosion d'un sac à dos bourré de clous ou qu'une voiture-bélier fonçant dans la foule. Les attentats suicides créent une atmosphère de peur tout à fait différente parce que les gens se rendent compte qu'on ne peut pas arrêter leurs auteurs en les menaçant, en leur faisant peur ou en leur proposant de l'argent.

– Ce n'était pas un attentat suicide, dans la discothèque.

– Non, mais ça y ressemblait beaucoup. Des grenades jetées par la porte d'une boîte de nuit bondée. Ça donne le sentiment qu'un fou peut frapper n'importe où n'importe quand, sans que personne puisse le prévoir. Le profil de l'Envoyé indique d'ailleurs qu'il est prêt à mourir pour ses idées.

– Il veut semer le chaos et l'anarchie », déclara Oksman, et les autres se tournèrent vers lui. Il ne participait pas souvent à la conversation, mais quand il le faisait, tous savaient que ça valait la peine de l'écouter.

« Je suis d'accord avec les profileurs, poursuivit-il. L'homme est un loup solitaire, mais il sait qu'il ne peut pas gagner la guerre tout seul. Il a besoin d'une meute autour de lui. C'est ce qui explique la vidéo. Il incite à la haine, conscient qu'il y a des groupes qui n'attendent qu'un événement de ce genre pour lui emboîter le pas. On en a déjà eu un aperçu. Des types de White Order traînaient en ricanant devant le Venus. La haine est comme une pandémie, elle se répand dès qu'elle trouve le moindre vecteur de contagion. »

Tous autour de la table acquiescèrent.

« Et maintenant ? demanda Paloviita. Ne me dites pas qu'il faut attendre l'attentat suivant. On doit bien pouvoir faire quelque chose.

– La PJC nous a déjà envoyé des directives, en fait, déclara Manner. Nos techniciens doivent se consacrer à l'analyse de la vidéo. En priorité il faut déterminer l'adresse IP de l'ordinateur d'où elle a été postée, et il semblerait que l'on ait de bonnes chances de retracer l'origine des grenades grâce au numéro de série trouvé sur l'éclat.

– Je voulais surtout parler de notre rôle, précisa Paloviita.

– On n'a pas encore contacté tous les clients de la discothèque. Je veux leurs déclarations. Le labo examine en ce moment même les enregistrements des caméras de surveillance et des caméras routières, ainsi que les données des antennes de téléphonie. Avec de la chance, le suspect avait un portable allumé dans sa poche. Il faut aussi qu'on interroge ces types de WO dont Oksman parlait. Je ne veux pas de problèmes supplémentaires de ce côté. »

Un picotement parcourut la peau du dos d'Oksman quand il se rendit compte que son arrivée et son départ de la discothèque avaient à coup sûr été filmés par l'une des caméras dont Raunela et son équipe visionnaient les enregistrements.

« Je vais faire un tour au labo », déclara Linda en se levant.

Paloviita s'empressa de lui emboîter le pas. « Je viens avec toi. » Puis il lança à Oksman, qui s'apprêtait lui aussi à partir : « Ne te sauve pas. J'ai besoin de toi pour aller rendre visite à ces nazis. »

6

Il a froid. Mon Dieu qu'il a froid. Il se serre dans sa couverture, mais le gel qui s'insinue à travers le mur de brique embue sa respiration et blanchit de givre le plafond en ciment et les coins de la pièce, pénètre à travers le fin tissu jusqu'à sa peau et le fait trembler de tout son corps.

Le garçon lève son menton frissonnant et fixe du regard le petit conduit d'aération, au ras du plafond, d'où commence à filtrer dans l'obscurité un peu de lumière bleu acier. L'orifice alimente en même temps la pièce en air glacial. Le matin de son quatrième jour d'enfermement se lève.

Il a de nouveau été méchant.

Pourquoi ne peut-il pas se tenir sage ?

Du bruit dans l'escalier. Son père descend à la cave, ses béquilles claquent et cliquettent. Le verrou grince, il ouvre brutalement la porte. La lumière se déverse en rayons brûlants sur les cornées du garçon et lui fait plisser les yeux. Un courant d'air chaud l'accompagne. Son père se détache dans le rectangle de lumière telle une étroite bande sombre.

« Dehors. »

Il suit son père dans l'escalier. Ses mouvements sont raides. Tout son corps est secoué de frissons incoercibles. Ils vont dans la cuisine.

« Assis ! »

Le garçon s'assied à la table et tente d'empêcher ses dents de claquer. Il regarde dehors. Il est tombé beaucoup de neige. Les branches des pins ploient sous son poids. Le ciel est sans nuages, le givre a dessiné des fleurs sur la vitre.

Son père se sert de café. La vapeur qui monte de sa tasse forme d'étranges volutes, telles des figures humaines. Il pose devant le garçon une vieille radio à lampes.

« Elle est cassée. Mais j'en ai besoin aujourd'hui. Le service religieux de l'Avent est diffusé à six heures. »

Le garçon hoche la tête en tremblant, il n'est pas encore en état de parler.

Son père pose ses béquilles contre la table, boit une gorgée de café, se recule sur sa chaise et le regarde. Il a les pupilles dilatées, comme s'il avait de la fièvre.

« Nous sommes maintenant seuls tous les deux. »

Le garçon lève les yeux. Des picotements lui parcourent l'échine, les cheveux de sa nuque se dressent. Il n'est pas sûr d'avoir bien entendu, il ne veut pas avoir entendu.

« Ta mère est morte hier soir. Il n'y a plus que nous deux. Ces toubibs sont des ânes, putain ! »

Les larmes s'amassent dans les yeux du garçon.

« Co… co… comment… est-ce… qu'elle… qu'elle… est… morte ? »

Son père frappe si fort du poing sur la table que du café l'éclabousse, ses béquilles tombent bruyamment sur le sol. Le garçon sursaute et se recule. Les yeux de son père flamboient.

« Je ne veux plus jamais en entendre parler dans cette maison, c'est clair ? Tu ne dois plus jamais évoquer sa maladie ou prononcer le nom de ta mère, compris ! Elle est morte, morte ! »

Le corps du garçon tressaute et il claque des dents, non plus de froid mais à cause des sanglots qu'il tente en vain d'étouffer.

Il sent le regard brûlant de son père le transpercer et essuie ses larmes dans la manche de son pyjama. Il jette un coup d'œil au calendrier, sur le mur : 9 décembre 2007. C'est aujourd'hui son dixième anniversaire.

7

Paloviita et Linda descendirent par l'escalier à l'étage de la police scientifique. Raunela les attendait avec son équipe dans la salle de réunion. Après avoir travaillé toute la nuit dans la discothèque et poursuivi au même rythme dans leurs laboratoires, ils avaient l'air si épuisés qu'on aurait pu les croire tout juste libérés d'un camp de prisonniers de l'époque de la guerre civile, avec leurs cheveux en bataille, leurs cernes sous les yeux, leur visage tendu et leur regard fixe.

La vue des techniciens exténués rappela à Paloviita sa propre fatigue. Un bâillement lui échappa, contaminant tour à tour à chacune des personnes présentes dans la pièce. Raunela gratta de ses ongles l'ombre noire d'un début de barbe qui lui mangeait le visage.

Ils échangèrent des salutations et s'assirent autour de la table. Raunela alluma le vidéoprojecteur et le connecta à son ordinateur portable.

« Nous avons fini d'examiner la scène de crime du Venus à huit heures et demie. J'y retournerai pour vérifier que nous n'avons rien oublié. Quoi qu'il en soit, notre travail là-bas est terminé. L'équipe de la PJC va prendre le relais. Ils vont repasser la discothèque au peigne fin, mais je n'ai pas l'intention de participer à cette farce. »

L'image bleue projetée sur le mur s'éclaircit et fit place au fond d'écran de l'ordinateur de Raunela, une Ford Mustang Hatchback rouge foncé de 1965. Paloviita savait qu'il avait toujours rêvé d'en avoir une, mais la concrétisation de son rêve n'irait sans doute jamais plus loin que cette photo. Et il était lui-même mal placé pour le juger : son propre fond d'écran représentait un bateau à voile qu'il n'aurait jamais les moyens de s'offrir. Raunela bâilla et chercha le bon dossier parmi ceux affichés.

« Commençons par la chronologie, dit-il en séchant dans sa manche les larmes déclenchées par son bâillement et en cliquant sur un dossier contenant une vingtaine de fichiers vidéo portant des noms de rue. Nous savons pour l'instant que le suspect conduisait un Volkswagen Transporter qui est arrivé dans le centre par Pannakedonkatu et en est reparti par Sirkustori et Satakunnankatu. On ne sait pas encore s'il est ensuite sorti de la ville, ni par quel itinéraire. »

Raunela lança l'enregistrement de la caméra de circulation du rond-point du pont Linnansilta. Une photo nocturne légèrement verdâtre apparut sur l'écran. Les lampadaires étaient allumés, la ville déserte. Un Transporter blanc s'engagea dans le rond-point et tourna avec une lenteur presque exagérée dans Hallituskatu. Ses phares balayèrent le croisement, puis il disparut. L'image suivante provenait de la caméra de sécurité de la discothèque, au coin d'Yrjönkatu. C'était l'une de celles dont on pouvait observer l'enregistrement en temps réel depuis la salle de situation de l'hôtel de police. Lui aussi était en noir et blanc, mais bien plus net que celui de la caméra de circulation du pont. Devant le Venus, tout était calme. Une Passat remonta la rue. Le videur, appuyé au mur, parlait en riant avec un autre homme, puis il rentra, tandis que l'autre poursuivait son chemin. Le dernier client à sortir avant l'attentat franchit le seuil à peine dix secondes avant la déflagration. Le videur lui tint la porte. Dans le coin inférieur de l'image, on vit le Transporter se garer le long du trottoir et la portière côté conducteur s'ouvrir. Ses phares se reflétaient sur l'asphalte.

Puis tout se passa très vite.

Un homme vêtu d'un sweat à capuche foncé et d'un jean sauta de la cabine et courut à l'entrée de la discothèque. Il cachait quelque chose contre son ventre. Le videur entrebâilla la porte, mais avant qu'elle n'ait eu le temps de s'ouvrir complètement, l'homme saisit la poignée et la tira si fort qu'il lâcha prise. Il tenta malgré tout de l'arrêter, mais ne put empêcher l'intrus de pénétrer dans la discothèque. Il y disparut, mais ressortit trois secondes plus tard, avant même que la porte n'ait eu le temps de se refermer. Le videur, qui s'était remis de sa surprise, essaya encore une fois en vain de le stopper, mais l'homme à la capuche se rua de l'autre côté de la rue et sauta dans sa voiture, à l'instant même où tout explosait. L'onde de choc arracha à moitié la porte de ses gonds. Le videur fut projeté à plat ventre sur l'asphalte. Les grandes vitres de la façade se brisèrent, des éclats de verre volèrent sur le trottoir, la marquise au-dessus des fenêtres resta à pendouiller, déchirée, sur son support. Un nuage de poussière et de fumée grise jaillit de la porte et des fenêtres, dévala la rue et obscurcit la caméra.

Dans la salle de réunion, tous restèrent silencieux. La vidéo prit fin, l'image qui emplissait l'écran se réduisit à une petite case sur le bureau de l'ordinateur de Raunela. Ce dernier laissa les enquêteurs mettre un instant de l'ordre dans leurs pensées avant de commencer :

« Ce que nous savons du suspect : un homme. Mince. Entre un mètre soixante-dix et un mètre soixante-quinze. Conduit un Volkswagen Transporter blanc modèle 2008-2010. C'est peu, mais mieux que rien. » Raunela fit la moue. Sa mimique se voulait pensive, mais lui donna l'air encore plus furieux qu'avant. « Les questions techniques, maintenant : deux grenades à fragmentation de type MK II ont explosé dans le vestiaire. C'est là qu'il y a eu le plus gros des dommages. L'onde de choc a tué trois personnes, deux autres sont mortes à cause d'éclats qui ont touché leurs organes vitaux. L'explosion a déclenché un début d'incendie qui a cependant vite été étouffé.

– C'est quoi exactement, une grenade à fragmentation ? » demanda Paloviita.

Raunela le regarda un moment, tentant de voir s'il était sérieux, puis répondit : « L'effet destructeur d'une grenade à fragmentation repose sur son enveloppe qui, en explosant, projette des éclats tranchants capables de déchiqueter leur cible. Il existe aussi, par exemple, des grenades incapacitantes et des grenades à surpression. Pour ces dernières, c'est l'onde de choc qui est dévastatrice. Si des grenades de ce type avaient explosé dans la discothèque, les dégâts auraient été bien plus graves.

– Comment peut-on, en Finlande, se procurer une grenade à fragmentation, et surtout dix ? demanda Linda. On n'en vend sans doute pas dans les magasins d'articles de chasse et de pêche. »

Raunela gratta de nouveau sa barbe naissante. Par contagion, Paloviita se frotta lui aussi le visage. Sa chair lui semblait lourde, comme si elle s'était collée aux os et commençait maintenant à se détacher. Il lui vint à l'esprit qu'il aurait dû téléphoner à sa femme, Terhi, pour lui donner de ses nouvelles.

« Un certain nombre de grenades ont été saisies, au fil des années, essentiellement à l'occasion de perquisitions dans des clubs de motards, mais plus depuis longtemps, et jamais à Pori. L'afflux d'armes et d'explosifs en provenance des anciens pays du bloc de l'Est qui a suivi l'effondrement de l'URSS s'est aussi fait sentir ce côté-ci de la frontière, mais leur importation est maintenant beaucoup plus difficile. Il y a toujours du vieux matériel soviétique en circulation dans les milieux criminels, mais le stock a été assez efficacement réduit. Le principal problème, ce sont les armes de chasse non déclarées, les fusils artisanaux et autres engins mortels.

– Et ces grenades-ci ne sont pas soviétiques ?

– Non. En fait, nous savons très précisément d'où elles proviennent. »

Linda et Paloviita se regardèrent. Raunela fit glisser une photo sur la table. Linda l'arrêta de la main et la retourna. Sur l'image, fortement agrandie, on voyait un fragment de métal noirci où était gravée une série de chiffres et de lettres. C'était celui qu'Oksman avait vu dans la discothèque. Sur le côté droit de la photo, la règle donnant l'échelle permettait de conclure que l'éclat était en réalité de la taille d'un ongle de pouce.

« C'est un éclat d'une des grenades. Plus précisément de son fond. Leena l'a extrait du bar. Nous avons réussi à en tirer un numéro de série et bien qu'il ne soit pas complet, c'est assez pour confirmer que la grenade est de fabrication finlandaise et provient des stocks de l'armée.

– De l'armée ? »

Raunela hocha la tête. « Il y a trois ans, six fusils d'assaut et deux caisses de grenades MK II, soit au total seize grenades à fragmentation, ont été volés dans un camion de munitions sur le champ de tir de Pohjankangas, à Niinisalo. Ces grenades proviennent de ce lot. »

Paloviita fit la grimace. « Je me souviens de cette affaire. Elle avait fait les gros titres de nos deux tabloïds nationaux. »

Raunela hocha la tête. « Une histoire embarrassante, qui a déclenché un scandale et entraîné la démission du général de brigade de l'époque. Le ministre de la Défense a ensuite ordonné dans toutes les garnisons une vaste enquête sur la sécurité. Et on a trouvé des tonnes de manquements. L'affaire a continué d'enfler grâce aux tabloïds qui en ont fait leurs choux gras. *Iltalehti*, entre autres, a démontré que dans la brigade de Carélie, un soldat en permission pouvait sortir par la grande porte avec un fusil d'assaut à crosse pliante dans son sac de voyage. Du coup, on a remplacé les râteliers à fusils des couloirs par des armoires fermées à clé.

– Quand ils vont apprendre que des grenades volées à l'armée ont tué cinq personnes, les médias vont se déchaîner.

– Quelqu'un va à coup sûr se faire saquer, prédit Raunela, avant un binz politique visant à dédouaner les ministres. La vérité, c'est que la surveillance des armes des forces de défense est un désastre. Leur inventaire, pour la période 1975-2014, répertorie dix-huit fusils d'assaut RK 62 manquants, mais ce chiffre doit être pris avec précaution. Ou c'est un coup de bol incroyable, ou, dans les années soixante-dix et quatre-vingt, on ne déclarait les disparitions à la police qu'en cas de nécessité absolue. Rien que dans les réserves de la garnison de Hyrylä, à Tuusula, on a volé en 1994 dix-sept fusils d'assaut. On en a retrouvé huit lors de différentes saisies, le reste est toujours dans la nature. Faites vous-mêmes vos calculs. »

Paloviita hocha la tête.

« Il nous faut plus d'informations sur le cambriolage du camion de munitions, reprit Raunela. On n'entre pas comme dans un moulin dans la garnison de Niinisalo, je vais donc vous prendre rendez-vous avec un officier de liaison à qui vous pourrez parler.

– Merci », dit Paloviita.

Linda se leva. « J'ai absolument besoin d'un verre d'eau. J'ai la tête comme une citrouille. »

Paloviita la regarda sortir. Elle avait réellement l'air de se sentir mal, ce qui n'avait en soi rien d'étonnant. Ils étaient debout depuis Dieu sait combien d'heures, et il n'était même pas encore midi. Les enquêteurs de la PJC arriveraient dans l'après-midi. Il songea amèrement que c'était là que la rigolade commencerait. Une autre idée le traversa : démissionner. Claquer la porte et quitter la police. Terhi avait raison. Le salaire était ridicule par rapport aux obligations et aux risques. Avec son expérience, il trouverait immédiatement un job dans n'importe quelle entreprise de sécurité pour le double de son salaire actuel. Il décida que dès que cette affaire serait terminée, il considérerait sérieusement la question et étudierait les offres d'emploi. Cela ferait aussi plaisir à Terhi. Quelques années plus tôt, elle lui avait donné le numéro de téléphone d'un ami de son père qui aurait pu avoir du travail à lui offrir dans les services de sécurité d'une grande usine, mais il avait jeté le papier à la poubelle. Il y avait des limites : il se refusait à accepter les aumônes de son beau-père.

Linda revint. Son visage avait repris des couleurs et pour le reste aussi, elle avait l'air d'aller mieux. Elle mâchait un chewing-gum et, quand elle lui sourit, il fut soudain troublé par son regard, plus direct que d'habitude, du moins lui sembla-t-il. Elle s'assit à côté de lui et lui donna une tape amicale sur l'épaule. Il sentit le parfum de son eau de toilette, dont elle venait apparemment de se réasperger. Mais entre cette odeur et celle du chewing-gum, il en percevait une autre, reconnaissable entre toutes : de l'alcool.

Ils visionnèrent le reste des images des caméras de surveillance qui montraient le trajet emprunté par l'Envoyé pour quitter le centre. Sa trace se perdait dans Satakunnankatu, où une dernière caméra de circulation avait filmé son Transporter sans plaques. On ne pouvait ensuite que deviner la direction qu'il avait prise.

En sortant des locaux de la police scientifique, Paloviita bâilla si fort que ses yeux se mouillèrent. Il regarda Linda, qui avait soudain l'air de déborder d'énergie. « Tu te sens mieux ? »

Elle hocha la tête. « Je devrais manger plus… ou dormir.

– Bonne idée », acquiesça Paloviita. Il regarda sa montre, sourit et poursuivit. « Je vais aller à Uusiniitty avec Henrik et deux patrouilles, voir les types de White Order. Avant ça, j'ai le temps de l'emmener prendre un solide déjeuner. »

Linda pouffa. « Oksman, dans un restaurant ? Ne sois pas si cruel. »

8

Paloviita s'engagea sur le parking du self, trouva une place libre et se gara. « C'est moi qui régale », déclara-t-il en ouvrant la portière. Il descendit de la voiture et s'étira.

Oksman hésita, mais le suivit malgré tout à contrecœur. Ils entrèrent dans la salle de restaurant. L'endroit était plein d'ouvriers en combinaison de travail. Les femmes se comptaient sur les doigts d'une main. Dès la porte, une lourde odeur d'huile de friture et de viande en sauce les accueillit.

Paloviita jeta un coup d'œil à Oksman, dont les yeux reflétaient une panique enfantine. Il sourit intérieurement, se mordit la lèvre inférieure pour ne pas rire et entraîna son coéquipier vers le buffet. Ils prirent des plateaux et se joignirent à la file de clients. « On reconnaît les meilleurs endroits pour déjeuner à ce qu'ils sont fréquentés par des mecs en bleu de travail… et des flics. »

Paloviita se servit une bonne dose de salade, la nappa de mayonnaise, empila à côté plusieurs louchées de spaghettis bolognaise et les arrosa de l'équivalent d'une tasse à café de ketchup.

Oksman pompa du désinfectant sur ses mains et lui lança un regard suppliant, mais, faute d'écho, se résolut à empoigner la pince à servir et pêcha quelques morceaux de concombre dans le bac de salade. Ignorant les spaghettis, il laissa tomber sur le bord de son assiette une cuillérée de riz et, à côté, un peu de poulet en sauce au curry, puis déposa sur son plateau un petit pain sans gluten emballé sous plastique. Paloviita choisit une table près de la fenêtre d'où la vue s'ouvrait sur une cour asphaltée défoncée par le gel, derrière laquelle de massifs bâtiments industriels en béton préfabriqué se dressaient sur la berge du fleuve telles des dents pourries émergeant d'une gencive.

Paloviita aspirait ses spaghettis, essuyant par moments avec sa serviette la sauce qui lui coulait sur le menton. Oksman fixait tour à tour ce spectacle et son assiette. Le cliquetis de la vaisselle et des couverts se mêlait au bruit des conversations et aux éclats de rire en une cacophonie dans laquelle il était impossible de distinguer une seule phrase entière.

« Je vais me vexer, si tu ne goûtes pas au moins une bouchée de ton plat », dit Paloviita.

Oksman, qui avait rempli son verre à la fontaine à eau, le porta à ses lèvres et but une gorgée, puis sortit de sa poche intérieure des couverts jetables et déchira le plastique qui les enveloppait. Paloviita observait ses gestes du coin de l'œil. Il voulait voir ce qui se passerait. Son coéquipier ne déjeunait jamais à la cantine de l'hôtel de police, préférant apporter ses propres repas, qui se composaient sans exception de plats tout prêts emballés sous vide.

Oksman repoussa quelques morceaux de poulet et trempa la pointe de sa fourchette dans la sauce. Paloviita attendit. Le trajet de l'assiette à la bouche d'Oksman sembla durer au moins une minute, comme un film au ralenti. Enfin la nourriture toucha ses lèvres et il les entrouvrit comme un enfant face à une cuillerée de sirop pour la toux. Sa bouche se referma, sa pomme d'Adam monta et descendit. Son visage se plissa, puis il se leva brusquement et recracha la sauce dans sa serviette.

« Pardon, je ne me sens pas très bien », s'excusa-t-il, et il fila à travers la salle bondée en direction des toilettes. Avec un petit rire, Paloviita poursuivit tranquillement son repas. Il songea qu'Oksman était sans conteste l'individu le plus paradoxal qu'il ait jamais connu. Taciturne, renfermé et névrosé, mais doté de qualités physiques exceptionnelles et d'un cerveau fonctionnant comme un ordinateur. Il aurait fait n'importe quoi pour avoir les capacités mentales de son coéquipier, même si celui-ci, curieusement, masquait sa mémoire photographique en venant aux réunions muni d'un bloc-notes.

Paloviita alla se resservir, prit un dessert et but sans se presser son café tout en consultant son téléphone. Sur leurs applications, les tabloïds rivalisaient de titres tapageurs, s'effarant et s'indignant du racisme, de l'homophobie et du terrorisme. Les vautours de la presse avaient encore une fois trouvé une charogne bien en chair à laquelle arracher à l'infini des lambeaux.

Oksman l'attendait à côté de la voiture avec une mine renfrognée qui le fit rire. Puis il jeta un coup d'œil à sa montre, constata qu'ils étaient dans les temps, mit la radio à fond et fredonna *Streets of Philadelphia* avec Bruce Springsteen.

9

Une voiture de patrouille les attendait au croisement. Ils la suivirent jusque dans les tréfonds de la zone industrielle. Un second véhicule de police se joignit à la caravane au coin de rue suivant. Ils s'arrêtèrent à la queue leu leu, à moitié sur la pelouse bordant la rue. L'endroit était peu fréquenté. Normalement, l'apparition de deux voitures de police et d'un véhicule civil faisait immédiatement se rassembler des voisins curieux. Mais là, personne, et Paloviita en fut soulagé.

Les agents portaient des gilets en Kevlar, des lunettes de protection, des casques équipés d'un protège-menton et des fusils d'assaut sur l'épaule. Ils n'étaient que très rarement munis d'un tel armement, mais après l'attentat du Venus, aucune précaution ne semblait superflue. Paloviita tâta son holster sous son blouson. Susanna Manner leur avait ordonné, à Oksman et lui, de prendre leurs pistolets de service. Il avait d'abord protesté, mais en voyant l'équipement des agents, cela ne lui paraissait soudain plus si exagéré.

Il examina le bâtiment industriel et l'inscription peinte en blanc sur son mur de tôle rouillé : *White Order.* « Ordre blanc ». Le nom même était déprimant. Il avait parfois l'impression que malgré le progrès technologique, l'humanité régressait. Ou en tout cas qu'elle ne se développait pas au même rythme que la technologie. Il se rappela être déjà venu là, plusieurs années auparavant. L'endroit abritait alors un petit atelier métallurgique employant trois personnes. Il avait été cambriolé et les voleurs avaient emporté des postes à souder et un peu d'argent. L'affaire n'avait jamais été élucidée, mais elle avait laissé une trace dans son esprit, car il se souvenait du bâtiment, du temps humide et du terrain boueux. Il avait l'impression qu'il s'était écoulé une éternité depuis cet hiver, comme si ç'avait été un rêve ou qu'il avait été vécu par une tout autre personne.

Le lieu hébergeait maintenant un groupuscule d'extrême droite. Encore un signe de régression.

Paloviita jeta un coup d'œil à Oksman, qui fixait le paysage, droit devant lui, d'un regard pétrifié. Ils descendirent de voiture. Une chape de chaleur s'abattit sur eux. Paloviita vérifia que son appareil auditif était bien en place et scruta le siège de White Order. C'était le dernier des cinq bâtiments patinés par la rouille qui bordaient la rue. Toutes sortes de rebuts pointaient tels des ossements de dinosaures parmi les hautes herbes qui les entouraient. Seul l'un d'entre eux semblait avoir conservé une activité commerciale, les autres étaient vides ou servaient d'entrepôt. Paloviita songea que l'endroit, comme toute la zone industrielle, reflétait bien l'identité de Pori. Usines et entreprises s'éteignaient comme des ampoules électriques et personne ne faisait rien pour l'empêcher. La ville avait un énorme potentiel mais ratait tous les trains et était encore et toujours condamnée à échouer.

Une aire de parking asphaltée s'étendait devant le siège de White Order, dont les fenêtres peintes en noir empêchaient de voir à l'intérieur. La double porte côté rue était condamnée. Au-dessus, l'enseigne délavée de la tôlerie-chaudronnerie Nieminen pendait sous le nom des nouveaux occupants. Une moto à side-car des années quarante entièrement restaurée, modèle Zündapp KS 750 de la Wehrmacht, était garée devant, aux côtés d'un roadster Harley Davidson, d'une Kawasaki Ninja et d'un pick-up Hiace dont le pare-chocs arrière s'ornait d'un autocollant *Blood & Honour.*

Depuis le parking, une allée menait à l'arrière du bâtiment.

« Le Quartier général de l'Avenir de la Finlande, commenta l'un des agents, au visage entièrement recouvert d'une barbe noire.

– Ils pourraient commencer par nettoyer chez eux », constata Paloviita.

Un petit sourire étira le coin des lèvres de l'agent. Ils se postèrent côte à côte dans la rue, face au soleil. Paloviita plissa les yeux et se maudit de ne pas avoir pris ses lunettes noires.

Le barbu fit un geste de la main en direction du pick-up. « L'entrée est à l'arrière. Les ouvertures côté rue sont toutes condamnées.

– Pratique, en cas d'incendie.

– Est-ce qu'on sait combien ils sont, à l'intérieur ?

– Cinq ou six, d'après les estimations. Mais ils peuvent aussi bien être deux ou trois, ou dix.

– Tu crois qu'il va y avoir des problèmes ? »

L'agent secoua la tête. « Non, mais on ne peut jamais en être sûr. Ces types de WO sont de vieilles connaissances. La plupart ont un casier et quelques-uns ont fait un peu de prison. Ils ne consomment pas de drogues, mais d'autant plus d'alcool. Jusqu'ici, nos rapports sont restés corrects. Ils ont pour chef, ou pour je ne sais quel putain de *Sturmführer*, un dénommé Jarno Renlund, vous connaissez ? »

Aussi bien Oksman que Paloviita hochèrent la tête. Renlund militait depuis des années dans toutes sortes de mouvements extrémistes. Il avait à son actif des incitations à la haine, des coups et blessures, des menaces armées, des détentions illégales d'armes et une attaque au couteau pour laquelle il avait purgé une peine de prison à Turku, il y avait déjà longtemps. À la sortie d'un bar, il avait enfoncé jusqu'à la garde un couteau Mora entre les omoplates d'un inconnu et lui avait perforé le poumon droit. La victime, âgée de vingt-deux ans, en avait gardé des séquelles à vie.

« Préparez-vous à des provocations. Vous risquez de vous faire cracher dessus et traiter de singes, de sous-hommes ou de porcs, rappela le barbu.

– Personne ne va s'offusquer de la vérité », rigola l'agent qui se tenait à côté de lui.

Le barbu rassembla ses troupes afin de leur rappeler les ordres. Paloviita et Oksman écoutèrent, un peu à l'écart. Le plan était simple. L'une des patrouilles frapperait à la porte tandis que l'autre sécuriserait les flancs au cas où certains tenteraient de fuir. Si WO ne leur ouvrait pas, on ferait appel à un bélier et à deux patrouilles cynophiles et l'opération se transformerait officiellement en perquisition. Pour l'instant, le but était simplement d'interroger les membres de la bande.

« On va jeter un coup d'œil et fouiller les poches, mais on ne touche à rien sans soupçon solide. Ce n'est pas une perquisition. » Il se tourna vers Paloviita et Oksman. « Vous n'entrez que quand on vous y aura autorisés, c'est clair ? »

Ils acquiescèrent.

Frapper à la porte s'avéra inutile. Elle était grande ouverte. Trois hommes, à côté, fumaient des cigarettes. Aucun ne sembla surpris par l'arrivée de la police. Tous portaient des blousons d'aviateur siglés WO malgré les trente degrés qu'il faisait au soleil. Sur la manche du plus petit, des drapeaux de la Finlande et des États confédérés voisinaient en bonne intelligence, l'un sous l'autre, avec un drapeau à croix gammée.

« Renlund est là ? » demanda le barbu.

Les hommes se regardèrent. « Allez voir vous-mêmes. »

Les agents passèrent entre eux pour entrer. La seconde patrouille resta dehors afin de les interroger. Oksman et Paloviita pénétrèrent à leur tour dans le bâtiment. L'un des fumeurs maugréa quelque chose à propos de violation de domicile, mais ils ne s'attardèrent pas à l'écouter. Il leur fallut un moment pour s'habituer à la pénombre de l'intérieur.

La décoration avait changé depuis la dernière visite de Paloviita. Le plafond de l'atelier de soudage avait été abaissé par des panneaux de contreplaqué, le sol avait été peint et recouvert de tapis, mais le lieu n'était pas pour autant très accueillant. Sur le mur du fond pendaient côte à côte un drapeau à croix gammée et un drapeau noir et blanc orné d'un poing levé. Des canapés et des fauteuils entouraient la salle, au centre de laquelle se dressait une grande table de billard. Un bar et sa rangée de tabourets occupaient tout un coin. Les étagères, derrière, débordaient de bouteilles d'alcool de toutes sortes et de toutes marques. Détail glaçant, des boîtes de Zyklon B vides s'alignaient sur la planche du haut.

Les policiers échangèrent quelques mots et se dispersèrent dans le local. Il semblait n'y avoir personne. Paloviita et Oksman laissèrent leur regard balayer les murs et le plafond. Quelques secondes plus tard, un agent qui avait pénétré dans une pièce adjacente en revint, suivi d'un immense costaud vêtu d'un pantalon noir, de rangers et d'un blouson d'aviateur de WO. Son visage, lui aussi énorme, s'ornait d'une barbiche. Une crête iroquoise d'un demi-centimètre de haut barrait son crâne rasé.

Autant sa mine était sombre et dure, autant ses yeux couleur chocolat étaient doux.

L'agent qui le précédait avait beau être grand, sa stature de géant le couvrait de son ombre. Son regard scanna les personnes présentes dans la salle. Quand il croisa celui de Paloviita, ce dernier tenta de le soutenir, mais fut contraint de baisser les yeux le premier. L'homme engagea la même joute avec Oksman, mais celui-ci resta de marbre.

« Jarno Renlund ? s'assura Paloviita.

– C'est une perquisition ?

– Une petite conversation. »

Renlund fit la moue et, l'espace d'un instant, son front se plissa, puis il éclata de rire. « Six policiers armés de mitraillettes pour une conversation ? Je suis flatté. Heureusement que vous ne vous êtes pas préparés à une confrontation.

– Vous savez pourquoi nous sommes là », intervint Oksman.

Renlund tourna les yeux vers lui et cessa de rire. « Très bien. Bavardons. Venez, nous serons mieux dans mon bureau. » Il agita la main en direction de la porte latérale.

Deux crânes rasés firent mine de revenir de l'extérieur, mais Renlund les renvoya d'un geste. Puis il se tourna vers Oksman et Paloviita. « Ils s'inquiètent, c'est tout. »

La menace voilée de ces mots n'échappa cependant pas aux policiers. *Sages, ou il y aura des problèmes.*

Ils le suivirent. Les agents, dont l'un se trouvait déjà devant la discothèque dans la matinée, s'apprêtaient à venir avec eux, mais cette fois ce fut au tour d'Oksman de les en empêcher, faisant naître un sourire satisfait sur le visage de Renlund. Ils firent grise mine, mais l'attitude d'Oksman coupait court à toute protestation. Quand il eut disparu avec Paloviita dans le bureau, l'un d'eux murmura à son coéquipier : « Putain de Bœuf ! La prochaine fois que ce prétentiard aura besoin d'aide, je vais à coup sûr avoir quelques minutes de retard, rien que pour le faire chier. Qu'il se débrouille donc tout seul contre trois brutes une fois et demie plus grosses que lui. »

Les inspecteurs entrèrent dans la pièce qui servait auparavant de bureau à l'entreprise de métallurgie. Paloviita se souvenait de l'endroit. Des étagères débordaient alors de classeurs de différentes couleurs et un cendrier plein, des gobelets en carton usagés et des papiers couverts de taches de gras traînaient sur le bureau. La métamorphose était totale. Les murs étaient recouverts du sol au plafond de panneaux d'acajou. Des rideaux de velours rouge étaient accrochés dans le fond, encadrant une peinture à l'huile géante représentant Adolf Hitler. Un aigle nazi doré aux griffes agrippées à une croix gammée trônait sur le coin du bureau en chêne massif. Une rangée de photos en noir et blanc d'éminentes personnalités du Troisième Reich faisait le tour de la pièce. Paloviita, qui n'avait jamais été particulièrement féru d'histoire, fut surpris de les reconnaître presque tous : Goebbels, Himmler, Göring, Speer. Puis il remarqua qu'il y avait aussi parmi eux des Finlandais. Au moins Kekkonen, Mannerheim et Törni, qui arborait un couvre-chef orné d'une cocarde représentant une tête de mort et des pattes de collet de Waffen-SS.

Renlund fit le tour du bureau en chêne et laissa les inspecteurs examiner tranquillement les lieux. Ils s'assirent dans des fauteuils de cuir qui soupirèrent sous leur poids. Paloviita se demanda où la bande de White Order s'était procuré tous ces objets, et avec quel argent.

« La décoration vous plaît ? demanda Renlund. C'est une copie du wagon de train de Heinrich Himmler. Pas une copie intégrale, certes, mais à mon avis assez réussie. J'ai fait fabriquer le bureau par un menuisier, d'après une photo, et les panneaux muraux sont aussi faits sur mesure.

– C'est… impressionnant », déclara Paloviita, désarçonné.

Renlund frappa dans ses mains et éclata d'un gros rire. « Impressionnant, répéta-t-il. Eh bien c'est exactement l'effet que je visais. Impressionnant. »

Paloviita n'était toutefois pas là pour papoter, mais pour poser des questions. Oksman, sourcils froncés, se contenta de lancer un regard noir à Renlund. Son coéquipier percevait sa fureur contenue, et n'en était pas surpris. Lui aussi était écœuré par tout ce bric-à-brac nazi et par la haine qu'il véhiculait. Il ne pouvait cependant s'empêcher de trouver bizarre le comportement d'Oksman, comme déjà dans la nuit, devant la discothèque. Alors qu'il conservait en général un calme olympien, il semblait soudain incapable de maîtriser ses sentiments.

« L'attentat à la grenade contre le Venus, attaqua Paloviita. Qu'est-ce que vous en savez ? »

Renlund les regarda. « Ce que j'en ai vu aux informations.

– Si nous menions une perquisition, que trouverions-nous ?

– En tout cas pas de grenades. Ni rien d'autre. Nous n'avons rien à cacher. Aucun de nous ne consomme de drogues – c'est même strictement interdit par notre règlement. La dope, c'est bon pour les blackos. Nous, nous défendons la pureté du sang.

– Et des armes ? demanda Oksman.

– Là, je ne garantis rien. Si quelqu'un veut en porter une pour se défendre, par exemple un couteau, ça le regarde, mais notre association elle-même n'en possède évidemment pas. Nous n'avons aucune cache d'armes.

– Vous vendez illégalement de l'alcool », fit remarquer Paloviita, pensant au bar de la salle.

Renlund se fendit d'un sourire. « Avoir un bar chez soi n'est pas interdit, que je sache. Nous ne monnayons rien. Et qu'est-ce que notre bar peut bien avoir à faire avec une grenade dans une discothèque ?

– J'ai vu certains d'entre vous traîner en rigolant devant le Venus, ce matin, dit Oksman. Qu'est-ce que ça avait de si drôle ? »

Renlund écarta ses gros bras entièrement tatoués de textes. « C'était donc vous ! Les gars m'ont raconté qu'un grand échalas les avait fait déguerpir. » Il fit la moue, le regard fixé sur Oksman. « Écoutez : White Order est une association déclarée, pas une armée. Chacun, ici, est responsable de lui-même et de ses actes. Si l'un de nous veut aller voir le lieu d'un incendie, ce n'est pas à moi de l'en empêcher. Nous sommes dans un pays libre.

– Même la liberté a des limites. Vous avez été condamné en 2009 pour incitation à la haine, rappela Oksman.

– Exact. J'ai purgé ma peine. Le passé est le passé, etc. Mais on va arrêter de tourner autour du pot. Je sais parfaitement pourquoi vous êtes ici.

– À cause de l'Envoyé, acquiesça Paloviita.

– Et de son petit discours incendiaire, poursuivit Renlund. Je dois avouer que c'est habile, comme propagande. Si on oublie tout ce fatras biblique, le message est clair : si nous ne réagissons pas, la maladie qu'est l'homosexualité va contaminer toute l'humanité.

– Vous approuvez cet attentat ?

– Et pas qu'un peu. Nous avons trinqué à la santé de l'Envoyé. Quelqu'un a enfin osé faire quelque chose. Ce type a des couilles.

– Contrairement à vous », asséna Oksman.

Renlund éclata de rire. « *Good cop, bad cop*. Enfin, on n'a en tout cas pas à se demander lequel est lequel. » Un sourire ironique s'élargit sur son visage, et Paloviita fut de nouveau surpris par son regard de chien affectueux.

Renlund se tourna vers le portrait d'Adolf Hitler accroché derrière lui. « J'espère que le plus de gens possible répondront à l'appel de l'Envoyé. Le seul remède efficace contre des maladies mortelles telles que le communisme, les infirmités, la juiverie et l'homosexualité est l'éradication totale. »

Il regarda de nouveau les inspecteurs. « Le Führer a échoué parce qu'il a été trahi, mais son héritage est vivant. Le national-socialisme n'est pas mort. Il connaît même aujourd'hui sa plus puissante renaissance depuis la Seconde Guerre mondiale. Le nationalisme relève la tête partout en Europe. Il faut fermer les frontières avant qu'il ne soit trop tard. L'afflux de migrants économiques doit être stoppé et notre patrimoine génétique ainsi que notre culture doivent être préservés. »

Renlund vit les mines d'Oksman et de Paloviita. « Vous ne me croyez pas, mais le fait est que la majeure partie des Finlandais partagent mon opinion, même s'ils se taisent et serrent les poings dans leurs poches parce que les médias aux mains des droit-de-l'hommistes et des écolo-gauchos taxent le nationalisme de racisme. Nos plus fervents soutiens sont des pères et des mères de famille tout à fait ordinaires qui en ont assez de la situation actuelle. Et on peut me traiter de raciste, si on considère qu'aimer les couleurs de notre drapeau, nos lacs, nos forêts et notre culture, c'est du racisme. Tout comme vouloir défendre ce pays que les vétérans de nos guerres ont payé de leur sang, ou d'en avoir assez que les femmes, surtout, soient devenues un gibier offert aux immigrés, car dans ce cas, je suis sans doute raciste – et fier de l'être.

– En quoi l'homosexualité met-elle la société en danger ? demanda Paloviita.

– Vous êtes sérieux ? C'est un des signes les plus visibles de la décadence de notre civilisation. D'obscènes parades de pervers en plein milieu des villes. Dieu merci, mon grand-père, qui avait reçu un éclat de grenade dans la cuisse pendant la guerre dans le secteur du Svir et a boité tout le restant de ses jours, n'est plus là pour voir ça. La société régresse aussi bien moralement que spirituellement. On nous lave le cerveau et nous ne nous rendons même pas compte que les fondements naturels de notre civilisation s'effondrent. Du temps de mon grand-père, la société reposait sur de saines structures familiales. On vivait en harmonie avec la nature. Aujourd'hui, les gens rejettent toutes leurs saletés dans la nature et polluent l'air et l'eau. Les droits des animaux sont oubliés. L'Envoyé a raison : nous devons nous lever pour nous opposer à la braderie de notre culture, sinon nous disparaîtrons. Bien qu'il y ait au moins une chose de bien à dire des pédés : ils ne se reproduisent pas.

– Est-ce que l'Envoyé vous a contactés ? demanda Oksman. Dans sa vidéo, il a appelé tous les Vrais Hétéros à se joindre à sa croisade. Vous avez l'intention d'y participer ? »

Renlund sourit de nouveau. « Ce serait criminel. D'ailleurs, nous ne sommes les larbins de personne. Nous menons nos propres batailles.

– Batailles ?

– Métaphoriquement. De nos jours, nous sommes envahis par les Noirs et les Arabes à un tel rythme que les Finlandais seront bientôt en minorité. Dans les écoles d'Helsinki, ça commence déjà à être une réalité. Dans les classes, il peut y avoir plus de bronzés que de Blancs. Dans certains quartiers, les femmes blanches n'osent plus sortir de chez elles pour faire leurs courses parce que des meutes de négros les guettent à tous les coins de rue. La Finlande est en pleine décadence. Quand une civilisation commence à pourrir de l'intérieur, elle devient une proie facile pour des envahisseurs extérieurs. Les homos sont la première vague. La classe dirigeante actuelle encourage les contradictions internes et lave les cerveaux en répandant de fausses informations. Au lieu de lutter contre l'ennemi, nous lui ouvrons la porte et l'invitons à entrer pour contribuer à notre ruine.

– Je vous préviens, dit Oksman. Vous pouvez être sûrs que si je vois des types portant votre blouson importuner des gens dans la rue, je vous colle tous au trou. »

Renlund ne cilla pas. « C'est vrai que la plupart d'entre nous ont déjà été condamnés. Il y en a beaucoup qui ont commencé par prendre des coups de pied dans la tête à l'école et, après l'école, à la maison. Leur vie n'a pas suivi les règles des manuels d'éducation, mais ils ont trouvé ici un refuge. Nous ne nous intéressons pas à leur passé, ni ne les condamnons pour des erreurs anciennes. Ici, on ne fait pas passer de tests de QI et on ne regarde pas la moyenne des notes de fin d'année. Nous sommes tous égaux. Nous partageons la même idéologie et la même vision politique. Nous respectons l'histoire et l'identité finlandaises et préservons le patrimoine génétique nordique. Nous nous opposons au marxisme culturel, à l'immigration et au mélange des peuples.

– Autrement dit, vous êtes une organisation ouvertement raciste », conclut Oksman.

Renlund remarqua le regard de Paloviita, qui faisait le tour des objets placés sur une étagère en hauteur : baïonnettes, reliefs d'aigle, casquettes d'officier et casques allemands. Il se leva et tendit la main vers une boîte de métal verdâtre sur laquelle ses yeux s'étaient longuement attardés. Il la tourna pour exhiber son étiquette rouge-blanc-noir, au centre de laquelle figuraient une tête de mort et le mot *GIFTGAS !*

« Je vois que ma collection vous intéresse. Vous savez ce que c'est ? »

Oksman lui lança un regard noir, Paloviita secoua la tête.

Renlund renifla avec ostentation l'intérieur de la boîte comme si elle avait contenu le parfum le plus cher du monde.

« C'est une boîte de Zyklon B datant de la Seconde Guerre mondiale. Ça veut dire cyclone. Les nazis cherchaient une solution finale à la question juive, et l'ont trouvée avec ce pesticide à base d'acide cyanhydrique. Cinq kilos de cristaux de Zyklon B suffisent à tuer plus de mille personnes. On ouvre la boîte, on la vide dans le conduit de ventilation, on referme la trappe et voilà : le gâteau est prêt. Rien qu'à Auschwitz, on a utilisé vingt mille kilos de ce produit. Faites le calcul. »

Il tourna l'ouverture de la boîte vers Oksman et Paloviita. Ses yeux brillaient d'enthousiasme. « Regardez, elle est vide. Vous savez ce que ça veut dire ? Qu'elle a réellement servi. Putain ! on a vraiment gazé des gens avec. Des youpins, des cocos, des blackos, des pédés. Qui sait. Incroyable, non ? » Renlund tendit la boîte vers les inspecteurs, qui reculèrent instinctivement dans leurs fauteuils. « Sentez. Ça ne sent rien. La SS a ordonné la suppression de l'odorisant qui y était ajouté pour que les gazés ne sentent rien. »

Constatant que son enthousiasme n'était pas partagé, Renlund referma la boîte et la posa sur le coin de son bureau. Sa mine s'assombrit.

« Vous admirez vraiment ce genre de choses ? demanda Paloviita.

– Je suis né au mauvais moment. Si j'avais vu le jour à la même époque que mon grand-père, je serais devenu un héros, mais au lieu de ça, je suis prisonnier de mon temps et je ne peux que mépriser la société actuelle. L'Envoyé est le seul, depuis longtemps, à apporter une lueur d'espoir. Le peuple de Finlande se réveille, le lion lève la patte pour frapper.

– Vous n'avez rien contre le fait qu'on regarde un peu autour de nous ? » demanda Oksman.

Renlund se leva et désigna la porte. « Je vous en prie, nous n'avons rien à cacher. Nous sommes ouvertement ce que nous sommes. C'est facile de tenir des discours solennels pour nous dénigrer, mais en fin de compte, nous sommes la seule Véritable Opposition. Forte, honnête et juste. La majorité des Finlandais partagent fondamentalement nos valeurs, bien qu'ils ne soient pas prêts à l'avouer en public, mais quand les masques tomberont enfin, on verra que le national-socialisme est la seule solution. »

Oksman et Paloviita échangèrent un regard et se levèrent. Renlund les suivit dans la salle où les agents attendaient toujours, casqués et armés. Ils sortirent au soleil, puis passèrent entre les types en blouson d'aviateur qui traînaient dehors, longuement suivis par leurs regards assassins.

Une fois dans la rue, les agents ôtèrent leurs équipements de protection pour les ranger dans leurs véhicules. Paloviita remercia les deux patrouilles, et ajouta :

« Je ne me rappelle pas la dernière fois où j'ai senti la dignité humaine aussi bafouée.

– On ne peut pas non plus totalement leur en vouloir, rétorqua l'un des agents qui se débarrassait de son gilet pare-balles. Moi aussi, ça m'énerve, qu'on chouchoute les réfugiés. On leur offre des vélos tout-terrain et trois repas par jour alors que les queues s'allongent à la soupe populaire et que des vieillards qui ont connu la guerre croupissent dans des couches mouillées faute de soignants. Je ne suis pas raciste pour un sou, mais il devrait quand même y avoir un ordre de priorité. »

Paloviita le fixa, ne sachant que dire, et personne d'autre ne fit de commentaire. Puis il regarda une dernière fois le bâtiment de White Order et déclara :

« Il faut les surveiller. Ils mijotent quelque chose. S'il y en a qui sèment la pagaille dans les rues, il faut tout de suite les stopper et les contrôler. Je n'ai vraiment pas besoin de problèmes supplémentaires en ce moment. »

Oksman et lui reprirent leur voiture, retrouvèrent la grande route à la hauteur du Cimetière forestier et tournèrent vers la ville. Ils bâillaient à qui mieux mieux. Paloviita se frotta les yeux et jeta un coup d'œil à l'horloge du tableau de bord. Midi et demi. L'équipe de la PJC serait là dans moins d'une heure. Comment réussirait-il à rester éveillé jusque-là ?

10

L'homme qui se faisait appeler l'Envoyé dormait dans son lit, au premier étage de sa maison. Il avait veillé beaucoup trop tard, s'était forcé à avaler une assiettée de pot-au-feu de la veille, avait compris qu'il était trop fatigué pour faire quoi que ce soit et s'était couché. Manger lui répugnait depuis longtemps et dormir lui paraissait une perte de temps, mais son corps avait besoin d'énergie et son cerveau de repos.

Il n'était après tout qu'un enfant des hommes.

Sans se déshabiller, il s'était allongé sur son lit et endormi tout de suite.

Ses rêves aussi étaient venus tout de suite.

Ils se précipitaient sur lui depuis les coins sombres d'où ils le guettaient.

Il s'était vu traîner sa propre croix dans les venelles d'une ville antique. Des gens regardaient passer le cortège, massés au coin des rues et sur les toits. Un vent brûlant soufflait du désert. On lui lançait des invectives, on lui crachait dessus. Il avait été fouetté jusqu'au sang, des lambeaux de peau de son dos pendaient sur ses flancs tels des fils dégouttant de teinture. Par moments, du haut d'une ruelle en pente, il apercevait un pan de ciel bleu et son but, la colline du Golgotha, où des corps dévorés par les vautours et les mouches se balançaient côte à côte tels des draps déchirés dans le vent. Les pointes de la couronne d'épines posée sur sa tête avaient pénétré jusqu'à l'os.

Il fut tiré du sommeil par des coups frappés à la porte qui, dans son rêve, lui semblèrent provenir du marteau du soldat romain qui lui enfonçait des clous rouillés dans les paumes. Il se réveilla et s'assit. Il ne comprenait toujours pas vraiment ce qui l'avait réveillé. Il regarda ses mains.

Ses plaies s'étaient rouvertes et ses draps étaient couverts de sang.

Il veut me dire quelque chose, songea l'Envoyé. Ses rêves se répétaient de plus en plus souvent, ses plaies étaient de nouveau fraîches, à vif.

Il m'appelle.

Puis il entendit encore une fois frapper et se réveilla complètement. Il saisit son téléphone et balaya du doigt l'économiseur d'écran. La vitre se tacha de sang. L'image d'une caméra de surveillance apparut. Un homme d'une quarantaine d'années attendait à la porte, accompagné d'un garçon d'environ dix ans, peut-être moins. Il portait un costume sombre et une cravate rouge et tenait un attaché-case dans la main droite. L'Envoyé regarda longuement l'écran, ne comprenant pas ce qu'il voyait. Puis il afficha une autre image. Une Volvo noire série 700 était garée en bordure du chemin. Ce n'aurait pas dû être possible, il était absolument certain d'avoir verrouillé la barrière.

Il se leva, chargea le pistolet posé sur sa table de chevet, le fourra dans son pantalon, sous sa chemise, et descendit au rez-de-chaussée. Les climatiseurs ronflaient à plein régime, soufflant de l'air si froid que sa respiration se condensait. Il prit dans la cuisine un rouleau d'essuie-tout, enveloppa ses mains ensanglantées d'une double épaisseur de papier absorbant et se rendit dans le sas d'entrée. Il vérifia par l'œilleton que l'étrange couple se tenait toujours sur le perron et ouvrit la porte blindée en tapant le code sur le panneau de contrôle. Cela faisait six mois que l'on n'avait pas sonné chez lui, et trois ans qu'il avait installé une barrière sur le chemin. Depuis, les automobilistes égarés avaient cessé de venir demander leur route. Il n'avait plus eu ensuite que la visite d'un huissier qui cherchait son père. Il lui avait menti, prétendant que ce dernier n'était pas là et qu'il ne savait pas quand il reviendrait – ce qui n'avait pas empêché l'homme d'insister, menaçant de prévenir les autorités et la police. Il n'avait fait qu'en rire, car il connaissait ses droits. L'huissier était revenu deux fois, mais il ne lui avait pas ouvert, et il avait fini par renoncer.

L'Envoyé ne comprenait d'ailleurs pas pourquoi il avait ouvert cette fois-ci. Il lui vint plus tard à l'esprit que c'était dû au rêve qu'il venait de faire – et à l'état dans lequel celui-ci l'avait laissé.

Il s'avança dans le soir d'été ensoleillé et referma la porte derrière lui. Un nuage de moustiques aux formes changeantes continua de danser dans un rayon de lumière. Les visiteurs durent reculer, et il resta planté quelques marches au-dessus d'eux. L'homme en costume sourit poliment et lui tendit deux journaux, *Réveillez-vous !* et *La Tour de garde*. Il les prit.

En voyant l'essuie-tout trempé de sang qui lui enveloppait les mains, l'homme changea de visage. « Vous êtes blessé ? »

L'Envoyé esquissa un sourire dont il savait – pour s'y être entraîné pendant des années – qu'il paraissait authentique.

« J'étais en train de dépiauter un lièvre.

– Je croyais qu'on ne les chassait qu'en hiver. »

Le sourire de l'Envoyé, loin de s'estomper, se fit encore plus affable. « L'année est exceptionnelle, leur population est particulièrement nombreuse. »

Malgré la mine toujours bienveillante de son visiteur, l'Envoyé perçut en lui un léger changement d'attitude et l'idée de le tuer, ainsi que le garçon, lui effleura l'esprit. Puis l'homme pointa les journaux du doigt.

« Il y a entre autres dans *Réveillez-vous !* un article sur ce que la Bible dit de l'homosexualité, expliqua-t-il. Un sujet qui intéresse sûrement beaucoup de monde en ce moment. »

L'Envoyé regarda le journal, puis le garçon, qui le fixait sans ciller, comme s'il avait vu à travers lui. Il se sentit mal à l'aise.

« Vous pensez à l'Envoyé ? demanda-t-il.

– La presse ne parle que de lui, aujourd'hui. »

L'Envoyé ouvrit le journal et le feuilleta. Les pages se tachèrent de l'épais magma rouge foncé qui trempait l'essuie-tout, et il se rendit compte que l'homme et le garçon le scrutaient. Il s'efforça de ne pas avoir l'air de le remarquer et sourit si possible encore plus largement. Il trouva la double page de l'article et fit mine de l'étudier.

« L'homosexualité suscite des interrogations, elle est perçue différemment selon les cultures et les époques. *Réveillez-vous !* a voulu préciser le point de vue de la Bible sur la question. »

Il ne répondit pas. Le sang coulait dans la pliure du journal et commençait à former une mare.

« Bien que la position de la Bible soit claire, elle n'encourage pas la haine envers les homosexuels. Elle n'encourage la haine envers personne. Nous devons tous chercher à vivre en paix les uns avec les autres.

– Et si… si on se sent soi-même attiré par les hommes ? Est-il possible, selon la Bible… de guérir ? »

Le ruisseau de sang, au creux du journal, gouttait maintenant sur le béton. L'homme recula encore d'une marche.

« La Bible dit qu'il est possible de résister à toutes les tentations, quelles qu'elles soient. L'homme doit lutter contre ses passions et ses désirs... Vous êtes sûr que vous allez bien ? Vos mains...

– Elles vont très bien. Que disiez-vous ? »

À ses pieds, une tache ressemblant à de l'huile commençait à se former.

Le garçon descendit du perron. Une nouvelle expression se fit jour sur le visage de l'homme et l'Envoyé y lut des signes de panique.

« Que pensez-vous des homosexuels ? » lui demanda-t-il en roulant le journal entre ses mains. Au vu de la quantité de sang, il fut surpris de ne ressentir aucune douleur.

« Je... je ne les hais pas, mais je ne peux pas accepter leur comportement...

– Est-ce que vous n'encouragez pas ainsi les préjugés à leur égard ? »

L'homme recula dans l'allée sur les talons du garçon et se hâta vers sa voiture sans quitter l'Envoyé des yeux. Celui-ci descendit les marches du perron et les suivit. Le sang qui gouttait dessina une ligne en pointillé sur le sable sec avant d'être absorbé.

« Pas du tout... écoutez, je crois que vous vous êtes coupé les mains en dépiautant ce lièvre... est-ce que vous ne devriez pas appeler... peut-être que Veeti et moi pourrions...

– Non ! »

L'homme et le garçon s'arrêtèrent. Une franche terreur se lisait sur leur visage. L'Envoyé se frotta le menton, comme il se rappelait que son père le faisait toujours face à un problème difficile. Le bas de son visage se teinta de rouge.

« Ne partez pas encore. Il y a tant de choses à dire », poursuivit-il, et il planta les yeux dans ceux du garçon, qui lui rendit son regard sans ciller. L'enfant avait quelque chose d'effrayant. « Est-ce que ton père t'a fait du mal ? lui demanda-t-il.

– Nous allons y aller…, dit l'homme, cherchant de la main la poignée de la portière de sa voiture.

– Silence ! cria l'Envoyé. J'ai demandé à votre fils si vous lui aviez fait du mal. Laissez-le répondre !

– Non, murmura le garçon.

– Menteur ! »

Le père et le fils se tenaient immobiles, comme statufiés, et l'image de lemmings paralysés par la peur traversa soudain l'esprit de l'Envoyé. Il ne savait pas d'où elle avait surgi, mais elle paraissait adaptée à la situation. Il sortit son pistolet, dont la crosse lui sembla aussi glissante que du savon.

Le garçon poussa un cri. L'Envoyé pointa le canon sur le ventre de l'homme.

« Arrêtez… Seigneur ! » gémit ce dernier. L'enfant cria de nouveau.

L'Envoyé tira deux coups de suite. Ils claquèrent haut et fort dans l'air pur du soir d'été, déchiquetant le silence. On n'entendait que le bourdonnement continu de la rangée d'unités extérieures de climatiseur fixée au mur de la maison. Les oiseaux s'étaient tus.

Les moustiques planaient sans bruit.

L'Envoyé resta longtemps immobile, avec dans une main le pistolet fumant et, roulés dans l'autre, *Réveillez-vous !* et *La Tour de garde*. Le garçon se tenait à côté du corps, pétrifié, l'air terrorisé.

L'Envoyé jeta un coup d'œil aux fenêtres de l'étage afin de vérifier que son père ne l'observait pas, puis prit le garçon par la main et le tira vers la porte. Il avait maintenant mal aux paumes.

Il songea que le temps commençait à manquer. Dieu avait envoyé ces visiteurs pour le mettre à l'épreuve.

Son Buisson ardent.

Il avait verrouillé la barrière, il en était sûr.

Dieu lui avait envoyé un père et son fils.

Ce ne pouvait pas être un hasard.

Pour la première fois, il ne savait pas s'il avait échoué ou réussi. Il fit entrer le garçon dans la maison emplie du ronflement assourdissant de la climatisation, ouvrit la porte de l'escalier de la cave et l'y fit descendre, comme son propre père l'avait fait des dizaines de fois avec lui.

« N'aie pas peur, ton père ne te fera plus jamais de mal. Plus personne ne te fera de mal. C'est fini », dit-il, et il ouvrit le verrou de la petite pièce du sous-sol, auquel il n'avait pas touché depuis des années. Il poussa le garçon à l'intérieur et l'y enferma.

« Tu es en sécurité. »

Puis il ressortit et alla chercher une pelle dans la remise. Les mouches avaient déjà trouvé le corps d'où du sang avait coulé. Leur nuée vrombrissante prit peur et s'envola.

11

Paloviita parcourait le couloir de l'unité d'investigation judiciaire. La lumière était éteinte, il semblait n'y avoir personne. Puis il vit une porte ouverte. Un rectangle de lumière coupait le linoléum et se prolongeait sur le mur opposé.

Linda était apparemment dans son bureau.

Il se dirigea vers la porte. La distance semblait augmenter à mesure qu'il avançait, comme si quelqu'un avait retiré le couloir sous ses pieds. Il se mit à courir. Ses pieds pesaient une tonne, il avait l'impression de lutter contre un puissant courant. Enfin il parvint à la porte. Il haletait bruyamment. Linda était assise sur sa chaise, concentrée sur l'écran de son ordinateur. Elle ne portait qu'une chemise de nuit en satin à bretelles spaghettis, avec un décolleté en forme de cœur. Elle se tourna et sourit, et il ressentit une étrange décharge électrique. Il ne savait soudain plus où il était, ni où il devait aller, pris d'une intense panique, désarmé.

Il ouvrit les yeux et fixa un homme d'environ son âge, petit et mince, vêtu d'un polo et d'une veste. Ses cheveux soigneusement coiffés étaient séparés par une raie. Paloviita se redressa sur son banc. Le train était arrivé, des gens passaient devant lui, traînant des valises.

« Johan Niemi, de la Police judiciaire centrale », dit l'homme à la veste en lui tendant la main.

Paloviita la lui serra. « Jari Paloviita, de la police régionale du Sud-Ouest. Pardon, je crois que je me suis endormi. »

Johan Niemi sourit. « Je comprends. Longue journée. J'ai deviné que c'était toi. »

Paloviita se leva, il avait la tête comme un ballon de baudruche qui aurait commencé à fuir. Il jeta un coup d'œil à l'horloge du quai de la gare et se frotta les yeux. Il avait peut-être dormi une minute.

« Comment l'as-tu deviné ? J'aurais pu être un ivrogne quelconque.

– J'ai un don, on ne m'a pas embauché par hasard à la PJC parmi trois cents candidats. » Niemi fit une pause puis sourit largement, dévoilant ses dents blanches. « En fait, j'ai googlé ta photo, dans le train. »

Paloviita tenta de s'emparer de la valise de Niemi, mais celui-ci insista pour la porter lui-même.

Il le conduisit à l'hôtel Scandic et attendit dans la voiture qu'il se soit enregistré et ait déposé ses affaires dans sa chambre. Ils allèrent ensuite à l'hôtel de police. En chemin, Niemi se présenta plus en détail. Son CV était impressionnant. Il n'avait que deux ans de plus que Paloviita, mais avait travaillé dans la police de plusieurs régions de Finlande et même occupé des fonctions internationales. Ambitieux forcené, il avait commencé sa carrière dans un petit district du nord-ouest de la Laponie et en était descendu vers le sud, d'abord à Rovaniemi, puis à Oulu, Tampere et enfin Helsinki, où il avait fini par intégrer la PJC.

Paloviita éprouvait une pointe de jalousie. Il était resté inspecteur à Pori, tandis que Niemi dirigeait l'équipe antiterroriste de la PJC. Il se demanda ce qu'aurait été sa vie s'il n'avait pas épousé Terhi. Il ne vivrait en tout cas pas dans cette ville. Soudain, tout lui sembla terriblement étriqué, comme si sa vie s'était réduite en cours de route à la taille d'un raisin sec. Il songea que si elle continuait à rétrécir, il ne resterait plus de lui que quelques atomes.

La première réunion commune de la police de Pori et de la PJC se tint une heure après que Niemi eut examiné le dossier.

Tous attendaient avec impatience de savoir dans quelle direction il orienterait l'enquête. Le fait qu'elle ait été confiée à des policiers venus de l'extérieur en angoissait certains, tandis que d'autres étaient soulagés. Mais le pire était l'incertitude. La pendule tictaquait et la piste refroidissait. Toute perte de temps entravait la recherche de la vérité. C'était l'une des premières leçons de l'école de police. Plus les heures passaient, plus le suspect s'éloignait – et plus les preuves disparaissaient.

L'équipe d'enquêteurs, qui comprenait Jari Paloviita, Henrik Oksman, Linda Toivonen, Susanna Manner et le nouveau venu, Johan Niemi, s'était installée dans l'auditorium. Niemi et Manner bavardaient à l'avant de la salle, les autres attendaient, assis dans les rangées de fauteuils. Manner alluma le vidéoprojecteur. Un fond d'écran représentant une haute montagne enneigée et un train rouge et blanc brinquebalant à son pied apparut. Manner se connecta, cliqua sur la page Facebook de La Finlande d'abord !, qui avait pour photo de couverture un superbe lion, agrémenté du texte : *Ni soumission, ni capitulation !*

Niemi s'approcha d'un pas du premier rang. « Je travaille comme chef inspecteur dans l'unité de lutte contre la criminalité aggravée de la Police judiciaire centrale. J'ai été chargé de piloter l'enquête sur l'attentat à la grenade du Venus. Deux de mes collègues ainsi que des techniciens du laboratoire de police scientifique de la PJC vont nous rejoindre dans l'après-midi. »

Niemi se tourna vers Manner. « Susanna nous a aimablement trouvé des bureaux et du matériel informatique. L'enquête est officiellement dirigée par mon supérieur, Marko Vasoniemi, au siège de la PJC à Vantaa. Lui et moi prendrons les décisions stratégiques ensemble – en concertation avec vous, bien sûr. »

Niemi changea de jambe d'appui. « Le but n'est pas d'écarter la police locale, mais d'œuvrer en étroite coopération. Vous disposez de plus d'outils de travail sur place et d'une meilleure connaissance du terrain. La PJC se concentrera en priorité sur les réseaux numériques. »

Paloviita et Linda échangèrent un regard.

Niemi passa au tableau et prit une craie.

« On va commencer par faire la liste de ce que l'on sait du suspect, et ensuite de ce qu'il faut éclaircir. L'Envoyé, d'abord. Que pouvons-nous dire de lui ? Oublions le profil psychologique et concentrons-nous sur ce dont nous sommes sûrs.

– Il est jeune et s'y connaît en informatique », commença Paloviita.

Niemi écrivit au tableau les mots *Jeune* et *Informatique*. « Quoi d'autre ?

– Il est très croyant, dit Linda.

– Bien ! approuva Niemi avec un sourire en ajoutant *Croyant* sur le tableau. À moins qu'il ne fasse juste semblant de l'être. Quoi qu'il en soit, il a étudié la Bible et surtout ses passages traitant de l'homosexualité, autrement dit le Lévitique et les épîtres de Paul.

– Que veux-tu dire par "faire semblant d'être croyant" ? » demanda Paloviita, lui-même surpris par sa propre agressivité.

Il ne savait pas si c'était dû à la fatigue ou à la jalousie. Son ton ne sembla cependant pas perturber Niemi.

« Les agitateurs utilisent souvent des moyens populistes pour influencer leur auditoire. Le but de la vidéo de l'Envoyé n'est pas seulement de proclamer ses intentions, mais aussi de s'assurer le soutien de chrétiens conservateurs.

– Il considère que l'homosexualité est une maladie qu'il faut éradiquer, reprit Linda.

– Tout à fait », acquiesça Niemi, et il écrivit *Homosexualité* au tableau.

Paloviita tripotait son stylo, faisant sortir et rentrer la pointe. « Je n'ai jamais compris, intervint-il, pourquoi l'homosexualité en dérange encore certains au point qu'ils soient prêts à tuer. Est-ce qu'il n'a pas déjà été plusieurs fois prouvé que la Bible n'était qu'un grand livre de contes ?

– Je n'ai pas la réponse à cette question, dit Niemi. Peut-être un théologien pourrait-il l'expliquer, mais le fondamentalisme religieux n'est pas étranger au terrorisme. Les luttes de pouvoir entre religions ont de tout temps mobilisé leurs adeptes.

– Et si le suspect était lui-même homosexuel ? » suggéra Linda.

Niemi souligna le mot *Homosexualité* et y ajouta un point d'interrogation. « On s'est aussi posé la question. L'homosexualité peut être latente. L'individu a des pulsions homosexuelles, mais les élimine inconsciemment de son esprit. D'après Sigmund Freud, ce type d'homosexualité peut conduire à l'homophobie. D'un autre côté, celle-ci peut résulter de beaucoup d'autres facteurs, tels que le milieu éducatif, les relations sociales ou par exemple les traumatismes sexuels vécus dans l'enfance. »

Niemi adressa un signe de tête à Manner, qui fit défiler sur l'écran les conversations du groupe La Finlande d'abord !.

« Ces échanges nous donnent un petit aperçu de ce à quoi nous sommes confrontés », déclara-t-il en se tournant pour regarder l'image.

Les policiers lurent en silence.

Certains aiment les gens du même sexe qu'eux, et d'autres les enfants. C'est bizarre qu'on n'envoie que les seconds se faire soigner.

Avant, on soignait ces malades et la plupart guérissaient. On peut peut-être encore se faire soigner aujourd'hui si on veut, mais c'est sans doute chic et tendance d'être pédé.

On peut demander des conseils de traitement plus précis à l'Envoyé.

Est-ce qu'on ne pourrait pas repérer les pédés dès la maternité par des tests génétiques et les castrer tout de suite ?

Têtes de nœud ! Allez sucer le sein de votre mère, putain, bande de débiles !

Les gays prides entrent dans la même catégorie que les manifestations de putes et les concours de miss pour enfants. Ça donne la mesure de la déliquescence morale de notre nation.

En Norvège, on organise des gays prides pour les enfants… et ce sera bientôt notre tour.

Tous des pervers !

Les dents serrées, Oksman parcourut les posts du mur dont Manner continuait de faire défiler le flot sans cesse grossissant. Elle montra ensuite les commentaires parus à la suite des articles des tabloïds. Sous celui d'*Ilta-Sanomat,* il s'en était affiché deux cent quatre-vingt-quatre avant que le fil de discussion ne soit fermé. Celui d'*Iltalehti* avait été interrompu au bout de cent cinquante-quatre messages. Les opinions étaient beaucoup plus divisées que sur la page de La Finlande d'abord !. La majeure partie des intervenants présentaient leurs condoléances aux proches des victimes, mais il y avait toujours quelqu'un, ici ou là, pour réclamer à grands cris un peloton d'exécution.

« C'est triste, constata Linda, brisant le silence qui était tombé sur l'auditorium.

– Ça ne mène à rien, fit remarquer Paloviita. Le Net permet de cracher n'importe quoi. La plus grande partie de ceux qui écrivent sont probablement des imbéciles d'une vingtaine d'années qui trompent leur ennui en jouant les trolls.

– Peut-être, mais on ne peut pas non plus exclure qu'il y en ait un, dans le tas, qui soit sérieux, rétorqua Niemi.

– Tu crois vraiment qu'une vidéo postée par un cinglé va tout d'un coup pousser un bon père de famille à se précipiter dans la rue, arme à la main, pour tuer des homosexuels ?

– Non, mais il suffit qu'il y ait quelque part quelqu'un d'aussi cinglé que lui. On l'a déjà vu avec les tueries dans les écoles. Quand quelqu'un ose franchir le pas et entrer dans une école avec un fusil – et que ça lui vaut les gros titres des médias –, ça peut donner un dernier coup de pouce à un paumé. Et c'est exactement ce que cherche l'Envoyé. On constate déjà des phénomènes préoccupants. Non seulement tous les fondamentalistes religieux de la planète se sont réveillés et applaudissent à cette attaque contre un bar gay, mais toutes les autres organisations extrémistes racistes ont embrayé sur le sujet.

– Ils se fichent de la religion, tant qu'ils peuvent taper sur les gens à coups de batte de base-ball, grogna Oksman.

– Il y aura demain une marche aux bougies ouverte à tous, dans le centre de Pori, à la mémoire des victimes de l'attentat de la discothèque. Un hommage national se tiendra au même moment. À neuf heures du matin, tous les bus et les trains du pays s'arrêteront pour deux minutes de silence.

– Autrement dit, il faut s'attendre à des problèmes », déclara Manner de derrière son ordinateur, et elle lança une vidéo. Elle avait été postée sur le Net une heure et demie plus tôt et comptabilisait déjà plus d'un millier de vues. Elle cherchait visiblement à copier l'Envoyé. L'homme derrière la table ne portait pas de capuche et montrait ouvertement son visage. Oksman et Paloviita reconnurent aussitôt Jarno Renlund, avec qui ils avaient parlé à peine quelques heures plus tôt. Le mur derrière lui était recouvert du drapeau noir et blanc à poing levé de White Order.

Ils attendirent.

Renlund fixait la caméra. Paloviita songea de nouveau que ses yeux d'ours en peluche, qui tranchaient avec la dureté de son visage, n'allaient pas avec le reste de sa personne. Terhi aurait dit qu'il avait un regard de velours.

« "Si quelqu'un me reproche de ne pas avoir eu recours aux tribunaux ordinaires, je ne peux dire que ceci : en cet instant, j'étais responsable du destin de la nation allemande et je me trouvais donc être le juge suprême du peuple allemand", commença Renlund. Adolf Hitler a prononcé ces mots devant le Reichstag le 13 juillet 1934, en référence à la nuit des Longs Couteaux, quand les rues du pays ont été purgées des traîtres.

« La nuit dernière a été notre nuit des Longs Couteaux. La nuit dernière, l'Envoyé s'est institué juge suprême du peuple finlandais et a assumé la responsabilité du destin de la Finlande. »

Une pause. Puis Renlund reprit, les yeux toujours fixés sur la caméra :

« Il y a des moments où l'on est contraint d'agir, comme en Allemagne en 1934, quand le pays a manqué tomber aux mains des anarchistes. Quand un État est victime d'une invasion et que ses dirigeants baissent servilement la tête, des individus courageux tels que l'Envoyé doivent sortir du rang et endosser le rôle de juge au nom de sa défense.

« Dans le monde entier, les médias détenus par les élites ont condamné le geste de l'Envoyé et l'ont qualifié d'assassin mentalement dérangé. Vous êtes-vous demandé pourquoi ? »

Une pause.

« Parce qu'ils ont peur de la vérité. Peur que le peuple déjoue leurs mensonges. Dans toute l'histoire mondiale, cette peur est récurrente. Le libérateur de l'Écosse, William Wallace, a été découpé en morceaux, Robin des Bois a été déclaré hors la loi, Jésus de Nazareth a été crucifié. On a fait d'eux des voleurs et des traîtres parce qu'ils menaçaient l'opulence des dirigeants. Qualifier de nobles actions de crimes est l'ultime moyen de tenter de laver le cerveau des gens et de les inciter à croire en Leur Vérité, et non en la Vérité du Peuple. On essaie de faire la même chose avec l'Envoyé. La machine à propagande de l'État tourne à plein régime. »

Renlund déglutit et leva le menton.

« Mais c'est la fin des mensonges. L'Envoyé n'est pas seul. La majorité de nos concitoyens sont d'accord : il faut que cela change. Il faut donner un coup d'arrêt à la destruction de la société et revenir à un ordre social dicté par la nature. Quand toutes les barrières auront été renversées, quand tous les rideaux auront été ouverts, les gens verront enfin la vérité. Sondez votre for intérieur. N'êtes-vous pas inquiets ? Inquiets du monde dans lequel nos enfants grandissent, de ce qu'on leur montre, de ce qu'on leur donne à lire, de ce qu'on les oblige à penser ? Ce qui est normal est présenté comme anormal. Bientôt, les enfants sains, hétéros, seront en minorité. Est-ce ce que vous voulez ?

« Tous ne sont pas prêts à se soumettre. White Order se tient aux côtés de l'Envoyé au nom de la défense de l'ordre établi et espère que la lumière de notre phare éclairera le monde entier. Il est moins une, et nous ne pouvons plus fermer les yeux, car l'ennemi a pénétré profondément dans la chair de la nation. Ceux qui ont accaparé le pouvoir envahissent maintenant les rues. Des pervers vont à nouveau parader dans le centre de Pori, et l'on veut crucifier l'Envoyé. La guerre fait déjà rage, que nous le voulions ou non. Ne vous soumettez pas, choisissez votre camp. »

Renlund se leva avec une lenteur théâtrale, puis l'image tressauta et s'éteignit.

« Ce n'est pas possible, grogna Paloviita. Nous y étions il y a tout juste deux heures.

– Qui est-ce ? demanda Linda en regardant tour à tour Oksman et Paloviita.

– Jarno Renlund, répondit ce dernier, le président de la section de Pori de White Order.

– WO fait partie, tout comme le Mouvement de résistance national-socialiste de Finlande, des groupuscules d'extrême droite les plus surveillés par la Police judiciaire centrale et par la Direction de la sécurité nationale, compléta Niemi. C'est une organisation relativement récente qui a commencé son activité par des patrouilles de rue en octobre 2015, au moment de l'afflux de réfugiés, et s'oppose ouvertement à l'immigration, au multiculturalisme, à l'UE et à la mondialisation.

– Et à l'homosexualité, ajouta Linda.

– Il s'agit d'un mouvement purement néonazi, bien qu'il cherche à se présenter comme un défenseur nationaliste de la liberté de penser, reprit Niemi. Le problème, avec ces organisations extrémistes, c'est qu'elles sont presque impossibles à éradiquer. Quand on en interdit une, elle renaît sous un autre nom.

– Le discours de tout à l'heure était une incitation directe à la haine, un soutien au terroriste et une menace illicite à l'encontre de la société, fit remarquer Paloviita.

– WO veut faire peur aux gens pour tuer dans l'œuf la marche aux bougies », déclara Manner.

Niemi hocha la tête. « L'affaire doit être prise au sérieux. La vidéo ne menaçait pas directement la marche, mais laissait entendre qu'y participer ne serait pas une bonne idée. S'il s'y passe quelque chose… je ne sais pas.

– C'est exactement ce que veut l'Envoyé. Attiser la polémique et le chaos, dit Linda.

– Diviser pour mieux régner, acquiesça Niemi. Quand on amène les gens à s'entredéchirer à propos de leurs avantages et de leurs valeurs, les groupes extrémistes radicaux ont plus de facilité à s'imposer, car ils semblent défendre leurs opinions avec force et courage. Plus la crise économique est profonde, plus ils engrangent de soutien. Dans les années soixante-dix et quatre-vingt, les groupuscules national-socialistes dirigés par Pekka Siitoin ne suscitaient que des moqueries, mais à partir des années 2000, l'extrême droite est devenue fréquentable. L'adhésion aux partis populistes de droite a augmenté partout en Europe. »

Tous acquiescèrent. Le phénomène était connu – White Order, Fermez les frontières, Soldiers of Odin, Suomen Sisu, le Mouvement de résistance national-socialiste de Finlande, La Finlande d'abord ! et les sites d'infox comme MV-media. La frontière entre les incitateurs à la haine, les auteurs d'actes de violence et les partis politiques s'était brouillée et le changement ne touchait pas seulement les groupes ouvertement fascistes, mais aussi l'ensemble de la société. Les démocraties défendant les valeurs sociales et solidaires traditionnelles étaient de plus en plus souvent jugées trop faibles parce qu'elles n'avaient pas réussi à contrer la récession. Des termes tels que droits-de-l'hommiste et écolo-gaucho étaient devenus des injures au même titre que raciste ou fasciste.

« Pekka Siitoin, poursuivit Niemi, portait une capote de la Wehrmacht et un brassard à croix gammée, alors que la rhétorique politique actuelle s'est débarrassée de ses pires excès racistes. Il est très difficile, pour des gens ordinaires, de savoir où passent les limites de l'acceptable. Il siège aujourd'hui même au Parlement des individus qui ont été condamnés pour incitation à la haine. En 2017, le défilé aux flambeaux du jour de l'Indépendance du mouvement d'extrême droite Suomi 612 a rassemblé trois mille cinq cents participants, alors que trois ans plus tôt ils étaient deux cents. »

Ils se levèrent pour partir. Susanna Manner les regarda quitter la salle telle une armée de spectres. Elle jeta un coup d'œil à sa montre et bâilla elle aussi. Quelque part, à l'extérieur, il y avait l'homme qu'ils devaient arrêter, l'Envoyé.

12

Oksman évitait la foule depuis toujours. Il détestait prendre le bus ou le train, n'allait ni au cinéma ni au théâtre, ni en général nulle part. Les gens, partout, s'approchaient trop, parlaient fort, vous touchaient, vous contaminaient.

Il ne faisait qu'une exception, la salle de musculation.

Il s'y était toujours senti en sécurité. Comme un individu parmi d'autres, tous désireux de développer leur corps.

Il était à bout de forces, mais il ne lui vint même pas à l'esprit de sauter une séance. Quoi qu'il arrive, respecter la routine était important. À défaut, tout exploserait en un chaos incontrôlable.

Il descendit au sous-sol. Quelqu'un s'entraînait au stand de tir. Une pancarte d'avertissement était accrochée à la porte. Oksman entendit les coups de deux pistolets claquer à quelques secondes d'intervalle. Il s'arrêta un instant pour écouter et fut pris d'une soudaine envie de jeter un coup d'œil par la porte pour voir qui était à l'intérieur, mais réprima sa curiosité et poursuivit son chemin. Il se promit d'aller lui aussi à la prochaine occasion tirer quelques séries. Son dernier entraînement remontait à bien trop longtemps.

La double porte de la salle de muscu était ouverte, la lumière allumée. Un antique ghettoblaster rafistolé avec du ruban adhésif crachait *Du Hast* de Rammstein. Deux agents se tenaient près de la machine à squat. Une de leurs collègues, de gros écouteurs sur les oreilles, enchaînait les tractions avec une facilité déconcertante. Oksman fut soulagé de ne pas trouver plus de monde. Normalement, à cette heure, il y avait foule dans la salle, mais l'attentat de la discothèque mobilisait aussi la police administrative. Sans parler de la marche aux bougies, qui promettait de les occuper encore plus. Rares étaient ceux qui avaient de l'énergie à perdre pour soulever de la fonte.

Oksman posa son sac de sport au pied des espaliers et se mit à bouger la tête d'avant en arrière, puis sur les côtés. Personne n'avait remarqué son arrivée, et il n'en était pas fâché. Passer inaperçu lui convenait. Il savait qu'il aurait dû avouer qu'il était à la discothèque le soir de l'attentat, et ce sentiment lui pesait, comme s'il avait porté un sac de pierres sur le dos.

Il roula des épaules, s'étira les bras et les jambes puis se saisit d'une corde à sauter accrochée aux espaliers.

Il commença lentement, faisant paresseusement tourner la corde et laissant ses chevilles et ses mollets s'adapter au rythme. Ses orteils décollaient du sol, le mouvement de ses mains partait des épaules et des poignets. Il parcourut la salle du regard. Les deux agents l'avaient maintenant remarqué, mais aucun ne prit la peine de le saluer, et il les ignora de même. Se faire des amis ne l'intéressait pas. En tête à tête avec soi-même, on savait toujours qui était son compagnon, ce qu'il pensait et s'il se sentait bien.

Personne ne risquait de vous poignarder dans le dos.

Oksman accéléra la cadence et sentit l'effort de ses pieds pour s'adapter au nouveau rythme. La salle était plutôt grande, haute de plafond et bien éclairée. Tout au fond, on avait installé un tatami sur lequel les policiers s'entraînaient aux interventions musclées. Il pendait aussi quelques sacs de frappe, aux côtés d'un rack où étaient rangés différents casques de protection, gants et kick pads.

La corde tournait de plus en plus vite. Le corps d'Oksman fonctionnait à plein régime, chaque muscle se contractait à son tour. La sueur commençait à couler le long de son échine. Il changea de nouveau de rythme, lança les pieds en avant et en arrière, leva les genoux puis sauta les bras croisés. La corde frappait le linoléum, la respiration d'Oksman se fit haletante. Il s'aperçut que tous les autres, dans la salle, le regardaient. La corde tournait à une vitesse folle. Ses pieds dansaient, montant juste de ce qu'il fallait pour laisser passer sous ses chaussures le nylon vibrant, tendu à l'extrême. Quand il se sentit suffisamment échauffé, il ralentit progressivement jusqu'à s'arrêter. Il raccrocha la corde sur les espaliers et gagna le centre de la salle.

La policière avait terminé ses tractions et s'était rapprochée du rack d'haltères. Oksman remarqua qu'elle lui jetait des coups d'œil dans le miroir, et il se rendit compte qu'il en faisait autant.

Elle était belle.

Il se sentit jaloux de sa taille fine, de ses épaules musclées, de ses fesses et de ses jambes modelées par l'entraînement. Il se sentait immense, anguleux et gauche.

Il sauta pour attraper la barre de traction et se mit à tendre et plier lentement les bras. Gardant un rythme tranquille, il se concentrait autant sur la montée que sur la descente. Ce n'est que quand il se sentit faiblir qu'il effectua les derniers mouvements en arrachant toutes ses forces à son corps. Il compta, mécontent, qu'il n'avait pu faire que trente-cinq tractions. C'était loin de son record, et son front se plissa. Le manque de sommeil n'était pas une excuse, il commençait à vieillir – ce qui signifiait qu'il devrait dorénavant travailler plus, repousser une limite supplémentaire. Il fit encore trois séries en modifiant l'écart de ses mains et constata qu'il avait peut-être un peu perdu en force maximale, mais gagné en endurance.

« Trente-cinq », dit la policière. Oksman se retourna. Son visage et le creux de son cou luisaient de transpiration et elle avait abaissé ses écouteurs roses sur ses épaules. Son sourire aurait fait fondre n'importe quel homme. Désarçonné par ce début de conversation, Oksman se rendit compte qu'il la fixait de façon déplacée et se reprit.

« Dont seulement trente complètes. »

Le sourire de la jeune femme s'élargit. « Seulement trente, répéta-t-elle. C'est quoi, ton nombre record de tractions d'affilée ? »

Oksman n'était pas habitué à ce qu'on lui adresse la parole, mais il prit conscience qu'il aurait été impoli de ne pas répondre.

« Trente-six.

– Complètes ? »

Oksman hocha la tête. La policière lâcha un sifflement. « Moi, c'est douze.

– Beau résultat. »

Elle haussa les épaules et essuya du doigt une goutte de sueur qui avait coulé sur ses sourcils. « Si on veut. Après six ans d'entraînement. Quand j'ai commencé, je n'arrivais même pas à en faire une. »

Oksman ne précisa pas qu'il avait lui-même commencé à s'entraîner aux tractions à l'âge de seize ans, soit vingt-deux ans plus tôt. Il pesait alors soixante-cinq kilos. Trois de moins qu'aujourd'hui, et il n'avait alors réussi à en effectuer qu'une.

La jeune femme jeta un coup d'œil à son moniteur de fréquence cardiaque, retourna auprès du miroir, prit des haltères et se lança dans des flexions des biceps. L'œil d'Oksman fut attiré par ses longs muscles fuselés et par la veine, dessus, qui se gonflait à chacune de leur contraction. On pouvait mesurer son pouls aux palpitations de sa carotide. Deux agents entrèrent dans la salle. L'un d'eux adressa un geste de la main à Oksman, qui lui rendit son salut avant de vite se détourner. Il éprouvait envers Pasi Jaakola des sentiments mêlés. Il se plaisait en sa compagnie, mais prenait soin d'en rester le plus loin possible.

Oksman monta sur la plate-forme d'haltérophilie, saisit une barre nue et s'attela à des soulevés de terre. Il se concentra pour garder le dos droit et travailler avec tout son corps. Quand ses muscles se furent habitués au mouvement, il passa à des séries de six, rapidement enchaînées, en ajoutant chaque fois sur la barre de quinze à vingt kilos. À la dixième série, il en était à cent quatre-vingts kilos et dut fournir de réels efforts. Il serra les dents, les tendons de son cou se contractèrent et un cri puissant s'échappa de ses lèvres. La fonte se souleva, il redressa le dos, puis les disques dégringolèrent sur le sol avec un bruit terrible. Au dernier soulevé de la série, il sentit ses yeux s'exorbiter et crut un instant qu'il n'y arriverait pas, mais trouva quelque part de nouvelles ressources et, lentement, tremblant de tout son corps, il décolla la barre du sol. Quand il la laissa retomber, sa poitrine resta longtemps à se gonfler des suites de l'effort. Quand il eut repris son souffle, il ajouta encore un disque à chaque extrémité de la barre et s'aperçut qu'il avait du public. Il en fut à la fois ennuyé et flatté. Pasi s'était joint au cercle des curieux, ce qui le poussa à redoubler d'efforts. Son record était de deux cent quarante kilos du premier coup, mais avec dix séries complètes derrière lui, c'était encore une autre paire de manches.

Il concentra toute son énergie, se frotta les mains avec de la magnésie et s'approcha de la barre, maintenant chargée de deux cents kilos. Il oublia toute autre pensée. Il n'y avait que la barre et lui. Le corps qu'il avait passé toute sa vie à exercer – et la fonte, qu'il devait plier à sa volonté. Il s'accroupit, sentit le poids mort des disques et se redressa. Le premier soulevé fut facile, mais il savait que le vrai test viendrait avec le dernier de la série. Son champ de vision s'était réduit à un étroit boyau et sa respiration fatiguée cherchait en vain son rythme. Avant son ultime effort, il eut le sentiment que chacun de ses muscles se déchiquetterait, mais ils tinrent, tels des ressorts d'acier. Des gouttes de salive jaillirent de sa bouche et, pouce par pouce, la barre se souleva. Il entendit les spectateurs, au loin, crier des encouragements.

« Bravo Henrik !

– Soulève cette barre, putain !

– Ne lâche rien ! »

Une fois les poids parvenus à hauteur de sa ceinture, il redressa le dos et les jambes et garda la barre suspendue un instant à bout de bras, comme pour s'assurer du résultat, avant de la laisser retomber sur la plate-forme.

« Bravo ! Beau soulevé ! » s'exclama l'un des agents. « La barre a décollé d'enfer ! »

Oksman s'appuya au mur pour ne pas perdre connaissance et attendit que le sang qui avait fui son cerveau y remonte. Son cuir chevelu et son visage le picotaient, des taches noires dansaient devant les yeux. Quand son vertige s'estompa, il se tourna pour regarder son public.

« Tes soulevés étaient parfaits, je n'en ai jamais réussi autant, même du premier coup, alors que je pèse vingt kilos de plus que toi », dit Pasi en s'approchant.

Oksman hocha la tête, trop essoufflé pour parler.

« Lauri et moi, reprit Pasi en désignant son coéquipier, on s'entraîne tous les deux jours si on n'est pas de permanence le soir. Si tu veux te joindre à nous, tu es le bienvenu. »

Oksman ne protesta pas. Il se contenta de hocher la tête et s'occupa de retirer les poids de la barre. Il entendit l'un des agents chuchoter à son camarade :

« Imagine ce qu'il soulèverait s'il mangeait correctement. Toute cette ferraille, déjà, avec son physique rachitique de rescapé de camp de concentration ! Il faudrait lui dire que ce n'est pas en se nourrissant de plats tout prêts qu'il obtiendra des résultats. »

Oksman pensait Pasi déjà loin quand il entendit soudain sa voix derrière lui. « Si tu veux boxer, je peux tenir les cibles. »

Il se retourna. « Lauri m'a dit que tu frappais en général le sac tout seul, poursuivit Pasi. Je me disais qu'avec un partenaire, ça pourrait être plus drôle. »

Oksman allait refuser, mais il hocha soudain la tête et se dirigea vers le tatami. Il sortit ses gants d'entraînement de son sac, noua les lacets et attendit que Pasi trouve sur les étagères des cibles à sa taille. Ils commencèrent tranquillement, et Oksman remarqua que ce n'était pas la première fois que son partenaire tenait des cibles. Ils reculaient et attaquaient à tour de rôle, et il laissa ses coups droits et ses crochets pleuvoir sur le cuir. Par moments, Pasi rendait les coups, et il perça même une fois la défense d'Oksman. Ça les fit rire tous les deux. Puis le rythme s'accéléra. La sueur coulait sur leurs visages et leurs T-shirts. À sa grande surprise, Oksman s'aperçut qu'il appréciait cet entraînement à deux. Quand ils eurent terminé, et tandis qu'ils buvaient chacun dans leur bouteille, Pasi déclara :

« Tu devrais intégrer l'équipe de boxe de l'hôtel de police. On pourrait peut-être un jour faire du sparring ensemble. »

Oksman hocha la tête et jeta son sac sur son épaule. Alors qu'il sortait de la salle pour aller se doucher, Pasi lança encore derrière lui : « Si ça t'intéresse, il y a un créneau réservé à la police, demain, à la piscine de Pihlava. Je pensais y aller. »

13

Jari Paloviita fixait les papiers étalés devant lui. Il tenta de lire celui du dessus, le rapport du labo sur la discothèque. Il avait recommencé trois fois depuis le début, mais s'était rendu compte dès le milieu de la première page qu'il ne retenait rien de ce qu'il lisait. Les mots se bousculaient sous ses yeux sans que son cerveau parvienne à s'en forger une vision d'ensemble. Quand il fermait les paupières, il voyait un tourbillon de couleurs qui grandissait encore et encore, jusqu'à l'obliger à les rouvrir.

Il était temps qu'il rentre chez lui. Dans son état de fatigue, il ne servait à rien. Et de toute façon, la PJC avait pris les choses en main. Il ne faisait partie que des troupes de soutien.

Il écarta les papiers, éteignit son ordinateur et allait se lever quand Linda, à la porte, lui lança :

« On a retrouvé la camionnette ! »

Paloviita tâtonna à la recherche de son appareil auditif, qui avait cette fois vraiment glissé de son oreille, et le remit en place. Il fixa Linda, stupéfait.

« La camionnette, quelle camionnette ? »

Linda vit son expression ahurie et rit. « J'ai dit qu'on y allait, idiot. Ramasse tes affaires, on va prendre ma voiture. »

Paloviita attrapa en vitesse sur son bureau ses clés, son téléphone et sa carte de police et enfila son blouson. Ils descendirent l'escalier en courant. Paloviita grimpa dans la voiture côté passager, recula le siège et sentit l'odeur de parfum qui flottait dans l'habitacle. Ce n'est qu'au bout de quelques minutes de trajet qu'il eut l'idée de demander : « Où est-ce qu'on va ?

– À une vieille carrière de sable d'Etu-Ameriikantie. Le Transporter y a été abandonné et incendié. Il brûle encore.

– Qui est sur place ?

– Tout le monde. Nous sommes les derniers. Les pompiers y sont aussi.

– Pourquoi est-ce que personne ne m'a prévenu ? » demanda Paloviita en sortant son téléphone pour s'apercevoir qu'il l'avait laissé sur silencieux et que Susanna Manner avait essayé de le joindre un quart d'heure plus tôt. Il remit le son et rangea sans rien dire l'appareil dans sa poche.

Linda sortit de la ville par Leppäkorpi. Ils passèrent à quelques centaines de mètres à peine de la maison de Paloviita, dont le faîte s'élevait au-dessus des autres constructions. Il nota que l'intérieur de la voiture de Linda aurait eu besoin d'un grand nettoyage. Le dos des sièges était couvert de cheveux, une canette de Pepsi Max vide traînait au pied du siège passager et le vide-poche de la console centrale débordait de vieux emballages de barres chocolatées. Ils n'eurent aucun mal à trouver la carrière, il suffisait de suivre le flot de civils qui se dirigeait vers le lieu de l'incendie. Derrière la cime des arbres, une épaisse colonne de fumée montait dans le ciel. Linda alluma le gyrophare bleu qui se trouvait sur le tableau de bord et klaxonna pour dégager le passage. Un nuage de poussière les suivait tel un cyclone.

Le dernier tronçon de route, un chemin forestier à une seule voie, était barré par une voiture de police qui s'écarta à leur arrivée. Le chemin s'enfonçait entre les arbres, descendait dans un vallon et remontait. La pinède, jeune mais dense, aurait eu besoin d'être éclaircie. La canicule avait tout grillé. Si on avait jeté une allumette dans les lichens, la forêt se serait en un instant transformée en brasier. Le soleil couchant tapait droit sur le pare-brise, la voiture cahotait.

Un cratère de sable de plusieurs hectares, profond de plus de dix mètres, s'ouvrit soudain devant eux. Le chemin faisait un brusque coude vers la gauche avant de descendre au fond, où poussaient de jeunes arbres souffreteux. Linda s'arrêta au bord du trou et, pendant un instant, ils contemplèrent le spectacle d'apocalypse. Des voitures de police et des véhicules civils étaient garés en tous sens dans l'excavation. Une colonne de fumée noire s'élevait au milieu du chaos, souillant le ciel sans nuages. Linda débraya et laissa la voiture descendre en roue libre dans la carrière dont les bords s'étaient remplis de curieux, arrivés à pied par la forêt.

Les pompiers avaient réussi à éteindre l'incendie. Il ne restait de la camionnette qu'une carcasse noircie dont ils arrachèrent les portières et le capot. Une épaisse odeur de caoutchouc, de plastique et d'huile de moteur brûlés flottait dans l'air. Raunela, le front plissé, était appuyé à la fourgonnette de la police scientifique. Il attendait de pouvoir travailler. Derrière lui, l'équipe d'experts des pompiers s'affairait. Paloviita savait exactement ce qu'il pensait : *est-ce qu'ils ont vraiment besoin de balancer autant d'eau ?*

Absolument tout le monde était sur place. Même le démineur, « Boum Boum » Naukkarinen, au cas où la camionnette aurait contenu des explosifs. On n'en avait visiblement pas trouvé, car il remballait son matériel dans sa voiture. Il ôta son casque à visière et son gilet de protection et les jeta dans le coffre.

Ils firent le tour de la carcasse fumante. Malgré la longue sécheresse, le sable formait une bouillie mouillée dans laquelle on s'enfonçait. Plus loin, il était sillonné de traces d'animaux. Des élans, des renards, des chiens viverrins.

« C'est celle de l'Envoyé ? demanda Paloviita à Raunela.

– Oui, confirma celui-ci sans tourner la tête.

– On va pouvoir récupérer quelque chose ? »

Raunela ne répondit pas, se contentant de fixer les restes noircis que les pompiers démantelaient pièce par pièce.

Quand l'examen technique put enfin commencer, la pénombre gagnait déjà. Le soleil avait pris une teinte rouge et se rapprochait de la cime des arbres. L'air se rafraîchit légèrement et Paloviita se félicita d'avoir pris son blouson. Les gens venus voir l'incendie avaient pour la plupart disparu. Il ne restait que quelques adolescents assis à fumer au bord de l'excavation. Le sol de cette dernière n'était plus qu'une masse de boue huileuse piétinée par des dizaines de bottes, mais les techniciens isolèrent malgré tout une aire d'une vingtaine de mètres de diamètre autour de la voiture. Raunela avait fait installer des générateurs et placer en cercle des projecteurs, sans encore les allumer. Paloviita jeta un coup d'œil à sa montre et constata qu'il était horriblement tard. Il sortit son téléphone de sa poche et appela Terhi. Il laissa sonner assez longtemps pour que le répondeur se déclenche, puis raccrocha.

Raunela et Salminen, qui avaient rampé dans l'habitacle, étaient couchés sur les sièges dans leurs combinaisons tachées de suie. Deux autres techniciens grattaient le tapis de caoutchouc fondu de l'arrière pour en prélever des échantillons, tandis qu'un de leurs collègues aspirait des fibres du rembourrage du toit. Paloviita essaya encore une fois de joindre Terhi, mais sans succès. Il suivit Linda, partie s'asseoir dans sa voiture, se laissa tomber sur le siège passager et posa la nuque sur l'appuie-tête.

« Ça va prendre toute la soirée », soupira-t-il.

Linda acquiesça. « Je peux te déposer à la gare, si tu veux. Ou chez toi.

– Non. Je vais attendre. »

Ils regardèrent le soleil se coucher lentement. Les couleurs étaient magnifiques, mais aucun d'eux ne fit de commentaire à ce sujet. La lumière tomba soudain sur le visage de Linda et ses cheveux semblèrent s'enflammer. Elle se tourna vers Paloviita, remarqua qu'il la regardait fixement et sourit. « Quoi ? »

Il lui rendit son sourire. « Rien. Je vais me dégourdir un peu les jambes, tu viens ? »

Ils sortirent. L'odeur qui flottait dans l'air s'était déjà en partie dissipée. Les derniers rayons du soleil ricochaient sur les nuées de moustiques qui voletaient dans la carrière et à la cime des pins. Les techniciens, équipés de détecteurs de métaux et de deux tamis, ratissaient maintenant le sable. Paloviita songea qu'une journée entière ne suffirait pas pour passer le terrain au peigne fin. Derrière les rubans de police, Raunela parlait au téléphone. Il avait ôté sa capuche. Linda et Paloviita se dirigèrent vers la dernière voiture de patrouille encore sur place. Elle monterait la garde toute la nuit, au cas où des intrus pénétreraient sur le site.

Même les adolescents fumeurs de cigarettes avaient quitté les lieux. Avec l'obscurité qui s'épaississait, il faisait de plus en plus frais et Paloviita se rendit compte que Linda était trop légèrement vêtue. Il ôta son blouson et le lui posa sur les épaules. Quand ils arrivèrent à la voiture de patrouille, deux agents en descendirent. Un homme et une femme, expérimentés. Ils se saluèrent.

« Longue journée », constata Paloviita.

L'homme, un vrai géant, sourit.

Linda parcourut la carrière du regard. L'érosion avait creusé les parois de l'excavation, si bien que par endroits, des pins étaient tombés du bord avec leurs racines. « L'Envoyé devait avoir une voiture qui l'attendait, dit-elle.

– Ou une moto, ou un vélo... à moins qu'il ne soit parti à pied par la forêt », fit remarquer la policière.

Linda secoua la tête. « Il était pressé. Il a fallu combien de temps pour repérer l'incendie ? »

Tous regardèrent l'agent aux tempes déjà grisonnantes qui portait au cou une croix dorée, visible par l'ouverture du col de sa combinaison. « Apparemment, la camionnette brûlait encore quand la première patrouille est arrivée.

– Ça n'a pas laissé beaucoup d'avance à l'incendiaire.

– Pourquoi est-ce qu'on n'a pas barré toutes les voies d'accès carrossables ? demanda la policière, et cette fois, tous les regards se tournèrent vers Paloviita.

– J'ai été le dernier prévenu, se défendit-il, tout en sachant que c'était faux.

– Il y a une chose que je ne comprends pas, dit le policier. Si on veut zigouiller des homos, pourquoi faire exploser toute une discothèque ? Comment savoir qui il y avait à l'intérieur ?

– Tu veux dire que la vie des hétéros aurait plus de valeur ? demanda Paloviita.

– Est-ce que j'ai dit ça ? Mais je sais que dans ce pays, il y a beaucoup de gens qui préfèrent ne pas voir des moustachus se promener main dans la main dans leur rue. »

Paloviita allait répondre, mais la main de Linda se posa sur son épaule comme pour dire : *laisse tomber, allons-y.*

Ils abandonnèrent la patrouille et escaladèrent la pente. Elle était si raide qu'ils durent se hisser en griffant le sable. Paloviita, arrivé le premier en haut, tendit la main à Linda pour l'aider à franchir les derniers mètres.

Elle s'assit dans la bruyère tout au bord de l'excavation et se serra dans le blouson de Paloviita. Il s'assit à côté d'elle. Ils regardèrent le site de l'incendie, en contrebas. Les projecteurs avaient été allumés, leurs longs faisceaux entaillaient le sol de blessures autour desquelles tout avait l'air encore plus noir.

Linda sortit ses cigarettes. Elle tendit le paquet à Paloviita, qui secoua la tête. Mais quand elle en eut allumé une, son odeur flotta jusqu'à ses narines.

« Je pourrais peut-être, après tout… »

Linda lui donna la sienne et en alluma une nouvelle.

« Ne fais pas attention à Rami, dit-elle avec un signe de tête en direction de l'agent. Il est toujours comme ça, mais il n'est pas méchant.

– Juste homophobe et raciste, c'est ça ? » demanda Paloviita.

Linda rit. « Bon, OK. Je veux dire, en dehors de ça. »

Paloviita inspira profondément la fumée puis la laissa sortir en un long ruban. Il avait renoncé au tabac depuis des années, quand il avait commencé à sortir avec Terhi. Depuis, il ne fumait guère que quand il avait bu, lors de soirées de sauna avec des collègues, mais il se rendit une fois de plus compte à quel point il lui serait facile de recommencer.

« Ville a l'intention de demander la garde exclusive de Linnea », dit Linda sans tourner les yeux vers lui.

Paloviita tenta de capter son regard, mais elle évitait volontairement tout contact visuel « Pourquoi ? » demanda-t-il, ne sachant trop que dire d'autre. Il regretta aussitôt d'avoir ouvert la bouche. Il n'avait jamais su se taire quand il aurait fallu.

Linda fixait les techniciens qui ratissaient la scène de crime, mais son regard était tourné en elle-même. « D'après lui, je suis une mauvaise mère. »

Paloviita se rapprocha et l'entoura de son bras. Elle posa la tête sur son épaule. Un frisson le parcourut. Il sentait son odeur, différente de celle de Terhi.

« Tu n'es pas une mauvaise mère, assura-t-il.

– Qu'est-ce que tu en sais ?

– Je le sais, c'est tout.
– Ville est avocat, spécialisé dans le droit de la famille. Je ne sais pas quoi faire.
– Tu as essayé de lui parler ?
– Mille fois.
– Et Linnea, qu'est-ce qu'elle voudrait ?
– Ça finit chaque fois en dispute. »
Ils se turent, terminèrent leurs cigarettes et enfoncèrent leurs mégots dans le sable. Paloviita tenta de trouver les bons mots pour briser le silence.
« Nous sommes fauchés, dit-il pour finir. La maison a coûté beaucoup trop cher et le père de Terhi me harcèle parce que nos remboursements sont en retard. »
Linda se redressa, leurs corps se séparèrent. Paloviita ôta sa main de ses hanches.
« En quoi est-ce que ça regarde ton beau-père ? » demanda Linda.
Paloviita soupira. Il n'avait jamais abordé la question avec qui que ce soit d'extérieur, mais maintenant que les masques tombaient, c'était un soulagement. « Quand nous avons décidé de construire, le père de Terhi s'est offert pour cautionner tous nos emprunts. Et maintenant il ne cesse de nous rappeler tout ce pour quoi nous devrions lui être reconnaissants – et bien sûr nous le sommes, mais…
– Mais il l'utilise comme une arme contre toi », termina Linda.
Paloviita acquiesça. « Il fait tout pour semer la zizanie entre Terhi et moi, et déchirer toute la famille.
– Vendez la maison. Ce ne sont que des murs. Quand nous avons divorcé, avec Ville, ça a complètement dérapé. Nous faisions et disions des choses inimaginables, parce que nous voulions nous venger l'un de l'autre. Nous avons tout perdu dans l'affaire, alors crois-moi : accroche-toi à Terhi,

parce que tu ne regretteras jamais rien autant que d'avoir détruit ta famille à cause de quelques murs. »

Le soleil finit de plonger derrière les arbres. À travers les troncs, ses rayons éclairèrent leurs visages d'un éventail rouge. Linda chercha la main de Paloviita et la serra dans la sienne. Aucun d'eux ne tourna les yeux vers l'autre, car ils avaient peur de ce qu'ils auraient pu y voir.

14

En arrivant au tournant, Oksman ralentit, tandis que les battements de son cœur s'accéléraient. La Volvo de son père était garée dans l'allée. Il lâcha un juron. Il avait vu dans le journal l'annonce de l'assemblée de l'entreprise locale de drainage, et en avait conclu que son père, qui y participait toujours, serait absent. Mais il se faisait vieux... ou, songea-t-il en déglutissant, *un imprévu* l'avait contraint à rester à la maison. Il n'avait aucune idée de ce que cet *imprévu* pouvait être, mais il fut tenté de faire demi-tour et de rentrer chez lui. La perspective de retrouver son appartement désert l'angoissait cependant encore plus. La possibilité que son nom surgisse dans l'enquête sur la discothèque lui rongeait les entrailles.

Il se gara à côté de la voiture de son père et mit pied à terre. Riki, le doberman boiteux, se mit à aboyer et à courir en claudiquant, l'écume à la bouche, tout autour de sa cage.

Oksman ne lui accorda pas même un regard.

Ses parents habitaient une maison des années soixante, recouverte de crépi, entourée d'un jardin parfaitement entretenu. Le terrain était bordé d'une étable à soubassement en pierre naturelle, transformée en atelier, et d'un hangar de tôle abritant des machines agricoles.

La porte s'ouvrit et son père sortit sur le perron.

Il portait un pantalon de ville et une chemise blanche au col jauni agrémentée d'une cravate à carreaux noirs et rouges qu'Oksman lui avait toujours connue. Ils se regardèrent un instant, puis il se dirigea vers son père. Ce dernier lui serra la main et le laissa entrer.

« Ta gueule ! » cria-t-il à Riki, qui hurla comme s'il avait reçu un coup de pied et coucha ses oreilles coupées. Oksman ôta ses chaussures et se dirigea vers la cuisine. Sa mère y essuyait les placards avec un chiffon, la cafetière glougloutait sur le coin de l'évier.

« Bonjour », dit Oksman, et elle se retourna.

Le père les rejoignit. « Ça vient cette année, ou quoi, ce putain de café ? »

La mère jeta un coup d'œil à la cafetière, puis à Oksman. « S'il te plaît, Timo, surtout devant Henrik.

– Je vais t'aider », dit Oksman.

Il prit des tasses dans le vaisselier et les disposa sur la table. Sa mère lui adressa un regard reconnaissant. Il jeta un coup d'œil à son père, debout à la porte, qui les observait comme il l'avait vu faire des milliers de fois : à surveiller que tout soit fait dans les règles. Il avait toujours une santé de fer, le ventre plat et de larges épaules. Ses bras croisés ressemblaient à des haubans de pont et son visage anguleux paraissait taillé à la serpe dans de l'os massif.

Soudain, il tourna les talons et sortit de la maison. La porte claqua. Par la fenêtre, Oksman le vit traverser le jardin jusqu'au chenil et caresser Riki, dont le moignon de queue battit l'air comme un essuie-glace cassé. Puis il le saisit par le menton et serra. Les canines et les gencives du chien se découvrirent, sa queue s'arrêta et s'abaissa. Quand son maître se mit ensuite à lui parler, elle reprit son mouvement. La mère d'Oksman regarda elle aussi dehors sans rien dire.

« Comme va ton ventre ? lui demanda-t-il.

– Mieux. Ton père m'a rapporté de la pharmacie des comprimés à croquer. Lui aussi s'est inquiété. » Elle lui tendit une simple boîte de Rennie. Il la lui rendit.

« Tu as vu un médecin ? »

Elle vérifia par la fenêtre que son mari était encore dans le chenil, alla au placard d'angle et en sortit une enveloppe « J'ai téléphoné. J'ai rendez-vous mardi. »

Oksman sortit la lettre de l'enveloppe et la lut. « Une convocation pour une endoscopie de l'œsophage et de l'estomac, constata-t-il. Comment vas-tu y aller ?

– Ton père va m'emmener », dit-elle, et elle corrigea aussitôt : « Ou j'irai à vélo. Il est toujours très occupé. Il y a la réunion de la société de chasse, ce jour-là. Il est président du conseil d'administration.

– Je peux te conduire », s'empressa de proposer Oksman en lui rendant l'enveloppe.

Elle sourit, puis son regard s'assombrit. « Et toi, comment vas-tu ? Tu es tout pâle.

– Au travail... j'ai... ça va. »

Ils restèrent debout à se regarder, les bras ballants. Ils avaient tous les deux envie de se toucher, mais un mur invisible les séparait, bâti depuis longtemps, avec application, par chacun d'eux. La porte d'entrée s'ouvrit, on entendit des bruits de pas dans le vestibule. La mère pivota brusquement, fourra l'enveloppe dans le placard, saisit la cafetière et remplit la tasse de son mari. Ce dernier s'assit à sa place devant la fenêtre, et Oksman à côté de lui.

« Qu'est-ce que vous avez comploté pendant que j'étais dehors ? » demanda le père, et sa femme et son fils se raidirent. Son sourire montrait cependant qu'il plaisantait – pour une fois.

« Comment s'annonce la récolte ? demanda Oksman.

– Il pourrait pleuvoir plus. »

Son père but son café brûlant en trois gorgées et reposa bruyamment sa tasse sur sa soucoupe. Sa mère se précipita pour le resservir et leur proposa des Pim's, mais aucun d'eux n'en prit. Elle en porta un à sa bouche et s'assit enfin elle aussi.

Son mari la regarda avec un sourire cruel. « Tu ne devrais pas te goinfrer comme ça, il te faut déjà deux chaises pour caser ton cul. »

Elle sourit comme à une histoire drôle, mais la bouche d'Oksman se réduisit à un trait.

En deux ans, sa mère avait perdu au moins dix kilos, peut-être même près de vingt, et pour le reste aussi, elle paraissait plus transparente. Ce n'était pas seulement l'âge. Il avait constaté en elle d'autres changements. Les pauses qu'elle était obligée de faire – et ses gestes de plus en plus mécaniques. Son visage s'était crispé et une souffrance qu'elle tentait de cacher perçait au fond de ses yeux.

Le père froissa sa serviette et la laissa tomber dans la tasse qu'il venait de vider pour la seconde fois. Il jeta un coup d'œil à sa montre. « C'est l'heure des informations », dit-il, et il alla dans le séjour, alluma la télévision et s'assit dans le fauteuil à bascule. Oksman le suivit et prit place sur le canapé. Sa mère les rejoignit, mais seulement après avoir lavé, séché et rangé toute la vaisselle dans le placard.

L'attentat de la discothèque occupait l'essentiel du journal. Les présentateurs résumèrent tout ce que l'on savait de l'affaire. L'invité était cette fois le chef de la Police judiciaire centrale, qui encouragea les téléspectateurs à communiquer aux autorités le moindre renseignement en leur possession.

Le père se balançait dans son fauteuil, jambes croisées, la cheville agitée d'un mouvement saccadé.

« Tu participes à ça ? » demanda-t-il à son fils. Sa cheville s'immobilisa.

« Non, l'affaire a été confiée à la Police judiciaire centrale.

– Pourquoi est-ce qu'ils gaspillent leur temps là-dessus ? Ils feraient mieux de laisser faire ce garçon. Il rend service à la société.

– Service ? s'étonna Oksman.

– En s'attaquant à cette ignominie. On a l'impression qu'il y a de plus en plus de tantouzes partout. J'ai écouté son discours, à la télévision, et j'ai applaudi debout », dit-il, et il se tourna vers sa femme. « Et toi aussi, n'est-ce pas ? »

Elle hocha la tête, et Oksman ne douta pas un instant de la véracité du fait.

Le père se leva. Son cou et son visage rougeoyaient. « Pour une fois, quelqu'un ose parler franchement. Tout ce qu'il dit est vrai. L'homosexualité est contre-nature, c'est un péché et on l'a laissée proliférer bien trop librement. Je ne comprends pas qu'on tolère une telle obscénité ! »

Il se mit à marcher de long en large devant la télévision, comme Oksman se rappelait l'avoir toujours vu faire quand des informations le mettaient hors de lui. « Croyez-moi, si j'étais plus jeune, j'irais moi-même en ville, là où il va y avoir cette parade de gouines. C'est invraisemblable ! Tout ça est à vomir ! Ils obligent sans doute aussi leurs enfants à y participer, je ne vois pas ce qui pourrait être plus pervers !

– Ce n'est pas une parade, corrigea Oksman, mais une marche en hommage aux victimes de l'attentat. On y attend plus d'un millier de personnes. Il y aura des politiciens, des fonctionnaires et même des prêtres.

– Des prêtres ! Si jamais je te vois à une manifestation de ce genre, tu peux être sûr que tu ne remettras plus les pieds ici. »

L'image du studio de télévision fit place à un direct depuis Pori avec, devant la mer de fleurs qui ondoyait sur le perron noirci de la discothèque, une interview du président de la section du Satakunta de l'Association pour les droits des LGBT, qui expliqua que les demandes d'adhésion avaient fortement augmenté depuis l'attentat, de même que les dons, qui seraient reversés aux proches des victimes. Au retour dans le studio, un invité avait fait son apparition : Kristian Ramberg, un designer de renommée internationale originaire de Pori.

Oksman jeta un coup d'œil à la télévision et se figea. Le visage souriant de Ramberg, agrémenté d'une barbe de trois jours, emplissait l'écran. Il sentit son regard transpercer l'écran de cristaux liquides et pénétrer en lui. Son corps s'engourdit, tandis que des tics incontrôlables agitaient ses joues et sa pomme d'Adam.

Son père se tourna lui aussi, vit Ramberg et éructa : « Regardez cette raclure ! Il habite tout près d'ici. Et cette tête de nœud, avec ses simagrées, se promène dans la rue comme si l'Europe lui appartenait ! »

Il fit semblant de cracher sur le tapis à ses pieds.

Oksman resta muet, incapable d'articuler un mot. Il fixait l'émission. Des vagues de chaud et de froid alternaient sur sa peau, lui hérissant les poils des bras. Et si Ramberg déclarait soudain qu'il était dans la discothèque le soir de l'attentat – et qu'il en était parti avec quelqu'un…

Avec lui.

« Kristian Ramberg, vous avez été tout au long de votre carrière le porte-parole de la communauté homosexuelle. Le débat sur le mariage gay a-t-il été à votre avis l'élément déclencheur de cet acte terroriste ? » demanda la journaliste.

Ramberg avait la mine grave, mais le regard aussi doux que dans les souvenirs d'Oksman, dans la pénombre de l'hôtel Vaakuna. Il se rappelait bien d'autres choses : le parfum de son après-rasage, sa barbe rêche contre sa joue, ses mains déterminées et exigeantes sur sa peau, ses baisers sur ses lèvres, tendres, vertigineux.

« J'observe depuis longtemps avec inquiétude la montée du fondamentalisme religieux en Europe et ailleurs dans le monde et j'avais peur que quelque chose de ce genre se produise aussi en Finlande. Cet attentat a néanmoins été une surprise, et un choc.

– Vous êtes ouvertement homosexuel. Quels sentiments cet acte éveille-t-il en vous ?

– Quels sentiments ? Avant tout de la tristesse, et de la compassion pour les proches des victimes, dit Ramberg. Mais aussi de l'amertume, parce que la société finlandaise n'a toujours pas réussi à se débarrasser de l'homophobie.

– L'Envoyé accuse les médias de propagande gay et reproche aux décideurs et aux autorités de soutenir les homosexuels. Que vous inspire un tel discours ? »

Ramberg jeta un regard bienveillant à la journaliste, qui avait au moins dix ans de moins que lui.

« Il n'y a rien de nouveau dans le message de l'Envoyé. On entend la même chose décennie après décennie, siècle après siècle, dans la bouche de différentes personnes. Non seulement c'est idiot, mais c'est faux. L'homosexualité a été criminalisée en Finlande jusqu'en 1971 et n'a été rayée de la liste officielle des maladies mentales qu'en 1981. En fin de compte, rien dans la loi n'a changé en faveur des homosexuels avant 2017, quand le mariage entre personnes du même sexe a été autorisé. Et toutes les tentatives pour modifier la législation continuent de vite se heurter aux contorsions des politiques.

– L'attentat a été salué par différents groupes extrémistes. Cela vous fait-il peur ?

– Je suis fatigué d'avoir peur. Il y a toujours eu des groupes incitant à la haine et aux préjugés à l'encontre des minorités. Les homosexuels constituent une toute petite communauté, il est facile de les ostraciser. Peu de gens s'intéressent à nos droits. Il faut du courage pour s'assumer tel que l'on est. D'un autre côté, ailleurs dans le monde, la situation est bien pire. L'homosexualité reste interdite par la loi dans soixante-dix pays et, dans plusieurs d'entre eux, elle est punie de plus de dix ans de prison. Les relations homosexuelles exposent à la peine de mort en Arabie saoudite, au Soudan, en Mauritanie, en Iran et au Yémen. »

Oksman jeta un regard à son père, qui avait lui aussi les yeux rivés sur l'écran. Sa pomme d'Adam et ses veines palpitaient comme les siennes mais, dans son cas, c'était sous l'effet d'une haine implacable et non par simple nervosité.

« La situation des homosexuels est particulièrement difficile en Afrique, poursuivit Ramberg. L'homosexualité y est interdite par la loi dans plus de trente pays. À l'exception de l'Afrique du Sud, le continent entier est homophobe. En 2011, le journal ougandais *Rolling Stone* a publié la photo de cent homosexuels ougandais et réclamé qu'ils soient pendus. L'un d'eux a été assassiné en janvier de l'année suivante. Au Brésil, on a enregistré entre 1980 et 2000 près de deux mille meurtres liés à l'homophobie, et ils sont aussi quotidiens ailleurs. L'hostilité envers l'homosexualité mène facilement à la haine des homosexuels eux-mêmes, auxquels on assimile aussi les travestis.

– L'Envoyé n'est donc pas seul ? »

Ramberg soupira. « Hélas non. L'incitation à la haine contre les homosexuels est partout. C'est une guerre de l'information permanente. Tandis qu'un camp encourage la haine, les organisations arc-en-ciel défendent leurs droits. Il suffit de regarder de l'autre côté de la frontière, en Russie, où des lois réprimant très sévèrement l'homosexualité ont été adoptées. D'après des études, les trois quarts des Russes la considèrent comme une maladie ou un trouble mental. Les agressions contre les gays y sont quotidiennes et la police les accueille avec indifférence. »

Le père d'Oksman saisit la télécommande et éteignit la télévision. Son corps tressaillait de fureur. La mère et le fils se regardèrent. Ils avaient beau être habitués à ses accès de colère, ceux-ci restaient imprévisibles et les maintenaient tous les deux en alerte. Il se tourna vers eux, le visage et le cou agités de tics, les poings serrés.

« Ce sont… des abominations ! haleta-t-il. C'est contre-nature… c'est… cet homme devrait tous les faire exploser pour les envoyer en enfer ! »

Il se dirigea vers le mur où était accrochée une icône représentant le Messie, avec à la main une bougie dont la flamme dessinait une colombe. Il la pointa du doigt. « De tels ignominieux, à la télévision ! Des prêtres défilant avec des pédés ! Profanant le nom du fils de Dieu ! La fin est proche. Prions. »

Il joignit les mains mais, avant de fermer les yeux, vérifia que sa femme et son fils en faisaient autant, puis récita : « Notre père qui est aux cieux. Que ton nom soit sanctifié. Que ton règne vienne. Que ta volonté soit faite sur la terre comme au ciel… »

Oksman, atone, fixait le papier peint jauni du mur sur lequel la lumière tombant de la fenêtre dessinait un carré.

« Amen, conclut son père.

– Amen, répéta sa mère.

– Amen », marmonna-t-il.

Son père ouvrit les yeux. Il y brillait une satisfaction béate.

« Bien », dit-il, et il le regarda. « Il serait peut-être temps que tu y ailles. »

Oksman se leva et suivit sa mère dans le vestibule. Il remit ses chaussures et enfila son blouson.

« À mardi », chuchota-t-il.

Quand il ouvrit la porte et descendit les marches. Riki se mit encore une fois à aboyer furieusement. Oksman jeta un coup d'œil à la fenêtre, derrière lui, et vit son père et sa mère debout côte à côte derrière la vitre. Il monta dans sa voiture, recula jusqu'à la route et prit le chemin de la ville. Le soleil brillait, orange, telle une pièce de monnaie fondue, dans un ciel bleu pastel. Aucun signe de la pluie espérée par son père, en tout cas pour cette nuit.

15

Le père est assis dans un fauteuil, la tête penchée en arrière. Ses paupières sont closes. Sa jambe droite, dans laquelle le diabète a commencé à creuser des trous de plus en plus profonds, repose sur un tabouret telle une cuisse de poulet décharnée ayant doucement commencé à pourrir.

« … se sont enflammés dans leurs désirs les uns pour les autres, commettant homme avec homme des choses infâmes, et recevant en eux-mêmes le salaire que méritait leur égarement. »

Le fils doit s'interrompre pour tourner la page, mais cela prend du temps car les pansements de ses mains l'empêchent de bouger les doigts. La douleur lui élance tout le corps, il brûle de fièvre, comme si on avait pelleté en lui des charbons ardents. Le père ouvre les yeux et le regarde se débattre, les doigts tremblants, avec les fines pages de la Bible.

« Tu es un bon garçon, n'est-ce pas ?

– Oui, papa. »

Ses doigts tressaillent. Les éclairs de douleur jaillissant de ses mains et de ses pieds se propagent aux creux de ses genoux et de ses coudes et de là à son cerveau. La sueur ruisselle le long de sa colonne vertébrale et goutte de son front sur la bible, imbibant le papier.

« Tu vas pouvoir manquer l'école pendant un certain temps.

– Merci, papa. »

La page finit par se tourner.

« Je ne suis pas un mauvais homme, n'est-ce pas ? C'est pour ton bien. Tu ne m'en veux pas ?

– Non, papa, tu ne l'es pas… et je ne t'en veux pas. »

Le père se recule de nouveau dans son fauteuil et ferme les yeux. Les lèvres du garçon se remettent à bouger tandis qu'il déchiffre les mots :

« … Ne savez-vous pas que les injustes n'hériteront point le royaume de Dieu ? Ne vous y trompez pas… »

Le garçon enroule les extrémités dénudées d'un fil de cuivre autour des pôles d'une pile. Des lumières s'allument dans les yeux de la poupée Ken dévêtue. Le moteur électrique démonté d'une voiture téléguidée ronronne, la tête en plastique de Ken tourne follement d'un côté à l'autre. Le garçon regarde un instant la poupée, la retourne entre ses mains, puis la place sur une croix en bois grossièrement sculptée, lui écarte de force les bras, pose la pointe d'un clou pour béton sur sa paume et l'enfonce à coups de marteau.

« Tu as été méchant. »

16

Il était dix heures et demie du soir quand Paloviita rentra chez lui. Il laissa ses vêtements sentant la fumée, l'huile de moteur et la cigarette s'aérer sur la terrasse à l'arrière de la maison et alla prendre une douche. Il enfila un pyjama en flanelle et rejoignit Terhi, assise sur le canapé du séjour à faire des mots croisés. Elle lâcha son journal et son crayon.

Il se laissa tomber dans un fauteuil et posa les pieds sur la table basse. Sans rien dire, il poussa un profond soupir.

« On en a parlé à la télé », constata Terhi.

Il jeta un coup d'œil à sa montre. « Presque onze heures d'affilée. J'ai essayé de t'appeler deux ou trois fois.

– J'ai vu, mais je n'ai pas eu le temps de te rappeler. »

Paloviita se leva. Il fit le tour de la table et s'assit à côté de sa femme. Il s'y sentait de nouveau autorisé. L'automne précédent, quand il avait brièvement occupé le poste de commissaire suppléant et dirigé une enquête sur une attaque au couteau, ils n'avaient cessé de se disputer et Terhi avait même passé quelques nuits chez ses parents avec les enfants. Il l'avait pris comme un avertissement, d'ailleurs efficace. Il s'était ressaisi, avait participé plus activement au quotidien de la famille, aux tâches ménagères et aux occupations des filles, et, peu à peu, ses rapports avec Terhi s'étaient améliorés. À Noël encore, il n'aurait pas pu la serrer contre lui sans qu'elle se fâche, mais là, elle le laissa passer son bras autour de la taille.

« La nuit commence à tomber plus vite, dit-il.

– Plus que quelques semaines avant la rentrée des classes. Ensuite, il faudra de nouveau emmener les filles au jardin d'enfants. »

Il le savait. Il était aussi conscient de leur chance : grâce au métier d'enseignante de Terhi, ils économisaient pendant toutes les vacances d'été sur les frais de garde des petites.

Le journal télévisé commençait, avec à la une l'attentat de la discothèque et la camionnette retrouvée dans la carrière de sable. Apparemment, l'hélicoptère qui tournoyait autour du site appartenait aux médias. Paloviita tenta de s'identifier parmi les petits points. Il crut se reconnaître, mais sans certitude.

« Le monde va mal, commenta Terhi. Il y a quinze ans, la situation semblait évoluer dans la bonne direction. Puis il s'est passé quelque chose. Comment est-il encore possible que quelqu'un puisse s'imaginer qu'en tuant, il obéit à la volonté de Dieu ? Je me dis parfois qu'il aurait été beaucoup plus facile de ne pas faire naître d'enfants dans un tel monde. Et si l'une des filles se révèle être lesbienne, ou les deux ? Est-ce qu'on devra vivre dans la peur qu'un fou les fasse exploser pour ça ? »

Paloviita ne répondit pas. Il était d'accord. Le monde allait vraiment mal. Les réseaux sociaux débordaient de campagnes antivax, de théories sur les chemtrails, de discours climatosceptiques et de fake news. Les débats qui proliféraient sans contrôle sur le Net avaient divisé la nation en deux. Il attira Terhi contre lui. Elle ne protesta pas. Il la tourna vers lui et l'embrassa sur la bouche. Elle répondit à son baiser. Un courant électrique le traversa et s'installa dans son bas-ventre, où il sentit monter une pression. Il posa la main sur la poitrine de Terhi et sentit sa fermeté sous sa chemise de nuit. Mais quand il glissa l'autre main sur sa cuisse et commença à remonter, elle la repoussa et s'écarta.

« Pas aujourd'hui, chéri, je suis fatiguée. Mieux vaudrait attendre demain, dit-elle », et elle tira le bas de sa chemise de nuit sur ses jambes.

Paloviita avala la salive qui s'était accumulée dans sa bouche et hocha docilement la tête.

« OK », dit-il d'une voix rauque, tentant de faire comme si la décision était partagée. « Je vais aller jeter un coup d'œil aux filles et me coucher. Tu viens aussi ? »

Terhi reprit sa grille de mots croisés et se pencha pour la remplir. « Je vais rester encore un peu. Bonne nuit.

– Bonne nuit. »

17

Paloviita descendit de voiture et emplit ses poumons d'oxygène. Aux alentours de Niinisalo, il avait plu pendant la nuit. La terre était encore humide, et la rafraîchissante odeur de pin et de bruyère qui flottait dans l'air lui rappela les jeux de son enfance dans la forêt de Paratiisinmäki avec son meilleur ami, Antti.

« J'ai passé pas mal de temps ici entre l'été et l'hiver 96, dit-il en regardant autour de lui. Cela fait une bonne vingtaine d'années, l'endroit a changé, mais ces canons étaient déjà là et le Foyer du soldat n'a pas bougé. » Il se tourna vers Oksman. Celui-ci fixait d'un air maussade la barrière qui s'ouvrait, de l'autre côté du parking, pour laisser entrer sur le terrain de la garnison un groupe de soldats en tenue léopard. « Où est-ce que tu as fait l'armée ?

– À Upinniemi.

– Fusilier marin ?

– Policier militaire. »

Paloviita rit. « J'aurais dû m'en douter. »

Ils se dirigèrent vers le portail. Deux conscrits de la police militaire y montaient la garde. De jeunes types à la mine sévère dont la barbe avait à peine commencé à pousser. Paloviita et Oksman montrèrent leur carte de police.

L'un des conscrits les conduisit à travers une gigantesque aire goudronnée jusqu'à un bâtiment de trois étages en béton gris préfabriqué.

« Combien de jours avant la quille ? demanda Paloviita.

– Dans les quatre-vingt-dix.

– Aoutch ! » compatit-il.

La porte s'ouvrit devant eux et un homme d'une cinquantaine d'années, petit et large d'épaules, dont les cheveux coupés en brosse grisonnaient déjà sur les tempes, s'avança à leur rencontre. Il avait un visage étroit, cabossé, avec des yeux noirs profondément enfoncés. Une femme en tenue de camouflage au col orné d'insignes de capitaine l'accompagnait. L'homme lui dit quelque chose puis se tourna vers eux tandis que la capitaine poursuivait son chemin vers les barres de logements. Il leur serra la main avec un sourire qui n'avait rien de sincère mais s'élargissait malgré tout avec naturel sur son visage. Résultat d'un entraînement intensif, songea Paloviita. Il jeta un coup d'œil dans le dos de la capitaine. Il n'avait pas l'habitude de voir des soldates en uniforme. En 1996, il n'y avait dans toute la garnison que deux chambrées de femmes, en plus, bien sûr, de celles des magazines que les soldats rapportaient clandestinement de permission. Certaines choses, quand même, évoluaient dans le bon sens.

Le petit homme aux tempes grises était le commandant de la garnison, le colonel Simo Saariluoma. Il correspondait exactement à l'image que Paloviita s'était toujours faite des officiers : une puce coriace au visage fermé, constamment sur les nerfs.

Le colonel les fit entrer et monter au premier étage. Le bâtiment était ancien, mais entièrement rénové, avec des bureaux modernes, peints de couleurs vives. Celui du colonel se trouvait au bout du couloir. Oksman et Paloviita jetèrent des regards curieux sur les côtés. De nombreux postes de travail étaient occupés par des officiers en uniforme, mais une bonne moitié du personnel était en civil. N'était l'éclat des galons, on aurait pu se croire dans le couloir de n'importe quel immeuble de bureaux finlandais. On ne voyait nulle part de cartes ou de photos aériennes de la frontière russe. Seuls des modèles réduits de canons de différentes époques, dans une vitrine au milieu du couloir, rappelaient l'armée.

Le commandant disposait d'une vaste pièce. La fenêtre, qui occupait tout un côté, s'ouvrait sur la place d'armes où se déroulait un exercice d'ordre serré. Une grande table de réunion se dressait en face, sous un portrait en buste du maréchal Mannerheim. Le bureau du colonel se trouvait dans le fond et, dans la bibliothèque bien garnie, les livres se tenaient eux aussi en rang comme des soldats. Oksman remarqua qu'aucun papier ni dossier ne traînait nulle part, sans même parler du moindre grain de poussière.

Paloviita alla à la fenêtre et observa les soldats qui s'alignaient, faisaient demi-tour et s'élançaient tous ensemble au pas gymnastique telles de petites fourmis. Il se rappelait parfaitement la place et les exercices d'ordre serré. Il constata que le temps avait embelli ses souvenirs. À l'époque, il avait ressenti chaque heure du service militaire comme une punition, mais maintenant cette période lui manquait, et il regrettait surtout quelques camarades de chambrée dont il n'avait plus de nouvelles. Le colonel leur fit signe de s'asseoir dans les confortables fauteuils en cuir réservés aux visiteurs.

« Merci de vous être déplacés, dit-il. J'aurais eu beaucoup de mal à trouver le temps de venir jusqu'à Pori. Un café ? »

Paloviita et Oksman secouèrent la tête.

« Vous comprenez sûrement que cette affaire de grenades est très embarrassante, poursuivit le colonel en appuyant une ou deux fois d'un air pensif sur le poussoir de son stylo à bille. Pas seulement pour la garnison, mais pour toutes nos forces de défense. La disparition d'engins explosifs et d'armes automatiques a causé un sacré ramdam, et des têtes sont tombées ici ou là. Et voilà que ces grenades ont servi pour commettre un acte terroriste sur le territoire finlandais.

– Je comprends », dit Paloviita.

Le colonel examina ses interlocuteurs, lèvres plissées. « Que voulez-vous savoir ? Je vous aiderai autant que je le pourrai, et si j'en suis moi-même incapable, je ferai appel à quelqu'un qui s'en chargera. C'est notre priorité absolue.

– L'enquête sur le vol a été clôturée, dit Paloviita. Il y a très peu d'éléments concrets dans les procès-verbaux. »

Le colonel hocha la tête. « Le capitaine qui commandait les exercices de tir, à l'époque, n'est plus dans l'armée.

– Il a été renvoyé ? demanda Oksman.

– Dans nos forces de défense, nous assumons de lourdes responsabilités. Les appelés constituent un échantillon représentatif de la société. Dans chaque contingent, on trouve des têtes bien faites, des imbéciles, des timides, des durs et des comiques. Il y a des riches, des pauvres, des sportifs, des gros et des maigres. Et nous leur donnons à tous des armes et des munitions réelles. Vous pouvez imaginer les risques. Le capitaine en question ne se trouvait même pas dans les parages du lieu du vol. Il dormait chez lui, à vingt kilomètres de Niinisalo, mais peu importe : il était responsable. L'enquête interne a révélé de graves manquements à la sécurité lors de l'entraînement.

– Des manquements ? »

Le colonel changea de position. « Premièrement, il n'y avait pas de gardes postés sur toutes les routes conduisant au champ de tir, mais uniquement devant les accès principaux, qui n'étaient pas fermés à clé. N'importe qui aurait pu, en pratique, pénétrer sur le terrain en fracturant les serrures des portails secondaires.

– Mais elles n'ont pas été fracturées, constata Oksman.

– Non, mais une fois constaté, ce manquement a été pris très au sérieux. Deuxièmement, l'arrière du camion de munitions n'était pas correctement verrouillé.

– Pourquoi ?

– Conformément au règlement en vigueur à l'époque, il devait être gardé vingt-quatre heures sur vingt-quatre. Le commandant d'unité avait considéré que cette surveillance était suffisante pour éviter que qui que ce soit puisse avoir accès au camion sans être vu.

– D'après les rapports, la garde était assurée par des conscrits.

– De nos jours, les camions de munitions ne restent plus sur le terrain pendant les exercices, ils sont ramenés à la garnison.

– Qu'a conclu l'enquête interne ?

– La même chose que la police, qu'il s'agissait selon toute vraisemblance d'un travail de professionnel planifié avec soin. Les voleurs savaient où se trouvait le camion de munitions et connaissaient son contenu. On utilise très rarement de véritables grenades lors de l'entraînement. En pratique, deux fois par an, pendant les classes, en été et en hiver.

– Et les voleurs ? demanda Oksman.

– Il a été conclu, au vu des vols d'armes similaires commis au même moment ailleurs en Europe et dans les pays nordiques, qu'il s'agissait d'un réseau international. » Le colonel marqua une pause. « Mais l'attentat contre la discothèque jette évidemment une tout autre lumière sur l'affaire.

– A-t-il été envisagé que le voleur puisse être un des soldats ayant participé à l'entraînement ? » demanda Oksman.

Le colonel le fixa. Son irritation était palpable.

« La police a bien sûr pris en compte cette éventualité. Tous les soldats ont été interrogés. Plus de trente militaires et seize chiens antibombe ont participé aux recherches pour retrouver les caisses de grenades. Le champ de tir a été plusieurs fois passé au peigne fin, épisodiquement, durant les six mois qui ont suivi.

– Mais on n'a pas pu totalement exclure cette possibilité ?

– On ne peut jamais rien exclure. Comme je l'ai dit, l'affaire était très embarrassante. Et elle l'est encore plus maintenant que l'on sait que les grenades ont été utilisées… pour tuer. En ce moment même, le commandant des forces de défense se prépare à publier un communiqué sur la question. Je ne peux qu'imaginer combien de têtes vont encore tomber. La mienne est peut-être même déjà sur le billot. »

Oksman profita de la pause marquée par le colonel pour intervenir : « Il y avait huit grenades par caisse, deux ont été utilisées, il en reste quatorze dans la nature. Et il manque six fusils d'assaut. Il y a de fortes chances pour qu'il y ait d'autres victimes. »

Le colonel resta impassible, mais son cou et son visage se teintèrent de rouge. Il était facile de voir qu'il était à deux doigts de perdre patience. Il n'avait pas l'habitude d'être attaqué bille en tête par des civils plus jeunes que lui.

« Espérons que la police l'arrêtera avant qu'il ne se produise quelque chose de pire.

– De pire ? » s'étonna Oksman.

Le colonel, dont la rougeur avait diminué, toussota : « Oui, enfin, franchement, l'Envoyé aurait pu frapper de pires endroits qu'une boîte de nuit marginale, par exemple une école primaire ou un jardin d'enfants.

– Une boîte de nuit marginale ? » répéta Paloviita, fronçant lui aussi les sourcils.

Ce n'est qu'à ce moment que le colonel se rendit compte de ce qu'il venait de dire. Sa colère s'estompa et il entreprit de se justifier. « Vous sortez mes mots de leur contexte. Je voulais dire que la mort de jeunes enfants est toujours plus tragique. Aussi bien dans la vie civile qu'en cas de guerre.

– L'armée accepte-t-elle les homosexuels dans ses rangs ? demanda Paloviita.

– Bien sûr. L'armée finlandaise ne discrimine personne.

– Les règles sont donc les mêmes pour tous, quelle que soit leur orientation sexuelle ? Avec les mêmes possibilités d'avancement et tout le reste ?

– Comme je l'ai dit, l'armée ne s'intéresse pas à l'orientation sexuelle, seuls comptent les actes. Nous ne pratiquons pas, en Finlande, la politique américaine du *Don't ask, don't tell*, qui veut que les homosexuels qui n'ont pas révélé leur orientation sexuelle soient acceptés, mais pas ceux qui s'affichent ouvertement gay. »

Oksman dévisagea le colonel. Ce dernier se pencha en avant et croisa les mains sur son bureau.

« Très bien, parlons franc. Vous venez du civil, d'un monde idéal. » Il fit un signe de tête en direction de la place d'armes. « Le monde dans lequel je vis est très différent. Dans cette enceinte, nous avons une société miniature où règnent les mêmes lois que dans votre monde, mais certaines règles tacites y sont aussi en vigueur. » Le colonel observa Oksman et Paloviita, tentant d'évaluer leurs réactions. Aucun ne broncha. Il poursuivit : « Ce n'est pas moi qui ai inventé ces règles, elles sont très anciennes, elles datent même de l'Antiquité et se transmettent de génération en génération, et ce monde reste un monde viril, qu'il y ait ou non des femmes dans nos rangs. Si j'ai bien compris, vous avez tous les deux fait votre service militaire. Vous savez donc de quoi je parle ? »

Ne recevant aucune réponse, le colonel hocha la tête : « L'armée est un corps discipliné. C'est un lieu de travail différent de tout autre. La force d'une unité de combat est égale à celle de son maillon le plus faible, et c'est pour ça qu'on fait tout pour le renforcer. Ce qui exige parfois des méthodes un peu brutales.

– Vous voulez parler de bizutage ? »

Le colonel haussa les épaules. « Il y a une tolérance zéro envers le bizutage, mais je ne pourrais pas jurer que ça n'arrive jamais, dans des cercles restreints, malgré tous les efforts faits pour l'éradiquer. Les gens ne sont pas des anges. Dans un milieu où la pression mentale et physique est forte, on passe facilement sa colère sur les autres – et malheureusement, souvent sur les plus faibles du groupe.

– Vous voulez dire que les homosexuels sont plus facilement victimes de bizutage et de harcèlement ?

– Il y a des homosexuels dans l'armée. Aussi bien parmi les appelés que parmi les soldats de métier. L'armée n'est pas à l'abri des discriminations. On trouve encore des militaires opposés à l'intégration de femmes dans ses rangs – tout comme, ailleurs, beaucoup d'opposants à la nomination de femmes comme pasteurs.

– Je pensais qu'on avait dépassé ça », dit Paloviita.

Le colonel eut un petit rire. « On n'en parle pas, parce que le sujet est tabou. Aborder publiquement la question serait un suicide professionnel. Mais le passer sous silence ne signifie pas que ça n'existe pas. Vue de l'extérieur, l'armée est homogène, bien que nous soyons tous des individus. Je veux dire que sortir du lot n'est pas forcément bien vu, même quand vos résultats n'en pâtissent pas. La question est tout simplement trop personnelle pour l'armée. Dans les chambrées, les jeunes gens parlent de cul et de chattes, même s'ils n'en ont jamais vu, et on y fait des blagues sur les pédés. C'est tout simplement comme ça. Personnellement, je considère qu'un homosexuel court des risques, vu l'atmosphère, en faisant son coming out.

– Si je comprends bien, vous êtes favorable à l'application en Finlande de la politique du *Don't ask, don't tell* ?

– Franchement ? Oui.

– Vous excluriez du service armé les homosexuels revendiqués ?

– Pour leur bien – et pour celui des autres. Le service militaire se passe mieux quand il n'y a pas d'éléments perturbateurs », conclut le colonel. « Ce n'est bien sûr pas la position officielle des forces de défense, enchaîna-t-il trop vite, juste mon avis personnel. »

Paloviita jeta un coup d'œil à Oksman, dont la mine était plus menaçante qu'une nuée d'orage. L'attitude du colonel, qu'il soupçonnait d'être encore plus radical qu'il ne le disait publiquement, l'irritait lui aussi.

« Avez-vous une liste des soldats ayant participé à cet entraînement ? demanda Oksman.

– Bien sûr, et je pense que la police l'a aussi, mais nous pouvons naturellement vous la fournir. Nous voulons au moins autant que vous que cette affaire soit résolue.

– On prend toujours une photo de groupe de chaque contingent d'appelés ? » demanda Oksman.

Le colonel hocha la tête. « Oui. La garnison accueille quatre divisions et une école de sous-officiers. On prend des photos de tout le monde.

– Et vous les archivez ?

– Oui.

– Pourrions-nous en disposer ?

– Bien sûr. » le colonel saisit son téléphone. Un instant plus tard, un jeune homme arborant des pattes de collet de caporal-chef fit son entrée. Il claqua des talons sur le seuil.

« Repos. »

Ils se levèrent. Le colonel fit un geste en direction du caporal-chef. « Nielikäinen va veiller à ce que vous ayez tous les documents nécessaires, y compris les photos. »

Le colonel serra la main de Paloviita, mais Oksman fourra ostensiblement les siennes dans ses poches, s'attirant en retour une grimace involontaire.

Quand le caporal-chef, deux heures plus tard, les déposa en jeep à l'entrée principale, avec chacun dans les bras une pile de documents, ils furent soulagés de pouvoir quitter les lieux. En tournant les yeux vers le quartier général, Paloviita vit le colonel, debout à la fenêtre, qui les regardait partir.

18

On avait installé à la hâte des postes de travail pour les enquêteurs de la Police judiciaire centrale dans la salle de situation, dont la table de réunion croulait sous les dossiers. Tout l'hôtel de police était en état d'alerte face au débarquement de la PJC, un événement tout sauf anodin. Personne ne pouvait dire combien de temps dureraient les investigations, ni combien de temps les enquêteurs resteraient. Et les véhicules de transmission satellite des médias qui campaient en rangs serrés de l'autre côté de la rue ne facilitaient pas les choses.

Paloviita avait l'impression que l'hôtel de police lui-même était une grenade dégoupillée prête à exploser à tout moment.

Susanna Manner surtout, prise entre deux feux, semblait avoir les nerfs à vif. En plus de l'aide à apporter à la PJC, elle devait gérer toutes les affaires courantes, des tâches administratives au roulement des effectifs. Il y avait des accidents de la route, des cambriolages, des vols à l'étalage et quelques graves cas de coups et blessures qui allaient être jugés. Les ressources n'y suffisaient tout simplement pas. La PJC avait certes pris la tête de l'enquête, mais elle exigeait d'eux une contribution constante, et Paloviita comprit très vite lesquels d'entre eux seraient les premiers envoyés sur le front : Linda, Oksman et lui – comme toujours.

Pour l'instant, ils étaient tous les trois assis avec Raunela et Manner dans la salle de situation, en compagnie de Johan Niemi et de deux autres enquêteurs de la PJC, et il ne pouvait s'empêcher de penser à la centaine d'autres endroits où il aurait préféré se trouver. La seule vue des piles de documents qui surchargeaient la table le décourageait. Les tableaux du mur du fond avaient été décrochés et remplacés par un assemblage disparate de près d'une centaine de photos.

À défaut d'autre chose, la PJC avait réussi à tout mettre sens dessus dessous.

« Des nouvelles de la camionnette ? » demanda Manner à Raunela, qui semblait avoir vieilli de dix ans en quelques jours. C'était beaucoup pour un homme proche de la retraite. Paloviita lui-même avait à peine osé se regarder dans la glace au réveil.

Raunela posa sur la table un sac en plastique contenant un amas de plastique brûlé d'où s'échappaient des fils électriques, tels des tentacules de méduse carbonisés. Tous se penchèrent pour regarder.

« Tout ce qui aurait permis d'identifier le véhicule avait été retiré : aussi bien les plaques d'immatriculation que les numéros de châssis et de série. On n'a trouvé ni empreintes digitales, ni ADN, ni cheveux, rien. L'intérieur a eu le temps de brûler complètement, l'eau a parachevé les dégâts. Mais c'est bien la camionnette qui a été utilisée pour l'attentat contre la discothèque. »

Oksman montra le sac en plastique. « Qu'est-ce que c'est ? »

Raunela fit circuler l'objet. « Un détonateur à retardement.

– Un détonateur à retardement ? répéta Manner.

– Le suspect n'a pas jeté une allumette par la vitre ouverte, comme on l'a cru, mais utilisé ce dispositif. Vous avez devant vous les restes d'une télécommande, d'une pile de neuf volts et d'un réveil. Quand les aiguilles arrivent à l'heure voulue, la pile chauffe à blanc un petit fil de cuivre et wouff ! »

Raunela mima des mains l'embrasement du mélange d'essence et d'huile de colza.

« Que doit-on en conclure ? demanda Paloviita.

– Deux choses. Avec ce détonateur, le suspect s'est arrangé pour être déjà loin quand on détecterait l'incendie. Et secundo, ça montre qu'il s'y connaît. Le dispositif est simple, mais sa fabrication exige un savoir-faire technique et de l'expérience.

– Une dénommée Virpi Aho a signalé hier soir la disparition de son mari, Kalevi Aho, et de leur fils de dix ans, Veeti, intervint Manner. Le permanencier vient de m'apporter le dossier.

– En quoi est-ce que ça nous concerne ? grogna Niemi.

– Ce sont des Témoins de Jéhovah.

– Et alors ? »

Manner lui tendit *La Tour de garde* et *Réveillez-vous !*, ouverts à la bonne page.

« Ils distribuaient ces journaux, où il y a de grands articles sur l'homosexualité, en rapport avec les enseignements de la Bible.

– Et ?

– Le permanencier a tout de suite pensé que ça pouvait être lié à l'Envoyé.

– Et en quoi, nom de Dieu ? »

Manner poussa un profond soupir et échangea un regard éloquent avec Paloviita. « Peut-être en rien, mais le permanencier pense que la vidéo de l'Envoyé a pu encourager quelqu'un d'autre. Je trouve que c'est une théorie qui se tient, c'est bien ce que nous craignions.

– Et encourager à quoi ? »

Manner haussa les épaules, résignée. « Ils ont de toute façon disparu, on ne les a pas vus depuis hier.

– Je n'ai pas le temps de chercher des disparus, déclara Niemi. Et je ne vois pas quel lien il pourrait y avoir entre ces affaires. Quatre-vingt-dix pour cent des disparitions ont une explication naturelle. Dans le cas présent, le plus probable est que le père s'est tiré avec son fils… mais reprenons : nous devons voir comment l'utilisation de ce détonateur colle avec le profil élaboré. »

Niemi montra le mur du fond. « Les personnes que l'on voit sur ces photos étaient toutes à la discothèque le soir de l'attentat. La plupart se sont présentées d'elles-mêmes, mais quelques-unes n'ont pas encore pu être jointes. Raunela et son équipe ont accompli un énorme travail en visionnant tous les enregistrements des caméras de surveillance du centre-ville.

– Je croyais qu'on avait interrogé tout de suite après l'attentat tous ceux qui étaient présents, s'étonna Paloviita.

– À ce stade, nous nous intéressons surtout aux clients qui ont quitté le Venus avant l'attentat. Il y en a une vingtaine, dit Niemi. On en voit notamment certains, sur les photos, avec qui nous échangerions volontiers quelques mots. »

Niemi s'approcha du mur et montra deux agrandissements accrochés côte à côte. Ils montraient un homme mince, plutôt jeune, quittant le club vers minuit et demi. Il portait un jean serré et un blouson de cuir et avait le regard rivé sur le trottoir. La première photo était prise de face et la seconde de dos, alors qu'il tournait le coin de la place du Marché et d'Antinkatu. Tous se levèrent pour mieux voir.

« Par sa taille et sa morphologie, cet homme correspond à la description de l'Envoyé. Et il n'a passé qu'un peu plus d'une demi-heure dans la discothèque. Il est possible qu'il soit venu repérer les lieux.

– Est-ce que la caméra de la place du Marché l'a filmé ?

– Elle ne couvre que les arrêts de bus. Nous supposons qu'il est parti en direction du fleuve, mais il disparaît ensuite des radars.

– Si cet homme est l'Envoyé, il a eu largement le temps d'aller chercher la camionnette à peu près n'importe où en ville et de revenir se garer devant la discothèque.

– Pas de conclusions hâtives, asséna Niemi. Cet homme n'est pour l'instant suspecté de rien, mais il serait urgent de le joindre. »

Il s'avança d'un pas et pointa du doigt trois photos de la rangée du haut qu'Oksman avait repérées dès son entrée dans la salle et qu'il fixait depuis avec effroi. Elles le montraient en robe rouge et perruque se dirigeant vers le club, le sac à main sur l'épaule, ses omoplates osseuses saillant sous ses bretelles, puis faisant la queue pour entrer, et enfin partant vers la place, bras dessus, bras dessous avec un homme. Il sentit tous les poils de son corps se hérisser et son pouls s'accélérer, au point d'avoir l'impression que son cœur allait exploser.

Niemi se tourna vers les enquêteurs, et soudain Oksman fut certain qu'il connaissait déjà la vérité sur la femme de la photo. Le regard du chef inspecteur de la PJC chercha le sien et pénétra droit jusqu'à son cerveau tel un laser brûlant. Pris de vertige, il s'agrippa à l'appui de fenêtre, les jointures blanches. Des vagues de froid et de chaud le balayaient tour à tour, son cuir chevelu le picotait, sa trachée se contracta en un infime conduit et sa vue s'obscurcit.

« Ça va ? » demanda Linda en voyant son visage exsangue. Il l'entendit, mais ses mots semblaient venir de loin et restèrent à résonner dans sa tête.

Puis ce fut le noir.

Il bascula contre la table, réussit à se retenir à une chaise et l'entraîna avec lui sur le sol. Il eut le temps d'entendre le cri de Linda, mais comme un faible son subaquatique, sans signification.

Il flottait dans le vide, un chien aboyait. Le grillage du chenil tintait et il était frigorifié.

Sa vue revint lentement.

Il avait l'impression de remonter à la surface après une longue plongée. Les lumières étaient trop vives, les voix trop fortes. Son visage le picotait. Quand il reprit enfin pleinement conscience, il était allongé par terre sur le dos dans la salle de situation. Linda et Paloviita étaient penchés sur lui, la mine soucieuse.

« Il se réveille, lança Paloviita. Henrik, tu m'entends ? »

Il bougea lentement les yeux, regarda à tour de rôle tous les visages et entrouvrit la bouche pour dire quelque chose, mais aucun son ne sortit. Il avait le corps totalement insensible et ne parvint qu'à cligner des paupières.

Il tenta ensuite de se lever, mais Linda l'en empêcha. « Du calme. Tu t'es évanoui. Raunela est allé chercher de l'eau. Reste un moment tranquille. »

Ses forces lui revenaient. Il se débattit pour s'asseoir et, cette fois, ne se laissa pas arrêter par Linda. Tous le fixaient. Il tourna les yeux vers la porte et vit que des curieux s'y étaient agglutinés. Au même moment, Raunela revint, se frayant un chemin entre eux avec un verre d'eau. On le tendit à Oksman, et Linda l'aida à le porter à ses lèvres. Il but avec avidité, comme s'il n'avait jamais eu aussi soif, sans même se demander de quel robinet sortait l'eau, ni quelles saletés elle pouvait contenir.

Il laissa son corps s'habituer un instant à sa nouvelle position, puis se leva. Linda et Paloviita le soutinrent, mais en constatant qu'il tenait debout, ils le lâchèrent. Manner tira une des chaises de la table de réunion et l'y fit asseoir.

« Comment te sens-tu ? s'inquiéta-t-elle.

– Bien. Qu'est-ce qui s'est passé ?

– Tu étais tout pâle. Linda t'a demandé si ça allait et tout d'un coup, tu t'es effondré.

– J'ai essayé de te rattraper, ajouta Linda, mais je n'ai même pas eu le temps de faire un pas. Heureusement, tu es tombé sur la table, sinon tu te serais cogné la tête beaucoup plus fort. »

Oksman se tâta la tempe. Elle était sensible, mais pas vraiment douloureuse.

« Ça t'est déjà arrivé ? » demanda Paloviita.

Oksman secoua la tête. « Jamais. J'ai peut-être trop peu mangé. »

La phrase fit sourire tout le monde, plus ou moins intérieurement.

« Si ça se trouve, tu couves une grippe. Ou un autre virus. Quoi qu'il en soit, tu vas rentrer chez toi, avec un crochet par la médecine du travail, déclara Manner.

– Je vais bien, c'est passé », protesta Oksman, et il jeta encore une fois un coup d'œil à sa photo sur le mur. Une nouvelle vague de nausée lui crispa l'estomac.

« Je ne crois pas, non. Tu vas aller passer une visite médicale. C'est un ordre. Tu penses y arriver tout seul, où tu veux que Jari t'accompagne ?

– Je peux me débrouiller seul, je vais me reposer encore un instant. »

Manner hocha la tête, le fixa une dernière fois d'un regard sévère et laissa Niemi continuer.

« La femme en robe rouge est un homme, d'après nous. Autrement dit un travesti. »

Paloviita alla regarder la photo de plus près. Un vent de panique balaya de nouveau Oksman, soudain pris d'une folle envie de se ruer hors de la pièce. Il était cependant incapable de bouger. Des fourmis d'engourdissement lui picotaient de nouveau le cortex cérébral. Il emplit ses poumons d'air pour s'oxygéner.

Paloviita scruta la photo, le front plissé. Puis il se tourna et braqua les yeux sur Oksman, dont les bourses se recroquevillèrent. Le regard de son collègue ne s'attarda cependant qu'une seconde sur lui, et il se rendit compte que c'était un pur hasard.

« Cet homme en gilet, avec un chapeau de feutre. J'ai l'impression de le connaître, déclara Paloviita

– Fais voir », dit Raunela en le rejoignant.

Les autres se massèrent aussi devant le cliché.

« Ce pourrait être Kristian Ramberg, le designer. Mais difficile d'être sûr, de si loin.

– Ça collerait, constata Paloviita. Il est ouvertement gay.

– Si c'est lui, pourquoi ne nous a-t-il pas contactés ?

– Tu le ferais, toi ? demanda Niemi. Imaginez le ramdam que ça déclencherait.

– Et ce n'est pas ce que nous voulons, acquiesça Paloviita. Les médias font déjà bien assez de cirque. Ramberg habite à Lattomeri, ou Nakkila, je ne sais plus. Je peux le contacter et prendre rendez-vous avec lui. On va gérer ça en toute discrétion. »

Niemi hocha la tête. « C'est un bon principe. Je parlerais aussi volontiers avec l'homme en robe rouge.

– Parce qu'il est habillé en femme ?

– Parce qu'il a modifié son apparence, répliqua Niemi. J'ai besoin de l'identité de tous ceux qui étaient au Venus ce soir-là.

– Si l'autre est Ramberg, nous découvrirons vite qui est la femme mystère.

– J'ai déjà pris des dispositions pour que ses photos et celles du jeune homme soient publiées dans les journaux demain matin.

– Parfait », conclut Manner, puis elle se tourna vers Oksman. « Tu es toujours tout pâle. File chez le médecin. »

Il se leva et constata avec satisfaction que ses jambes le portaient. Son secret était pour l'instant préservé, mais pour combien de temps ? Il ne savait vraiment pas ce qu'il ferait si tout était soudain publiquement révélé. Il sortit avec les autres de la salle, laissant seuls Manner, Paloviita et deux agents, entrés au moment de sa chute. L'un d'eux resta à fixer le portrait en pied granuleux de la femme mystère. Une robe longue, des hanches solides et de larges épaules, des bras musclés. Le visage n'était qu'une bouillie de pixels, mais on distinguait clairement son aspect anguleux, et l'on voyait bien qu'il s'agissait d'un homme et non d'une femme.

« Hé, les mecs, s'exclama l'agent en faisant signe à tous d'approcher. J'y crois pas, putain ! C'est Henrik Oksman. »

Tous se pressèrent autour de lui, les yeux braqués sur le cliché. Puis l'autre agent confirma avec un grand sourire. « Mais oui, c'est le Bœuf. »

Le silence se fit. Puis tous éclatèrent d'un énorme rire.

« Dehors ! » aboya Manner, et les agents sortirent en chancelant dans le couloir, hennissant de rire et essuyant leurs larmes.

19

L'homme qui se faisait appeler l'Envoyé se tenait au milieu de la foule d'un centre commercial. Les gens se bousculaient, le croisant ou le dépassant, masses sans visage, aveugles.

Il ferma les yeux.

L'image disparue, ses autres sens s'aiguisèrent. Des pas, des froissements de vêtements, une cacophonie de rires et des bribes de conversations entremêlées – et, en arrière-fond, la musique monotone déversée par des haut-parleurs. Une écœurante combinaison de frites trop grasses, de donuts frais, de bagels et de boulettes de viande en sauce. *L'odeur de la pourriture du monde.*

L'Envoyé ouvrit les yeux. Les lumières étaient plus vives, les ombres plus profondes. Enfant, il avait souvent joué ainsi. Fermé les yeux, écouté, flairé et tâté – et quand il ouvrait enfin les yeux, il avait toujours l'impression de voir le monde sous un nouveau jour. Comme s'il était né une seconde fois.

Il s'assit sur un banc et observa les allées et venues. Là, une mère avec deux enfants. Elle se hâtait en tirant brutalement ses mioches vers la sortie. Ailleurs, un homme en costume bleu foncé et chaussures de ville marron, son téléphone portable à la main, exposant sa réussite à la vue de tous – et un autre, là-bas, vêtu d'un blouson fripé, qui se traînait vers le magasin du caviste Alko, comme tous les jours, esclave de la bouteille.

Il ne voyait autour de lui que des êtres ayant tourné le dos à Dieu. Occupés à consulter leur téléphone, porter des sacs de provisions, se moucher, consommer, s'esclaffer d'un rire creux.

Il en avait la nausée.

Le monde était devenu un lupanar peuplé de coquilles vides, amorphes et apathiques. De robots qui avaient oublié ce qui comptait le plus dans la vie. L'Envoyé plongea la main dans la poche de son sweat à capuche et tâta la surface quadrillée de sa grenade. Froide, dure – et mortelle. Il pouvait à tout moment la jeter dans la foule. Faire exploser la mère et les enfants qu'elle tentait désespérément de traîner vers la sortie. Pulvériser le sourire d'un blanc éclatant de la poupée Ken qui parlait au téléphone et réduire le sol du caviste en un magma puant de sang, de débris de verre et d'alcool.

Il avait le pouvoir de tuer et de détruire.

Mais il savait qu'un grand pouvoir impliquait de grandes responsabilités. Une mission lui avait été confiée, et il l'accomplirait jusqu'au bout.

Quand Dieu l'avait marqué de son signe, frappé de ses clous, il avait dix ans. Ç'avait été douloureux, alors, terriblement douloureux, et il lui avait fallu des années pour comprendre ce que cela signifiait vraiment. Ce qu'était le but de toute cette sainteté.

Quand l'humanité corrompue avait abandonné son Créateur, celui-ci l'avait noyée, recouvrant la terre d'eau, comme à son origine – et quand Jésus était arrivé à Jérusalem, il avait en tout premier lieu nettoyé le Temple, renversant les tables des changeurs de monnaie et chassant ces derniers.

C'était aussi ce qu'il devait faire.

Mais alors qu'il s'y employait, Dieu lui avait envoyé un père et son fils, et il ne parvenait pas à savoir ce qu'il fallait en penser. Ce ne pouvait pas être un hasard, tout avait un sens.

Lui et le garçon.

Le garçon qu'il avait enfermé dans la cave où il avait lui aussi, des années plus tôt, tenté de comprendre le monde.

Cet enfant était sa traversée du désert, son Buisson ardent, son Grand Tentateur, son ange du Seigneur.

Il se leva, frotta l'une contre l'autre ses mains gantées, plus douloureuses que d'habitude, et traversa la foule. Dehors, il laissa le soleil couchant s'attarder un instant sur son visage. Personne ne faisait attention à lui. Il n'intéressait personne. Il monta dans sa voiture et sortit de la ville qui s'étendait peu à peu dans toutes les directions, telle une tache de naissance informe. La route, après avoir franchi un large fossé de drainage, escaladait une colline boisée. Il laissa derrière lui le soleil qui brillait entre les arbres. Arrivé chez lui, il examina le système de fermeture de la barrière du chemin, vérifia sur son téléphone portable le fonctionnement des caméras de surveillance et des alarmes, tapa le code de la porte sur le panneau de contrôle et attendit que la serrure électrique ouvre les verrous.

Il pénétra dans la pénombre du sas d'entrée et écouta, mais ne distingua que le bourdonnement de la climatisation. Son souffle se condensa dans l'air froid. Il passa dans le vestibule et appela. Son père ne répondit pas. Il devait dormir, comme toujours à cette heure.

Il constata que tout était en ordre. La porte menant à la cave était fermée à clé. Il l'ouvrit et descendit l'escalier abrupt. L'objet de sa fierté trônait au milieu du sous-sol : une table chargée de moniteurs et de circuits électroniques vers lesquels serpentaient de gros câbles, telles les fibres nerveuses de la moelle épinière. Sur un meuble, à côté, traînaient une cagoule noire, des grenades et un pistolet FN belge. La porte de la pièce adjacente était verrouillée. Il hésita un instant et s'en approcha. Il avait envie de l'ouvrir et de parler au garçon, mais le courage lui manqua. Il colla l'oreille sur la porte, sentit la surface froide du bois contre sa joue, mais n'entendit que le ronflement de la soufflerie. Le moment venu, Dieu lui dirait ce qu'il devait faire. En attendant, il poursuivrait sa mission. Il était temps d'armer les troupes de Dieu et de les appeler à combattre.

L'Envoyé enfila sa cagoule, alluma la caméra vidéo numérique installée sur un trépied, reliée à l'unité centrale de l'ordinateur, puis alla s'asseoir à la table, regarda l'objectif et prit la parole.

20

Grâce à la pâle lumière qui tombait du conduit d'aération, au ras du plafond, l'obscurité n'était pas totale. La petite pièce de la cave sentait le renfermé, les vieux chiffons, le papier en décomposition, la poussière et la terre.

Cet homme a tué papa.

Papa est mort.

Veeti Aho sentit des sanglots lui crisper de nouveau le ventre. Il tenta de les retenir, mais ils jaillirent en un violent torrent, lui secouant tout le corps. Il entendait encore les détonations qui avaient claqué dans le soir d'été et revoyait son père s'écrouler sous ses yeux.

Encore et encore : son père dans une mare de sang.

Mort.

Une grosse machine grondait derrière la porte. Le bruit traversait le panneau de bois et les murs, les faisant vibrer comme la caisse de résonance d'une guitare. Malgré la chaleur de l'été, il faisait froid dans la cave.

La gorge serrée par les pleurs, le garçon s'assit sur le lit, enfouit sa tête dans ses mains et laissa ses larmes couler sur ses paumes. Quand le plus gros de sa panique fut passé, il se leva et fit le tour de sa prison. C'était un réduit bas de plafond, sans fenêtre. À peine plus de six mètres carrés. Les murs étaient en brique rouge, le sol en béton. Le sommier métallique rouillé du lit était recouvert d'un matelas rongé par les souris, sans draps ni couverture. Un antique pot de chambre émaillé traînait dans un coin.

Veeti grimpa sur le lit et se hissa sur la pointe des pieds pour tenter de voir dehors par le conduit d'aération, mais il était trop petit pour l'atteindre. Il sentit malgré tout le souffle d'air qui en sortait, chargé d'un parfum d'été.

De nouveaux pleurs le secouèrent. En se rasseyant sur le lit, il sentit quelque chose de dur sous ses fesses. C'était un vieux livre de poche. Il l'approcha du rai de lumière et vit qu'il s'agissait d'un *Tarzan* aux pages cornées à force d'être lu. Il trouva aussi, abandonné sur le lit, un numéro de *Donald Poche* de 2007. Dépité, il jeta les deux livres contre le mur et tenta pour la centième fois de pousser la porte en bois, mais elle ne bougea pas d'un pouce.

Il repensa à l'homme aux mains en sang qui avait tiré sur son père, à ses yeux où brillait un regard comme il n'en avait encore jamais croisé. Il tenta de se rappeler où était la maison. C'était une information importante. Quelque part du côté de Tuorsniemi, au milieu des champs et des bois. Ils avaient pris un chemin forestier qui serpentait entre les arbres puis descendait, à travers une prairie, vers une habitation sur le toit de laquelle se dressait la plus grande antenne qu'il ait vue de sa vie. Veeti se concentra, ses pensées s'égaraient, mais il parvint à se remémorer la plaque sur la porte. Il n'y avait qu'un nom : Stetson.

Veeti comprit que l'homme ne le laisserait pas partir vivant.

Il avait lu des articles, dans les journaux, sur des gens qui enlevaient des enfants et les gardaient prisonniers dans ce genre de cellules et leur faisaient… Seigneur… des choses épouvantables.

Son regard retomba sur *Tarzan* et *Donald Poche*. Il n'était pas le premier enfant à avoir été enfermé là. Un – ou une – autre l'avait été avant lui, et peut-être même plusieurs.

À cette idée, une panique écrasante s'abattit sur lui et il dut réellement lutter pour ne pas perdre la raison. Il se mit à prier, comme son père le lui avait appris : « Jéhovah, Dieu, créateur du ciel et de la terre, je te prie au nom de ton fils Jésus, je te remercie de ta bonté… »

Il se sentit un peu mieux et parvint à réfléchir plus clairement. Sa seule chance était de s'échapper, mais comment ? Il se trouvait dans une cave où personne n'aurait l'idée de le chercher – et il n'avait que dix ans. Il ne faisait pas le poids face à un adulte.

À travers l'incessant grondement sourd, il entendit un autre bruit. Quelqu'un descendait dans la cave. L'homme !

Il bondit sur ses pieds, cherchant désespérément une idée, mais il ne pouvait se cacher nulle part, ni rien utiliser comme arme. Il trébucha en tous sens dans la pénombre tel un cabri affolé. Le lit heurta le mur avec un sonore tintement métallique. Veeti s'arrêta pour écouter. Les pas s'arrêtèrent devant la porte. Il distingua l'ombre de deux pieds dans le rai de lumière passant sous le battant. Il retint sa respiration, s'attendant à ce que l'homme ouvre le verrou, entre et lui fasse quelque chose – le viole, le tue –, mais l'ombre disparut. Veeti laissa l'air s'échapper de ses poumons. Il s'approcha en silence de la porte et colla l'oreille dessus. L'homme était toujours dans la pièce voisine. En arrivant, il avait brièvement aperçu une multitude de câbles et d'ordinateurs, une table et, devant, une caméra vidéo sur trépied – et il se rappelait la gigantesque antenne râteau, dehors. Il se concentra sur ses souvenirs. Des objets traînaient sur la table.

Un pistolet et des grenades.

Il les avait déjà vus.

À la télévision.

Veeti recula en silence et s'assit sur le lit, qui cogna de nouveau le mur avec un bruit sec. Ses pensées tournoyaient à toute allure dans son cerveau. Alors qu'ils rangeaient des piles de *Réveillez-vous !* et de *La Tour de garde* dans leur voiture, son père lui avait dit qu'il ne fallait pas laisser la haine prendre le dessus, car c'était précisément ce que voulait l'Envoyé, et qu'ils devaient aller annoncer la vérité aux gens. Le seul remède contre la haine était l'amour de Dieu. Puis ils étaient partis propager la bonne parole, comme ils l'avaient fait des dizaines de fois auparavant. Lui et son père, ensemble.

L'Envoyé, songea Veeti. Ses cheveux se dressèrent quand il comprit toute l'horreur de la situation : il était enfermé dans la cave de l'Envoyé. De l'homme qui avait fait exploser des grenades dans un bar et tué des gens.

Tué son père.

Il se leva et se força à s'approcher de nouveau de la porte. L'homme était toujours là. Il se coucha sur le ventre et posa la joue sur le béton froid et poussiéreux, tentant de regarder par la fente sous la porte. Le champ de vision était étroit, mais il aperçut des chaussures, à côté du trépied. Puis elles disparurent et, un instant plus tard, il entendit parler : l'Envoyé enregistrait une nouvelle vidéo.

Veeti se leva et retourna sur le lit, qui tinta contre le mur. Il resta un moment assis, les coudes sur les genoux, totalement immobile, puis leva soudain la tête. Il se secoua, et le métal résonna de nouveau d'un bruit sec et clair. Il se mit à se balancer d'avant en arrière.

La tête du lit, suivant le mouvement, frappa les briques au même rythme.

21

« Ôtez votre chemise et asseyez-vous », ordonna la docteure avec un geste en direction de la chaise près de la porte.

Oksman resta d'abord figé, comme s'il n'avait pas entendu ou compris, mais entreprit ensuite de se déboutonner en jetant par moments des coups d'œil à la jeune femme, qui ne devait pas avoir beaucoup plus de vingt ans. Elle le regardait faire. Il lui tourna le dos, plia sa chemise sur le dossier de la chaise et se retourna timidement. Il tenta de lire dans ses pensées, mais son visage semblait fait de plastique.

Il s'assit, la docteure vint se placer derrière lui sur son tabouret à roulettes et lui posa son stéthoscope sur le dos. « Respirez profondément », dit-elle en déplaçant l'instrument, et soudain l'idée terrifiante que ce dernier s'était à coup sûr promené sur le dos sale et transpirant de milliers de malades – peut-être même de morts – lui traversa l'esprit.

La jeune femme abaissa son stéthoscope autour de son cou, enroula le brassard du tensiomètre au bras d'Oksman et appuya sur le bouton. Il sentit dans son nerf cubital une pression désagréable. Ils attendirent que l'appareil bipe. La docteure lut les chiffres affichés sur l'écran numérique et lui libéra le bras.

« Cent dix-huit sur soixante-quinze, autrement dit parfait », annonça-t-elle.

Elle vérifia ensuite les réflexes de ses jambes, testa la force de préhension de ses mains, examina ses yeux avec une lampe, préleva un échantillon de sa salive pour une culture microbienne, puis l'invita à monter sur la balance. Elle nota son poids et sa taille, mesura son tour de taille et l'autorisa à remettre sa chemise.

Pendant qu'il se rhabillait, elle pianota sur son ordinateur.

« Vous êtes à tous points de vue en bonne santé, mais en léger sous-poids », déclara-t-elle quand il se fut rassis.

Elle lui montra un tableau où figuraient côté à côté des colonnes rouges, jaunes et vertes et pointa de son stylo le secteur rouge. « Le poids normal d'un homme de votre taille se situe entre soixante-douze et quatre-vingt-huit kilos. Vous en pesez soixante-sept. »

Elle regarda Oksman, qui resta muet. « Vous êtes remarquablement sportif et vous avez de la masse musculaire, il ne s'agit donc pas vraiment de sous-alimentation, mais un taux de graisse aussi bas peut provoquer différents symptômes généraux tels que des douleurs articulaires, une sensibilité au froid et des troubles du sommeil. Cela peut aussi altérer l'équilibre hormonal et provoquer des dysfonctionnements organiques. »

La docteure attendit la réponse d'Oksman, ou au moins un signe de tête, mais n'obtenant aucune réaction, elle poursuivit : « La perte de conscience peut être due à de nombreux facteurs, dont les plus courants sont des troubles de la circulation sanguine, mais il peut aussi s'agir d'un trouble du métabolisme ou d'une carence en sels minéraux. Ce n'est vraisemblablement rien de grave, mais il faut en déterminer plus précisément la cause. Le stress peut aussi avoir un effet, de même que la durée et la qualité du sommeil – et qu'une alimentation variée. Je vous conseille de faire plus attention à votre régime alimentaire et à la régularité de vos repas, et quelques kilos de plus ne vous feraient pas de mal. À vrai dire ils vous feraient même du bien.

– Je peux y aller ?

– Je vous ai pris rendez-vous pour une analyse hématologique complète et un électrocardiogramme. Suivez la ligne rouge jusqu'à la porte M et asseyez-vous dans la salle d'attente. Une fois l'ECG et la prise de sang effectués, allez à l'accueil et demandez un nouveau rendez-vous avec moi dans une semaine.

– Un nouveau rendez-vous ? »

L'imprimante se mit en marche et cracha une feuille. La docteure la saisit et y griffonna une signature qui ressemblait à un hameçon et à un écheveau de fil de pêche. « Je vous prescris un congé maladie de deux jours. Évitez les efforts, reposez-vous et voyez ensuite comment vous vous sentez. Si vous faites le moindre malaise, appelez tout de suite les urgences. Nous aurons les résultats des analyses de sang dans quarante-huit heures, je vous contacterai s'il y a quelque chose d'anormal. »

Elle tendit la main à Oksman, mais celui-ci se faufila par la porte sans la lui serrer.

Alors qu'il se dirigeait vers le laboratoire, une sombre tache d'huile lui obscurcit l'esprit. L'idée que quelqu'un enfonce une aiguille de métal dans sa chair et aspire son sang dans un tube lui était insupportable.

Une dizaine de personnes patientaient dans la salle d'attente, pour la plupart âgées. Une écœurante odeur de désinfectant, de fuites urinaires et de nourriture flottait dans l'air. Oksman fit demi-tour, froissa le certificat d'arrêt maladie en une petite boule et la laissa tomber dans la corbeille à papier à côté de la sortie. Son téléphone se mit à vibrer.

22

« Ç'a été publié sur le Net il y a six minutes », dit Susanna Manner, et elle regarda sévèrement Oksman qui venait d'entrer au pas de course.

« Et la vidéo totalise déjà cent cinquante vues, constata Paloviita, appuyé au bureau. Cent cinquante mille dans une heure. Elle est partagée sur les réseaux sociaux à une vitesse phénoménale. Elle fait le tour du monde comme une épidémie de peste.

– Je t'avais ordonné de passer une visite médicale, rappela Manner à Oksman.

– J'en viens, tout va bien. »

Elle le fixa dans les yeux, mais comme il n'évitait pas son regard, elle détourna finalement le sien et s'approcha de l'ordinateur, orienté de manière que tous puissent voir l'écran. Elle lança la vidéo, qui commençait exactement comme la précédente. L'Envoyé, habillé de vêtements noirs, de gants de cuir et d'une cagoule, alluma la caméra et fit le tour de la table où reposaient encore une fois les mêmes objets : trois grenades et un pistolet FN.

« L'humanité a régressé et trahi ses ancêtres. *Homo sapiens* ? *Homo idioticus*, plutôt ! Des journalistes ayant vendu leur âme à Satan et des chaînes de télévision supranationales voient dans mon travail l'œuvre d'un fou furieux dérangé car ils ne supportent pas l'idée que le mur de leurs mensonges s'écroule.

« Nous devons agir maintenant ! Seul, je ne peux pas changer grand-chose, mais j'espère que mon exemple inspirera tous ceux qui partagent mon opinion. L'ennemi contre lequel je lutte est le système qui criminalise le respect de la nature, et ceux qui le soutiennent. Le vent de Dieu ne souffle pas seulement sur les dépravés, mais aussi sur ceux qui les encouragent.

« Les organisations homosexuelles nous ont depuis longtemps déclaré la guerre, mais nous n'avons pas le droit de les critiquer, parce qu'il y a toujours quelqu'un pour lever le doigt et crier : "Racisme ! Incitation à la haine !" On nous menace pour nous faire taire. Nous sommes sur le point d'être vaincus ! La valorisation de saines structures familiales est considérée comme de l'homophobie. Les médias corrompus de l'élite nous émasculent !

« Il y a encore vingt ans, ce n'aurait pas été possible, mais l'armée de Dieu a dépéri. Les manifestations en faveur d'une culture contre-nature sont devenues la norme. Ces orgies obscènes sont le reflet d'un phénomène particulièrement pervers. Des enfants et des femmes aux seins nus défilent au milieu de travestis, entourés de colliers de cuir, de fouets, de godemichés et de drapeaux arc-en-ciel. C'est sacrilège ! Au début de ce millénaire encore, les groupements religieux et les partis nationalistes se dressaient en première ligne, aux côtés de bons pères de famille, contre cette invasion impie. Les assemblées chrétiennes hostiles aux grands médias ont été définitivement châtrées. Des pasteurs, des évêques et des politiques participent à ces défilés de pervers, cautionnant ainsi la décadence.

« Mais il n'est pas trop tard. Dieu appelle les pères et les mères de famille qui ne veulent pas que leurs enfants soient manipulés : cessez de serrer les poings et levez-vous contre cette maladie qui veut que les garçons soient obligés de porter des jupes et que le pasteur, l'agent de police, le journaliste et l'élu municipal de votre propre village participent à des marches obscènes aux côtés d'hommes nus affublés de godemichés. Cette vidéo est pour vous, qui en avez assez. Rejoignez l'armée de Dieu – joignez-vous à la lutte contre les médias corrompus et les défenseurs de pratiques contre-nature. Il s'agit de vos enfants, de votre patrie, de votre culture et de votre foi. Si vous vous ralliez à moi, soyez sûrs que je vous armerai. Je préfère mourir au combat plutôt que de mener une longue existence misérable. »

L'Envoyé s'humidifia la bouche et fixa la caméra. Il avait le regard si sombre qu'on aurait pu le croire réellement capable de le plonger à travers l'écran au plus profond de vous.

« Ces pécheurs impies doivent défiler demain. Montrons au monde que nous ne nous soumettons pas. Loin de périr, celui qui répond à l'appel de Dieu monte aux cieux. »

L'image s'éteignit. Le silence se fit, finalement rompu par Paloviita.

« Il appelle à s'en prendre à la marche aux bougies.

– Annulons-la », suggéra Manner.

Johan Niemi secoua la tête. « Personne ne peut plus l'empêcher. Des manifestants arrivent déjà de tout le pays.

– S'il se passe quelque chose, on accusera la police. »

Tous restèrent de nouveau un moment silencieux. La marche aurait de toute évidence dû être annulée, mais il était clair que si on l'interdisait, elle aurait malgré tout lieu, d'une manière ou d'une autre, et échapperait alors à tout contrôle. Ç'aurait aussi été se plier à la volonté de l'Envoyé. Pas question de négocier avec un terroriste.

« Il n'a pas cité la Bible, cette fois, constata Paloviita.

– Pour le reste aussi, le ton était différent, renchérit Manner. Les homosexuels sont toujours au centre de son discours, mais sa haine s'étend bien au-delà.

– À tout et à tous. Il prône l'anarchie.

– C'est un populiste. Il sait que le seul soutien des fanatiques religieux ne suffira pas. Il cherche à rassembler tous les aigris, déclara Niemi.

– Et les groupuscules extrémistes racistes. Comme White Order, ajouta Manner.

– Oui, mais aussi des exclus, des individus qui se sont coupés de la société. Des gens ordinaires qui ont l'impression d'avoir été victimes d'injustices. Rien n'unit plus qu'un ennemi commun. Les frustrés qui font partie de la population majoritaire sont poussés à se sentir supérieurs du fait de leur nationalité, de leur couleur de peau, de leur religion, de leur genre ou de leur orientation sexuelle, tandis que les membres des minorités sont persécutés pour ces mêmes raisons. Des personnes en difficulté peuvent être soulagées d'entendre quelqu'un leur dire que leurs ennuis ne sont pas de leur faute mais de celle des autres, là, qui prennent leur travail et leur argent et violent leurs enfants, et qu'il faut exterminer pour restaurer l'ordre et la justice.

– C'est le monde à l'envers. Moi qui me suis toujours imaginé que le terrorisme était l'ennemi commun qui unissait tous les peuples, intervint Linda.

– Dans sa vidéo, l'Envoyé cible tout particulièrement les journalistes et les politiques.

– Il essaie de faire chanter les médias et les décideurs en agitant la menace de nouvelles attaques.

– Il s'est déclaré prêt à mourir pour sa cause, fit remarquer Oksman.

– Mourir en martyr. Pour sa foi. C'est sans doute un facteur commun à tous les actes terroristes. Tuer le plus possible de mécréants pour aller au paradis.

– Si seulement quelqu'un pouvait me dire qui est le Seul Vrai Dieu. Allah, Jésus, Ganesh ou le Monstre en spaghettis volant, soupira Linda.

– Vouloir mourir est plus facile à dire qu'à faire.

– Ça me fait penser à une nouvelle de science-fiction, peut-être de Stanislaw Lem. Un missionnaire se rend dans une tribu isolée et proclame son admiration pour le terrible sort des martyrs. Et les membres de la tribu lui font subir le même sort, afin qu'il puisse accéder au martyre et aller au paradis. Ils le font par amour sincère de leur prochain, mais le missionnaire, à la fin, regrette ses paroles et maudit sa religion.

– Deux choses, maintenant, reprit Niemi. Premièrement, la marche aux bougies. Je veux tout savoir sur son organisation. Nous devons discuter des questions de sécurité avec toutes les autorités concernées. Il faut interdire la circulation, installer des barrières en béton. Poster des hommes sur les toits et le long des rues. »

Il regarda Susanna Manner. « Tu t'en occupes ? » Elle hocha la tête et il poursuivit : « Deuxièmement, il faut découvrir l'identité de l'Envoyé. Je veux parler à la femme en robe rouge et au jeune homme qui ont quitté le Venus avant l'attentat.

– Nous allons nous en occuper, n'est-ce pas, Henrik ? » dit Paloviita en regardant Oksman. « Le gérant d'un magasin de mode du centre-ville a reconnu la robe de la photo, continua-t-il. Elle faisait partie de leurs collections, mais elle n'est plus en vente. Ils vont vérifier dans leur comptabilité. Si l'acheteur a payé par carte, nous aurons son identité.

– Bien, dit Niemi. Je pense que nous avons tous du travail. »

23

« Quoi de neuf sur les vidéos ? » demanda Oksman.

Teemu Salminen, qui ne l'avait pas entendu arriver, se retourna sur sa chaise, ôta ses écouteurs et les posa sur la table à côté de son clavier. Ses cheveux se dressaient comme si on les avait peignés avec un paillasson. Il frotta ses yeux rougis.

Oksman approcha une chaise de bureau vide et s'assit.

Trois grands écrans s'alignaient devant Salminen. La vidéo postée sur le Net par l'Envoyé passait sur celui de droite, celui du milieu grouillait de lignes de code et, sur le dernier, on voyait s'afficher des courbes audio de différentes couleurs.

« On m'avait dit que tu t'étais évanoui et que tu étais rentré chez toi, fit remarquer Salminen.

– Quoi de neuf ? » répéta Oksman.

Salminen se pencha en arrière. Son fauteuil grinça, il laissa échapper un bâillement et se passa la main dans les cheveux, puis sur le visage. Oksman recula pour éviter une éventuelle pluie de pellicules.

« Ça fait deux jours que j'ai les yeux rivés sur mes écrans », déclara Salminen, et il appuya sur quelques touches de son clavier. Les lignes de codes glissèrent vers le bas. Il montra une longue série de chiffres. « Les deux vidéos ont été postées sur YouTube depuis Melbourne.

– En Australie ?

– C'est là que se trouve l'adresse IP de l'ordinateur d'origine.

– Qu'est-ce que ça veut dire ?

– Que personne ne sait d'où proviennent les vidéos. Leur trajet est impossible à retracer, les codes des pays ont été contournés.

– En clair ?

– Tout ordinateur connecté à Internet a sa propre adresse numérique, un peu comme les maisons ont une adresse postale. Et les opérateurs sont en mesure de localiser l'emplacement des ordinateurs. L'Envoyé le sait et, pour brouiller les pistes, il a utilisé des adresses IP disponibles sur le Net. Ce sont souvent celles d'ordinateurs piratés de particuliers tout à fait ordinaires qui ne savent même pas qu'ils transmettent différents contenus. Ces ordinateurs peuvent se trouver n'importe où dans le monde. Par leur intermédiaire, on peut faire circuler toutes sortes de choses dont on ne veut pas qu'il y ait de trace sur son propre ordinateur.

– Il s'agit donc d'un hacker ?

– De quelqu'un qui s'y connaît en informatique, en tout cas. Disons qu'il n'est pas idiot. Il est capable de bricoler un détonateur à retardement à partir d'un réveil et sait de quelles ressources la police finlandaise dispose pour tracer une adresse sur le Net.

– Est-ce qu'on a la moindre chance de trouver la véritable adresse de départ ?

– Pas avec mon maigre savoir-faire. Un autre hacker y arriverait peut-être, quelqu'un qui construit ces trous de vers, mais l'Envoyé a probablement fait transiter ses vidéos par des dizaines d'adresses différentes. Les geeks de la PJC ont aussi fait chou blanc. Une chose est sûre : il doit avoir un émetteur puissant pour pouvoir envoyer des données sans passer par un opérateur.

– Sa propre tour de transmission ? »

Salminen haussa les épaules. « Ou au moins une grande antenne, comme les radioamateurs.

– Est-ce qu'on a d'autres moyens de trouver cette adresse ? »

Salminen déconnecta ses écouteurs de l'ordinateur. Oksman sursauta en entendant soudain le haut-parleur posé sur la table répéter le discours de l'Envoyé : *Il est temps de nous insurger. Nous, les véritables disciples de Jésus. Beaucoup de pécheurs connaîtront aujourd'hui la colère divine...*

Salminen baissa le son.

« J'examine en ce moment fréquence par fréquence la bande-son de la deuxième vidéo et je la compare à la première. J'essaie d'isoler des bruits de fond identifiables.

– Comme quoi ?

– N'importe quoi. Le bruit d'un avion ou d'une sirène d'usine, des cris de grues cendrées, des conversations, des hennissements, des cloches d'église. Tous les bruits racontent quelque chose, et le silence aussi. On peut par exemple déterminer si le lieu de l'enregistrement se trouve en ville, au bord de la mer ou dans une forêt. S'il y a quelqu'un d'autre à proximité, s'il pleut à l'extérieur, etc.

– Tu as trouvé quelque chose ? »

Salminen secoua la tête, mais reprit : « Enfin, peut-être un truc. Je ne sais pas si ça a une quelconque importance. Attends que je trouve le bon endroit... » Il monta le volume, explora la bande et élimina une par une les gammes de fréquence pour isoler un son du bruit de fond et le rendre plus audible.

« J'ai trouvé ça, vers le milieu de la deuxième vidéo. Dis-moi ce que tu entends. »

Salminen appuya sur Play. Le haut-parleur déversa un bourdonnement et des grésillements. À un moment, là où un pic apparaissait dans la courbe sur l'écran, on entendit un autre bruit, mais Oksman ne parvint pas à l'identifier. Salminen le repassa trois fois.

« Tu entends ? Qu'est-ce que c'est, à ton avis ?

– Le bourdonnement ?

– Ça, c'est presque certainement un ventilateur ou un climatiseur, mais c'est vrai qu'il est particulièrement bruyant. La PJC pense que ce pourrait être une soufflerie industrielle. Non, je voulais parler du tintement. Il est absent de la première vidéo. »

Ils écoutèrent encore une fois le passage. Plusieurs dizaines de sons identiques se succédaient, provoquant à chaque fois un pic de la courbe audio.

« Un roulement à billes, ou quelque chose de ce genre ? suggéra Salminen.

– Repasse-le encore une fois. »

Ils réécoutèrent encore deux fois le passage. Salminen se pencha en arrière et croisa les mains derrière la nuque. Un bâillement réprimé fit frissonner son visage. « Je l'ai écouté au moins cent fois, mais je ne sais pas ce que c'est. C'est si faible qu'on dirait que ça vient de l'extérieur de la pièce. Comme un roulement à billes qui cogne, mais pas tout à fait.

– Il y a peut-être un chantier, pas loin ? Ça pourrait être un marteau-piqueur. »

Salminen régla les bandes de fréquences afin de mieux distinguer les tintements.

Oksman fronça les sourcils. « Je connais ce bruit, je suis sûr de l'avoir déjà entendu.

– Pareil. C'est pour ça que ça me travaille, dit Salminen. Je commence à être trop fatigué. J'ai le cerveau complètement engourdi. J'ai passé en revue tous les bruits possibles et imaginables, du compresseur de frigo à la roue de hamster.

– Un moulin à vent ? tenta Oksman.

– J'y ai aussi pensé. Du genre de ceux que les gens ont dans leur jardin et qui cliquettent, mais le bruit vient de l'intérieur. »

Salminen repoussa sa chaise et se leva. « J'ai besoin de respirer un peu d'air frais. »

Oksman se leva lui aussi et allait remettre sa chaise à sa place quand il s'arrêta soudain. Son visage se pétrifia et il resta à fixer le vide.

« Qu'est-ce qu'il y a ? » demanda Salminen en voyant sa mine.

Le front d'Oksman se plissa comme s'il se concentrait pour saisir une pensée fugitive. Puis il secoua la tête.

« Rien. C'est juste une vague impression qui m'a traversé.

– Je vois, dit Salminen. Je sais exactement l'effet que ça fait. »

24

Paloviita se réveilla tôt, se brossa les dents, se rasa et lava son visage engourdi de sommeil. La maison dormait encore. Le ronflotement des filles s'entendait jusque dans le vestibule. Il se regarda dans le miroir. Un quadragénaire au teint gris le fixa en retour. Sa peau s'était plissée de rides définitives au coin des yeux et de la bouche, ses cheveux rêches se dressaient en désordre. Il avait l'impression que le temps s'était mis à galoper au moment de la naissance de Sara, et filait maintenant si vite qu'il envoyait tout valser sur son passage. Dans moins de dix ans, il en aurait cinquante. Sa jeunesse était loin derrière lui. Quand il tentait de se projeter dans l'avenir, il n'y trouvait rien d'intéressant, et soudain il se rendit compte qu'il avait cessé de rêver. L'idée le frappa. Avant, il avait toujours eu des projets : apprendre un métier, trouver un emploi fixe, fonder une famille, construire une maison, obtenir de l'avancement.

Et là, plus rien.

Le temps l'avait rattrapé et dépassé. Il était coincé dans un espace exigu où il lui était impossible de bouger. Il ne voyait devant lui qu'une voie étroite au bout de laquelle l'attendait la vieillesse. Sa vie ne ferait que rétrécir, jusqu'à ce qu'il s'aperçoive qu'il tournait en rond en un petit cercle qui ne menait nulle part.

Il bâilla, se fit un café et le but debout, appuyé à l'évier. Il se prépara un sandwich à emporter et le mangea en conduisant, maudissant les miettes qui tachaient sa chemise et son pantalon. Les rues s'ouvraient devant lui, désertes. Tout, en cet instant, semblait aussi à l'arrêt que sa vie. Il était six heures et des poussières, les gens qui travaillaient n'étaient pas encore sur les routes. À l'hôtel de police, l'activité tournait cependant déjà à plein régime et il eut du mal à trouver une place de parking dans la cour encombrée de rangées de fourgons, de voitures de patrouille et de motos. Il constata que les véhicules venaient de tous les côtés du district du Sud-Ouest : Pori, Kokemäki, Turku. Des policiers équipés de casques et de gilets pare-balles y chargeaient du matériel antiémeute. Apparemment, toutes les forces disponibles avaient été réquisitionnées.

Paloviita avait beau s'être tiré du lit à l'aube, il arriva le dernier dans la salle de situation. Debout devant le mur où étaient placardées les photos, Johan Niemi, douché de frais et les cheveux encore humides, parlait avec Manner. Oksman était assis de l'autre côté de la table avec Linda, dont la bouche s'ouvrit en un énorme bâillement qu'elle masqua de la main.

« Bonjour », dit Paloviita. Gagné par la contagion, il fut lui aussi pris d'un bâillement qui, malgré ses efforts pour le réprimer, lui étira les mâchoires de biais. « Pardon, je suis en retard.

– Bonjour, dit Manner. Tu veux bien fermer la porte, s'il te plaît ? »

Paloviita obéit et s'assit en face de Linda. Elle lui sourit, et il fit de même.

Manner fit descendre l'écran et alluma le vidéoprojecteur. Un plan du centre de Pori apparut.

« La marche partira à neuf heures de la plage de Kirjurinluoto, expliqua Niemi. Avant cela, il y aura un service religieux au restaurant d'été, en plein air, en mémoire des victimes de l'attentat contre la discothèque. Puis on allumera les bougies. Les marcheurs prendront le pont de Rauma, longeront la rive sud du fleuve, remonteront Antinkatu vers le centre et continueront par Valtakatu puis Yrjönkatu jusque devant le Venus, où ils déposeront leurs bougies sur des plates-formes installées à cet effet. La marche est organisée par la section du Satakunta de l'Association pour les droits des LGBT et par la communauté des paroisses luthériennes évangéliques de Pori. L'association a fait toutes les déclarations nécessaires à la police et aux autres autorités. »

Paloviita fronça les sourcils. « Les LGBT et l'Église, dit-il. Ils cherchent la bagarre.

– À mon avis, c'est exactement ce qu'il faut, répliqua Linda. Annuler la marche aurait été vu comme un signe de faiblesse. Le fait que les paroisses y participent me semble être un pas en avant prometteur vers une Église plus tolérante.

– Tous ne partagent pas ton point de vue.

– Ils peuvent aller se faire voir, déclara Linda.

– Qui dirigera le service religieux ? »

Niemi vérifia ses papiers. « Le pasteur Mikael Fredriksson, de la paroisse de Länsi-Pori. Il a été spécialement choisi. Vous le connaissez ? »

Paloviita hocha la tête. « Il a participé au débat de MTV sur le mariage gay qui a précédé l'attentat. Il a marié un couple homosexuel, l'hiver dernier, ce qui lui a valu un sérieux avertissement du chapitre du diocèse.

– Il est pasteur suppléant. Un personnage assez original, qui a un nombre incroyable de followers sur les réseaux sociaux, ajouta Niemi.

– On attend plus d'un millier de participants. Les rues du centre seront fermées pour la durée de la marche. On a posé des barrières en béton pour empêcher le passage des voitures à tous les carrefours de Valtakatu et d'Yrjönkatu, annonça Manner.

– On doit aussi se préparer à des contre-manifestations, reprit Niemi. Autrement dit, l'après-midi va être chaud. » Il fit jaillir un rayon rouge de son pointeur laser et le promena sur le plan. « Voilà l'itinéraire de la marche. Des cars sont déjà arrivés hier de la région d'Helsinki. Il y aura aussi de nombreux journalistes et des caméras de télévision. Donc une cible de rêve pour un acte terroriste. La Finlande entière suivra l'événement, tout comme le reste de l'Europe. Un attentat aurait un retentissement énorme dans les médias.

– Il y aura en tête du cortège, et aussi en queue, un policier à moto et deux à vélo », ajouta Manner.

Niemi pointa deux immeubles qui se faisaient face. L'un était celui dont la discothèque occupait le rez-de-chaussée. « On va poster des policiers dans les étages supérieurs.

– De la PJC ? demanda Oksman.

– Des hommes de notre groupe d'intervention sont arrivés dans la nuit. Ils vont prendre la direction des opérations pendant la marche. Ils ont l'expérience et la formation nécessaires pour ce genre de situation. »

Tous se regardèrent. Les membres de cette unité spéciale étaient équipés de fusils à lunette. Paloviita eut envie de protester, mais s'abstint. La décision était déjà prise. Le cortège partirait du parc de Kirjurinluoto dans deux heures et demie. Il était possible que tout se passe dans le calme – ou que tout leur explose tout simplement dans les mains. Il y avait trop de variables : les éventuels contre-manifestants, sur le parcours, la peur d'un nouvel attentat, les forces spéciales équipées de fusils à lunette sur les toits. Il pouvait se passer n'importe quoi.

« Et nous, quel sera notre rôle ? » s'enquit Linda.

Manner répondit pour Niemi : « Nous allons tous participer à la marche, en civil.

– Il y aura aussi des enquêteurs de la PJC, compléta Niemi.

– Est-ce qu'on va devoir se fondre dans le cortège ? demanda Oksman, l'air un instant déstabilisé.

– Tu as peur de devoir mettre une jupe ? » rigola Paloviita.

La blague ne fit rire personne.

« Vous devrez garder vos cartes de police en évidence. Nous voulons que notre présence soit visible. Nous avons des voitures garées tout le long du parcours, gyrophares allumés. Mais évitez d'exhiber votre arme. »

Personne ne fit de commentaire. Paloviita n'appréciait pas particulièrement les interventions où l'on partait pistolet au poing. Et Terhi non plus. Ils s'étaient souvent disputés à ce sujet.

« Il y aura une réunion d'information à huit heures, dans l'auditorium. Je veux y voir tout le monde. Le commandant des opérations reprécisera la mission et l'emplacement de chacun. Après la réunion, nous partirons pour Kirjurinluoto. Des questions ? »

Personne n'en avait, et Manner frappa dans ses mains. « Eh bien au travail. »

Quand ils arrivèrent à Kirjurinluoto, la foule se pressait déjà. Le parking en terre battue de l'aire de jeux du Clown Hermanni débordait de voitures en plus de trois autocars, et les vélos s'entassaient dans les racks installés au bord de l'eau et sur les pelouses environnantes. Oksman repéra les véhicules de toutes les principales chaînes d'information. Paloviita plaça son autorisation de stationnement sur son pare-brise et se gara sans façon entre les arbres. Ils descendirent de voiture. Malgré l'heure matinale, il faisait déjà chaud. L'eau du fleuve était haute, le soleil brillait dans un ciel sans nuages.

« Il y a du monde », constata Manner, d'un ton où ne perçait aucun enthousiasme, mais plutôt la tension que tous ressentaient.

« Il n'est même pas encore la demie, dit Paloviita.

– Et ils sont déjà au moins un millier. »

Ils longèrent la rive du fleuve jusqu'à la plage, où l'affluence ne cessait d'augmenter. Pour l'instant, on ne voyait nulle part de contre-manifestants. La majorité des gens étaient en noir, avec des brassards de deuil, mais certains portaient aussi des vêtements ou des drapeaux arc-en-ciel. Les mines étaient graves, parfois même fières.

Une petite moitié de la foule se dirigea lentement vers le restaurant d'été pour assister au service religieux, laissant les autres attendre sur la plage. Manner suivit le mouvement en compagnie d'Oksman et de Paloviita. Ce dernier sentait le poids de son arme sous son aisselle et ses pensées, bien que concentrées sur la mission en cours, s'égarèrent vers ses filles, Sara et Sini – quelque part planait aussi le visage de Terhi. Il espérait vraiment que rien de grave ne se produirait.

Ils se frayèrent un chemin jusqu'au premier rang. Sur la terrasse du restaurant, un ingénieur du son fixait un micro sans fil sur la veste d'un homme à barbe noire. Ce dernier était remarquablement large d'épaules et, si on ne l'avait pas su, jamais on n'aurait imaginé qu'il était pasteur. Il portait un blazer tout à fait ordinaire sur une chemise bleu clair. Un tatouage symbolique dépassait légèrement de son col et il avait les doigts chargés de bagues et des anneaux dorés aux oreilles. Mais c'étaient ses bottes de cow-boy à talons métalliques qui attiraient le plus l'œil. Paloviita songea qu'il ressemblait plus à un organisateur de la manifestation, un journaliste radio ou un musicien de country, mais remarqua ensuite la petite bible de poche qu'il tenait dans son immense main. Le pasteur fit signe à l'ingénieur du son, jeta un coup d'œil au public et murmura quelque chose à la femme qui se tenait à ses côtés. Elle hocha la tête, et il s'avança au bord de la terrasse.

« Je vous demande d'abord pardon, commença-t-il, de ne pouvoir offrir à aucun de vous des paroles de réconfort, car en de telles circonstances, tous les mots sonnent creux. C'est pourquoi je n'essaierai même pas. Parler de consolation et de grâce, en ces instants, ressemble à une mauvaise blague. Il n'existe pas de mots qui pourraient expliquer ou aider à comprendre pourquoi cinq personnes ont dû mourir – et des dizaines d'autres ont été blessées. »

Un silence de mort régnait dans l'assistance. La voix du pasteur, haut perchée, presque féminine, contrastait fortement avec son allure de pirate, mais Paloviita se rendit compte qu'il n'avait nul besoin d'une voix de basse pour créer l'aura charismatique qui l'entourait. Tout le monde écoutait attentivement, y compris lui, et apparemment aussi Manner, Linda et Oksman.

« Le 10 juillet, l'homme qui se présente comme l'Envoyé a déclaré être le vent de Dieu. Ce qualificatif a déjà été utilisé par de nombreux assassins. Pendant la Seconde Guerre mondiale, on appelait ainsi les kamikazes japonais. Leur objectif était de s'écraser sur le pont d'un navire avec leur avion chargé d'explosifs. Ces jeunes gens pensaient devenir ainsi eux-mêmes des dieux. Quand les chrétiens ont pris Jérusalem aux musulmans, les "mécréants" ont été pendus aux murailles de la ville. Au nom de Dieu, on a noyé des femmes dans des puits et brûlé des sorcières sur le bûcher. En son nom, on a détruit des peuples entiers, incendié des villages et massacré des enfants. »

Le pasteur brandit sa bible.

« Ce livre est le plus dangereux du monde, car il autorise à tuer, à détruire et à soumettre. Je n'en connais aucun autre dont les pages débordent d'autant de sang de victimes sacrifiées. À tout bout de champ, on y assassine, on y noie et on y brûle. Il a servi à justifier aussi bien le fascisme, l'antisémitisme et l'apartheid que l'esclavage et l'assujettissement des femmes et des enfants. La violence sanguinaire de l'Ancien Testament n'a d'égal dans aucun autre livre. C'est une longue liste de massacres, de colères de Dieu, de vengeances et d'assassinats. »

Le pasteur ouvrit la Bible et lut : « *Le Dieu saint dit : à moi la vengeance et la rétribution. Œil pour œil, dent pour dent, main pour main, pied pour pied*... Dieu veut donc que l'on se venge.

– Il est dingue ? demanda Linda à Manner.

– Chut ! »

Le pasteur referma la Bible et poursuivit d'une voix plus douce : « C'est ce livre, qui parle de vengeance et de haine, que l'Envoyé a cité dans son discours proclamant que l'homosexualité est un péché et qu'on a le droit de tuer ceux qui le commettent.

« Mais je dis, moi, que la Bible n'est pas Dieu. C'est le livre le plus dangereux du monde, car on y trouve la justification de toutes les cruautés du monde. Les nettoyages ethniques, les guerres, les viols, les exécutions. Tout y est écrit. La Bible met en scène un Dieu cruel et despotique dont les caprices maniaques font souffrir aussi bien les humbles que les orgueilleux. On ne sait jamais quand l'anéantissement peut vous frapper ou la manne délicieuse tomber du ciel. »

Le pasteur marcha de long en large sur la terrasse, faisant claquer les talons de ses bottes.

« La Bible n'est pas tombée du ciel. Elle n'a pas été écrite par les anges, ses mots n'ont pas été tracés par le doigt de Dieu descendu sur terre – et elle n'est pas infaillible. L'Envoyé la cite pour justifier ses meurtres sans rien comprendre de plus à la volonté de Dieu qu'une bactérie à l'univers. La violence de la Bible ne révèle rien de Dieu ni de Sa volonté, elle ne révèle que les limites de notre compréhension. »

Dans un claquement de bottes, il balaya l'assistance du regard.

« Il y a des moments où les mots manquent. L'attentat contre le Venus n'a pas seulement visé la communauté homosexuelle, mais l'humanité entière. Cela nous montre encore une fois à quel point nous sommes imparfaits. Je suis ici en tant que représentant de l'Église et je devrais vous consoler, mais j'éprouve avant tout de la honte. De la honte pour l'Église et son manque de courage. Elle devrait proclamer haut et fort que l'homosexualité n'est pas un péché, mais elle s'écrase et s'abrite derrière ses rites et sa magie par peur de perdre ses soutiens financiers. L'Église, dont la mission devrait être de défendre les faibles, les exclut de son giron. »

Paloviita s'aperçut que les poils de ses mains s'étaient dressés et songea que ce devait être le cas de tous les autres auditeurs. Il n'avait encore jamais entendu un pasteur parler ainsi. Il ne savait trop si ce dernier blasphémait la Bible et l'Église ou s'il tentait d'une manière ou d'une autre de défendre la faillibilité humaine de celle-ci. Quoi qu'il en soit, la cérémonie religieuse ne ressemblait en rien à ce qu'il avait imaginé.

« Je suis théologien. Je crois en un Dieu de bonté et je suis convaincu que l'homme est capable de s'améliorer. Mais l'Église a oublié ceux qui ont le plus besoin de son soutien. Elle n'est pas soucieuse d'équité et se désintéresse des soupes populaires et de ceux qui souffrent dans la rue. Ce sont pour elle des préoccupations tout à fait secondaires. Elle se jette en revanche dans la bataille quand il s'agit de savoir qui a ou pas le droit d'être amoureux. Elle se tait quand des despotes assassinent des peuples et détruisent des civilisations, mais quand deux personnes de même sexe déclarent qu'elles s'aiment, les conservateurs de l'Église se lèvent, outrés, pour crier : c'est un péché !

« Le plus important pour notre salut commun, aux yeux de l'Église, est de savoir qui couche avec qui. Alors que sa mission première est de soutenir les déshérités, elle n'est pas prête à défendre les personnes LGBT déjà discriminées et accroît au contraire leur souffrance en refusant de bénir les unions gays, mais je vous le dis, il n'y a rien qui cloche en vous. »

Le pasteur brandit de nouveau la Bible et la jeta sur la terrasse. Elle heurta les planches et glissa jusqu'à la balustrade. Le public sursauta.

« La société moderne ne se fonde pas sur les enseignements de la Bible, et le mariage entre homme et femme non plus. Il n'existe pas de forme de mariage fondée sur la Bible. Si nous vivions conformément à ses préceptes, n'importe quel homme pourrait acheter une femme ou deux. L'Envoyé dit que les homosexuels finiront en enfer, mais moi je vous invite, comme Jésus, à respecter cette parole : "Que ni l'homme ni la femme ne séparent ce que Dieu a joint." »

Il s'avança à l'extrême bord de la terrasse, à quelques mètres à peine du public. Paloviita jeta un coup d'œil autour de lui. Personne ne secouait la tête, ne parlait, ne protestait. Les paroles du pasteur tombaient dans la foule :

« Il n'y a rien qui cloche en vous. L'homosexualité est une des manifestations de l'amour de Dieu, quoi qu'en dise l'Envoyé. Il n'y a rien qui cloche en vous ! »

La cérémonie prit fin dans un silence total. Personne ne toussa, ne se moucha, ne chuchota. Le pasteur ôta son micro. Une femme qui portait un brassard de deuil, debout au premier rang, alluma une bougie. Des centaines de flammes s'élevèrent peu à peu autour des policiers.

Le soleil s'était hissé au-dessus de la cime des érables et réchauffait les visages. Paloviita se sentit envahi d'un sentiment étrange, comme si quelqu'un l'avait touché d'un doigt invisible. En jetant un coup d'œil à Oksman, qui avait écouté le discours aussi silencieusement que tous les autres, il crut voir briller ses yeux, mais sans pouvoir en être tout à fait sûr. Le pasteur descendit de la terrasse pour se mêler à la foule. Paloviita remarqua que beaucoup voulaient le toucher. Le cortège commençait à se former et à s'étirer lentement vers la plage où le reste du groupe attendait. Les marcheurs se dirigèrent vers le pont de Rauma, qu'ils franchirent, l'occupant sur toute sa largeur. Ils étaient précédés et suivis d'un policier à moto et de deux à vélo. D'autres, en civil, équipés de talkies-walkies à oreillette, s'étaient dispersés à intervalles réguliers dans la foule.

Les premiers contre-manifestants attendaient un peu plus loin sur les quais, près du Café Jazz. Une vingtaine de jeunes vêtus de blousons aux initiales de White Order étaient postés sur le trottoir avec des drapeaux noir et blanc à poing levé. Une banderole tendue entre deux perches proclamait, bombé en lettres noires : *L'HOMOSEXUALITÉ EST UNE MALADIE !*

Ils n'étaient qu'une poignée, mais Paloviita sentit l'effroi le gagner. Leur présence montrait que les opposants étaient sur le pied de guerre. Il suffisait d'ailleurs de deux ou trois crétins pour semer la pagaille. Si le millier de marcheurs déjà inquiets cédaient à la panique, la situation pourrait vite échapper à tout contrôle.

Des mouvements d'inquiétude commençaient à agiter la foule.

Une dizaine de policiers en tenue antiémeute stationnaient déjà près des types de WO afin de tranquilliser les participants au cortège.

« Et voilà », dit Linda, qui marchait aux côtés de Paloviita. « C'est parti. »

Elle ne croyait pas si bien dire. En quelques secondes, un groupe d'une vingtaine d'hommes et de femmes s'écartèrent de la marche aux bougies pour se ruer sur les contre-manifestants. Ceux-ci firent front et tous en vinrent aux mains tandis que les policiers tentaient de les séparer.

« Et merde ! » gémit Paloviita. Il s'était préparé à des cris et à des insultes, mais pas à de véritables rixes. Il allait se précipiter à la rescousse quand Susanna Manner le saisit par le bras.

« Continuons ! »

Il comprit aussitôt qu'elle avait raison. Malgré l'échauffourée, le groupe de tête continuait d'avancer sur le trajet prévu. Le trafic sur les quais avait été interrompu et les premiers marcheurs tournaient déjà par Antinkatu vers le centre. Paloviita aperçut le pasteur Fredriksson au milieu du cortège, à une vingtaine de mètres devant lui.

Au croisement d'Antinkatu et de Valtakatu, fermé à la circulation par des barrières en béton et un autocar, un deuxième groupe de contre-manifestants les attendait, fort d'une cinquantaine d'hommes et d'une dizaine de femmes. Il y avait dans le lot plusieurs membres de WO, mais aussi des gens à l'aspect tout à fait ordinaires. De l'autre côté de la rue, d'autres manifestants, parmi lesquels se trouvaient des enfants et des personnes âgées, brandissaient des pancartes. Ils se mirent à crier des injures. Paloviita constata que plusieurs tenaient une bible à la main.

« Les pédés en enfer !

– Blasphème !

– Allez vous faire foutre, bande de pervers !

– Contre-nature ! »

Manner secoua la tête. Elle avait du mal à trouver ses mots.

Les marcheurs s'efforçaient d'ignorer les invectives, mais quelques-uns étaient incapables de se maîtriser.

« Dieu est mort ! cria l'un.

– Fourrez-vous la bible dans le cul ! lança un autre.

– Allez plutôt manifester en enfer, pauvres cons ! »

Quelques personnes quittèrent le cortège. Paloviita ne savait pas si c'était par peur ou sous la pression des contre-manifestants. Des journalistes équipés de caméras de télévision s'étaient placés au croisement tels des vautours attendant que la charogne soit à point.

Puis une deuxième échauffourée éclata, aussi vite que la première.

Un jeune homme se détacha du cortège, courut jusqu'aux membres de WO et frappa le plus proche à la tête d'un coup de bouteille. Celle-ci se brisa, de la limonade et des éclats de verre arrosèrent le trottoir. Une femme cria. Le sang jaillit du crâne du blessé et coula sur son visage et sur l'asphalte. Il tomba à quatre pattes, assommé. Deux de ses camarades ceinturèrent aussitôt l'agresseur.

D'autres marcheurs se précipitèrent pour lui prêter main-forte.

Les policiers antiémeutes entreprirent de séparer les belligérants, mais des incidents ne cessaient d'éclater en marge de la manifestation. Des bousculades, des empoignades. Paloviita se rendit compte, effaré, que la panique gagnait le cortège et qu'elle risquait, si elle s'étendait, de déclencher des mouvements de foule, avec leur lot de blessés graves.

Il regarda devant lui.

La discothèque n'était qu'à quelques centaines de mètres, mais c'était trop. Les marcheurs s'étaient arrêtés à l'endroit le plus étroit de la rue et commençaient à se disperser. Les hommes en civil de la PJC répartis dans la foule étaient occupés à circonscrire les bagarres. Paloviita tenta de se faire une idée d'ensemble de la situation, mais tout, autour de lui, évoluait trop vite. Il jeta un coup d'œil à sa gauche et vit une rousse habillée de couleurs arc-en-ciel courir vers le groupe de chrétiens, jeter à terre une femme d'une soixantaine d'années et lui arracher sa bible. Elle en déchira les pages et les dispersa dans le vent.

Le mari de la victime agrippa la rousse, qui lui donna un coup de coude dans la gorge. Il tomba en gémissant à quatre pattes. Une bagarre générale éclata. Paloviita vit des jeunes, des vieux, des femmes, des hommes se tirer par les cheveux, se donner des coups de pied et se balancer des poings en pleine figure – il songea que c'était exactement ce qu'espérait l'Envoyé.

Il ne manquait plus que quelqu'un ouvre le feu ou jette une grenade dans la foule.

« Il faut faire avancer le cortège, cria Manner, dégager la chaussée ! »

Constatant que sa nouvelle chef évaluait à la perfection la situation et agissait rationnellement, Paloviita ne put s'empêcher d'éprouver un soupçon d'agacement face à cette preuve de supériorité. Les premiers rangs de marcheurs s'étaient agglutinés au milieu de la rue et la queue du cortège les poussait maintenant en avant. Mais ils se mirent soudain à reculer. Paloviita et Manner se rendirent compte qu'ils allaient se retrouver coincés. Une femme, dans leur dos, poussa un cri en les heurtant. Il n'y avait cependant rien à faire. Si certains perdaient l'équilibre et tombaient, ils risquaient d'être sérieusement blessés ou, pire, d'y laisser leur vie.

« Et comment ?! » cria-t-il à Manner, mais elle avait disparu. Il regarda autour de lui et vit soudain Oksman qui s'extirpait de la foule et courait aider un frêle jeune homme empoigné par un crâne rasé en blouson d'aviateur. Ce dernier le secouait comme une poupée de chiffon. Oksman saisit l'assaillant, qui pesait presque deux fois son poids, et le jeta de côté comme un sac de farine. Le crâne rasé lâcha le jeune homme, qui resta à chercher son souffle, et fixa Oksman dans les yeux. Les deux hommes se jaugèrent un instant avant de se ruer l'un sur l'autre. Paloviita voulut se précipiter à la rescousse, mais il ne pouvait pas bouger, cloué sur place par la pression de centaines de personnes. Il hurla un avertissement, car il était sûr que le crâne rasé au physique d'armoire à glace écraserait Oksman sous lui tel un char d'assaut, mais sa voix se noya dans les cris de la foule.

Les deux hommes se heurtèrent comme des taureaux dans un pré, tentant mutuellement de se déséquilibrer. Paloviita eut un instant l'impression que le plus gros balayerait d'un geste son adversaire, mais la suite le laissa totalement incrédule. Il détournait déjà les yeux pour ne pas voir le poing gros comme une miche de pain du crâne rasé s'écraser sur le visage d'Oksman quand celui-ci s'écarta soudain. Emporté par son élan, le crâne rasé chancela et perdit l'équilibre. Il tenta de se rattraper, mais trop tard, car Oksman était déjà passé derrière lui et l'avait encerclé de ses bras, si vite et de manière si fluide qu'on aurait dit un tour de magie. L'homme pesait au moins cent dix kilos, mais il le souleva de terre comme un sac de patates et le tint enserré, aussi solidement maintenu que par des câbles d'acier, tandis qu'il se tortillait et se débattait à coups de pied. Puis il le jeta sur l'asphalte.

Un vent de panique traversa le cortège. Les gens commençaient à étouffer et cédaient à un instinct de fuite primitif.

« Calmez-vous ! » cria Paloviita d'une voix rauque, mais personne ne réagit.

À sa gauche, un homme dont la tempe saignait tenta de traverser la rue, mais fut stoppé et repoussé par la foule.

Une arme automatique se mit à cracher.

Le pire des scénarios se réalisait.

Le chaos fut aussitôt total. Les crépitements résonnaient entre les immeubles, couvrant les hurlements. La plupart des gens s'étaient couchés par terre en se protégeant la tête, mais d'autres couraient en tous sens.

Paloviita se jeta au sol, entraînant la femme à côté de lui. « À terre ! » cria-t-il en cherchant du regard la source des tirs. De la fumée flottait dans l'air. Paloviita sentit le poids de son arme de service sous son aisselle et ouvrit la fermeture Éclair de son blouson pour la sortir. Si une fusillade générale éclatait dans cette rue où se pressaient au moins un millier de personnes, c'était la catastrophe assurée. Il y aurait des dizaines, peut-être des centaines de morts.

« Des pétards, ne tirez pas ! Ce sont des pétards ! » cria une voix, quelque part à l'avant du cortège.

Il fallut un moment à Paloviita pour comprendre la signification de ces mots.

Le crépitement prit fin.

« Des pétards de Nouvel An ! » confirma une autre voix, et Paloviita sentit alors lui aussi l'odeur. La fumée qui planait dans la rue ne sentait pas la cordite mais la poudre noire ordinaire, comme à la Saint-Sylvestre. Il se releva et tenta de calmer ses voisins, mais sans résultat. La panique se lisait encore sur les visages et dans les regards vides.

Une nouvelle bousculade se préparait.

« En avant ! Marche ! » ordonna Paloviita.

Personne ne réagit. La tête du cortège continuait de reculer et la queue de pousser en sens inverse. Des gens commençaient à tomber.

« Stop ! Arrêtez ! »

Et soudain, le cortège repartit, comme si quelqu'un avait ouvert les vannes d'un barrage et laissé le flot s'écouler dans son lit. La pression diminua, les gens reprirent leur souffle. L'odeur de poudre piquait le nez, mais le vent la dispersait déjà. Paloviita suivit le mouvement de la foule. Il chercha du regard Oksman, Linda et Manner, mais n'en trouva aucun. Il vit en revanche ce qui avait remis le cortège en marche.

La haute silhouette aux larges épaules du pasteur Mikael Fredriksson se détachait au premier rang du défilé, main dans la main avec deux femmes. Devant eux, des heurts étaient toujours en cours, et Paloviita était sûr que les marcheurs s'arrêteraient bientôt de nouveau, mais lorsque le pasteur arriva à la hauteur des contre-manifestants, ceux-ci s'écartèrent pour laisser passer le cortège. Le silence se fit. Les cris se turent. La foule s'engagea dans Yrjönkatu et se répartit sur toute la largeur de la rue. Devant la discothèque, le trottoir débordait d'une mer de fleurs et de bougies, auxquelles vinrent s'ajouter celles que l'on déposait maintenant sur les plates-formes prévues à cet effet.

Parvenu à s'extraire de la foule, Paloviita s'appuya au mur d'un immeuble. Le béton était frais, il y posa la joue. Son visage luisait de sueur. La fermeture Éclair de son blouson était restée ouverte, et il se rappela à quel point il avait été à deux doigts de sortir son arme de service. Il ne pouvait qu'imaginer, accablé, combien de policiers avaient saisi la leur, et à quel point on était passé près d'un cataclysme. La tension commençait à retomber, ses jambes tremblaient.

Il repéra le pasteur debout au milieu de la foule. Ils devraient lui parler. En tant que théologien, il pourrait les aider à comprendre l'univers mental de l'Envoyé. Il s'était aussi mis en danger avec son discours. La situation était bien plus inflammable qu'ils ne l'avaient cru.

L'Envoyé avait tout chamboulé.

L'attentat contre la discothèque, qui aurait dû en toute logique rassembler les gens, les avait en fait divisés, et Paloviita ne pouvait s'empêcher de se demander d'où venaient toute cette haine et cette rancœur. Il était convaincu que quinze ans plus tôt, il ne se serait jamais rien passé de tel. La marche aux bougies aurait alors été accompagnée par une foule compatissante, et non par des fanatiques religieux armés de bibles et des groupuscules extrémistes racistes brandissant leurs pancartes.

« Ça va ? » demanda Susanna Manner en posant la main sur l'épaule de Paloviita. Il sursauta – il ne l'avait pas entendue arriver. Elle repoussa derrière ses oreilles les mèches de cheveux qui s'étaient collées sur son visage luisant de transpiration.

Il leva la main. Ils la regardèrent trembler. Puis Manner tendit la sienne, qui resta ferme. Oksman les rejoignit, la mine encore plus fermée que d'habitude. Une boulette de papier trempée de sang dépassait de sa narine gauche et son arcade sourcilière, du même côté, était barrée d'une griffure. La plaie, bien que superficielle, semblait douloureuse.

« Qu'est-ce qui t'est arrivé ? demanda Manner.

– J'ai pris un coup, dans la cohue », expliqua Oksman.

Paloviita ne fit pas de commentaire.

« Quelqu'un a vu Linda ? » reprit Manner.

Ils scrutèrent la foule, mais ne la virent nulle part. Paloviita tourna le coin de la place pour regarder dans la direction d'où ils étaient venus. La rue était vide, à l'exception d'une vingtaine de policiers antiémeutes déployés en travers de la chaussée. Seuls quelques petits groupes de contre-manifestants s'attardaient ici et là, mais la plupart avaient disparu, craignant d'être arrêtés. Une bible ouverte dont le vent dispersait les pages arrachées gisait sur l'asphalte.

Paloviita se promit de visionner en personne les enregistrements des caméras vidéo et de veiller à ce que tous les participants aux échauffourées qui y figuraient soient convoqués pour interrogatoire à l'hôtel de police.

Il rejoignit les autres.

Manner pointa du doigt les plates-formes devant lesquelles la foule se pressait pour déposer des bougies. Linda venait elle aussi de s'accroupir pour ajouter la sienne. Elle se releva, vint vers eux et fit un geste pour toucher l'ecchymose du front d'Oksman, mais il recula la tête et elle n'insista pas. Ils restèrent ensuite là, à regarder en silence le défilé ininterrompu des porteurs de petites flammes vacillantes.

25

L'homme qui se faisait appeler l'Envoyé se tenait derrière la porte en bois de la cellule de la cave, la clé du cadenas à la main. Sans savoir pourquoi, il avait peur de la mettre dans la serrure et d'ouvrir. Derrière le battant, il y avait le garçon.

Des années plus tôt, quand il était encore enfant, il avait passé de nombreuses nuits dans cette prison. Il se rappelait ce que c'était. La solitude et surtout les hivers, quand le jour ne durait que quelques heures et que la pièce était glacée – il avait vraiment cru mourir.

Aujourd'hui, son père était trop vieux et trop malade pour descendre à la cave.

C'était devenu son domaine.

Il se rappelait aussi comment l'obscurité aiguisait tous ses sens. Le moindre craquement, le bruit de sa propre respiration ou ses battements de cœur se transformaient en coups de marteau de forge.

C'était dans l'obscurité et le silence que se tapissaient les monstres les plus dangereux.

L'Envoyé ne savait pas pourquoi il avait enfermé le garçon dans cette pièce dont il avait décidé de ne plus jamais rouvrir la porte. Il avait maintenant envie d'entrer et de lui dire qu'il ne risquait rien.

Il inspira profondément, cala d'une main le plateau de nourriture contre sa poitrine, tourna la clé, fit coulisser le verrou et ouvrit la porte.

La pièce était vide.

Impossible.

Le lit était contre le mur. Les deux livres de poche dont il ne se souvenait que trop bien pour les avoir lus des dizaines de fois de la première à la dernière ligne traînaient par terre. Puis le regard de l'Envoyé s'arrêta dans le coin où l'on gardait le pot de chambre émaillé. Ce dernier n'y était plus. Une sonnette d'alarme se mit à tinter dans son cerveau, trop tard.

Il s'avança d'un pas dans la pièce, vit quelque chose du coin de l'œil et se retourna. Avant qu'il ait le temps de rien faire, le pot de chambre le heurta en pleine face. Il lâcha le plateau, le verre de lait et l'assiette en porcelaine se brisèrent, le pot-au-feu se répandit. Un filet de sang jaillit de son nez et coula sur sa lèvre supérieure. Il chancela en arrière et se cogna le dos au montant de la porte. En un centième de seconde, le garçon se faufila sous son bras.

Il fallut un instant à l'Envoyé pour se remettre du choc et avoir l'idée de faire demi-tour et de poursuivre le fuyard qui, déjà dans l'escalier, le grimpait avec toute la souplesse et la rapidité d'un enfant de dix ans.

« Stop ! »

L'Envoyé se précipita sur ses talons en tentant de se rappeler s'il avait refermé les portes derrière lui. En tout cas pas celle de l'escalier, car il eut le temps de voir le garçon disparaître par l'ouverture. Mettant toutes ses forces dans la balance, il fonça. Il vérifia d'abord d'un regard la porte principale : le voyant de sa serrure électrique brillait d'une lumière rouge. Il poussa un soupir de soulagement. Le garçon ne pourrait pas sortir, en tout cas pas sans qu'il s'en aperçoive. Il s'arrêta pour écouter, mais il était difficile de distinguer quoi que ce soit dans le vrombissement de la climatisation. Il sortit son téléphone de sa poche et éteignit le système. Un silence spectral, dont seul le bruit qui venait de s'arrêter permettait de saisir la profondeur, s'abattit sur la maison.

L'Envoyé se dirigea à pas de loup vers la cuisine et jeta un coup d'œil par la porte. Rien d'autre que de la vaisselle sale et des papiers moisis. Il filtrait entre les panneaux de carton et de contreplaqué cloués aux fenêtres tout juste assez de lumière pour y voir. Des grains de poussière y dansaient. Dès que les climatiseurs s'arrêtaient, l'odeur vous prenait à la gorge.

L'Envoyé traversa la cuisine en direction de la pièce du fond, prêt à chaque instant à sauter sur le garçon, mais il n'y était pas. Rien n'avait l'air d'avoir été touché. L'œil sans paupière peint sur le mur le fixait, omnivoyant. La caisse de grenades traînait sur la table, couvercle ouvert, comme il l'y avait laissée. Il s'arrêta un instant et tendit l'oreille, mais n'entendit rien. Il poursuivit lentement son chemin vers le séjour, auquel on pouvait aussi accéder par la pièce du fond.

Un clic et un ronronnement lui parvinrent soudain, puis le *Requiem en ré mineur* de Mozart éclata, si fort que les murs et le plancher résonnèrent. L'Envoyé se précipita dans le séjour, mais n'y trouva personne. Il éteignit le tourne-disque qui jouait tout seul dans son coin. La musique se tut et les lumières qui s'étaient allumées sur le mur du fond s'éteignirent.

« Tu n'arriveras pas à t'enfuir ! » cria l'Envoyé. Ses mots tombèrent dans le silence.

« Je ne te veux aucun mal », ajouta-t-il

Il retourna dans le couloir d'où partait l'escalier de la cave – et celui du premier étage.

Où se trouvait la chambre de son père.

Il resta un instant planté là, hésitant, puis ouvrit en grand la porte entrebâillée de l'escalier de l'étage. Il posa le pied sur la première marche, qui grinça sous son poids, puis sur la deuxième, la troisième. Il espérait que son père n'était pas réveillé. S'il voyait le garçon, qui sait ce qui se passerait. Lui seul pouvait le protéger.

En haut, il faisait frais, mais maintenant que les climatiseurs étaient éteints, l'odeur qu'ils étaient supposés chasser envahissait tout. La chaise roulante de son père était restée dans le couloir, la lumière qui tombait de la fenêtre argentait ses chromes. Apparemment, il dormait.

La porte de sa chambre était entrouverte.

« Petit ! » murmura l'Envoyé.

Au même instant, le garçon recula dans le couloir. Il avait le visage livide et le regard fixe, terrifié.

« Chut, dit l'Envoyé en posant un doigt sur ses lèvres. Ne le réveille pas. Tu n'aimerais pas ça. »

26

Susanna Manner éteignit la télévision et secoua la tête. Les informations avaient de quoi laisser sans voix.

« Je ne sais pas quoi dire, lâcha enfin Niemi. Même dans mes pires cauchemars, je n'aurais jamais imaginé que les vidéos de l'Envoyé auraient d'aussi lourdes conséquences.

– La guerre est déclarée, constata Linda.

– On dirait, oui, renchérit Paloviita.

– Je dois avouer que c'est totalement inattendu, poursuivit Niemi Ces dernières années, nous nous sommes concentrés sur les nouvelles menaces sécuritaires liées à l'immigration. Nous n'étions préparés à rien de ce genre. »

Manner résuma les titres du journal télévisé : « À Paris, une journaliste ayant écrit des articles favorables aux homosexuels a été tuée dans la rue devant son domicile ; à Bonn, le défenseur des droits des LGBT Karl Hintz a été pendu au parapet d'un pont ; à Varsovie, des cocktails molotov ont été lancés par la fenêtre dans les bureaux d'une association arc-en-ciel ; à Pori, Helsinki, Moscou, Zurich et Prague, des marcheurs pacifiques ont été violemment agressés ; la police autrichienne vient d'annoncer avoir arrêté près de cent néonazis qui avaient perturbé une manifestation à Vienne ; en Finlande, vingt-six députés et six pasteurs luthériens ont reçu des menaces de mort de la part d'individus les sommant de mettre fin à leur propagande homosexuelle, des œufs ont été jetés sur la façade de la résidence de l'archevêque et le siège du groupe de presse du *Helsingin Sanomat* a été évacué dans la nuit en raison d'une alerte à la bombe.

– L'Envoyé avait raison », déclara Oksman, et tous se tournèrent vers lui. « Nous sommes en guerre.

– C'est bien ce qu'il veut, provoquer le chaos, dit Linda.

– Il faut l'arrêter, décréta Johan Niemi. Par tous les moyens. Et nous devons mettre fin à cette folie, quelle que soit sa nature.

– Il n'y a qu'un moyen, dit Oksman, les yeux brillants, comme enfiévré. Il faut dissoudre toutes les organisations extrémistes racistes, fermer leurs sites de propagande et rayer de la carte le siège de WO et ses boîtes de Zyklon B à la con.

– Tu crois que c'est aussi simple ? rétorqua Paloviita. Le Net déborde de déclarations racistes et fondamentalistes. C'est un terrain qui échappe à tout contrôle.

– Mais que faut-il faire, alors ? demanda Linda. On menace des députés. Des patrouilles de tueurs se promènent dans les rues européennes. »

Tous se turent. La haine à l'encontre de la marche aux bougies et les nouvelles du monde semblaient les avoir tous abattus. Oksman lui-même ne se rappelait pas avoir jamais été aussi fatigué. Il se sentait physiquement et moralement épuisé. Il tournait en surrégime depuis le début de l'enquête et ses organes commençaient à se gripper.

Il se rendit soudain compte que les autres n'avaient pas plus d'énergie et qu'il devait dire quelque chose pour les faire tous redémarrer. La situation était nouvelle pour lui, il n'avait rien d'un leader. Il tenta de trouver un mot, une phrase, mais tout son vocabulaire le fuyait.

Soudain, il se racla tout simplement la gorge et ouvrit la bouche.

« Nous devons commencer par le commencement », dit-il, et il constata que tout le monde l'écoutait. C'était une bonne chose. Il n'aurait pas eu la force d'en faire plus pour attirer l'attention. Il se contenta de parler, sans préparer ses phrases, laissant juste les mots jaillir de ses lèvres.

« Nous avons un jeune homme qui se fait appeler l'Envoyé. Nous ne connaissons pas son vrai nom, mais nous avons son profil psychologique, qui peut être exact ou pas. D'après ce profil, il va sans doute commettre d'autres attentats. Notre devoir est de l'en empêcher. C'est le premier de nos buts. Le second est de l'arrêter. Il agit probablement seul, mais en réalité, nous n'en savons rien. »

Personne ne fit de commentaire. Pas même Johan Niemi. Oksman ne participait quasiment jamais à la conversation, mais les rares fois où il le faisait, tous écoutaient, car ils étaient conscients de l'intelligence qui se cachait sous sa carapace.

« L'homme s'est procuré des grenades à fragmentation de type MK II. Nous savons qu'il en a six, et qu'elles ont été volées sur le champ de tir à Niinisalo en même temps que six fusils d'assaut RK 62. Nous ignorons où se trouvent les armes et le reste des grenades. Le plus prudent, à ce stade, est de supposer que c'est l'Envoyé qui les détient. »

Oksman s'interrompit un instant pour laisser aux autres la possibilité d'intervenir, mais personne ne prit la parole. Il se massa le visage et poursuivit :

« L'homme se filme et poste une vidéo sur le Net en masquant son origine. Nous ne savons pas où elle a été réalisée. Il porte une cagoule et des gants. Il ne veut pas être reconnu, mais pourquoi aussi dissimuler ses mains ?

– Il a peut-être un tatouage, suggéra Linda.

– C'est très possible. Ou une cicatrice, ou tout autre signe distinctif, enchaîna Oksman.

– Ou il a juste envie de porter des gants.

– On peut identifier quelqu'un à ses mains, fit remarquer Paloviita. Elles sont toutes différentes. Quand j'étais petit, mon père se déguisait tous les 24 décembre en Père Noël. Il portait une grosse barbe et des lunettes et prenait une voix grave, mais je l'ai reconnu à ses mains dès l'âge de cinq ans, sans pour autant m'en vanter, ni sur le coup, ni les années suivantes. »

Un étrange sourire, à peine perceptible, passa sur le visage d'Oksman.

« Nous réfléchirons plus tard aux gants », dit Johan Niemi, et il encouragea Oksman à poursuivre.

Celui-ci rassembla ses pensées et reprit : « Il y a sur la table des grenades, ainsi qu'un pistolet qui provient d'ailleurs du camion de munitions de Niinisalo. Nous ne savons pas où l'Envoyé se l'est procuré. Mais pourquoi est-il là ? Il n'a pas été utilisé pour l'attentat.

– Pour faire peur, dit Paloviita. Asseoir sa crédibilité. »

Oksman s'abstint de répliquer que deux grenades balancées dans une boîte de nuit lui semblaient déjà suffisamment crédibles. Il continua : « Dans sa vidéo, il cite la Bible et proclame que l'homosexualité est une maladie. Il prétend être le vent de Dieu. Puis il va se garer en Volkswagen Transporter devant la discothèque, fait exploser deux grenades à fragmentation dans le vestiaire et quitte la ville. Le lendemain de l'attentat, le véhicule est incendié dans une carrière de sable et carbonisé avant qu'on réussisse à l'éteindre. On trouve à l'intérieur un détonateur à retardement fabriqué à partir d'une télécommande et d'un réveil. »

Oksman se tut et regarda les autres.

Niemi le relaya : « L'homme poste ensuite une nouvelle vidéo dans laquelle il encourage tout le monde à le rejoindre dans sa lutte contre les personnes et les institutions favorables la communauté homosexuelle. On a vu le résultat aux informations. Nous devons déterminer comment il parvient à contourner les opérateurs pour diffuser ses vidéos. Quand nous le saurons, nous le tiendrons », conclut-il comme si l'idée venait de lui. Cela fit grimacer intérieurement tous les membres de la police locale. Paloviita songea que la rapide ascension de Niemi à un poste bien payé n'était pas due à son intelligence supérieure, mais à sa capacité à s'approprier les suggestions des autres.

« Nous devons parler au pasteur qui participait à la marche aux bougies, déclara-t-il. Je n'ai jamais entendu un homme d'Église parler de cette façon.

– Mikael Fredriksson, approuva Niemi. Il est suppléant dans la paroisse de Länsi-Pori. Il a aussi participé avant l'attentat au débat de MTV sur le mariage gay.

– Son discours est le plus courageux que j'aie entendu depuis longtemps, intervint Linda. S'il y avait plus de gens comme lui dans l'Église, je pourrais envisager d'y réadhérer.

– Il s'est mis en danger. Nous devons de toute façon lui conseiller de faire attention.

– Bien, dit Niemi en se frottant le menton comme s'il s'était couvert de barbe. Plus vite ce sera fait, mieux ça vaudra. » Il marqua une petite pause. « J'ai examiné la question sous différents angles. Je suis persuadé que ce pasteur n'est pas blanc-bleu. Je le considère même comme un des principaux suspects. »

Les mâchoires d'Oksman et de Paloviita en tombèrent. Ils se regardèrent. « Tu ne peux pas être sérieux. Rien ne colle. Ni le physique, ni la voix, ni le message – rien. »

Niemi fonça les sourcils. « On va quand même procéder comme la PJC et moi-même l'avons décidé. Rien que la dégaine de Fredriksson prouve qu'il ne tourne pas rond. Pas besoin de profil psychologique. Si nécessaire, nous le mettrons en garde à vue pour l'interroger plus à fond. Et nous n'avons toujours pas l'identité de tous ceux que la caméra de surveillance a filmés, dont ce jeune homme et cette femme en robe rouge. Leurs photos seront publiées demain dans la presse. Tu as pu contacter Kristian Ramberg ? demanda-t-il en regardant Paloviita.

– C'est en cours », mentit ce dernier. Il avait complètement oublié de s'en occuper. « Allons-y, Henrik.

– Où ça ? demanda Oksman en se levant.

– Quand est-ce que tu as mis les pieds à l'église pour la dernière fois ? »

27

Le pasteur Mikael Fredriksson les accueillit à la porte principale. Il avait dépassé la cinquantaine, mais il était difficile de lui donner un âge précis car il était mince et large d'épaules. Sa silhouette sportive contrastait avec son épaisse barbe noire parsemée de gris. Il portait les mêmes vêtements que lors de la marche aux bougies : un jean et une chemise bleu clair aux manches retroussées dont les deux derniers boutons, ouverts, laissaient déborder une touffe de poils grisonnants.

Le regard de Paloviita fut de nouveau attiré par ses anneaux dorés aux oreilles, ses bagues et ses bottes à talon métallique. S'ils ne s'étaient pas tenus sur le seuil d'une église, il aurait pu penser avoir affaire au chef d'un club de motards. Ils se serrèrent la main. La poigne du pasteur trahissait sa force musculaire. Paloviita remarqua en même temps la devise *Honneur et Fidélité* tatouée sur son avant-bras en lettres de style romain.

« Merci de nous recevoir.

– Je suis toujours disponible pour la police. Mais vous êtes les premiers depuis que j'ai été nommé ici. Ça a d'ailleurs pris plus longtemps que d'habitude. »

Le pasteur sourit, découvrant ses dents blanches. Il avait aussi des yeux étonnants, turquoise, translucides comme des billes de marbre.

« Comment ça, plus longtemps ? s'étonna Paloviita.

– En général, répondit Fredriksson sans se départir de son sourire, il y a toujours quelqu'un pour porter plainte ou me dénoncer à la police dès le premier mois. En caricaturant.

– Vous êtes suppléant ?

– J'ai commencé en mai, et je suis là jusqu'à Noël. À condition bien sûr que mon contrat ne soit pas rompu avant. C'est déjà arrivé.

– Nous étions tous les deux présents à la marche aux bougies.

– Je comprends, dit le pasteur en jetant un coup d'œil au visage abîmé d'Oksman.

– Votre discours à la cérémonie religieuse... » Paloviita s'interrompit pour chercher la meilleure façon de formuler sa pensée. Son hésitation amusait visiblement le pasteur, qui le laissa se tortiller sans faire le moindre effort pour l'aider. « C'était courageux, finit-il par articuler.

– Vraiment ?

– Je n'avais jamais rien entendu de tel. Dans la bouche d'un pasteur, je veux dire.

– Ah oui ? C'est dommage. »

Paloviita regarda autour de lui. D'importants travaux étaient en cours dans l'église. Il était souvent passé en voiture devant, ces dernières années, et s'était demandé combien de temps durerait la rénovation. Le chantier semblait enfin terminé. Dans des cliquetis de métal, quatre ouvriers s'employaient à démonter les échafaudages et à charger leurs éléments dans un camion.

« Est-ce que vous auriez un endroit où nous pourrions bavarder tranquillement ?

– Mon bureau. Il est en désordre, mais nous trouverons bien quelques sièges et une tasse de café. »

Ils firent le tour du bâtiment pour pénétrer dans l'aile administrative par un étroit couloir bordé, pêle-mêle, des portemanteaux à hauteur d'enfant d'une garderie, de bureaux et d'une ancienne salle de gymnastique transformée en lieu de répétition pour orchestres.

« L'église date des années soixante et ne correspond plus aux besoins d'aujourd'hui, expliqua le pasteur. À l'époque, on n'envisageait pas qu'on puisse jouer ici de la guitare électrique et de la batterie. On pensait que donner dans un abri antiaérien des cours de catéchisme fondés sur une lecture littérale de la Bible suffisait amplement. Et maintenant, la paroisse rénove les locaux au prix fort dans l'espoir de faire revenir les déserteurs. Les décideurs s'imaginent qu'offrir aux mamies plus de salles où tricoter des chaussettes mettra fin à l'hémorragie de fidèles. Nos activités les plus courues, en ce moment, sont la chorale de cantiques des retraités et le cercle biblique. Le service religieux du dimanche n'attire qu'une poignée de paroissiens, pour la plupart septuagénaires. »

Le bureau en désordre du pasteur se trouvait au bout du couloir. Il y traînait partout, y compris sur les sièges, de grosses piles de papiers et de dossiers de différentes couleurs. Fredriksson leur fit à la hâte un peu de place en en transférant quelques-unes dans un coin de la pièce.

« Comme vous pouvez le voir, je ne suis pas quelqu'un de très ordonné. J'ai toujours peur que l'archevêché ne finisse par inspecter mes archives. Je n'ai aucune chance de m'en tirer honorablement.

– On n'apprend pas à faire le ménage, dans la Légion étrangère ? » demanda Paloviita.

Le pasteur leva les yeux de ses papiers, un sourire étira ses lèvres. « Vous avez reconnu mon tatouage. Je n'en fais pas un secret, de toute façon. Je me suis engagé dans la Légion étrangère française à dix-huit ans et j'y ai servi quinze ans. Assez longtemps pour pouvoir réclamer une pension de retraite, si je voulais. Dans la Légion, je ne m'appelais pas Mikael Fredriksson, mais Malik Adamsson. Et j'y ai peut-être eu ma dose de rangement, comme de réveils à l'aube. De nos jours, je n'ai aucune difficulté à dormir jusqu'à midi. »

Le pasteur réussit enfin à dégager assez d'espace pour qu'Oksman et Paloviita puissent s'asseoir. Avant de se caler dans son fauteuil de bureau au tissu vert pâle défraîchi, il saisit sur l'appui de fenêtre la cafetière électrique qui y chauffait apparemment depuis des heures et emplit des gobelets en carton. Le breuvage était brûlant, noir et amer.

« Lait, sucre ? »

Paloviita secoua la tête, goûta et faillit recracher. Oksman ne toucha même pas au gobelet fumant posé sur le coin du bureau.

Le pasteur se laisser aller contre son dossier et croisa les mains sur son ventre plat. Puis tous trois se regardèrent fixement.

Un sourire fendit soudain la barbe de Fredriksson.

« Vous soulevez de la fonte ? demanda-t-il à Oksman, brisant le silence.

– De temps en temps.

– Ça se voit. Et vous courez ?

– Ça m'arrive. »

Le pasteur se tourna vers Paloviita. « Votre camarade n'est pas bavard.

– Votre prêche de ce matin n'a laissé personne indifférent.

– C'est sans doute le but des prêches, susciter des réactions. Sauf que ce n'est plus le cas. L'époque où l'Église avait les couilles de prendre position est passée. De nos jours, on nous enjoint d'être incolores et inodores. L'Église met la sourdine parce qu'elle ne veut fâcher personne. Il faudrait être à la fois conservateur et libéral. Parler sereinement du ciel et d'une grâce grisâtre. Le moindre propos un tant soit peu politique est aussitôt condamné. »

Le pasteur scruta les policiers, en face de lui, qui le fixaient d'un air désorienté.

« Je vous demande pardon si ma franchise vous blesse, mais je préfère être direct, pour éviter tout malentendu. J'en ai assez de me demander ce qu'on pense de moi. Je respecte ce que représente l'Église, mais j'avoue volontiers que mon employeur n'est pas parfait. L'Église luthérienne évangélique de Finlande est en pleine panique. Environ cinquante mille personnes quittent officiellement son sein tous les ans et pour toute réponse, elle cherche à contenter et à flatter tout le monde. Du coup, elle se prosterne à droite, à gauche. Nos principaux clients sont bien sûr les riches et pas ceux qui auraient le plus besoin de nous : les marginaux, les alcooliques et les personnes atteintes de troubles psychiatriques. Les pasteurs prêchent le dimanche dans des salles vides pendant que les rues se remplissent de gens ayant besoin d'aide, mais nous, les pasteurs, nous ne nous en approchons sous aucun prétexte.

– Vous comprenez sûrement que vos propos en irritent beaucoup. Et ils vous mettent aussi en danger. Dans une situation comme celle-ci…

– Je comprends, bien sûr, mais je pense que si on craint pour sa sécurité, on ne devrait pas faire ce métier. Il m'est évidemment facile de dire ce que je pense, parce que je ne suis que suppléant. J'irai tôt ou tard dans une autre paroisse. Je n'ai ni famille, ni domicile fixe, ni beaucoup de biens. Il est plus facile de prendre publiquement position quand on n'a pas sur le dos un prêt immobilier ou une ribambelle d'enfants.

– Que faisiez-vous avant de venir ici ? demanda Paloviita.

– J'ai passé ma maîtrise de théologie en 2002. Ensuite, j'ai été pasteur suppléant en différents endroits. J'ai aussi donné des conférences, fainéanté, travaillé comme bénévole. J'ai même à un moment été chauffeur de taxi. L'absolution en prime pour le prix de la course. Je suis comme un criquet, je saute d'un lieu à un autre, je dévore tout et je m'en vais ailleurs. Un prédicateur ambulant.

– Et maintenant, vous êtes ici, constata Oksman.

– Et maintenant, je suis ici.

– Vous avez marié des personnes de même sexe. Si j'ai bien compris, c'est contraire aux prescriptions de l'Église ?

– Ça m'a valu un sérieux avertissement du chapitre du diocèse.

– Vous avez l'intention de continuer à marier des homosexuels ?

– Bien sûr.

– Vous n'avez pas peur d'être démis de vos fonctions ? »

Fredriksson secoua la tête. « L'Église peut penser ce qu'elle veut. Mon désir de permettre aux homosexuels de s'aimer comme tout le monde ne regarde que le Seigneur et moi.

– Vous défiez ouvertement votre employeur ? »

Le pasteur pointa le plafond du doigt. « Mon véritable employeur réside là-haut, au-dessus du toit de tôle de ce bâtiment. Je suis responsable devant Lui, et devant personne d'autre.

– Vous visez donc le martyre, la sainteté ? »

Fredriksson rit, d'un rire étonnamment cristallin qui jurait avec son physique athlétique. « La sainteté ? Si seulement. Disons que ce qui m'intéresse, ce n'est pas d'avoir un emploi à vie, ni de distribuer du vin et des hosties. Je ne suis pas devenu pasteur pour répéter le mantra officiel de l'Église.

– Pourquoi, alors ?

– Je veux aller là où mes collègues ne vont généralement pas. Le christianisme, à l'origine, n'avait pas pour vocation d'être la religion des classes supérieures et il a été victime de persécutions et de cruauté, mais il était incoercible parce qu'il acceptait en son sein même les plus misérables. Aujourd'hui, l'Église se détourne de ceux pour lesquels elle est née. »

Leur conversation fut interrompue par l'apparition, à la porte du bureau, d'un jeune homme maigre, presque encore adolescent, aux cheveux ébouriffés. Il portait un polo trop grand pour lui, un pantalon de velours et des gants de travail. Il examina les policiers d'un air inquiet et sa bouche, sous sa fine moustache duveteuse, se tordit en un sourire idiot.

Le pasteur le regarda et haussa les sourcils.

Le jeune homme les fixa tous un instant, puis son sourire s'élargit, dévoilant des dents anormalement grandes. « J'ai fini de ranger la salle des associations, annonça-t-il en levant le menton.

– Très bien, Pekka, dit le pasteur. Beau travail. En ce qui me concerne, tu peux rentrer chez toi, mais préviens Erkkilä. »

Le jeune homme resta malgré tout planté sur le seuil à les regarder, les bras ballant tels des cordages abandonnés. Fredriksson attendit. Pekka déplaça son poids d'une jambe sur l'autre, mit ses mains dans son dos, les ramena devant lui. « Il y avait une souris.

– Une souris ? » répéta le pasteur.

Le jeune homme hocha la tête, la mine maintenant grave. « Elle faisait du bruit dans la caisse de matériel de gymnastique. »

Fredriksson regarda Pekka, dont la gêne était palpable. « Où est-elle maintenant ?

– Je l'ai mise dans un seau. Je voulais la porter dehors, mais… » Il fondit soudain en larmes. Le pasteur se leva et le prit dans ses bras. « Elle s'est noyée..., reprit le jeune homme, secoué de violents sanglots. Je ne voulais pas, mais il y avait de l'eau dans le seau, et ça a fait des vagues...

– Tout va bien, Pekka, le consola le pasteur. Tu ne l'as pas fait exprès, c'était un accident.

– Est-ce qu'elle va aller au ciel ? demanda le jeune homme en reniflant.

– La souris ? J'en suis sûr.

– Vous allez me renvoyer ? »

Le pasteur le lâcha et lui posa la main sur l'épaule. Il avait le visage luisant de larmes, son corps tressautait de pleurs contenus.

« Regarde-moi », dit Fredriksson.

Pekka leva les yeux.

« Tu n'as rien fait de mal. Il n'est pas question de te renvoyer. Nous voulons tous que tu reviennes demain.

– Même Erkkilä ? »

Le pasteur sourit. « Même Erkkilä. »

Le jeune homme essuya ses larmes dans ses gants. « J'ai enterré la souris au pied d'un sapin.

– C'est parfait, tu as un cœur d'or. »

Le jeune homme jeta un regard gêné aux policiers et sortit dans le couloir. Le pasteur se rassit et expliqua : « Pekka est un des employés de la paroisse, dans le cadre d'un projet social destiné à aider des jeunes en difficulté à retrouver une vie normale. Il a été ballotté d'établissement en établissement. Il n'est pas plus bête qu'un autre, mais il a peur de son ombre. Nous essayons de lui redonner confiance en lui. Il aide Erkkilä, notre responsable de la maintenance, entre autres pour le ménage et le jardinage. Nous en avons deux ou trois autres, ici. »

Paloviita hocha la tête. « Est-ce que vous avez vu les réseaux sociaux, depuis la marche aux bougies ?

– Oui, j'y suis activement présent. Je sais qu'ils sont en ébullition, mais ça n'a rien de nouveau. La religion éveille toujours de forts sentiments. En bien et en mal.

– Que dit la Bible de l'homosexualité ?

– L'Ancien Testament la condamne sans appel. Dans le Nouveau, elle n'est même pas mentionnée.

– Autrement dit, les passages cités par l'Envoyé dans sa vidéo sont authentiques ?

– Il y a des gens qui considèrent que la Bible est infaillible. On continue de débattre, entre chrétiens, pour savoir si elle a été dictée par Dieu ou imaginée par l'homme – et, dans ce cas, avec quelle part d'inspiration divine.

– De nombreux messages contiennent des menaces de mort à votre encontre. Vous n'avez pas peur d'être en danger ? » demanda Paloviita.

Le pasteur laissa de nouveau échapper un rire cristallin et se pencha en avant. Ses étranges yeux turquoise fixaient les policiers. « Si quelqu'un veut me tuer, je suis là. La porte est ouverte.

– Vous êtes comme l'Envoyé, vous voulez tous les deux mourir en martyr », intervint Oksman.

Pour la première fois depuis le début de la conversation, la mine du pasteur se fit grave, et son dos déjà droit se redressa encore d'un cran. « Absolument pas. La vie est trop précieuse pour être gâchée, mais j'en ai assez de trembler. Vivre dans la peur serait le plus grand gâchis de tous. »

Une lueur indéfinissable passa dans ses yeux. Il jeta un coup d'œil à ses mains et, quand il releva la tête, son regard était dur comme la pierre.

« Enfant, j'avais peur de tout. Surtout de mon père, qui était un vrai salaud et un ivrogne invétéré. Il passait toutes ses soirées dans son fauteuil à bascule à côté du poêle, une bouteille entre les cuisses, à faire tourner autour de son doigt un gros trousseau de clés. Il s'en servait pour me donner des coups particulièrement vicieux au sommet du crâne, à m'en arracher des larmes. »

Le pasteur changea de position. Son visage était toujours figé et l'éclat de ses yeux s'était assombri.

« Un jour, alors que je rentrais de l'école, il a titubé à ma rencontre sur le perron, complètement soûl. Il avait les manches couvertes de sang jusqu'au coude. Il m'a ordonné de courir chez les voisins appeler une ambulance. Nous avons attendu dans la rue qu'elle arrive, et la police avec. C'est la dernière fois que je l'ai vu. On l'a embarqué à l'arrière d'une Saab. Il avait si bien écrasé la main de ma mère à coups de tisonnier qu'elle n'a plus jamais pu fermer le poing. Lui est mort à l'automne suivant dans l'incendie de la baraque où il dormait avec deux autres ivrognes.

– Je suis désolé », dit Paloviita.

Le pasteur hocha la tête. « Ça m'a dégoûté de tout. Au lycée, je me suis mis à picoler. Je brassais ma propre bière et je séchais les cours. J'avais l'impression qu'il n'existait plus rien d'autre que le bonheur de l'ivresse. On volait des autoradios et des vélos. Ce n'est qu'à l'armée que j'ai repris mes esprits. Je me suis rendu compte que j'étais bon à quelque chose. Je donnais tout, sur le parcours du combattant. Puis j'ai lu dans le *Journal du soldat* un article sur Aarne Juutilainen, la Terreur du Maroc. Cette histoire m'a frappé comme la foudre et, à la fin de mon service militaire, j'ai fait du stop jusqu'en France, via le Danemark. Arrivé à Paris, je me suis engagé dans la Légion étrangère. J'y suis resté quinze ans.

– Comment êtes-vous devenu prêtre ? » demanda Oksman.

Un léger sourire passa sur les lèvres du pasteur. « C'était une nuit, au Gabon. Nous marchions depuis la veille, ça faisait une semaine qu'il pleuvait. Les cours d'eau débordaient et tout était trempé. La jungle était pleine de bruits. Des oiseaux, des grenouilles, des insectes. Nous avons dressé le camp au bord d'une rivière dont personne ne semblait connaître le nom. Nous avions l'ennemi à nos trousses et nous étions tous nerveux et fatigués. L'opération était une catastrophe. Les crues avaient emporté les routes et nous avions dû abandonner nos véhicules et notre équipement. Nous manquions de nourriture et de temps pour dormir, les renforts promis n'arrivaient pas. J'ai pris mon tour de garde un peu après minuit. La pluie s'est alors brusquement arrêtée et la brume a envahi la rivière. On ne voyait rien, mais on entendait tout. C'est indescriptible. Les bruits nocturnes de la jungle. Ils vous emplissent la tête. Je luttais contre le sommeil, mais c'était difficile. Les nuages se sont dissipés et les étoiles sont apparues. Je les ai regardées et j'ai écouté ces sons, dont certains étaient si beaux qu'ils vous coupaient le souffle – et d'autres si terribles et effrayants qu'ils vous déchiraient l'âme. C'est alors que j'ai décidé que si je m'en sortais vivant et que je parvenais à rentrer chez moi, je m'efforcerais de racheter toutes les mauvaises actions que j'avais commises dans la Légion. À la fin de mon contrat, je suis revenu en Finlande et j'ai passé le concours d'entrée de la faculté de théologie.

– Vous êtes conscient que l'Envoyé, dans sa vidéo, visait précisément les gens comme vous, dit Paloviita.

– Ça m'est égal. Je ne vois pas pourquoi je ne tenterais pas d'améliorer le monde, à mon niveau.

– Soyez quand même prudent. Il y a déjà eu bien assez de victimes. Je ne voudrais pas vous compter parmi elles. »

Fredriksson se leva. « Je vous suis reconnaissant de votre sollicitude, mais je suis capable de me défendre. »

En raccompagnant les policiers, il leur fit traverser l'église. Le plafond à double pente s'élevait haut au-dessus de l'espace central éclairé par de larges fenêtres aux vitres transparentes, pour certaines, et aux vitraux multicolores, pour d'autres. Paloviita avait toujours eu horreur de l'immensité des églises. Il ne comprenait pas pourquoi les gens avaient, de tout temps, gaspillé leurs maigres ressources pour construire de vastes cathédrales. Aussi pauvre que soit le peuple, il trouvait toujours de quoi édifier de gigantesques colosses de pierre pour adorer un dieu ou un autre.

Paloviita constata que les travaux de rénovation se poursuivaient à l'intérieur. C'était au tour du mur derrière l'autel d'être repeint et deux hommes en combinaison blanche, dans une nacelle élévatrice, décrochaient le crucifix de près de deux mètres de haut.

« Gros chantier ? » demanda Paloviita pour rompre le silence. En l'entendant, les ouvriers leur jetèrent un coup d'œil.

« Tout devait être terminé à Noël, mais ça s'éternise. La dernière fois que j'ai posé la question, personne n'a su me dire quand les travaux seraient terminés et combien ils coûteraient.

– Vous êtes peut-être partis pour battre le record de la cathédrale Saint-Isaac. »

Le pasteur rit.

Ils passèrent à côté du Christ ensanglanté que les ouvriers déposaient contre l'autel. Ils procédaient avec d'infinies précautions. La statue était presque grandeur nature et la vue de son visage douloureux, de sa couronne d'épines et de ses yeux levés vers le ciel fit frissonner Paloviita. Fredriksson remarqua son regard.

« Le crucifix va être envoyé à Oulu pour être restauré, expliqua-t-il.

– Il est ancien ?

– Même pas. Il est en plastique, mais le soleil a décoloré le visage de Jésus et il a besoin d'être remaquillé pour avoir l'air aussi souffrant qu'à son départ d'une usine de Taïwan.

– Je le trouve hideux », dit Oksman, exprimant tout haut la pensée de Paloviita.

Ils s'arrêtèrent devant l'homme aux mains clouées sur le bois. Des filets de sang s'écoulaient des épines enfoncées dans son front. Il avait dans le flanc une blessure béante, elle aussi sanguinolente, là où un soldat romain avait enfoncé sa lance.

« Je n'ai jamais compris pourquoi les gens tenaient à prier devant un homme ensanglanté, cloué à un instrument de torture antique, dit Oksman.

– Intéressant point de vue, dit le pasteur. Sans compter qu'ensuite, nous mangeons sa chair et buvons son sang. »

Paloviita et Oksman le regardèrent. Ils remarquèrent que quelques ouvriers tendaient aussi l'oreille. Paloviita songea une nouvelle fois qu'il n'avait jamais rencontré d'homme d'Église de ce genre et se demanda ce que pensaient les paroissiens septuagénaires assistant au service du dimanche quand le pasteur montait en chaire avec ses tatouages. Fredriksson et ses semblables étaient le signe le plus visible d'une potentielle évolution de l'Église.

« Un Jésus de plastique accroché à une croix, constata le pasteur. C'est peut-être encore de plus mauvais goût que l'éternelle crèche qu'on installe ici pour chaque sacro-saint Noël, mais je n'arrive pas à savoir ce que je déteste le plus. »

Les policiers et les ouvriers le fixèrent avec des yeux ronds. Paloviita, gêné, toussa dans son poing.

« Avec ces bonshommes en plastique, l'Église a définitivement émasculé Jésus », poursuivit le pasteur, et il regarda Oksman et Paloviita, puis les ouvriers qui s'étaient approchés pour mieux entendre. Il éleva théâtralement la voix.

« Je suis sérieux. Le véritable Jésus n'était pas une poule mouillée pissant dans sa culotte mais un activiste radical, un anarchiste enragé, une irrésistible force de la nature qui ne s'aplatissait devant rien ni personne. Il ne léchait pas le cul des prêtres et des aristocrates et se moquait bien de sa propre sécurité. C'était un rebelle qui transgressait toutes les normes de la société, défiait les autorités, fréquentait les bordels, embrassait les lépreux et sapait si bien la puissance de l'élite qu'il a fallu le crucifier. Si Jésus, pas ce truc en plastique, mais le vrai, le réel, était en vie, il n'hésiterait pas un instant à embrasser tous les homosexuels afin de les inviter à le rejoindre dans le royaume des cieux. Il n'aurait pas peur pour son emploi et sa future retraite, ne réfléchirait pas au nombre de personnes qui rompent avec l'Église et à la perte de revenus qui en résulte – et se soucierait comme d'une guigne des avertissements du diocèse. »

Le pasteur remarqua les mines embarrassées de son auditoire et se tut. Il affichait pour sa part une expression bienveillante, sans rien de provocateur ou de revendicatif. Il regarda le crucifix.

« On dit que la crucifixion est la mort la plus douloureuse. Si cruelle et humiliante qu'on la réservait aux plus inférieurs des inférieurs : les esclaves, les rebelles, les traîtres et autres criminels méprisables. Les citoyens romains n'étaient pas crucifiés, mais charitablement décapités. Les condamnés pouvaient rester plusieurs jours sur leur croix à souffrir de la chaleur, du froid, de la déshydratation et de crampes musculaires, avant de finir par mourir asphyxiés. On laissait ensuite les cadavres se décomposer sur place, livrés aux charognards. Le but de la crucifixion n'était pas seulement de tuer, mais aussi de mettre en pièces et profaner les corps. »

Ils restèrent encore un moment à regarder le crucifix déposé par les ouvriers, puis sortirent de l'église. Dehors, Fredriksson serra la main d'Oksman et de Paloviita, et celui-ci le mit une dernière fois en garde : « J'apprécie votre démarche, mais il me semble que vous avec plus de valeur vivant que mort en martyr. »

En regagnant leur voiture, ils croisèrent le jeune homme qui était venu parler de la souris au pasteur. Armé d'un râteau, il entassait des cônes de sapin à côté d'une brouette. Son regard rencontra celui d'Oksman, et ils se sentirent soudain aussi troublés l'un que l'autre. Tous deux détournèrent les yeux. Oksman jeta instinctivement un coup d'œil à Paloviita pour voir s'il avait remarqué quoi que ce soit, mais il observait deux adolescents qui s'entraînaient à faire des roues arrière sur leurs vélos, de l'autre côté de la rue. Dans la voiture, Oksman ne put s'empêcher de regarder encore une fois dans la direction du jeune homme, mais il avait disparu. Il ne restait que la brouette.

28

Paloviita repéra vite Sini et Sara parmi les enfants de la garderie en plein air et resta un moment appuyé à la grille à les regarder jouer à chat. La fatigue pesait sur tous ses membres. Il s'était parfois dit, plus jeune, que l'être humain n'est pas très différent d'un moteur Diesel qui pouvait tourner jour après jour, mois après mois, tant qu'on pensait à l'alimenter suffisamment et à le laisser se reposer à intervalles réguliers, mais il avait depuis constaté qu'il était finalement si complexe que personne ne pourrait jamais complètement le comprendre. En cet instant, rien que pousser la grille lui semblait un effort surhumain. Il resta là plusieurs minutes avant que Sini le remarque et s'élance en courant vers lui.

Il ouvrit la grille et la prit dans ses bras. Sara le vit aussi, abandonna ses jeux et se précipita vers lui. Il les fit toutes les deux tournoyer un instant dans les airs, puis les reposa sur le sol. Elles s'accrochèrent à son pantalon. Il échangea quelques mots anodins avec l'animatrice de la garderie. Il ne lui fallut pas plus de cinq minutes, au total, pour faire monter les filles en voiture.

Au rond-point de Tikkula, Paloviita s'écarta soudain du trajet habituel et tourna vers la station-service ABC. « Ça vous dirait d'aller manger une glace ? »

Sara et Sini hurlèrent de joie et il se gara sur le parking. Ils allèrent à la cafétéria, où il prit pour les filles des glaces à l'italienne à la vanille et pour lui-même un café noir et un paquet de Marlboro Lights. Il le glissa rapidement dans sa poche, vérifia que personne ne l'avait vu et porta le plateau jusqu'à une table près de la fenêtre. Il s'assit en silence, se laissa aller contre le dossier de la banquette et se contenta de profiter de ce moment de répit. Il ne se rappelait pas la dernière fois où cela lui était arrivé : rompre la routine et s'asseoir, tranquillement plongé dans ses pensées. Les filles léchaient en silence leur glace qui fondait et coulait du coin de leur bouche sur leur T-shirt, mais il ne fit pas un geste pour les essuyer. Il regarda par la fenêtre les voitures qui faisaient la queue pour entrer et sortir du parking, observa les clients de la cafétéria, assis seuls ou en groupe, et examina les jeunes qui tournaient autour des machines à sous. Personne ne semblait lui accorder la moindre attention et, au bout d'un moment, il eut l'impression que les filles et lui étaient réellement invisibles, comme tous ces passants anonymes qui en croisaient d'autres dans le va-et-vient de la cafétéria mais les oubliaient un instant plus tard.

Quand les filles eurent terminé leur glace, Paloviita leur essuya les lèvres et le T-shirt avec des serviettes en papier et alla ranger le plateau sur un chariot. Ils retournèrent à la voiture, et il vérifia que le paquet de cigarettes était toujours dans sa poche, irradiant telle une pastille d'uranium. Près de la porte latérale, deux hommes en combinaison orange lavaient une inscription taguée à la peinture noire sur le mur. Paloviita la regarda du coin de l'œil, puis se retourna pour mieux lire. Les lettres majuscules, un peu penchées, mesuraient près d'un mètre de haut. En temps normal, il n'y aurait pas prêté attention, mais en voyant les *O* et le *U* des mots *LES HOMOS*

AUX CHIOTTES évoquer respectivement des grenades et une bombe tombant du ciel, il fronça les sourcils.

Je vous invite à me rejoindre sur mon chemin vers l'union avec Dieu. À éradiquer ce péché qui flétrit l'humanité.

Sini le tira par la main. « Tu viens, papa ! »

Il regarda encore un instant le texte en se demandant s'il devait le photographier. Il conclut que c'était inutile et monta en voiture.

« Qu'est-ce qu'il y avait écrit, papa ? demanda Sara.

– Rien.

– Est-ce qu'on a le droit de barbouiller les murs ?

– Non, c'est très vilain.

– Est-ce que celui qui a fait ça va aller en prison ?

– Je ne sais pas. »

À leur arrivée chez eux, Terhi n'était pas encore rentrée. Paloviita beurra des tartines pour les filles et les laissa aller jouer, tria le linge sale, lança une machine avec celui de couleur et prépara le repas. Il sortit du réfrigérateur des œufs, des tomates, des oignons blancs, du jambon et du bleu. Il n'était pas très bon cuisinier, mais connaissait au moins cette recette. Il coupa le jambon, les oignons et une tomate, les fit rapidement revenir, battit les œufs avec du lait, sala, poivra, versa le mélange dans la poêle, ajouta le bleu et obtint une omelette jaune d'or, fumante.

Il dressa la table, se rappela la bouteille de riesling qu'il avait achetée quelques semaines plus tôt et appuya sur le bouton qui faisait surgir la cave à vin du sol de la cuisine. Chaque fois qu'elle faisait surface, il se rappelait son coût. Avec Terhi, ils avaient nourri pendant des années le projet de construire leur propre maison et s'étaient beaucoup disputés car leurs désirs en la matière étaient très différents. Résultat, ils n'avaient mégoté sur rien.

La porte s'ouvrit et Terhi entra. Sara et Sini coururent l'embrasser. Paloviita se sécha les mains et les rejoignit dans le vestibule. Il tenta de lire l'humeur de sa femme dans son regard, mais n'y parvint pas.

« Tout s'est bien passé ? »

Sans répondre, elle rangea son sac à main sur l'étagère à chapeaux.

« J'ai préparé à dîner. Les filles ont déjà mangé. »

Terhi resta muette et Paloviita devina qu'ils ne passeraient pas la soirée lovés l'un contre l'autre sur le canapé. Elle alla dans la cuisine, vit la table dressée, saisit la bouteille de riesling, fit remonter la cave à vin, remit la bouteille dans son casier et, sans un mot, renvoya la cave dans les profondeurs du sous-sol. Ils s'assirent face à face. Tout en mangeant, Terhi se plongea dans la lecture d'un magazine et Paloviita feuilleta sur son téléphone le tabloïd *Iltalehti*. Quand la machine à laver bipa, il alla mettre le linge dans le séchoir.

Quand il revint dans la cuisine, Terhi avait terminé son repas.

« Papa a téléphoné », dit-elle enfin, ouvrant la bouche pour la première fois.

Paloviita ne répondit pas, il savait ce qui allait suivre. C'était toujours ainsi que leurs disputes commençaient. Par ces mots : *papa a téléphoné.*

« La banque l'a contacté, poursuivit Terhi. Il va falloir petit à petit commencer à rembourser notre emprunt. Le simple paiement des intérêts ne suffit plus. Papa est inquiet, c'est le moins qu'on puisse dire. Pour moi. »

Quand ils s'étaient mariés, ils avaient commencé par acheter un appartement, un modeste deux-pièces dans un petit ensemble de maisons en bande, dans le quartier de Vanhakoivisto. Ils avaient eu assez d'économies pour pouvoir souscrire un emprunt sans garant extérieur, mais lorsqu'il avait fallu financer leur nouveau projet, les parents de Terhi s'étaient portés caution pour un montant qui, des années plus tard, continuait de paraître vertigineux.

Au début, Paloviita s'était vigoureusement opposé à l'idée de cette aide, mais il avait finalement cédé à la pression de Terhi. Ce n'était pas qu'ils n'auraient pas eu besoin de cet argent, mais il ne voulait dépendre de personne. Quand ils avaient signé les papiers, à la banque, il avait eu l'impression de sceller sa propre condamnation à la prison.

« En ne percevant que les intérêts, la banque fait une bonne affaire, argua-t-il. Ça augmente le rendement de leur prêt. Nous sommes des clients de rêve.

– Ça fait déjà plus d'un an que ça dure. La banque veut savoir quand nous reprendrons les remboursements. »

Les yeux de Terhi lançaient des éclairs.

Paloviita écarta les mains dans un geste d'impuissance. « Nous avons déjà à payer les échéances mensuelles de l'achat des voitures, le jardin d'enfants des filles, la nourriture, l'électricité, l'eau et les assurances. Sans parler de la taxe foncière. Mon salaire n'y suffit tout simplement pas.

– Et c'est moi qui devrais tout payer, alors ? Ou mes parents ? Si la banque exige son dû, tout retombera sur papa et maman.

– On pourrait vendre une des voitures. Nous n'avons pas besoin de tout ce luxe. Il y a des bus pour le centre tous les quarts d'heure. Et un arrêt devant ton école. En pratique, tu pourrais prendre le bus de porte à porte. »

Terhi se leva, tremblante de fureur. Ses genoux heurtèrent la table et firent tinter la vaisselle. « Je devrais aller au travail en bus, comme une clocharde ? Et comment est-ce que j'irais chercher les filles ? Réfléchis un peu ! C'est ça, ta solution au problème : faire des économies sur mon dos ! »

Paloviita hésitait à envenimer la querelle. La moitié de son cerveau bouillait de rage, l'autre protestait et lui ordonnait de garder son calme. Ils avaient déjà eu plusieurs fois exactement la même dispute et il aurait pu en écrire le dialogue. Avant peu, ils en viendraient à se reprocher mutuellement de s'être gâché la vie et menaceraient de divorcer. Ils n'avaient plus d'autre but, en se prenant le bec, que de blesser l'autre. Il respira profondément et déclara :

« Tout va s'arranger. Les filles ne sont plus des bébés. Les choses vont rentrer dans l'ordre. À un moment ou un autre, j'aurai un poste de commissaire, et tout sera plus facile. »

Terhi prit elle aussi une grande inspiration, non pas pour se calmer, mais au contraire pour se donner de l'élan. « J'en ai assez de tes beaux discours. Un poste de commissaire ceci, un poste de commissaire cela. La vérité, c'est que tu as toi-même saboté la promotion qui t'était offerte sur un plateau. On t'a préféré une grognasse sortie de sa cambrousse et tu es retombé au bas de l'échelle. Et avec ça, tu rêves encore de devenir commissaire !

– Ce n'est pas ce qui s'est passé…

– Ne recommence pas ! Je ne comprends pas, on t'a presque forcé à accepter un salaire de commissaire, et tu t'es torché le cul avec la proposition. Que dirais-tu, si je crachais sur un poste de chef d'établissement ? »

Paloviita ouvrit la bouche pour répondre, mais Terhi le coupa avant qu'il ait pu placer un mot.

« Je sais ce qui s'est passé. Tu ne voulais pas de ce poste parce que tu n'as ni le courage ni la capacité d'assumer des responsabilités. Tu préfères glandouiller dans un boulot peinard et mépriser mon soutien et celui de mes parents. Ça t'est égal de les plonger dans un gouffre financier. Tu espères sûrement que la tension artérielle de mon père fera exploser comme une grenade son cœur malade. J'aimerais parfois qu'il t'arrive quelque chose qui te réveille. »

Paloviita ne répondit pas aux accusations. Il savait que cela ne ferait qu'aggraver les choses.

« Vendons tout. La maison et les voitures. Nous étions très heureux, autrefois, dans un petit deux-pièces aux murs si fins qu'on entendait les voisins décapsuler des bières devant la télé, tu te rappelles ?

– Vendons tout ! C'est ça, ta solution la plus virile ? Putain ce que tu peux être con ! C'est ce que tu veux ? Retourner dans ce taudis dont nous voulions partir à tout prix ? Tu pourrais avouer, au moins une fois, que tu es nul. Cette maison a coûté plus cher que prévu parce que tu es incapable de planter un clou. Il a fallu tout faire faire par d'autres. Regarde Sami, le mari de Jaana, il a coulé toutes les fondations et monté l'ossature lui-même. Leur maison leur a coûté la moitié de la nôtre, alors qu'elle est aussi grande – et même plus.

– Sami est charpentier.

– Et toi tu es un pédé de flic ! »

Tous deux sourirent involontairement. Sans rien ajouter, Terhi alla verrouiller les portes pour la nuit et vérifier les chambres des filles. Quand elle revint, le plus gros de sa colère était retombé. Apparemment, elle en avait elle aussi assez de ces querelles qui tournaient en rond.

« Je ne sais pas, mais il faudrait se décider à faire quelque chose, dit-elle. Je comprends papa. Ils ont mis toute leur vie en jeu – leurs biens immobiliers, l'entreprise – pour cautionner notre emprunt. »

Paloviita hocha la tête. Il était parfaitement conscient de la précarité de la situation. Le chantier s'était transformé en gouffre financier. Il avait plusieurs fois calculé ce qu'impliquerait le remboursement de leur prêt. Ils avaient besoin de toucher mille euros de plus par mois, ou de diminuer d'autant leurs dépenses. Tout était possible, mais pas sans mesures radicales. Le coup de rabot toucherait tous les domaines de leur existence. Il faudrait entre autres remplacer leurs deux voitures par des modèles plus économiques et dire adieu aux loisirs, aux adhésions à diverses associations et aux abonnements aux magazines. En réduisant leurs dépenses, ils pourraient gratter sept cents euros par mois. Il lui resterait à réunir les trois cents manquants en faisant des heures supplémentaires ou en trouvant un second emploi. Il pourrait travailler à temps partiel comme consultant en sécurité, ou distribuer des prospectus le week-end. Les solutions n'avaient rien d'agréable, mais s'ils voulaient vraiment s'en sortir, ils devaient prendre le taureau par les cornes.

« Je sais, soupira-t-il. Et je sais aussi que j'ai essayé d'être un bon mari et un bon père. On va faire nos comptes dès demain, ensemble. Je suis sûr que nous allons trouver une solution. »

Terhi ne fit pas de commentaire, et Paloviita interpréta son silence comme un signe de trêve. Mieux valait laisser passer quelques jours pour permettre à la poussière de retomber. Il regarda la fine silhouette de sa femme. Terhi était restée aussi mince qu'au début de leur vie commune, et tout aussi séduisante. Il n'en allait pas de même pour lui. En dix ans, il avait pris une bonne dizaine de kilos de bedaine. Les muscles d'acier qu'il avait encore à l'école de police avaient fondu et son tour de taille avait augmenté de plusieurs centimètres.

Ils passèrent le reste de la soirée sans échanger un mot, devant la télévision. Terhi reprit ses mots croisés, Paloviita bâilla et s'assoupit. Il rêva qu'il était enfermé dans un cercueil en plomb si étroit qu'il ne pouvait bouger ni les doigts, ni les orteils. L'air était épais, comme s'il avait respiré à travers un tissu.

Terhi le réveilla en le poussant du pied. Il ouvrit les yeux et tâtonna à la recherche de son appareil auditif.

« Tu ronfles. Va prendre une douche ou te coucher », dit-elle.

Il jeta un coup d'œil à sa montre, éteignit la télévision, s'étira et alla boire un verre d'eau dans la cuisine. Il entendit Terhi ouvrir la porte de la salle de bains. Il regarda dehors. Il faisait sombre, mais pas tout à fait nuit. L'automne approchait à grands pas. Il rangea son verre dans le lave-vaisselle et passa dans la buanderie. La chemise de nuit de Terhi était posée à côté de la calandre à linge. Il entendit à travers la porte le bruit de la douche. Il se déshabilla et la rejoignit dans la salle de bains, qui commençait à se remplir de vapeur. Terhi lui tournait le dos, de l'eau savonneuse coulait de ses longs cheveux sur son dos et ses fesses. Elle l'entendit entrer, mais ne se retourna pas. Il lui passa le bras autour de la taille et se pencha pour lui embrasser le cou. Elle se raidit d'abord, puis se colla à lui. En sentant son dos contre son ventre velu, il eut un instant honte de s'être laissé grossir à ce point, mais quand elle se tourna pour se presser contre lui, sa honte s'envola, ne laissant place qu'au désir.

Quand Terhi se fut endormie, Paloviita referma son roman, ôta ses lunettes de lecture et descendit au rez-de-chaussée. Soucieux de ne réveiller personne, il ouvrit en silence la porte de derrière et enfila ses charentaises. Il traversa la pelouse jusqu'à l'étang qui bornait le jardin. La soirée était encore chaude. Il sortit son paquet de cigarettes de sa poche, en alluma une et s'assit pour la fumer sur le banc installé au bord de l'eau. Les lumières des maisons voisines se reflétaient dans l'onde tels des rayons de lune. Il laissa la fumée pénétrer dans ses poumons puis s'échapper lentement. Faire l'amour avec Terhi n'avait plus la même saveur que dix ans plus tôt. Il songea à la maison grevée de dettes qui se dressait derrière lui et à son beau-père, toujours sur son dos – et s'aperçut que ses pensées s'égaraient vers Linda. Où était-elle en ce moment, que faisait-elle ? Il écrasa dans l'herbe le bout rougeoyant de son mégot et le jeta dans l'eau. De retour à l'intérieur, il se lava les mains et les dents, comme il le faisait, adolescent, pour cacher les odeurs de cigarette à ses parents, et se trouva pitoyable. Il se glissa sous la couette et resta encore longtemps éveillé sans trouver le sommeil. Terhi ronflotait à ses côtés.

29

Oksman entra sans frapper dans le bureau du chef de poste. Nurminen, qui était de permanence, ne l'avait pas entendu arriver et, en se tournant sur sa chaise, il sursauta si fort qu'il renversa du café sur son pantalon.

Il bondit sur ses pieds et tenta d'essuyer la tache avec sa serviette en papier. « Merde ! »

Après avoir un moment frotté son pantalon, il lança un regard furieux à Oksman, qui se tenait figé comme une statue dans l'embrasure de la porte. « Qu'est-ce que tu veux ?

– Une descente au siège de White Order à Uusiniitty.

– Encore ? Pour quel motif ?

– Cette fois, on veut les boucler pour les échauffourées pendant la marche aux bougies et la vidéo postée sur le Net. » Oksman tendit une feuille imprimée à Nurminen, qui la prit et la lut.

« Il y a six noms, poursuivit Oksman. La scientifique les a tous identifiés. »

Nurminen plissa le front et fit la moue. « Et quand est-ce qu'il faudrait y aller ?

– De préférence aujourd'hui, au plus tard demain. »

Sans rien dire, Nurminen reprit sa serviette et tenta d'éliminer la tache de café sur sa braguette, avant de renoncer.

« On manque d'hommes, constata-t-il. Tu vas devoir venir avec nous. Je vais m'arranger avec ton chef. »

Oksman hocha la tête. Il suivit Nurminen dans le couloir puis dans la salle de pause ou deux agents de retour de leur patrouille de nuit remplissaient leurs feuilles de temps en avalant des sandwichs. Oksman les reconnut, c'étaient ceux qui étaient au Venus quand il s'y était rendu tout de suite après l'attentat. L'un d'eux était aussi présent lors de leur dernière visite au siège de WO. Les agents semblaient eux aussi s'en souvenir, car leur joyeuse conversation s'interrompit, comme coupée net. Ils fixèrent les arrivants, sourcils froncés.

Nurminen tendit à l'un d'eux le papier que venait de lui donner Oksman. Il le lut et le passa à son coéquipier.

« L'unité judiciaire a demandé qu'on les appréhende tous les six, précisa Nurminen. Arrangez-vous entre vous pour l'horaire et prévenez-moi, je me mettrai d'accord avec Manner et j'enverrai une autre voiture en renfort. Il devrait y avoir assez de place dans les cellules. »

Les agents se regardèrent et, pendant un moment, personne ne dit rien. Puis l'un d'eux se tourna vers Oksman : « OK. Assieds-toi, on va voir ça. »

Malgré l'invitation, Oksman resta debout à la porte. Nurminen les laissa entre eux et retourna dans son bureau.

Une fois l'opération calée et Oksman parti, l'un des agents fit la grimace et déclara à l'autre :

« Ça me démange de temps en temps de lui en coller une, au Bœuf. Non mais pour qui il se prend, ce pleurnichard !

– On peut le laisser attendre quelques minutes, demain. Il n'y a aucune urgence à obéir aux coups de sifflet des inspecteurs de la PJ. Il peut bien transpirer un peu. »

Son coéquipier sourit et haussa les épaules. « C'est vrai, on peut toujours être retenus par un imprévu. On n'est pas des marionnettes. »

30

« Il y a du neuf sur les Témoins de Jéhovah ? demanda Paloviita.

– Zéro. On dirait qu'ils ont changé d'avis, le jour de leur disparition, et sont partis distribuer leurs prospectus ailleurs que dans le coin prévu, répondit Manner. Niemi ne croit toujours pas que cette affaire ait un rapport quelconque avec l'Envoyé. Nous venons d'avoir une discussion assez vive sur le sujet. Il refuse de détacher des hommes pour les chercher. »

Paloviita hocha la tête. « Je regrette d'avoir à le dire, mais à mon avis, Niemi est plus un boulet qu'un atout. »

Personne ne protesta.

« Nous devons diffuser un avis de recherche. J'ai bien peur que la disparition de Kalevi et Veeti Aho ne soit pas un hasard, renchérit Oksman.

– C'est bien le problème, déclara Manner. Niemi ne veut tout simplement pas qu'on établisse de lien entre leur enlèvement et l'Envoyé. Il exclut l'idée même d'envisager cette possibilité. Et nous recevons déjà plus de signalements du public que nous ne pouvons en traiter. Ce matin, nous avons eu plus de huit cents appels à propos de la femme de la photo. »

Elle fit glisser jusqu'à Paloviita, assis face à elle, le quotidien local, *Satakunnan Kansa*. Une photo granuleuse de Henrik Oksman en robe rouge et perruque emplissait la première page.

Ce dernier jeta un coup d'œil au cliché et se mordit la lèvre inférieure.

« Huit cents ? répéta Paloviita.

– *Plus* de huit cents, rectifia Manner. Et ça n'arrête pas. Je n'ai jamais vu ça. Le permanencier a menacé de claquer la porte. Il a passé tout son temps à noter des noms et adresses de suspects. La messagerie électronique de l'hôtel de police s'est trouvée saturée dès neuf heures. »

Paloviita hocha le menton. « Laisse-moi deviner. Ils soupçonnent le neveu de la cousine du beau-frère de leur parrain ?

– En gros. C'est n'importe quoi. Primo, la photo est de si mauvaise qualité qu'il est impossible de reconnaître qui que ce soit. Secundo, la moitié au moins des appels sont le fait de mauvais plaisants. L'Envoyé a amené tout le monde à soupçonner tout le monde.

– Et puis il y a ceux qui espèrent que les attentats vont continuer, dit Paloviita.

– C'est bien le pire. Je n'aurais jamais cru qu'on puisse encore en être là, en Finlande, en 2019.

– C'est que tu n'es pas encore devenue aussi cynique que moi. En fait, je m'attendais à quelque chose de ce genre depuis le début de l'afflux de réfugiés en Europe, en 2014. Toute la haine accumulée a explosé d'un coup. La seule différence, c'est que les grenades ont été jetées dans une boîte de nuit gay et pas dans un centre d'accueil, comme je le prédisais.

– Je devrais peut-être moi aussi verser dans le cynisme.

– Surtout pas ! C'est une tendance contre laquelle il faut lutter. Si on perd sa foi en l'humanité, ce travail n'a plus aucun sens.

– Tu l'as perdue ? »

Paloviita dut réellement réfléchir avant de répondre. Il secoua la tête. « Non. Pas encore. En tout cas, pas tout à fait. »

Il examina la photo de la femme mystère. « Pourquoi Niemi s'intéresse-t-il autant à cette femme et pas à l'homme qu'on n'a pas retrouvé ? À mon avis, cette chasse au travesti alimente la haine et les préjugés.

– Je suis d'accord, mais pour une raison ou une autre, Niemi considère que c'est un personnage clé de l'affaire. Je n'ai aucune idée de ses motifs.

– J'ai d'abord cru qu'il serait à la hauteur de la situation, mais il se trompe complètement de cible. Nous devrions concentrer tous nos efforts sur la disparition de Kalevi et Veeti Aho. J'ai l'impression que Niemi fait une fixation sur ce travesti et sur le pasteur Fredriksson. »

Manner hocha la tête. « Vous savez que j'ai les mains liées. »

Paloviita scruta une nouvelle fois la photo de l'homme en robe rouge. « Je continue à penser que celui qui lui donne le bras est Kristian Ramberg.

– En fait, parmi les gens qui appellent, beaucoup sont du même avis.

– Il n'y a quand même rien d'extraordinaire à ce qu'un homosexuel fréquente un bar gay.

– Non, mais ce qui m'étonne, c'est qu'il n'ait pas pris contact avec la police. »

Paloviita tendit le journal à Oksman. « Qu'est-ce que tu en penses, ce n'est pas Ramberg ?

– Difficile à dire, dit Oksman, et il lui rendit le journal sans même y jeter un coup d'œil.

– On le saura bientôt, déclara Paloviita. Tu vas me conduire chez lui. »

Oksman blêmit. « Maintenant ? Je ne…

– Bonne idée, approuva Manner. Allez-y tout de suite. Et secouez-le un peu, s'il nie avoir été présent au Venus. »

Paloviita se leva, mais Oksman ne fit pas le moindre geste pour le suivre. Ils le regardèrent, étonnés.

« Tu te sens de nouveau mal ? » demanda Manner.

Oksman se leva. « Non, je… je n'ai pas le temps, là, tout de suite. Demain, ça ira ? »

Manner échangea un regard avec Paloviita.

« OK, demain. Faites preuve de tact, mais soyez fermes », leur rappela-t-elle.

31

Oksman descendit de voiture et regarda le ciel où des nuages avaient commencé à s'amasser. La météo avait annoncé de violents orages, après une longue période de sécheresse. Il ouvrit d'un geste brusque la porte de l'immeuble, monta quatre à quatre au cinquième, tourna sa clé dans la serrure et entra chez lui sans enlever ses chaussures. Il se précipita dans la cuisine, arracha à son rouleau un sac-poubelle en plastique noir et s'agenouilla devant le coffre en bois du séjour. Il en renversa le contenu sur le plancher et fourra frénétiquement dans le sac-poubelle les robes, sacs à main, escarpins, soutiens-gorge, collants et autres sous-vêtements. Il rafla aussi sur sa coiffeuse tous ses tubes de maquillage, poudres, crèmes et perruques, noua serré le lien du sac et l'emporta.

Il rejoignit sa voiture, jeta son butin dans le coffre et le claqua. Puis il s'assit au volant et se tâta le pouls. Il se rendit compte qu'il hyperventilait et, craignant de perdre à nouveau connaissance, sortit de la boîte à gants un sac en papier dans lequel il respira jusqu'à ce que la pression partielle du dioxyde de carbone de ses poumons le ramène au calme.

Il devait s'éclaircir les idées.

La police le recherchait et voulait l'entendre à propos de l'attentat de la discothèque. Paloviita, en bon enquêteur, ne tarderait pas à découvrir que l'homme en robe rouge de la photo, c'était lui. Et alors tout exploserait. Il avait passé sa vie entière à se surveiller. Il menait une existence régulière et disciplinée et avait ordonné son quotidien autour de routines. C'était sa façon de survivre. Mais la seule chose qu'il n'avait jamais réussi à colmater, la fissure dans le barrage, risquait maintenant de céder et de tout faire déborder.

Il jeta un coup d'œil autour de lui. Personne en vue, ni voitures ni passants. Quelqu'un l'observait-il depuis son balcon ou par la fenêtre de sa cuisine ? Il habitait l'immeuble depuis quatre ans mais ne connaissait aucun de ses voisins – et personne ne savait rien de lui. Ni son métier, ni son âge, rien. Il sortit en marche arrière du parking et prit la route longeant le fleuve. Ses mains tremblaient, il avait l'impression d'avoir la bouche aussi sèche que s'il avait sucé des grains de sable. Il était conscient d'être en état de choc. La sensation était nouvelle pour lui, mais il tenta de la vaincre par la raison.

S'éloignant du centre, il franchit le fleuve par le pont de Kalaholma. Ce n'est que quand il parvint sur les petites routes en bordure de la ville que ses mains crispées sur le volant se relâchèrent. En tant que policier, il avait l'habitude de faire face à l'imprévu et avait appris à garder son calme, mais il sentait malgré tout couver en lui une panique qui, s'il ne parvenait pas à l'étouffer, risquait de flamber. Quand on y cédait, on se laissait aller à commettre des erreurs stupides, et il ne pouvait se le permettre.

Il se gara le long d'un trottoir et récapitula les événements. Il cherchait surtout à analyser son propre comportement. Avait-il éveillé les soupçons de Paloviita ou d'autres enquêteurs ? Quelle probabilité y avait-il qu'on l'associe à la femme mystère ? Il avait beau tourner et retourner la question, il en arrivait toujours à la même conclusion : à un moment ou à un autre, il serait forcément découvert. Paloviita avait déjà, sur la photo, reconnu Ramberg, avec qui il avait quitté la discothèque. Ce dernier ne connaissait pas son nom, mais serait capable de donner de lui une description précise. Ils avaient couché ensemble à l'hôtel Vaakuna. Les enregistrements des douzaines de caméra de surveillance de l'établissement permettraient à coup sûr de le reconnaître, le personnel de la réception se souviendrait aussi de lui, et la chambre dans laquelle ils avaient passé la nuit, même si on y avait fait le ménage, était probablement pleine de leurs empreintes digitales. Si Johan Niemi et la PJC voulaient vraiment savoir qui était la femme mystère, cela suffirait.

La situation était sans issue.

Il se ferait pincer. Ce n'était qu'une question de temps.

Que se passerait-il alors ?

Oksman se concentra, malgré la nausée qui lui tordait les entrailles. Sa vue s'obscurcit comme si quelqu'un avait soudain aspiré tout l'oxygène de son cerveau.

En premier lieu, il serait démis de ses fonctions.

Il avait bafoué tous les principes déontologiques de la police : perturbé les investigations, dissimulé des informations importantes et agi de façon déloyale. Ses supérieurs seraient dans l'obligation de demander une enquête sur ses agissements. Un policier d'un autre district l'interrogerait en tant que suspect de faute professionnelle.

Suspect de faute.

Autant dire malfaiteur.

Mais ce n'était rien par rapport au reste. Tous ses secrets seraient étalés au grand jour. Il ne resterait de lui qu'une enveloppe vide.

Et il y avait aussi son père.

Ce dernier ne tarderait pas à être au courant.

Il ne voyait que trois possibilités. La première, et la seule raisonnable, était de tout avouer. Il pouvait sur-le-champ aller voir Paloviita chez lui et tout lui dire. Son coéquipier comprendrait et ferait preuve de tact. Ils préviendraient ensuite Manner et la PJC. Il témoignerait sous le sceau du secret. Paloviita le soutiendrait, et sa femme semblait elle aussi compréhensive. Au bout du compte, il y avait de grandes chances pour qu'on lui fiche la paix quand il serait clair qu'il ne savait rien de l'attentat.

Mais il ne le ferait pas. Jamais il ne pourrait parler à Paloviita. Et encore moins à ses autres collègues. Il ne restait que deux solutions.

L'une, faire disparaître les preuves, comme il savait que Paloviita l'avait fait lors d'une affaire d'attaque au couteau, à l'automne. Il était convaincu que ce dernier avait volé l'arme du crime dans les locaux de la police scientifique afin d'épargner une accusation de meurtre à un ami d'enfance, mais il n'avait jamais pu le prouver. C'était quelque chose qu'il ne pourrait jamais pardonner à son coéquipier.

Une fois perdue, la confiance ne se retrouvait pas. Mais Oksman se rendait compte qu'il était en voie de détruire son propre crédit en tant que policier. Ses collègues avaient beau ne pas l'apprécier, ils le respectaient et estimaient son travail. C'était l'élément clé de sa force de cohésion interne.

Il était en train de tout gâcher.

La dernière solution était de se suicider. Peu importerait, alors, que l'on découvre son secret. Et il ne serait plus submergé d'angoisse et de honte.

Un moteur gronda. La voiture qui arrivait en sens inverse ralentit à sa hauteur et Oksman détourna la tête. Il était temps pour lui de repartir. Il prit la direction de Vanhakoivistontie puis tourna vers l'hippodrome de trot et l'aéroport. Le soir était calme et clair. Il ne croisa en chemin que de rares voitures, en plus de quelques joggers et promeneurs de chien tardifs. Juste avant l'hôpital, il tourna vers l'Institut aéronautique. La route sinuait dans la forêt, longeait le grillage de l'aéroport et se transformait, plus loin, en chemin de terre battue. Oksman ralentit. La nuit tombait. Des nuages venus de nulle part envahirent le ciel, accentuant la pénombre. Mais la lumière, en été, ne disparaissait jamais complètement. Elle restait comme toujours à attendre le matin, tapie dans les arrière-cours et les ruelles désertes, ou entre les arbres, tel un reflet bleuté. Un léger rideau de brume flottait au-dessus des champs. Oksman passa devant la maison de ses parents. De la lumière brillait au rez-de-chaussée et la lampe détectrice de mouvement du jardin était allumée. Les habitations se raréfièrent, les lampadaires disparurent et la route rétrécit. Il prit le chemin du centre sportif de Toive. De vieilles carrières de sable s'ouvraient sur la gauche, telles des blessures purulentes où stagnait de l'eau. Oksman se rappelait comment, quand il était petit, il venait ici à vélo pour se baigner. L'eau était encore claire, à l'époque, et lui arrivait au cou. Maintenant, c'était à peine au genou.

Il se gara au croisement d'un sentier forestier et descendit se dégourdir les jambes. Le silence régnait, les sapins noirs se penchaient vers lui. Une bruine tiède lui mouilla le visage. Le soir était aussi sombre qu'il pouvait l'être en juillet. Un bruissement d'ailes se fit entendre, puis un craquement de branche. Il sortit le sac-poubelle de sa voiture, le traîna au milieu du chemin et le vida. Les robes, les perruques et les sous-vêtements se répandirent sur la terre battue. Il écouta de nouveau la nuit, mais elle resta silencieuse. Il alla prendre dans le coffre un jerrican en plastique, dévissa le bouchon et versa son contenu sur le tas. Il enfonça l'allume-cigare du tableau de bord et attendit son déclic. Puis il froissa en boule une serviette en papier et appliqua dessus les spires incandescentes.

Elle noircit aussitôt, dégageant une âcre odeur de papier brûlé, puis s'enflamma soudain. Il la jeta sur l'amoncellement de vêtements. Les vapeurs d'essence s'embrasèrent, projetant des langues de feu jusqu'à la cime des arbres. Oksman sentit le souffle brûlant de la déflagration sur son visage et recula d'un pas. Mais la pression de l'explosion étouffa presque instantanément l'incendie et pendant un instant le tas se contenta de fumer, jusqu'à ce qu'un nouvel apport d'oxygène ravive les flammes. Il fixa le brasier, puis, inquiet, l'épaisse colonne de fumée noire qui s'élevait au-dessus des arbres. Il ramassa une branche morte dans la forêt, tisonna le feu et constata que les vêtements brûlaient bien. La robe rouge était déjà totalement noircie. Les flammes la léchaient, et soudain la pointe acérée de l'une la fendit en deux. Oksman attendit que les moindres fibres textiles, bouts de bretelle et tubes de plastique aient été réduits en cendres, puis jeta la branche dans le sous-bois.

Il se sentait à la fois léger et menacé par de lourds nuages. Il savait avoir franchi un point de non-retour. Il avait détruit des preuves que la police cherchait. Le pire était cependant qu'il s'était trahi lui-même. Il s'était abaissé au niveau de Paloviita, qui avait volé des scellés pour protéger son ami d'enfance. Mais n'était-il pas tombé encore plus bas, en ne pensant qu'à lui-même ? Paloviita, lui, s'était mouillé pour quelqu'un d'autre.

Après s'être une dernière fois assuré qu'il n'y avait aucun risque de feu de forêt et que l'on ne trouverait rien dans le tas de cendres qui permette de remonter jusqu'à lui, il reprit sa voiture.

Sur le chemin de la ville, il ralentit à l'approche de la maison de ses parents. Il y avait toujours de la lumière aux fenêtres.

La voiture de son père était dans le jardin.

Le tonnerre gronda au loin, l'orage approchait.

Sans trop savoir pourquoi, Oksman s'arrêta sur le bord de la route. Dans la lumière du vestibule, il vit sa mère, debout, un papier dans sa main levée. Il lui était impossible de bien le distinguer, mais il sut tout de suite qu'il s'agissait de sa convocation pour une endoscopie. Apparemment, son père l'avait découverte. Sa mère expliquait fiévreusement quelque chose, ses lèvres bougeaient. Oksman aurait aimé aller se garer dans le jardin, descendre de voiture et prendre sa défense, mais il savait qu'il ne le ferait pas. Affronter son père lui faisait bien trop peur.

Il attendit, sans savoir quoi. Peut-être espérait-il inconsciemment que sa mère vienne à la fenêtre, comme quand il était petit et jouait dehors et qu'ils se souriaient à travers la vitre.

Mais elle ne vint pas.

Son père se dressa en revanche dans la lumière du vestibule, lui arracha le papier des mains, le déchira et lui jeta les morceaux au visage. Il criait, cramoisi, les gouttes de salive volaient. Sa mère se baissa pour ramasser les morceaux.

Son père ne croyait pas aux hôpitaux. Les médecins empoisonnaient les gens. Les maladies étaient la punition de péchés. Si l'on faisait preuve d'assez d'humilité, Dieu vous accordait sa grâce et vous guérissait. Oksman se rappelait la méningite qu'il avait attrapée, à l'âge de quinze ans. Son état s'était brutalement aggravé. Seule l'altération de sa conscience atténuait son épouvantable mal de tête. Sa mère avait voulu le conduire chez le médecin, mais son père le lui avait interdit et lui avait ordonné de prier. Le quatrième jour, elle avait malgré les oukases appelé une ambulance et il avait été placé en soins intensifs, avec des perfusions d'antibiotiques.

Ni sa mère, ni son père, ni lui n'étaient jamais revenus sur le sujet. Quand il était rentré de l'hôpital, on aurait cru que rien n'était arrivé – comme s'il n'était pas passé à deux doigts de la mort.

Oksman appuya sur l'accélérateur. Ses pneus creusèrent de profondes ornières dans le gravier de l'allée. Il fonça à toute allure jusqu'à la maison, freina, fit demi-tour et regagna la route. Son père se rua dehors tandis que les lumières du jardin et la lampe détectrice de mouvement du hangar à machines s'allumaient et que Riki aboyait furieusement.

32

Les nuages étaient de plus en plus lourds et le ciel de plus en plus noir. Le vent se leva. Un premier éclair déchira la nuit du côté d'Ulvila. L'orage se dirigeait de toute évidence vers la mer et balaierait Pori au passage.

Il était environ vingt-deux heures quand Oksman gara sa Saab en face de l'église. La pluie tambourinait sur le pare-brise et criblait l'asphalte de bulles. Un éclair fendit le ciel, déchiquetant le paysage, aussitôt suivi d'un roulement de tonnerre. Les lampadaires s'étaient allumés, le vent malmenait les cimes des arbres et projetait les gouttes d'eau à l'horizontale.

Oksman regarda de l'autre côté de la rue. De la lumière brillait dans l'aile administrative de l'église. Les doigts crispés sur son volant, il posa le front sur ce dernier et resta longtemps là, à sentir la fraîcheur du cuir sur sa peau et à écouter les rafales de pluie. L'orage se déchaînait, juste au-dessus. Le ciel était zébré d'éclairs et le tonnerre grondait sans discontinuer.

Puis il ouvrit la portière et sortit dans la tempête.

Les lourdes gouttes lui trempèrent vite les cheveux et les vêtements. Ses chaussures clapotèrent dans les flaques. Il se dirigea lentement vers l'église. Plus il approchait de la porte, plus ses pas se faisaient pesants. Il songea un instant qu'il n'y arriverait pas – qu'il s'écroulerait dans l'allée. Il était psychiquement à bout, déchiré par des forces intérieures, des sentiments de culpabilité et de honte, la peur de se faire prendre.

Un nouvel éclair, derrière lui, projeta son ombre sur la porte de l'église, telle une longue branche morte. Le tonnerre gronda quelques secondes plus tard, si assourdissant qu'Oksman craignit que ses tympans n'éclatent. Ses vêtements pendaient, lourds et mouillés, sur sa musculature, et il dut s'essuyer le visage pour y voir quelque chose. Il posa la main sur la poignée de la porte. Au fond de lui, il espérait qu'elle serait verrouillée, mais elle s'ouvrit sans peine. La lumière était allumée dans le couloir. Il jeta un coup d'œil à sa montre. Presque dix heures. Apparemment, le pasteur Mikael Fredriksson avait dit vrai, il ne fermait effectivement pas à clé. Oksman jugeait tout simplement stupide une telle aspiration au martyre. Les éclats de grenade n'épargnaient pas plus les pasteurs et les vétérans de la Légion étrangère que les misérables dans son genre.

Oksman pénétra dans le couloir et constata que les gouttes qui tombaient de ses vêtements mouillaient le linoléum.

La porte se referma dans son dos.

Il sursauta. Pourquoi était-il là ? Que cherchait-il ? Il fut saisi d'une irrépressible envie de faire demi-tour et de se ruer sous la pluie.

Mais soudain le pasteur se dressa devant lui. Il portait un polo bleu foncé, ses lunettes de lecture pendaient à son cou. Il jeta un coup d'œil à la flaque qui s'était formée aux pieds d'Oksman, puis à la mine désemparée que ce dernier ne parvenait pas à masquer.

« Il me semblait bien avoir entendu du bruit, dit-il. Sacrée tempête ! »

Oksman hocha la tête.

« Dans le panthéon des anciens Finnois, poursuivit le pasteur, le dieu des dieux, Ukko, commandait aux éléments. Il était craint et respecté. La foudre était considérée comme la manifestation de sa colère et la pluie comme le signe de sa bienveillance.

– Mais le nom que nous donnons au diable, Perkele, vient du nom du dieu de l'Orage de la mythologie balte », constata Oksman.

Le pasteur sourit. « Dieu ou diable, allez savoir. Si j'étais vous, j'ôterais ma veste. »

Oksman regarda ses pieds, autour desquels une mare s'était formée. « Le sol, s'excusa-t-il, il est tout mouillé.

– Il séchera. »

Oksman accrocha au portemanteau son blouson aussi lourd qu'un tapis fraîchement lavé. Ils allèrent dans le bureau du pasteur.

« Je suis flatté. La police veut s'assurer que je vais bien ? Comme je l'ai dit, je n'ai pas peur de la mort, ni de rien d'autre… enfin, peut-être de l'orage.

– La porte, marmonna Oksman. Elle était ouverte. Il y avait de la lumière.

– Je travaille souvent tard le soir. Je ne sais pas d'où ça me vient, peut-être de la Légion. Là-bas aussi, ce que j'appréciais le plus, c'était d'être de garde la nuit. La pensée est plus libre. Le matin, je pourrais dormir jusqu'à midi. J'ai pour principe de garder la porte de l'église ouverte, juste au cas où quelqu'un aurait besoin d'un refuge ou d'une oreille attentive. » Il regarda Oksman de la tête aux pieds. « Apparemment, c'est le cas. Un café ? »

Oksman se rappela le poison qui stagnait dans la cafetière et secoua la tête. Le pasteur déplaça une pile de papiers qui avait de nouveau envahi le siège des visiteurs. Un éclair illumina le ciel, les ampoules clignotèrent. Ils attendirent de voir si toute l'électricité sauterait, mais non.

« Vous n'êtes pas venu voir comment j'allais, constata le pasteur.

– Qu'est-ce qui vous fait dire ça ?

– Je lis dans les gens. C'est un don – et une malédiction. Je sais quand quelqu'un est là pour parler. En général sous un prétexte fallacieux. Nous sommes seuls ici, personne ne peut nous entendre, sauf peut-être Lui, dit Fredriksson en pointant le plafond du doigt. Dieu ou le diable. »

Oksman prit une profonde inspiration, comme un peu plus tôt dans sa voiture. « J'y étais, cette nuit-là.

– Dans la discothèque ? »

Oksman hocha la tête. Il eut l'impression que l'eau glacée qui coulait sur sa peau était soudain bouillante. Il avait à la fois chaud et froid.

Le pasteur resta silencieux, le laissant tranquillement rassembler ses pensées. L'orage s'était éloigné, la pluie commençait à se calmer et ne frappait plus que paresseusement le rebord métallique de la fenêtre.

« J'y suis allé, mais j'étais déjà parti. » Le regard d'Oksman tomba sur le numéro du jour de *Satakunnan Kansa* qui traînait parmi des papiers en désordre sur le coin du bureau. Il se pencha pour le prendre et déplia la première page, où figurait la photo de la femme en robe rouge. « Elle, là... c'est moi. »

Le pasteur examina le cliché, puis Oksman. Ce dernier reposa le journal et tenta de trouver sur le visage du pasteur une indication de ses pensées, mais ce dernier semblait toujours aussi serein, et son regard ne se détourna pas du sien.

« Qu'avez-vous l'intention de faire ?

– J'ai brûlé mes vêtements.

– Personne n'est donc au courant ?

– Personne, sauf...

– L'homme avec qui vous avez quitté la discothèque. »

Oksman hocha la tête.

« Et vous avez maintenant peur qu'on le découvre. »

Oksman resta silencieux.

« Qu'est-ce qui vous fait le plus peur ?

– Tout. »

Fredriksson se recula dans son fauteuil et se tapota les lèvres du bout des doigts. Derrière la fenêtre, la couverture de nuages se déchira, laissant apparaître une bande de ciel plus clair. « La situation est délicate, admit-il. Que croyez-vous qu'il se passera si vous allez demain trouver votre chef et que vous lui racontez tout ?

– Je serai suspendu.

– De l'enquête, ou de toutes vos fonctions ?

– J'ai manqué à mes obligations professionnelles.

– Mais autre chose vous fait peur, encore plus peur. »

Oksman hocha la tête.

« Vous avez peur de ce qu'on va penser de vous – peur que votre secret soit éventé. Qu'on sache que vous êtes un travesti et un homosexuel. Quels effets cette révélation aurait-elle sur vous, à votre avis ? »

Oksman ne dit rien, il songea à son père et à ses chiens de chasse.

Le pasteur jeta un coup d'œil dehors. La pluie s'était transformée en bruine, de larges pans de ciel perçaient entre les nuages. La cime pointue des sapins brillait d'un étrange éclat.

« Les secrets sont parfois miséricordieux », constata-t-il.

Ils se regardèrent par-dessus le bureau.

« J'ai tué des gens, reprit le pasteur. C'est mon secret. Ceux qui connaissent mon passé m'ont parfois posé la question, après avoir trop bu. Ça les intéresse. De savoir si j'ai tué pendant mes missions, et l'effet que ça fait de prendre la vie d'un autre. Ils sont conscients que l'on tue des soldats, au combat, mais je ne sais pas comment ils réagiraient si je leur avouais la vérité : j'ai aussi tué des femmes et des enfants. Je m'en suis pris, en fait, à tout ce qui courait, marchait ou même rampait. »

Le silence descendit dans le bureau. La luminosité augmenta et une pénombre grise pénétra par la fenêtre, éclairant leurs deux visages.

« J'ai parfois l'impression que je viens d'un autre monde. Que Malik Adamsson était quelqu'un de totalement différent de moi. Je bois le café et je plaisante avec les employés de la diaconie de la paroisse. Ils m'aiment bien, et c'est réciproque. Nous rions ensemble et ils me montrent des photos de leurs petits-enfants. Mais si je leur racontais qu'en 1999 j'ai tiré au fusil d'assaut dans le dos d'une femme qui portait son enfant, au Congo, lors d'une bataille confuse dans la jungle où tout brûlait autour de nous et où personne ne savait où étaient nos propres troupes et où était l'ennemi, ils ne me regarderaient jamais plus de la même façon. Et que dirait mon supérieur, si je lui avouais qu'en battant en retraite devant l'ennemi, en Côte d'Ivoire, nous avons incendié tous les villages que nous traversions ?

– Comment arrivez-vous à vivre avec ça ?

– Ce qui est fait est fait, mais j'essaie autant que possible de me racheter. Ça ne suffira évidemment jamais, mais je n'ai pas le choix. »

Le pasteur regarda Oksman. « Nous connaissons maintenant chacun le secret de l'autre. À mes yeux, vous n'avez absolument pas changé. Il n'y a rien qui cloche en vous. »

Il se leva et fit le tour du bureau jusqu'à Oksman, et soudain ce dernier s'agrippa à lui. Des larmes jaillirent de ses yeux. Fredriksson le prit dans ses bras. Ils restèrent longtemps ainsi. Quand Oksman s'écarta enfin, des taches sombres mouillaient le polo du pasteur.

33

Le pasteur Mikael Fredriksson s'étira et se pencha en arrière. Ses vertèbres craquèrent, la pression dans sa poitrine s'allégea. Il jeta un coup d'œil à la pendule et constata qu'il était presque minuit. Temps de s'arrêter. Il tapota une liasse de papiers sur son bureau pour l'égaliser et regarda dehors dans l'obscurité. Le pic de l'été était passé. Il faisait encore chaud, mais, de semaine en semaine, l'air fraîchirait, le soir tomberait plus vite et le vert des feuilles s'alourdirait.

Il repensa à sa conversation, quelques heures plus tôt, avec ce policier taciturne. Pourquoi était-il venu le voir ? Pourquoi tant de gens décidaient-ils de se confier à lui ? Ce n'était pas à cause de son col d'ecclésiastique. Les gens se tournaient déjà vers lui avant qu'il ne soit nommé pasteur. Il n'avait pas la réponse, et ne savait même pas pourquoi il avait révélé son secret à cet homme. Leurs échanges avaient néanmoins été d'une intensité rare.

L'asphalte mouillé brillait dans la lumière des lampadaires.

Le pasteur songea à sa vie, au cheminement qui l'avait conduit à cette église et à ce bureau. Tant de choses auraient pu se passer différemment. Il aurait pu mourir il y a longtemps sous un pilonnage d'artillerie de l'ennemi ou poser le pied sur une mine dans un pays d'Afrique inconnu.

Tuer ou être tué. Ç'avait été sa religion.

Dans la Légion, il avait participé en tout à sept missions. Sur quinze ans, il en avait passé quatre en Corse, et le reste à Djibouti, au Congo, en Côte d'Ivoire, au Gabon et en Somalie. Au début, tout avait un parfum d'aventure. Partir à des milliers de kilomètres, sauter d'un avion, traverser dans une colonne de véhicules des villages de montagne anonymes. Il avait découvert des paysages à couper le souffle, des déserts infinis parcourus de trombes de sable, des jungles si épaisses qu'on aurait dit des murailles, des chaînes de montagnes aux pics enneigés, d'interminables savanes – et des fleuves qu'on aurait pu prendre pour des lacs. Il avait vu des richesses inimaginables côtoyer une misère sans fond. Au cœur des combats, il s'était battu trois jours d'affilée dans une forêt vierge si dense qu'on ne voyait pas son voisin. Par une nuit étoilée, il était resté assis au sommet d'une gigantesque dune à contempler le désert éclairé par la lune, aussi vide et glacé que l'espace. Il avait plongé la baïonnette de son fusil dans la gorge d'un jeune homme et regardé au fond de ses yeux suppliants pendant que la lame s'enfonçait dans sa chair. Que Dieu ait été à ses côtés ou pas, il n'avait jamais senti Sa présence. Où qu'il ait porté les yeux, où qu'il soit allé, il avait vu la mort, la cruauté et la souffrance. Des villages incendiés, des enfants auxquels il manquait une jambe, un bras ou un œil, des mouches, du désespoir et des gens à qui l'on avait tout pris.

Il voulait pourtant croire qu'un autre monde existait, au-delà des limites de la compréhension de l'homme. Une inexplicable force de cohésion qui avait tout mis en mouvement. Car sinon, l'humanité – eux tous – n'avait aucun espoir.

Il se leva et roula des épaules, conscient des points d'attache de ses muscles et de ses tendons. Pendant des années, il n'avait voué de culte qu'à son corps, mais il n'avait plus touché de barre à disques depuis cinq ans. Et s'il n'avait pas pris de poids, ses muscles avaient fondu. Il songea qu'il devrait se remettre à la course à pied.

Un nouveau bâillement fit trembler sa mâchoire. Il était temps de rentrer chez lui.

La porte d'entrée s'ouvrit. Il entendit le pêne jouer et, un instant plus tard, revenir à sa place. Il se figea, ses réflexes affûtés dans la Légion se réveillèrent. Pendant quelques secondes, le silence fut total, puis il entendit des pas se diriger vers lui dans le couloir. Il écouta et se détendit, il connaissait l'arrivant. Une ombre emplit l'embrasure de la porte.

« Tu as oublié quelque chose ? » demanda-t-il, mais son sourire s'évanouit sur ses lèvres. L'homme sur le seuil de son bureau n'avait rien de celui qu'il s'attendait à voir.

L'arrivant repoussa sa capuche. « Bonsoir, pasteur. »

Fredriksson chercha les mots adéquats, mais rien ne lui vint. Il avait soudain le cerveau totalement vide.

« La porte était ouverte, alors je suis venu vous dire un petit bonjour. » Un sourire se dessina sur le visage de l'homme, encore à demi dans l'ombre. Il s'avança dans la lumière.

Le pasteur eut à peine le temps de faire un pas avant de recevoir dans la poitrine un coup d'une force inouïe qui vida tout l'air de ses poumons. Le souvenir de la ville d'Abidjan, où un obus avait frappé le mur d'un immeuble voisin et l'avait projeté comme un fétu de paille de l'autre côté de la rue, lui traversa l'esprit. Ce fut sa dernière pensée cohérente, car au même instant il perdit connaissance et se retrouva à flotter dans le vide, dans une obscurité peuplée de terrifiantes images de bêtes féroces tapies dans la jungle et d'yeux le fixant dans le noir. Le ciel gronda, déchiré par l'orage, et il entendit, encore plus loin, le cliquetis du trousseau de clés que son père, assis dans son fauteuil à bascule, faisait tourner autour de son doigt.

L'homme en noir s'approcha de lui, le saisit par les chevilles et le traîna jusque dans l'église. Il sifflotait en s'activant.

34

Autour de l'église, des rubans de police bleu et blanc délimitaient un périmètre de sécurité. Des agents en uniforme montaient la garde tous les vingt mètres, au bord de la pelouse. Paloviita se gara à l'ombre des sapins bleus et nota avec inquiétude que tous les policiers étaient équipés de casques et de fusils d'assaut. De toute sa carrière, il n'avait jamais vu ça.

Oksman n'avait pas dit un mot de tout le trajet, se contentant de regarder défiler le paysage. On voyait encore çà et là des flaques rappelant l'orage qui avait frappé la ville la veille, dans la soirée. Paloviita était lui aussi resté silencieux, la tête si pleine de pensées creuses qu'il avait l'impression qu'elle allait exploser sous leur poids.

Le chemin de la voiture à la porte principale lui sembla aussi long que s'il avait pataugé dans une mare de boue. Pasi Jaakola, qui se tenait sur le perron, les yeux fixés dans le vide, n'eut cette fois pas l'ombre d'un sourire. Paloviita hésita un instant à saisir la poignée, puis ouvrit la porte d'un geste décidé. Ils entrèrent dans l'église qu'ils avaient traversée la veille avec le pasteur, qui leur avait parlé de crucifixion.

Il était maintenant lui-même cloué au-dessus de l'autel.

Paloviita avait beau avoir été prévenu de ce qui les attendait, il laissa échapper un hoquet. Oksman fixait le spectacle, comme statufié.

Le pasteur était torse nu. Parmi les tatouages de ses bras et de sa poitrine, Paloviita remarqua, sur cette dernière, une colombe disparaissant à moitié sous ses poils gris frisés. Sur sa tête, une couronne en fil de fer barbelé avait profondément enfoncé ses pointes acérées dans la peau de son front. Des filets de sang lui striaient le visage, imbibant sa barbe et formant des caillots noirs. Ses yeux étaient révulsés, sa bouche tordue en une grimace.

D'énormes clous lui transperçaient les mains et les pieds. Les blessures n'avaient pas beaucoup saigné, contrairement à la plaie de son flanc, d'où le sang avait jailli comme un torrent de montagne et taché son jean, le mur et l'autel.

Des hommes de la police scientifique étaient occupés à décrocher la croix du mur, montés dans la nacelle des ouvriers qui avait apparemment aussi servi à l'y accrocher.

« Oh mon Dieu ! » lâcha Oksman.

Paloviita ne parvenait pas à émettre le moindre son. Sa langue, sèche comme du papier de verre, lui collait au palais. Raunela, qui se tenait au pied de la chaire avec deux autres techniciens, les remarqua et vint à leur rencontre. Le tissu du pantalon de sa combinaison crissa.

« Souviens-toi de moi, Seigneur, quand tu viendras dans ton royaume, récita-t-il.

– Est-ce que... », commença Paloviita. Il s'humidifia la langue pour pouvoir continuer. « Est-ce qu'il était vivant quand...

– Personne n'en sait rien – pour l'instant. Il a pu être assommé ou empoisonné, mais il n'y en a pas de traces apparentes.

– La plaie au flanc, fit remarquer Oksman. Les morts ne saignent pas comme ça. »

Ils regardèrent tous en silence le corps que l'on déposait derrière l'autel.

« Je crois qu'après ça, je vais prendre de longues vacances, dit Raunela. Puis réfléchir.

– Mais pas maintenant », compléta Paloviita.

Raunela secoua la tête. « Pas maintenant. » Il hocha la tête en direction du corps. « À moins qu'il ne décide de ressusciter.

– La crucifixion est un châtiment infamant », intervint Oksman, et les autres le regardèrent. « Il l'a dit lui-même. La croix est réservée aux plus misérables des misérables : les renégats, les traîtres, les parias. Son meurtrier voulait l'humilier en le clouant sur cette croix.

– Je pense plutôt que c'est une faveur, répliqua Paloviita, parce que Jésus a été tué de cette manière.

– Une faveur ? grogna Raunela. Je ne sais pas qui est le plus fou, ici.

– Aux Philippines, à Pâques, les gens se flagellent et se tailladent puis se font clouer sur une croix pour partager les souffrances du Christ, poursuivit Paloviita. C'est un honneur d'être choisi.

– Je peux en tout cas vous assurer que le pasteur ne s'est pas cloué sur la croix ni accroché au mur tout seul.

– Est-ce que c'est l'œuvre de l'Envoyé ou d'un autre fanatique ? C'est sans doute la première question à se poser, déclara Oksman.

– Nous avons essayé de le mettre en garde. Ex-légionnaire ou pas, il a pris des risques en participant à la marche aux bougies. Mais il a dû être attaqué par surprise, ou alors ils étaient plusieurs.

– Ou bien il connaissait son agresseur, suggéra Oksman.

– Qui a trouvé le corps ? » s'enquit Raunela.

Paloviita sortit un papier de sa poche et le déplia. « Taisto Erkkilä, le responsable de la maintenance de l'église.

– Où est-il maintenant ? demanda Oksman.

– Je ne sais pas. Nous devons de toute façon parler avec tous les employés de la paroisse. »

Raunela alla voir le corps, laissant Paloviita et Oksman dans le fond de l'église. Il cria des ordres aux techniciens qui commençaient à prendre des photos. Des éclairs de flash jaillirent.

« Au temps pour les soupçons de Niemi », marmonna Oksman.

Paloviita sentit soudain une nausée lui retourner l'estomac. L'odeur de peinture fraîche de l'église et l'autel recouvert de sang lui coupaient les jambes. « J'ai besoin de prendre l'air », dit-il à Oksman, et il chancela vers la sortie. Dehors, il s'appuya un instant à l'un des piliers de l'auvent et tenta de respirer calmement. Quand le monde cessa de tourner, il poursuivit son chemin et franchit les rubans. Les agents en faction l'observèrent d'un regard curieux. Il était conscient d'être blême. Le sang s'était retiré de sa tête. Il s'imaginait avoir déjà rencontré dans son travail de policier tout ce dont l'être humain était capable. Il avait vu des enfants broyés dans des accidents de voiture, une femme à qui son mari avait coupé le nez et les oreilles et une lycéenne dont le petit ami avait tenté de faire disparaître le corps dans une baignoire en versant dessus cent litres de déboucheur Mr Muscle. Il avait commis l'erreur de croire que plus rien ne pourrait le déstabiliser, mais la vue du pasteur crucifié l'avait laissé sans voix. Il pouvait comprendre que d'infimes querelles autour d'une bouteille de vodka se terminent si souvent par des coups de couteau meurtriers, mais déjà moins qu'un père épuisé, dans un accès de colère, plonge un instant son fils dans la cuve d'eau brûlante d'un sauna, et définitivement pas qu'un homme puisse en clouer un autre au mur par les mains et les pieds.

Ce n'était plus une bouffée de rage ou de folie passagère – c'était le mal à l'état pur.

Paloviita fouilla ses poches de poitrine à la recherche de son paquet de cigarettes. Il en porta une à ses lèvres, les doigts tremblants, et tenta de l'allumer, sans y parvenir. La policière en uniforme la plus proche s'avança, lui prit son briquet et fit jaillir la flamme. Il inhala la fumée et la recracha lentement, plusieurs fois. Sous l'effet du monoxyde de carbone et de la nicotine, son pouls se calma. La policière lui rendit son briquet.

« Merci, dit-il en jetant un coup d'œil à son nom, sur sa poitrine, et en se rappelant aussitôt son prénom, Kaisa.

– Tu n'es pas le premier à sortir de là en faisant cette tête », le rassura-t-elle.

Paloviita hocha le menton et tira de nouveau sur sa cigarette. Sa gorge serrée se dénouait.

« Qui peut faire une chose pareille ? demanda la policière.

– Je ne sais pas. Mais nous allons le découvrir. »

Son téléphone sonna. Il sortit d'abord de sa poche son portable de fonction, mais se rendit compte que le son provenait de son appareil personnel. Il finit par le trouver dans sa poche revolver. Il jeta un coup d'œil à l'identité de l'appelant. Le nom de son beau-père clignotait sur l'écran.

« Et merde. »

Paloviita hésita un instant à répondre, mais il savait que refuser l'appel entraînerait des représailles et il se résolut à décrocher.

« Ici Jari.

– Où es-tu ? »

Je suis en train d'assister à une crucifixion, pourrais-tu rappeler dans un quart d'heure, eut-il envie de répliquer.

« Au travail. »

Quelques secondes de silence. « La banque m'a écrit », attaqua son beau-père.

Paloviita ne répondit rien. Il jeta un coup d'œil à la porte de l'église qui venait de s'ouvrir sur une technicienne. Le bas de ses manches et ses gants blancs étaient maculés de sang.

« La banque est à bout de patience. Si tu ne te décides pas bientôt à reprendre tes remboursements, elle va réclamer son dû. Tu comprends ? »

Paloviita faillit rétorquer que l'emprunt avait été souscrit conjointement par Terhi et lui, mais il serra les dents et pressa le téléphone plus fort contre son oreille. L'adrénaline jaillissant dans ses veines balaya la faiblesse qui l'avait saisi dans l'église.

« J'ai discuté avec la banque et nous nous sommes mis d'accord. Il suffit pour l'instant que nous payions les intérêts. Nous reviendrons à l'automne sur le montant des remboursements et un rendez-vous a déjà été fixé », asséna-t-il.

Nouveau silence. Paloviita était conscient que sa réponse ne risquait pas de satisfaire son beau-père, qui était du genre à vouloir toujours avoir le dernier mot. Il savait aussi que la caution de l'emprunt ne représentait en réalité pas grand-chose pour les parents de Terhi. C'était surtout pour eux un moyen de le tenir par les couilles. Et son beau-père aimait bien les lui serrer, de temps en temps, juste pour le plaisir.

« Écoute-moi bien, Jari. Tu as clairement géré cette histoire de maison en dépit du bon sens. Je t'avais pourtant prévenu, à l'époque, si je me souviens bien, que ce projet n'était pas pour toi. Ce n'est pas comme si tu savais tenir un marteau. Faire construire une maison revient beaucoup trop cher quand on est incapable d'accrocher un tableau sans l'aide d'un professionnel. »

Paloviita tire une grande bouffée de sa cigarette. Il espérait que la fumée apaiserait ses nerfs à vif. « Comme je viens de te le dire, la question de l'emprunt est réglée. Je me suis arrangé avec la banque et tu le sais parfaitement. Par ailleurs, je suis en plein travail, et donc, si tu veux bien, nous continuerons à un autre moment, face à face, par exemple.

– Ne t'avise pas de me raccrocher au nez, tonna le père de Terhi. N'oublie pas à qui tu parles. Je ne voudrais pas qu'il y ait de malentendu, Jari, alors écoute-moi : quand Terhi et toi avez commencé à vous fréquenter, j'ai tout de suite été contre. Je voyais bien quelle planche pourrie tu étais, mais j'ai fermé ma gueule, et je regrette de ne pas avoir aussitôt dit ce que je pensais. Que Terhi ait épousé un simple policier était déjà humiliant en soi, mais le pire, c'est que tu as ensuite été jusqu'à saboter les finances de toute la famille. »

Paloviita serra les dents. Il aperçut Oksman qui sortait de l'église, lui aussi pâle comme un linge, avec dans les yeux un regard égaré qu'il ne lui avait jamais vu.

« Je vais être franc, poursuivit son beau-père. Je n'ai jamais accepté votre mariage. J'espérais que Terhi se réveillerait et comprendrait. Puis il y a eu ce projet immobilier foireux. Et quand Sini et Sara sont nées, il était trop tard. Je ne peux plus rien dire à Terhi, parce que je ne veux pas nuire aux filles, mais toi, je te préviens : si tu ne te reprends pas, je veillerai à ce qu'après ton divorce, il ne te reste rien. Ni argent, ni droit de garde des enfants, rien. Tu m'entends ? Si tu continues à merder, à la moindre occasion, je te détruirai. J'embaucherai s'il le faut tous les avocats de Finlande pour t'anéantir. »

Un instant de silence.

Paloviita regarda Oksman s'asseoir au pied d'un gigantesque sapin et poser la tête sur ses genoux.

« Tu as compris ? »

La colère de Paloviita déborda comme une casserole de lait sur le feu. Il balança d'une pichenette sa cigarette sur le trottoir. Tout son visage tremblait. « Va te faire foutre, Risto ! Je me fiche de ce que tu penses de moi, espèce de crétin sénile.

En ce qui me concerne, tu peux te carrer ton téléphone dans le cul, parce que je n'écouterai pas un mot de plus ! »

Il raccrocha, éteignit son portable et se rendit soudain compte que la policière se tenait toujours à portée de voix. Il lui lança un regard complice, passa la main dans ses cheveux emmêlés par le vent et se baissa pour passer sous les rubans. Sa colère était retombée et un léger sourire flottait sur ses lèvres. Il savait que les ondes de choc de sa sortie n'avaient pas fini de se faire sentir, mais, curieusement, il en était plutôt satisfait. Il fit tourner ses mots dans sa bouche. Conseiller à quelqu'un de se carrer son téléphone dans le cul n'était pas particulièrement original, mais le dire à son beau-père était jouissif. Il aurait aimé voir sa tête. Ç'aurait couronné le tout.

Il traversa la pelouse en direction d'Oksman, qui leva les yeux. Pour la première fois, Paloviita lut de la terreur sur son visage. Il se demanda de quoi il avait lui-même l'air.

« Retournons-y. »

Oksman se leva et secoua ses vêtements. Ils regagnèrent la porte principale et plongèrent dans l'église où reposait, sur le sol, le corps martyrisé du pasteur Fredriksson.

35

Paloviita quitta l'église à midi et demi, promettant d'être de retour sous peu. Vers quatorze heures, alors que les techniciens de la police scientifique travaillaient sur les lieux depuis déjà plus de trois heures, Oksman déclara qu'il allait prendre un peu l'air. Sans le regarder, Raunela acquiesça d'un geste de la main tout en passant l'aspirateur sur le tapis de l'allée centrale.

Dehors, Oksman constata que les médias avaient eu vent de ce qui s'était passé, car des dizaines de journalistes se pressaient derrière les rubans isolant le périmètre. Il s'était souvent demandé comment la presse pouvait être aussi vite au courant. Il espérait que l'on mènerait un jour une enquête interne afin de savoir qui, à l'hôtel de police, les informait.

Le corps du pasteur avait été envoyé depuis un moment déjà à l'institut anatomopathologique. Dans l'attente de son autopsie, on l'avait laissé cloué à sa croix et il avait dû être transporté en camionnette, car l'ensemble était trop volumineux pour un fourgon mortuaire ordinaire. Heureusement, songea Oksman, les alentours ne grouillaient pas encore à ce moment-là de journalistes et de photographes.

Il fit le tour du bâtiment et trouva à l'arrière une porte munie d'une pancarte *MAINTENANCE*. Il monta les marches du perron et actionna la poignée. C'était fermé à clé. Il essaya ensuite la porte de la garderie. Elle aussi était verrouillée. Mais à l'angle de l'église et de l'aile administrative, une autre porte était entrebâillée, maintenue par une brique. Un gros bocal à cornichons vide, destiné aux mégots, traînait au pied du perron. Oksman jeta un coup d'œil à l'intérieur et appela, mais n'obtint aucune réponse. Il pénétra dans le couloir. Une petite cuisine s'ouvrait à gauche, en face de placards à balais et de toilettes. Puis le couloir se divisait. Oksman conclut que la branche de gauche devait conduire à la sacristie, et de là à l'église, tandis que celle de droite menait, par de nombreux tours et détours, aux bureaux et salles d'activités de la paroisse. Il songea qu'en cas d'incendie, toutes les personnes présentes dans le bâtiment y mourraient, car la sortie de ce labyrinthe serait impossible à trouver dans la fumée.

Il appela de nouveau, mais toutes les pièces étaient vides, malgré la lumière qui y était allumée. Il fut soudain envahi d'un sentiment désagréable. Il régnait un silence surnaturel, lié, comprit-il, au fait que quelques heures plus tôt, l'un des employés de la paroisse avait été cloué au mur de l'église. Il parvint à trouver le chemin des bureaux. Toutes les portes étaient fermées, sauf une, dont la plaque portait un nom : *Niina Ihalainen*. Lui tournant le dos, une femme était assise devant son ordinateur, absorbée par son travail. Il toussota. Elle poussa un cri et se leva d'un bond, puis se retourna et vit dans le rectangle de lumière de la porte sa haute silhouette osseuse et son visage émacié marqué d'ecchymoses. Elle cria de nouveau, cette fois si fort qu'il recula dans le couloir. Dérouté par sa réaction, il ne parvenait pas à articuler un mot.

Les yeux de la femme s'agrandirent de terreur et son visage pâlit.

Oksman fouilla dans ses poches. « Police, balbutia-t-il. Je suis inspecteur. Henrik Oksman. »

Il trouva enfin sa carte de police, la sortit et la tendit à la femme. Elle s'appuya à l'allège de la fenêtre, la main sur la poitrine. Oksman entra, craignant qu'elle ne crie de nouveau.

« Je ne vous ai pas entendu arriver, haleta-t-elle.

– La porte de derrière, elle était entrouverte. J'ai appelé… »

Un léger sourire s'esquissait déjà sur les lèvres de la femme. Son regard remonta des pieds d'Oksman à son visage. « J'ai les nerfs en pelote. Un de nos collègues a été assassiné.

– Je sais. Vous êtes seule ici ?

– On nous a ordonné de rentrer chez nous, et j'allais partir, comme tout le monde, mais je voulais terminer ceci. » Elle montra son ordinateur et regarda sa montre. « Je n'ai pas vu le temps passer.

– Je voudrais parler au responsable de la maintenance. C'est lui qui a trouvé le corps.

– Taisto ?

– C'est son nom ? »

La femme hocha la tête. « Taisto Erkkilä. Ses locaux ont une entrée séparée, derrière l'église, mais je crois qu'il est lui aussi rentré chez lui. Il était très choqué.

– Je comprends.

– Qui peut faire une chose pareille ? Mikael était le plus doux des hommes. »

Oksman repensa au moment où le pasteur lui avait avoué avoir tiré dans le dos d'une femme portant son enfant.

« Nous pouvons bien sûr téléphoner à Taisto, dit Niina Ihalainen en fouillant dans ses papiers. J'ai son numéro quelque part.

– Inutile, s'empressa d'assurer Oksman. Si vous permettez, je vais jeter un coup d'œil à son poste de travail. »

Elle hésita, mais se leva ensuite et saisit un trousseau de clés sur le coin de son bureau. Elle précéda Oksman dans le couloir prenant le chemin qu'il avait emprunté pour venir. Il nota que la porte par laquelle il était entré était maintenant fermée et que la brique avait disparu. Son accompagnatrice ouvrit une autre porte, derrière laquelle un escalier descendait au sous-sol.

« Quel silence ! constata-t-elle en allumant la lumière. Le bâtiment ne sera plus jamais le même, maintenant. »

Les marches étaient si raides qu'il fallait tenir la rampe. En bas, une porte coupe-feu donnait dans un large couloir qui traversait tout le bâtiment. La lumière était allumée, des câbles électriques serpentaient au plafond dans un fouillis de conduites d'eau, de chauffage et de ventilation. Une odeur piquante, de terre et de poussière, fit froncer les sourcils à Oksman.

« Taisto ! » appela Niina Ihalainen.

Sur quatre portes métalliques, des panneaux bleus indiquaient *Électricité, Chauffage, Eau, Ventilation.* Au bout du couloir, un battant ouvert donnait dans une pièce où la lumière était allumée. Elle frappa au chambranle. « Il y a quelqu'un ? »

Oksman entra sur ses talons dans le bureau du responsable de la maintenance. Grande, dépourvue de fenêtre et mal éclairée, la pièce n'avait pas été conçue pour son usage actuel. Il y régnait une odeur bizarre. Un antique écran d'ordinateur à tube cathodique dont le bouton d'allumage avait noirci était posé sur une table. Le fond du bureau était occupé par des étagères débordant de dossiers multicolores. Divers outils et un robinet démonté traînaient sur un établi. Les murs étaient décorés d'au moins trois calendriers de pin-up sur lesquels aussi bien Oksman que Niina Ihalainen jetèrent un regard gêné. Tout, dans la pièce, était vieux, poussiéreux et graisseux. Tout, dans ce lieu, mettait Oksman mal à l'aise, et il aurait voulu remonter à la surface au plus vite.

Il s'avança dans le bureau, tandis que son accompagnatrice restait sur le seuil. Il feuilleta la pile de papiers à côté du clavier d'ordinateur. Il s'agissait de paramètres concernant le bâtiment. Il laissa son regard courir sur les titres des dossiers.

« Je peux vous demander ce que vous cherchez ? »

Sans répondre, il fit le tour de la table. Il y avait là un deuxième siège de bureau, avec un sac à dos posé dessus.

« Quelqu'un d'autre utilise cette pièce ? demanda-t-il.

– Pekka. L'assistant d'Erkkilä, employé par la paroisse.

– Pekka a un nom de famille ?

– Je l'ai sûrement entendu, mais je ne m'en souviens pas. »

Oksman se rappela le jeune homme venu dans le bureau du pasteur pendant qu'il s'entretenait avec Paloviita et lui. Il posa le sac à dos sur la table et ouvrit la fermeture Éclair.

« Vous en avez le droit ? s'inquiéta Niina Ihalainen. Est-ce que vous avez... comment ça s'appelle... un mandat de perquisition ? »

Oksman fouilla le sac. Il n'y trouva qu'un bloc-notes et une trousse contenant trois crayons, un taille-crayon et une gomme. Oksman feuilleta le carnet et constata qu'il était vierge, à part deux équations intégrales non résolues. Il réprima son envie d'en donner la solution et reposa le sac sur le siège.

Soudain, un objet attira son regard. Une boule à neige était posée sur le coin de la table. Mais à la place des habituels pères Noël, paysages hivernaux ou églises, celle-ci contenait une reproduction de la colline du Golgotha, avec ses trois croix dressées au sommet. Elle semblait de fabrication artisanale. Oksman la prit et la secoua, mais au lieu d'un tourbillon de neige, une lampe s'y alluma, éclairant par en dessous la silhouette de Jésus. La lumière baissa ensuite progressivement et s'éteignit, tel un rideau tombant sur les crucifiés.

Oksman reposa la boule. « Allons-y », dit-il, et il précéda Niina Ihalainen dans le couloir. Elle éteignit la lumière dans le bureau, puis dans le couloir quand ils furent arrivés à l'escalier. En haut des marches, Oksman la remercia pour son aide. Elle allait le raccompagner dehors, mais il l'arrêta : « Inutile, je retrouverai bien mon chemin tout seul. »

Il retourna à la porte par laquelle il était arrivé et remarqua que la brique avait repris sa place dans l'entrebâillement de la porte. Il n'y avait personne dehors. La croix du campanile de l'église entaillait les nuages courant bas dans le ciel. Le vent soufflait en rafales.

36

« Toujours rien ? »

Manner secoua la tête, résignée. « On dirait que personne n'a vu le père et le fils distribuer *La Tour de garde*.

– Quelqu'un les a pourtant forcément vus, rétorqua Oksman.

– Nous devons nous préparer à la possibilité que les recherches s'éternisent et qu'on ne les retrouve jamais. »

Ce fut au tour d'Oksman de secouer la tête. « C'est frustrant. Nous avons trop peu d'effectifs. L'équipe de Niemi nous dévore vivants et nous lie les mains. Je ne sais plus quoi dire à Virpi Aho, qui téléphone toutes les deux heures. D'ailleurs…

– D'ailleurs quoi ? Si tu as une idée, dis-la tout haut », l'encouragea Manner.

Oksman leva les yeux et croisa ceux de sa supérieure, qui le regardaient avec attention et bienveillance. Il n'en avait pas l'habitude.

« Je ne peux toujours pas m'empêcher de penser, poursuivit-il, que la disparition de Kalevi et Veeti Aho est liée d'une manière ou d'une autre à l'Envoyé. Son profil psychologique fait référence à des événements de son enfance, à l'époque où sa personnalité a commencé à se forger. Je ne suis pas psy, mais est-il possible qu'il s'en soit pris aux Témoins de Jéhovah parce qu'il s'est, d'une façon ou d'une autre, identifié à Veeti ?

– C'est tout à fait possible, mais ça reste une simple hypothèse. Sur ce point, Niemi a raison : nous n'avons rien de concret pour étayer l'idée que ces affaires seraient liées.

– C'est juste que je ne voudrais pas avoir à décrocher une seule personne de plus d'une croix, et surtout pas un garçon de dix ans. »

Pendant un moment, tous se turent, glacés par ces mots.

« On va aller chercher Renlund et ses petits camarades, reprit Oksman. Le labo a visionné les enregistrements vidéo de la marche aux bougies et la plupart des individus impliqués dans les échauffourées ont été identifiés. On a lancé des avis de recherche. Je me suis arrangé avec Nurminen, nous allons disposer de deux patrouilles.

– Oui, il m'a téléphoné, tout est en ordre. Jari va y aller avec toi. »

Oksman hocha la tête.

« Et évitez de vous la jouer solo. C'est clair ? »

Oksman hocha une nouvelle fois la tête. Il allait sortir du bureau de Manner quand elle ajouta : « Tu m'inquiètes. Cet évanouissement... Je sais que tu as eu une année difficile. »

Il ne répondit rien, se contentant de la fixer, impassible.

Elle s'efforça de trouver les bons mots. « Je viens de l'extérieur, mais avant d'accepter ce poste, je me suis renseignée sur l'équipe que j'allais intégrer. Je suis au courant pour le couteau qui a disparu à l'automne dernier de la salle des scellés – et je sais aussi que tu as été accusé de sa disparition.

– Je..., commença Oksman, mais elle l'interrompit d'un geste.

– Je n'ai pas besoin d'explications, et c'est pour ça que je n'en ai pas parlé. Quand je suis arrivée, j'ai commencé par me procurer tout le dossier de l'affaire. Tu avais fait un énorme boulot. Le suspect avait été arrêté, nous avions ses empreintes digitales, l'arme du crime et des témoins, mais il y a eu un incident, et soudain nous n'avions plus rien.

– Paloviita…, réagit Oksman, mais elle le coupa de nouveau.

– Nous n'allons pas en parler maintenant. Je voulais juste te dire qu'il n'y a aucun malaise entre nous. Tu as toute ma confiance, tu ne ferais rien pour entraver une enquête. »

Le téléphone personnel de Manner sonna. Elle regarda longuement le nom de l'appelant et Oksman vit qu'elle hésitait à prendre l'appareil en main. « C'est mon fils, glissa-t-elle comme pour expliquer son indécision. Je dois répondre. Faites attention, là-bas, avec ces crânes rasés. »

Puis elle décrocha, porta le téléphone à son oreille et dit à mi-voix : « Salut ! »

Oksman tourna les talons, sortit du bureau et ferma la porte derrière lui. Il se dirigea vers les toilettes, au bout du couloir, se pompa du savon liquide sur les mains et se les lava longuement à l'eau chaude.

37

Quand Oksman rejoignit Paloviita, ce dernier était assis à son bureau, le regard fixé sur ses mains. Il avait l'air d'une statue. Seul le lent mouvement de sa cage thoracique révélait qu'il respirait. Pendant un instant, Oksman crut qu'il dormait, mais ensuite, il leva les yeux vers lui.

« Jari, on y va ? »

Paloviita se mordilla la lèvre inférieure, et Oksman comprit que l'expédition se compliquait.

« Je… je ne peux pas venir. Terhi a une urgence. Je dois rentrer plus tôt chez moi. »

Oksman regarda son coéquipier. Il se doutait depuis déjà longtemps que tout n'allait pas pour le mieux chez lui. Mais il pouvait en dire autant.

« Je peux me débrouiller seul, déclara-t-il. Il y aura deux patrouilles. »

Paloviita hocha la tête, résigné, et se leva. « Demande à Linda si elle peut t'accompagner.

– Elle est partie je ne sais où avec Niemi il y a une demi-heure. »

Paloviita regarda sa montre, et Oksman vit qu'il luttait contre lui-même. Puis ses épaules s'affaissèrent et il soupira : « Quelle merde ! Je n'y peux rien. Je ne sais pas quoi dire.

– Ne t'inquiète pas, je peux vraiment me débrouiller seul.

– Tu prends ton arme ? »

Oksman secoua la tête. « Il y aura quatre agents, les leurs suffiront. Et de toute façon, on n'en aura pas besoin.

– Je pense que tu devrais la prendre – à tout hasard. »

Sans répondre, Oksman sortit dans le couloir. Il aurait préféré que Paloviita l'accompagne au siège de White Order. La marche aux bougies et la vidéo postée sur le Net montraient qu'il ne fallait pas sous-estimer ces types. Mais quoi qu'il en soit, plusieurs membres de WO avaient commis des actes répréhensibles pendant la marche et ils avaient le devoir de les embarquer pour les interroger.

Il fallait siffler au plus tôt la fin de la partie.

Oksman traversa au volant de sa voiture la zone industrielle d'Uusiniitty. Depuis sa précédente visite, il connaissait le chemin. Le petit ensemble de bâtiments avait été construit au milieu d'une pinède sablonneuse qui voisinait d'un côté avec un cimetière et de l'autre avec une forêt qui s'étendait jusqu'à la baie de Preiviiki. À l'origine, le cadre naturel était beau et l'endroit bien desservi. Mais quelque chose avait mal tourné car les lieux ressemblaient maintenant à une gare de triage de la banlieue de Baïkonour : partout, des hangars rouillés, de l'industrie primaire crasseuse, des clôtures pourries, de la ferraille tordue et des entrepôts effondrés.

Juste après une éléphantesque usine de préfabriqués en béton, Oksman tourna à gauche et s'arrêta à une cinquantaine de mètres du bâtiment en tôle de White Order. Il regarda sa montre, constata qu'il était le premier sur les lieux et coupa le moteur de sa voiture. Les patrouilleurs étaient en général ponctuels, mais peut-être leur mission précédente s'était-elle prolongée. Aucune importance, il avait tout son temps.

Quelques minutes plus tard, une vieille camionnette rouillée passa à côté de lui. Il se baissa sur son siège. Le véhicule se gara devant le siège de WO et deux crânes rasés, dont l'un portait un T-shirt aux couleurs de l'organisation, en descendirent. Au même instant, quatre hommes surgis de derrière le bâtiment les rejoignirent. Ils se serrèrent la main et, riant de bon cœur, échangèrent quelques mots. Bien qu'elle fût dans leur champ de vision, aucun ne prêta attention à la voiture d'Oksman. Celui-ci savait d'ailleurs que le soleil qui se reflétait sur son pare-brise empêchait de voir s'il y avait quelqu'un à l'intérieur. Deux autres types en T-shirt noir se joignirent au groupe. Ils étaient maintenant huit, et Oksman sentit que quelque chose se préparait. Il reconnut la silhouette massive de Jarno Renlund, ainsi que l'homme avec qui il s'était battu lors de la marche aux bougies. Instinctivement, il toucha son arcade sourcilière douloureuse.

Oksman songea que si les patrouilles avaient l'intention de le rejoindre, ç'aurait été le bon moment. Elles avaient déjà quelques minutes de retard. Il tâta la poche intérieure de son blouson et se rappela qu'il avait laissé son arme à l'hôtel de police. Il n'était plus très sûr de la sagesse de cette décision.

L'un des membres de WO grimpa dans un vieux pick-up américain fermé à l'arrière et recula pour se placer à côté de la camionnette. Tous rigolaient, un homme alluma une cigarette. Un autre alla se poster sur le trottoir comme pour monter la garde, tout en ayant l'air bien plus intéressé par ce qui se passait derrière lui. Oksman plissa les yeux et tenta de voir ce qui se tramait. Puis l'un des crânes rasés tira de l'arrière de la camionnette une caisse en bois d'un mètre de long et la souleva dans ses bras. Elle pesait visiblement très lourd car il eut toutes les peines du monde à la porter jusqu'au pick-up et à la hisser sur la plate-forme. D'autres membres du groupe s'y mirent à deux pour sortir une seconde caisse de la camionnette.

Oksman poussa un juron et regarda sa montre. Que trafiquaient les patrouilles ? Une troisième caisse venait d'être déposée sur l'asphalte, et tous se pressaient autour. Deux hommes entreprirent de l'ouvrir. Oksman ne parvint pas à voir ce qu'elle contenait, mais apparemment quelque chose de très intéressant, car les mines étaient aussi réjouies que curieuses.

Puis Renlund souleva un objet qu'Oksman reconnut aussitôt. Un fusil d'assaut Sako 7.62 RK 62 – le modèle qu'il maniait pendant son service militaire. Le chef de WO retourna l'arme entre ses mains, retira le chargeur, vérifia qu'il était vide, épaula et visa la forêt. Puis il tendit le fusil au crâne rasé le plus proche. Celui-ci répéta les mêmes gestes, remit le chargeur, fit mine de tirer et passa l'arme au suivant. Quelqu'un s'était emparé d'un deuxième fusil que les hommes firent aussi circuler tout en jetant de temps en temps des coups d'œil à la rue.

Puis ils tirèrent de la camionnette une caisse verte, plus petite que les autres, et la posèrent par terre. Deux hommes l'ouvrirent aussitôt comme des enfants se jetant sur leurs cadeaux. On rangea les fusils dans la grande caisse et tous reportèrent leur attention sur la petite. Le pouls d'Oksman s'accéléra. Il n'avait pas besoin de voir le contenu de la caisse pour le deviner, et il ne fallut que quelques secondes pour qu'il en ait la confirmation. L'un de ses camarades tendit à Renlund une grenade qu'il agita comme pour évaluer son poids.

« Putain ! » grogna Oksman, et il jeta un coup d'œil dans son rétroviseur. La rue était vide. L'heure convenue était dépassée de déjà dix minutes, et toujours pas de patrouilles à l'horizon. En plus, personne n'avait prévu qu'ils se trouveraient face à huit fascistes violents équipés de fusils automatiques et de grenades. Oksman comprit aussitôt l'ampleur et la gravité du problème. Deux patrouilles ne suffiraient pas, il fallait rameuter toutes les forces disponibles.

Le groupe ne resta pas longtemps à admirer les grenades. On les remit dans leur caisse et Renlund distribua des ordres à ses hommes, qui réagirent rapidement. Ils embarquèrent les caisses dans le pick-up et bouclèrent le hayon. Le conducteur sauta sur son siège et mit le contact, un de ses camarades monta de l'autre côté et claqua la portière. Le moteur V8 gronda. La camionnette s'apprêta également à démarrer, et trois hommes grimpèrent à l'arrière. Le conducteur du pick-up échangea encore quelques mots avec Renlund par la fenêtre ouverte, le bras pendant dehors avec décontraction. Oksman comprit qu'il n'y avait plus de temps à perdre. Dans une minute, les armes et les hommes seraient loin.

Un rapide coup d'œil dans le rétroviseur. Personne.

Il attrapa le talkie-walkie sur le siège passager, décrivit en quelques mots la situation, lança un appel à toutes les patrouilles, reposa l'appareil et démarra en trombe. Ses pneus hurlèrent sur l'asphalte sec. Au bruit, les hommes de WO se retournèrent, mais il était déjà à leur hauteur et pila en travers de l'allée. Avant même d'être à l'arrêt, il jaillit de sa voiture et se dirigea vers Renlund. Il brandit dans la main gauche sa carte de police, dans la droite son talkie-walkie.

« Police, cria-t-il en continuant d'avancer. Sortez tous de vos véhicules, les mains bien en vue ! »

Les portières s'entrebâillèrent et les hommes descendirent du pick-up et de la camionnette. Le conducteur de cette dernière garda un instant les mains levées, mais les baissa aussitôt en remarquant que personne d'autre n'en avait fait autant.

Oksman ouvrit à la volée la portière arrière de la camionnette et hurla : « Vous aussi, dehors, les mains en vue ! »

Les passagers plissèrent les yeux face à la soudaine lumière du soleil. « Dehors ! » répéta Oksman, et ils sortirent l'un après l'autre. Il se plaça de manière que personne ne puisse le surprendre par-derrière. Les hommes se rassemblèrent des deux côtés de Renlund. Ils étaient huit, presque tous plus grands qu'Oksman. Il scanna rapidement leurs mains du regard et constata qu'elles étaient vides. Il s'avança de deux pas afin de se trouver entre eux et le pick-up. Il savait qu'il prenait un gros risque, mais espérait que le temps jouerait pour lui. Les voitures de patrouille les plus proches seraient là d'un instant à l'autre. Il lui fallait juste gagner quelques minutes.

Le crâne rasé à l'extrémité de la rangée changea de position et l'une de ses mains disparut derrière son voisin.

« Les mains en vue ! Ne bougez pas !

– Ou quoi ? » demanda Renlund, et il fit un pas vers lui, s'attendant à ce qu'il recule, mais Oksman le surprit en s'avançant lui aussi.

« N'essaie même pas », le mit-il en garde. En même temps, il porta le talkie-walkie à sa bouche et appuya sur le bouton. « Tout est OK. Huit à embarquer, terminé. »

Et afin que les hommes de WO n'entendent pas la réponse, il éteignit l'appareil.

« Vous êtes en état d'arrestation pour suspicion de préparation d'un attentat terroriste et de détention illégale d'armes », reprit-il. Il tendit l'oreille dans l'espoir d'entendre au loin des hurlements de sirène, mais les alentours restaient silencieux. La bande de Renlund commençait à se rendre compte qu'il était seul et bluffait.

L'un d'eux s'écarta du groupe. Oksman accrocha son talkie-walkie à sa ceinture et ouvrit la fermeture Éclair de son blouson comme pour être prêt à tirer son arme de son holster. Les autres aussi s'agitaient, et il comprit que l'effet de surprise dont il avait profité s'était évanoui. Il était seul contre huit.

« Ne bougez pas », ordonna-t-il encore une fois, mais ses mots résonnèrent dans le vide.

« On s'en va », dit Renlund entre ses dents, et il s'avança d'un pas de plus. Ses tendres yeux de chiot n'étaient plus que des points noirs. « Écarte-toi.

– Personne ne va nulle part. » Oksman banda ses muscles. L'adrénaline se répandit dans son corps, ses pupilles rétrécirent. Il percevait la moindre esquisse de mouvement et entendait jusqu'au frottement des vêtements et au bruit des gravillons sous la semelle des rangers.

« Les mecs, déclara Renlund sans le quitter des yeux, en voiture ! » Puis il répéta : « Écarte-toi. »

Oksman se campa au contraire plus fermement sur ses pieds. On entendait enfin approcher le hurlement de sirènes de voitures de police, mais encore désespérément loin.

Renlund claqua des doigts et deux crânes rasés entreprirent de contourner Oksman par les flancs. Ce dernier reconnut en l'un d'eux celui auquel il s'était heurté à la marche aux bougies. Il avait encore des contusions sur le visage. Oksman déplaça son poids sur sa jambe d'appui. Il se tenait prêt à faire face à une attaque fulgurante, mais ses adversaires s'approchaient lentement, tels des chats ayant repéré une bergeronnette sautillant dans l'herbe.

Oksman attendit qu'ils se décident.

Il fut néanmoins surpris par la rapidité de l'offensive. L'homme au visage tuméfié jeta un coup d'œil à la ronde et fonça sur lui tel un char d'assaut, se fiant de nouveau à sa masse.

C'était une erreur, car malgré sa vitesse, Oksman eut le temps d'évaluer sa trajectoire et esquiva facilement. Le poing de son agresseur manqua son visage de cinquante centimètres, et, pivotant des hanches, il répliqua aussitôt. Le coup partit en souplesse selon toutes les règles de l'art, dans un mouvement montant de ses jambes et de tout le reste de son corps jusqu'à son poing, qui vint percuter violemment la joue de son adversaire. Il poussa le geste jusqu'au bout, jusqu'à sentir et entendre la mâchoire de l'homme au visage déjà tuméfié se briser. Les yeux de ce dernier se révulsèrent et il alla s'écrasa face en avant sur le flanc du pick-up, puis s'écroula au sol comme un fauteuil-sac.

Son camarade se rua en avant en criant, tout aussi stupidement que lui. Oksman para facilement le coup d'une main et répliqua par un puissant crochet au foie donné de toute la force de son corps. Son poing s'enfonça dans les abdominaux relâchés de l'homme, lui coupant le souffle. Il s'effondra, plié en deux, se tenant le ventre et cherchant de l'air. La neutralisation en quelques secondes de deux malabars stoppa les velléités des autres. Les sirènes approchaient à vive allure, la première patrouille serait là dans quelques minutes, estima Oksman. C'était encore long, face à six types plus gros que lui. Il n'était pas tant préoccupé par leurs muscles que par les armes que certains portaient peut-être sur eux. Il était capable d'esquiver leurs coups de poing, et même s'il en prenait, ce n'était que douloureux, mais contre des balles, des couteaux ou des barres de fer, ses bras n'étaient pas de taille.

« Tuez-le ! » cria Renlund, et le groupe se mit en mouvement, mais cette fois personne ne se rua tête baissée sur Oksman. Tous avancèrent lentement en se déployant autour de lui. Il recula de quelques pas pour avoir plus d'espace. Il savait que le temps jouait en sa faveur. Il attendit que le crâne rasé placé à l'extrémité de la chaîne parvienne au niveau de l'arrière de la camionnette et passa à l'offensive. Personne ne s'attendait à une telle action, qui plus est si soudaine et rapide qu'on aurait dit un tour de magie. Oksman saisit l'homme à pleines mains par la nuque et le courba en deux. Il leva en même temps le genou pour lui cogner le visage. Le sang jaillit de son nez comme d'un arroseur automatique. Son voisin réussit à saisir la manche d'Oksman et tenta de le déséquilibrer, mais n'en eut pas le temps, car il lui attrapa aussitôt le bras et lui démit le poignet. L'homme hurla de douleur et tomba à genoux. Puis des mains empoignèrent Oksman de tous côtés.

« Tuez-le ! » tonna Renlund.

Un bras musculeux lui entoura le cou, l'étrangla et le tira en arrière. On le frappa au ventre, mais le poing de l'agresseur rebondit sur ses abdominaux et valut à celui-ci de recevoir en pleine face un coup de pied furieux qui lui fendit la lèvre. Puis Oksman se pencha violemment en avant et, en se redressant, projeta l'arrière de sa tête contre le visage de l'homme qui l'étranglait. On entendit son nez se casser, et il lâcha le cou d'Oksman. Du coin de l'œil, ce dernier aperçut un mouvement et eut le temps d'éviter un poing qui passa à un centimètre à peine de son nez. L'auteur du coup, qui n'avait pas imaginé manquer sa cible, trébucha en avant. Oksman profita de son élan pour le projeter la tête la première contre le flanc de la camionnette. Son front heurta la portière si fort qu'il enfonça la tôle.

Il ne restait plus que trois hommes, dont l'un tourna les talons, traversa en courant la rue, puis la cour du bâtiment industriel d'en face, et disparut dans les bois. Les sirènes résonnaient maintenant tout près, à deux rues tout au plus. Oksman songea, soulagé, qu'il avait atteint son but : empêcher le groupe de décamper avec sa cargaison d'armes. Il gardait les yeux rivés sur ses deux derniers adversaires, tout en surveillant les hommes qui gémissaient au sol, au cas où l'un d'eux se relèverait.

Renlund plongea la main dans sa poche intérieure et en tira un couteau de chasse à lame courbe.

Oksman regarda le couteau, puis Renlund. « Lâche ça. »

L'autre homme recula, faisant signe qu'il se rendait. Des voitures de police tournaient le coin de la rue.

Renlund attaqua, le couteau en avant, et tenta d'ouvrir le ventre d'Oksman. Mais ce dernier recula d'un bond et la lame ne fit qu'entailler son blouson.

« Je vais te tuer ! » grogna Renlund, cherchant cette fois à planter son couteau dans le corps d'Oksman. Celui-ci esquiva de nouveau et, d'une main, réussit à écarter suffisamment l'arme pour qu'elle ne fasse qu'un petit trou dans sa manche.

« Arrête ! » cria-t-il. « Tu vas te faire tuer ! »

Mais le cerveau de Renlund, envahi d'une rage écumante, n'était plus accessible à la raison. Oksman, concentré sur les mouvements de son couteau, ne vit pas partir son violent coup de pied, qui le prit par surprise, le touchant à la cuisse. Il eut l'impression qu'on l'avait frappé avec un tronc d'arbre, et sa jambe céda sous lui. Il tomba sur un genou et tenta aussitôt de se relever, mais ses muscles ne répondaient plus et il bascula dans une position encore plus précaire.

Dans un hurlement de freins et un crissement de gravier, deux fourgons de police s'arrêtèrent à l'entrée du parking. Les portières s'ouvrirent. « À terre ! »

La lame fendit l'air de haut en bas. Oksman la vit descendre vers son visage. Rassemblant toutes ses forces, il se jeta sur le côté et frappa le bras de Renlund. Le mouvement provoqua dans sa jambe une douleur aussi intense que si on la lui avait arrachée. Son bras heurta la main tenant le couteau, qui vola et tinta sur l'asphalte. Renlund, désarmé, se jeta de tout son poids sur lui et le recouvrit de son corps. Mais trop tard. Des mains solides l'empoignèrent dans le dos et le remirent debout. Deux robustes agents le traînèrent vers les voitures de police, hurlant, se débattant et abreuvant Oksman de jurons et d'injures, puis le jetèrent à l'arrière d'un fourgon muni de barreaux. Oksman, assis par terre, se frotta la jambe en grimaçant.

Les agents contemplaient le spectacle, muets. Cinq hommes ensanglantés gémissaient au sol et un taureau furieux écumait dans le fourgon. Ils regardèrent Oksman, dont le blouson était déchiré en deux. Pasi Jaakola s'accroupit à côté de lui. « Ça va ? »

Oksman hocha la tête. Il l'aida à se relever et le soutint jusqu'à ce qu'il retrouve son équilibre. « Juste un coup à la cuisse, rien d'autre.

– Il nous faut un médecin et au moins deux ambulances, constata l'un des agents.

– Et un fourgon de plus », compléta un autre.

Pasi passa le doigt dans l'entaille du blouson. « Tu l'as échappé belle. »

Oksman fit un signe de tête en direction du pick-up. Deux agents allèrent voir, ouvrirent les caisses et examinèrent leur contenu, puis se tournèrent pour regarder Oksman, encore plus stupéfaits.

On l'aida à s'asseoir en travers du siège passager d'un fourgon. Il tendit la jambe et se massa la cuisse. Les policiers passèrent les menottes aux blessés et les installèrent contre la camionnette, adossés à son flanc.

Un des agents qui examinaient la caisse de grenades jeta un coup d'œil à Oksman et murmura à son coéquipier : « C'est le diable en personne ou quoi ? »

L'autre lorgna en direction des fourgons, puis des combattants ensanglantés de WO. « Possible. »

38

Veeti Aho était assis sur le lit de sa cellule, quelque part dans les profondeurs de cette maison de l'horreur où couraient d'épais écheveaux de câbles et où des machines grondaient jour et nuit. Quand il ne priait pas, il posait les coudes sur les genoux et tentait de se concentrer, mais chaque fois qu'il était sur le point de se saisir d'une pensée, elle se désagrégeait telles des volutes de fumée dans le vent. Son cerveau bouillonnait. Après avoir réussi à échapper à l'Envoyé, il avait erré dans la pénombre des pièces et des couloirs de la maison à la recherche d'une issue. Mais il n'y en avait pas. Impossible de fuir. Il avait en revanche vu des choses qu'il ne parvenait toujours pas à comprendre.

Un seul fait était clair : il allait mourir. Avant sa tentative de fuite, il pensait que l'Envoyé l'avait laissé en vie parce qu'il avait une mission pour lui, un but, mais il savait maintenant que ce n'était pas le cas. Il n'y avait pas de mission, ni rien d'autre. L'Envoyé le tuerait sous peu.

Il avait dix ans, mais ne verrait jamais son onzième anniversaire.

Il s'était accroché à l'espérance profane d'avoir réussi à envoyer un message au monde extérieur par l'intermédiaire de la vidéo de l'Envoyé, mais il savait avoir échoué. Personne ne viendrait le sauver. Personne d'autre que Dieu. Son père avait été tué dans le jardin de la maison, et le même sort l'attendait.

Mais il avait pris une décision. Il ne céderait pas face au mal et le combattrait. Il prierait et se montrerait courageux aux yeux de Dieu. Il entraînerait l'Envoyé avec lui, comme l'avait fait le puissant nazir Samson, son personnage préféré de la Bible. Samson avait déchiré un lion à mains nues, brisé les liens qui le maintenaient prisonnier et occis mille hommes à coups de mâchoire d'âne. Pour finir, il avait fait s'écrouler sur eux le temple des Philistins, tuant ainsi en mourant plus d'ennemis qu'au cours de toute sa vie.

À l'instar de Samson, il n'abandonnerait pas.

Il vengerait son père.

Quelques instants plus tôt, il ignorait encore comment y parvenir, mais depuis qu'il s'était échappé, il avait dans la poche un objet qui lui permettrait de retourner la situation.

Un objet qui lui permettrait de faire s'écrouler la maison sur son ennemi.

39

« Une commotion cérébrale, une mâchoire brisée, un poignet fracturé, un autre déboîté, deux nez en bouillie, des côtes cassées, on ne sait pas encore combien, sans parler des contusions et ecchymoses », détailla Susanna Manner, la mine grave, puis elle leva les yeux de son papier pour regarder Oksman. Les autres aussi scrutaient leur collègue, assis sur une chaise à barreaux dans un coin de la pièce, aussi impassible que d'habitude, ou peut-être un peu honteux. « Butin : deux caisses de fusils d'assaut et huit grenades », poursuivit Manner.

Oksman ne réagit pas. Elle fit une pause, les yeux toujours fixés sur lui, et demanda : « Et toi, ça va ? »

Comme il ne répondait pas, elle posa son papier sur la table. « Tu vas sans doute être accusé d'usage excessif de la force, de violation de domicile, d'atteinte à la vie privée et de déprédation de biens. Des avocats sont déjà en train de rédiger les plaintes. Je suis aussi certaine que les tabloïds vont en faire leurs choux gras.

– Déprédation de biens ? s'étonna Linda.

– Bing ! » Paloviita mima le choc d'un front contre une camionnette. Tous sourirent, sauf Oksman.

Manner le transperça du regard, et il baissa la tête.

« Ce que tu as fait à Uusiniitty est incroyable », dit-elle, et il releva aussitôt la tête. Ses yeux s'agrandirent d'étonnement. « Toutes les armes automatiques volées à Niinisalo, plus huit grenades. Sans toi, elles seraient toutes encore dans la nature. Tu as fait preuve d'une détermination et d'un courage extraordinaires. C'est réellement héroïque. Je ne sais pas si tu en es toi-même conscient. »

Oksman rougit jusqu'aux oreilles.

« Les tentatives de White Order de blâmer Henrik ou la police ne mèneront à rien. Un véhicule chargé de fusils d'assaut et d'explosifs. À huit, dont un muni d'un couteau, contre un homme désarmé. Et ils ont désobéi à un ordre donné par un policier… La seule chose qui mérite un regard critique, c'est la stupidité de ton comportement. On vous a pourtant assez mis en garde contre la tentation de jouer les Rambo. Dans le pire des cas, nous pourrions être en train d'observer une minute de silence à ta mémoire.

– Ou à la mémoire de ces nazis, murmura Linda à Paloviita, volontairement assez fort pour que tous entendent.

– Ou de ces nazis, répéta Manner avec un sourire. J'en ai discuté avec Vesalainen. Il a conclu en rigolant qu'il faudrait dorénavant te faire accompagner de gardes du corps pour protéger les criminels, et il m'a ordonné de te demander si une mutation dans le groupe d'intervention t'intéresserait. »

La plaisanterie fit rire tout le monde et même Oksman réussit à esquisser un vague sourire.

« Quoi qu'il en soit, Henrik, c'est un grand pas en avant, peut-être décisif, dans cette affaire. Sans toi, l'enquête n'aurait pas progressé à ce point. La PJC l'a reconnu. Je suis fière que ce soit nous, et pas eux, qui ayons trouvé les armes. »

Manner regarda Oksman avec respect. « Quand tout sera terminé et que la poussière sera retombée, je te proposerai pour la croix du mérite policier et je ne doute pas un instant qu'elle te sera décernée. »

Oksman ne parvenait toujours pas à articuler le moindre mot, et Manner ne semblait pas non plus en attendre.

« Comme je l'ai dit, on a vérifié que les grenades et les fusils d'assaut étaient bien ceux volés à Niinisalo. Ils sont entre les mains de la PJC et sont examinés par une équipe technique. L'armée a été informée. Il y aura cet après-midi une conférence de presse à laquelle participera aussi un représentant des militaires.

– Il manque six grenades », fit remarquer Paloviita.

Manner hocha la tête. « C'est vrai, mais nous avons au moins une piste à suivre. Jarno Renlund et trois autres membres de WO attendent en bas d'être interrogés. Il faudra prendre les dépositions des autres à l'hôpital. C'est la PJC qui s'en charge, mais je veux que l'un d'entre nous soit présent. » Elle se tourna vers Paloviita. « Tu peux y aller, Jari ? Tu as déjà rencontré Renlund une fois. La présence de Henrik risquerait de passer pour une provocation, et quelqu'un pourrait avoir plus tard l'idée de l'accuser de partialité. »

Paloviita acquiesça. « Je vais m'arranger avec Niemi, mais je veux que Linda m'accompagne. C'est elle qui a le plus d'expérience des interrogatoires et, pour être franc, je n'ai aucune confiance en lui. Il est aussi à côté de la plaque que possible. Il me semble surtout se concentrer sur la manière de s'approprier le mérite des autres et de faire avancer sa carrière. Beaucoup de carburant et un missile efficace, mais l'ogive est foireuse. »

En quittant la pièce, Linda lança un regard reconnaissant à Paloviita.

Ils allèrent avec Johan Niemi extraire les membres de White Order de leur cellule pour les interroger. Le plan était classique, simple et efficace : on les entendrait séparément afin de les amener à se contredire. Chaque fois que ce serait le cas, on chercherait à creuser, mensonge par mensonge, pour arriver à la vérité. Au besoin, on poursuivrait les auditions aussi longtemps et autant de fois que nécessaire pour obtenir une vision d'ensemble cohérente. Au cours de sa carrière, Paloviita avait interrogé des centaines de personnes, suspects ou témoins, coupables ou innocents, et il savait que c'était une épreuve d'endurance. On répétait les mêmes choses jusqu'à l'épuisement et on mettait en doute toutes les affirmations du mis en cause, qu'elles soient vraies ou non. Celui-ci répondait, esquivait, se taisait, faisait semblant de ne pas savoir ou de ne pas se rappeler, mentait. La question était de savoir qui tiendrait le plus longtemps. Parallèlement, la police scientifique mettait au jour des faits qui corroboraient ou contredisaient les allégations. Parfois la partie se terminait par un match nul, mais Paloviita savait que s'il y avait plusieurs suspects, l'un d'eux finissait toujours par en dire trop, par laisser échapper quelque chose ou par modifier son récit sur un point critique. Les policiers disposaient de procès-verbaux et d'enregistrements, contrairement à eux. Les menteurs devaient avoir une bonne mémoire. Et le suspect ne pouvait jamais être sûr de ce que les enquêteurs savaient ou de ce que les autres avaient raconté.

En fin de compte, il était toujours seul dans sa cellule.

Ils entrèrent dans la salle d'interrogatoire où Riku Ukkonen les attendait, menotté à la table. Âgé de vingt-cinq ans, petit et trapu, il avait le crâne rasé et des yeux profondément enfoncés dans leur orbite tels les raisins secs d'un bonhomme de pain d'épice. Il avait déjà un début de casier judiciaire : vandalisme et menus larcins dont il s'était tiré avec des amendes. Il était l'un des deux hommes qui s'étaient sortis du traitement infligé par Oksman avec de simples égratignures. Il les fixa d'un air mauvais à la Clint Eastwood. Paloviita vit tout de suite qu'il tentait de paraître plus dur qu'il n'était, et l'avait fait toute sa vie. Ce n'était pas sa première audition, mais il était visiblement nerveux.

Son inquiétude leur donnait un bon point de départ. Quelqu'un qui avait peur avait toujours quelque chose à perdre.

Paloviita remarqua aussi que ce n'était pas la première fois que Johan Niemi menait un interrogatoire. Il en fut à la fois rassuré et déçu. Il aurait aimé trouver une faille de plus dans sa brillante armure. La sienne lui paraissait rouillée, usée et fragile. Le chef inspecteur de la PJC portait un polo et un blazer gris bien coupé, ses cheveux étaient peignés avec le plus grand soin. Une forte odeur d'après-rasage emplissait la pièce.

Une fois les formalités réglées, Niemi commença :

« D'où viennent ces armes ?

– Je ne sais pas.

– Qui le sait ?

– Je ne sais pas.

– Sais-tu quoi que ce soit ?

– Que t'es un pédé de flic.

– Qu'y a-t-il de mal à être homosexuel ?

– À toi de le dire, tu le sais par expérience.

– Qui a apporté les armes à votre siège ? »

Ukkonen ne répondit pas, Niemi se pencha sur ses notes :

« D'après un témoin, elles ont été apportées dans une camionnette de marque Toyota Hiace immatriculée IBV-388. Elle t'appartient – et on a trouvé tes empreintes digitales partout dans sa cabine, comme ailleurs dans la bagnole, sans parler des caisses d'armes et des armes elles-mêmes.

– Quel témoin ? Le flic fou ? Lui aussi c'est un pédé ! »

Paloviita et Linda retinrent un sourire.

« Il y a tes empreintes sur les fusils d'assaut et les grenades. Comment l'expliques-tu ? » poursuivit Niemi.

Ukkonen resta muet, préférant ne pas tenter d'explication.

Niemi se pencha en avant. Un sourire passa sur ses lèvres. « Nous avons assez de preuves pour t'envoyer en taule pour un bon moment. On parle d'années. »

Ukkonen resta inexpressif, mais au léger mouvement de sa pomme d'Adam, Paloviita vit que les pensées se bousculaient dans son cerveau.

« Tu ne t'es encore jamais retrouvé en prison. C'est dur, très dur. Tu ne tiendras pas une semaine, tu grimperas aux murs. Les crânes rasés aryens dans ton genre ont droit à un traitement spécial, à Saramäki. »

Ukkonen garda son calme, et se fendit même d'un sourire méprisant.

Niemi se recula sur son siège, croisa les mains sur son ventre et se tourna les pouces d'un air songeur. Il reprit : « À toi de voir si tu veux coopérer ou pas avec la police. Tu as l'air d'être un dur. Loyal. De l'étoffe des héros. Mais réfléchis : tes supposés copains peuvent très facilement tout te mettre sur le dos. Ton véhicule, tes empreintes… tu es le seul qui ira au trou. »

Les enquêteurs observaient Ukkonen. Une lueur d'incertitude passa dans ses yeux. Niemi s'en saisit aussitôt. « Tu as l'air de savoir de qui je veux parler. Je suis dans le métier depuis longtemps et je peux t'assurer que dans un groupe, on en trouve toujours un qui rejette tout sur les autres. Et tu vois sans doute à qui je pense – et sur qui ça va retomber. »

Ukkonen ne répondit rien, mais l'interrogatoire avait déjà atteint son but : planter une graine de doute dans son esprit. Ils n'avaient plus qu'à l'arroser régulièrement et à attendre qu'elle germe et éclose.

« Bien », dit Niemi, et il se leva. Linda et Paloviita l'imitèrent, laissant Ukkonen réfléchir dans la solitude à leur conversation.

Sami Virtanen était un colosse de trente-cinq ans, doté d'un gros nez, d'une crête iroquoise et d'une épaisse moustache de morse qui rejoignait une fine barbe. Il était l'un des membres fondateurs de White Order et avait de sérieux antécédents de violence. Il n'avait pas encore écopé de peines de prison, mais son casier débordait, depuis le milieu des années deux mille, de différents troubles à la tranquillité de minorités ou d'immigrés. En 2018, il avait été soupçonné d'avoir participé à l'agression d'une musulmane, en plein centre de Pori, mais avait été relâché, comme tous les autres prévenus, faute de preuves. Avant White Order, Virtanen avait fréquenté tous les groupuscules suprémacistes possibles et imaginables. Il purgerait sans aucun doute avec fierté une peine de prison, même longue. On voyait au premier coup d'œil qu'on n'en tirerait rien par l'intimidation, la menace ou le chantage. Il fallait essayer la ruse.

« Qui d'entre vous est l'Envoyé ? demanda Niemi.

– Pas de commentaire.

– Ce n'est pas une interview. Je pose les questions et tu réponds. »

Virtanen resta silencieux.

« C'est toi l'Envoyé ? Je suis sûr que oui. »

Virtanen sourit. Il était clair pour tout le monde, dans la pièce, que ce n'était pas lui. Son physique n'avait rien à voir. L'intéressé lui-même interpréta la question comme une provocation.

« Ton ami Riku Ukkonen nous a dit il y a un instant que c'était toi qui t'étais procuré les armes et les avais apportées à votre siège.

– Foutaises ! rigola Virtanen. Je ne sais rien d'aucune arme.

– Foutaises, répéta Niemi. Possible, mais Ukkonen a peur. Il n'est pas comme toi. Il ne veut pas aller en prison, et il fait et dit n'importe quoi pour se tirer du pétrin. Tu le sais aussi bien que moi.

– Vous n'avez rien.

– Ah oui ? intervint Linda. Et les caisses d'armes automatiques illégales et de grenades de la même série que celles utilisées dans l'attentat de la discothèque ? Et tu sais quoi : je pense que c'est toi qui racontes des foutaises.

– Le fait est qu'il ne s'agit pas seulement de cinq morts, enchaîna Paloviita. Il s'agit d'atteinte à la sûreté de l'État. C'est la perpétuité incompressible. »

Virtanen éclata de rire. Son amusement était profond et sincère. Il s'appuya au dossier de son siège et rejeta la tête en arrière. Quand il eut fini de s'esclaffer, il se pencha en avant pour sécher dans sa manche les larmes qui lui étaient montées aux yeux.

« Incompressible, répéta-t-il comme pour goûter la saveur du mot. Et moi, je crois que je serai un homme libre pas plus tard qu'après-demain. On me collera peut-être une petite amende, mais sans doute même pas. »

Niemi adressa un signe de tête aux autres, et ils sortirent dans le couloir. Ils échangèrent quelques mots puis passèrent dans la salle d'interrogatoire numéro trois. Paloviita constata que son cerveau commençait à fatiguer. C'était toujours le cas lors d'auditions où ses méninges travaillaient à plein régime. Et là, ils menaient trois interrogatoires de front. Heureusement, ils étaient aussi trois. Paloviita savait que Linda excellait dans cet exercice, et Niemi semblait ne lui céder en rien. C'était un peu vexant. Son sentiment d'insuffisance et d'infériorité relevait encore une fois la tête. Il avait l'impression d'être dépassé.

Jarno Renlund paraissait serein. Ses yeux de nounours contrastant avec son visage barbu les couvraient d'un regard rêveur. Paloviita savait que ce n'était qu'une façade. Renlund était loin d'être idiot, mais il avait des points faibles, comme ils avaient pu le constater. Il ne parlerait peut-être pas, mais, provoqué, il était capable de perdre son sang-froid et de laisser par inadvertance échapper quelque chose. Pour l'instant, leur principal atout était Ukkonen, le maillon faible de la bande. Et, en ce moment même, ce fragile chaînon rouillé s'effritait peu à peu, enfermé seul avec ses pensées délétères. Paloviita savait que le principal adversaire d'un suspect n'était pas la police, ni personne d'autre, mais lui-même. Chacun devait lutter contre ses propres démons.

« Comment ça va ? demanda Paloviita en s'asseyant face à Renlund. On dirait bien que la sauvegarde du patrimoine génétique nordique va connaître une petite pause. Sans parler de la lutte contre le marxisme culturel, l'immigration et l'homosexualité. »

Renlund leur lança un regard méprisant : « Aucun homme n'est indispensable à la guerre. D'ailleurs, peu importe où et comment on fait ce travail. Comme je l'ai déjà expliqué, nous bénéficions d'un large soutien. Bien plus large que vous ne voulez le croire. Même ici, vous avez des collègues qui financent nos activités. Vous n'imaginez pas combien. Les policiers sont depuis longtemps fatigués des problèmes causés par les immigrés. Vous le savez bien. Ils risquent tous les jours leur vie, en équipe de nuit – et quoi qu'essaie de nous faire avaler la télévision publique, la majorité des crimes et délits sont aujourd'hui commis par des étrangers.

– Tu vas passer un bon bout de temps derrière les barreaux, dit Linda. Rébellion contre la force publique et tentative de meurtre, détention d'armes automatiques et d'explosifs, préparation d'un acte terroriste… aucun homme n'est peut-être indispensable à la guerre, mais la guerre est peut-être indispensable à certains. »

L'expression de Renlund se tendit légèrement, mais resta souriante. Ses yeux reflétaient pourtant un bouillonnement intérieur. La situation était claire pour tout le monde. Les membres de WO seraient condamnés. Il s'agissait juste de savoir quelles accusations seraient retenues et quelle serait la sévérité des peines. Paloviita était incapable d'en donner une fourchette précise. Cela pouvait aller d'amendes de quelques centaines d'euros à des années au pain et à l'eau.

« Je veux parler à mon avocat, déclara Renlund.

– Tu en as un ? C'est possible, bien sûr. C'est même une bonne idée, mais réfléchis : nous voulons savoir qui est l'Envoyé. Aide-nous, et nous regarderons les choses sous un angle tout à fait différent. »

Renlund éclata d'un gros rire.

« Où avez-vous eu ces armes ?

– Je veux parler à mon avocat. »

Ils se levèrent, regagnèrent le couloir et regardèrent l'heure. Du temps s'était écoulé, mais pas assez. Ils prirent le chemin de la cafétéria, où il n'y avait à part eux qu'un groupe d'employés du centre de secours, et burent en silence un café, sans se presser. Puis ils retournèrent au rez-de-chaussée et poussèrent la porte de la salle d'interrogatoire numéro un, où Riku Ukkonen attendait depuis près de deux heures.

En les voyant, il bondit sur ses pieds, furieux. Ses menottes cliquetèrent.

« Qu'est-ce que vous foutiez, putain ! râla-t-il. Vous me gardez ici illégalement depuis je ne sais combien d'heures ! Je me plaindrai !

– Assis ! » cria Niemi, comme prêt à exploser à tout moment. Un instant plus tôt, dans le couloir, il plaisantait et riait avec Linda et Paloviita, mais il s'était mué en bête féroce en passant la porte.

« Tu nous as menti ! hurla-t-il. Espèce de crétin ! Tu n'imagines pas la merde noire dans laquelle tu t'es mis ! »

La colère d'Ukkonen se calma net. Sa mine s'allongea.

« Assis ! » répéta Niemi.

Ukkonen resta encore un instant debout pour se donner une contenance, mais se laissa ensuite tomber sur sa chaise. Ses menottes s'entrechoquèrent.

« Pour information, tous les autres, tes supposés copains, ont été lavés de tout soupçon. Ils ont été relâchés, mais toi, tu vas rester ici un bon moment. Bien plus longtemps que tu ne peux l'imaginer. »

Ukkonen tenta de dire quelque chose. Sa pomme d'Adam monta et descendit, mais aucun son ne sortit.

« Nous avons les déclarations de six de tes camarades d'après qui tu t'es procuré seul les grenades et les fusils que tu as aussi apportés seul à votre siège. Le policier qui t'a arrêté confirme leur version. Tu conduisais la camionnette, aucun doute là-dessus. Les empreintes digitales et l'ADN qu'on comparera au tien sont aussi formels.

– Putain, tu es dans la merde ! » s'exclama Linda avec une joie sadique.

Le regard furieux de Niemi la fit taire. Il tourna les yeux vers Ukkonen et, pendant un moment, ils se fixèrent. Puis le regard du jeune homme se perdit dans le vide.

« Relâchés ? balbutia-t-il.

– Oui, on les a laissés partir, confirma Paloviita. En fin de compte, nous n'avions aucune preuve contre eux. Ils répondront libres d'éventuelles accusations de rébellion. Mais ce n'est pas l'important. Ce qui nous intéresse, ce sont l'Envoyé et les armes, et tu es le seul à savoir quelque chose sur la question, alors parle, ou tu ne reverras pas le soleil avant, disons, vingt ans. »

Ukkonen fixait ses mains posées sur la table. Ses lèvres se plissèrent. Puis il leva les yeux.

« C'était Renlund. »

Linda rit de nouveau et s'attira encore une fois un regard réprobateur de Niemi, qui reprit, l'air grave :

« Non, ce n'était pas Renlund. Son alibi a été vérifié et il est solide. À ce stade, inutile de mettre ça sur le dos de qui que ce soit, cette voie-là est barrée. Je te conseille plutôt de réfléchir sérieusement à ce que tu vas faire. Il s'agit de toi. Dis-nous où est l'Envoyé, et je te promets qu'on en tiendra compte.

– Je… Renlund. »

Paloviita se leva, imité par les autres.

« Allons-y », dit Linda, et elle allait saisir la poignée de la porte quand Ukkonen, dans leur dos, réagit.

« Elle ! » s'écria-t-il en levant la main pour tenter de montrer Linda du doigt. Son geste fut interrompu par la courte chaîne des menottes, qui tinta. « Je ne parlerai qu'à elle. »

Niemi et Paloviita la regardèrent, puis reportèrent les yeux sur Ukkonen. Le chef inspecteur de la PJC fit semblant de réfléchir un moment à la question, puis hocha lentement la tête.

« D'accord, dit-il en jetant un coup d'œil à sa montre. Tu as cinq minutes. »

Puis il quitta la pièce avec Paloviita, laissant Linda seule avec Ukkonen. Ils allèrent jusqu'au bout du couloir, et éclatèrent de rire en même temps. Paloviita s'essuya les yeux.

« Linda aurait fait une bonne actrice, dit enfin Niemi.

– En fait, elle a déjà tenu un petit rôle dans un film de Markku Pölönen, celui sur les flotteurs de bois. Elle a aussi été mannequin. Et cet imbécile, là, croit qu'il peut la berner. Il va avoir une cruelle déception. Linda est l'interrogatrice la plus retorse que je connaisse. »

Ils sortirent dans l'arrière-cour bitumée et clôturée, où se dressait un hangar en tôle. La circulation grondait, le vent leur ébouriffait les cheveux. Paloviita se rappela la nuit où il avait traversé la cour comme un voleur pour entrer par effraction dans l'hôtel de police. Par moments, ce souvenir l'angoissait – et à d'autres, tout l'épisode lui semblait n'être qu'un rêve qui continuait malgré tout de hanter le fond de son esprit.

Cinq minutes plus tard, ils rentrèrent et s'assirent sur un banc du couloir. Un instant plus tard, la porte de la salle d'interrogatoire numéro un s'ouvrit et Linda en sortit. À son visage, ils devinèrent tout de suite où elle en était.

« Il a avoué. Tout est enregistré. On va être tranquille un bon moment du côté de Renlund et de ses copains.

– Et les armes et les grenades ? » l'interrompit Niemi, impatient.

La mine de Linda s'assombrit. « Il est allé les chercher sur les ordres de Renlund dans les jardins ouvriers de Hevosluoto. Elles avaient été déposées dans une cabane à outils dont la serrure avait été forcée.

– Je vais prévenir la scientifique, dit Paloviita.

– Comment Renlund savait-il que les armes y seraient ?

– Ils avaient reçu un courriel.

– Un courriel ?

– Ukkonen ne s'en rappelait pas mot pour mot, mais ils l'avaient reçu dans la matinée. Renlund le leur a lu tout haut. Quelque chose comme : *De la part de l'Envoyé, merci pour votre foi et votre participation au combat.* Il promettait ensuite d'armer ses troupes. Avec des indications sur le lieu où se trouvaient les caisses.

– Nous devons récupérer ce courriel.

– La scientifique a saisi tous les ordinateurs de WO. Ils sont dans leurs locaux, Salminen les examine en ce moment même.

– Un coup pour rien, donc », constata Niemi. La déception perçait dans sa voix.

Paloviita et Linda se regardèrent. Ils éprouvaient le même sentiment que lui : le temps filait et l'Envoyé était toujours dans la nature. Tout comme Veeti Aho et son père. Le sable s'écoulait dans le sablier.

« Vous voulez parier que le courriel a de nouveau été envoyé d'une adresse IP australienne ? demanda Linda.

– Inutile », déclara Paloviita, et il poursuivit : « Mais nous ne pouvons pas rester sans rien faire. Je vais aller avec Henrik chez ce designer, Kristian Ramberg. »

40

La maison de Kristian Ramberg se trouvait à la limite de Pori et de Nakkila, à deux ou trois kilomètres à peine de celle des parents d'Oksman. Impossible à rater, le bâtiment en pierre de deux étages avait toutes les apparences d'un manoir. La façade s'ornait de colonnes de style romain et d'encadrements de fenêtre ouvragés.

Oksman se gara devant la fontaine du jardin, à l'ombre de cyprès. Il resta un instant sur son siège à rassembler son courage tandis que Paloviita mettait pied à terre, puis le regardait, sourcils levés. Ils allèrent à la porte cloutée plaquée de bronze, digne d'un château médiéval, rehaussée par un solide heurtoir à tête de lion. Le battant était barré d'une inscription peinte en blanc à la bombe : *PÉDÉ !* On y voyait aussi, comme sur le mur, des traces d'œuf séchées, à côté de taches brunes qu'Oksman identifia comme de la crotte de chien.

Sous la fenêtre, on pouvait lire : *SUICIDE-TOI ENCULÉ !*

Paloviita photographia les inscriptions avec son portable. « Il y a eu un dépôt de plainte ? » demanda-t-il à Oksman.

Ce dernier secoua la tête, s'attardant quelques pas derrière son coéquipier. Son cœur battait follement, il transpirait par tous ses pores. Paloviita chercha un moment une sonnette, n'en trouva pas, empoigna le heurtoir et frappa deux coups. Ils résonnèrent comme la masse d'un engin de battage.

Ils attendirent en regardant le jardin parfaitement entretenu. Pas une motte, ni aucun pissenlit ou autre mauvaise herbe, ne défigurait la pelouse tondue à ras. Des rangs de pommiers s'alignaient sur le côté, la fontaine babillait. Puis ils entendirent du bruit derrière la porte. Ils savaient tous les deux à quoi ressemblait l'homme qui viendrait leur ouvrir, car tout le monde à Pori, comme dans le reste du pays, connaissait Kristian Ramberg, designer multirécompensé et internationalement renommé, qui avait participé à d'innombrables émissions de télévision. Quelques années plus tôt, il avait été l'un des candidats du concours Danse avec les stars, clivant là aussi par ses prestations les avis et les sentiments du public. Ramberg avait dessiné des meubles tant pour des célébrités de Hollywood que pour des personnalités du monde de la musique et de la politique.

La porte s'ouvrit. Ramberg portait un jean clair, une chemise bleu foncé et un foulard de soie rouge autour du cou. Il n'avait pas rasé ce matin-là sa barbe grisonnante et ses cheveux luisaient d'humidité comme au sortir d'une douche. Il les dévisagea et, quand son regard bleu plongea dans celui d'Oksman, ce dernier faillit s'évanouir de nouveau. Son cœur battait si fort dans sa poitrine qu'il craignit qu'il ne disjoncte.

Il était presque certain que Ramberg l'avait reconnu, mais n'en aurait pas mis sa main au feu. Lui-même aurait reconnu son compagnon d'un soir n'importe où et dans n'importe quelle tenue. Ils montrèrent leurs cartes de police, et Ramberg les invita à entrer. Oksman constata que le sas d'entrée était aussi grand que sa propre cuisine. De hautes fenêtres à carreaux laissaient entrer en abondance la lumière du jour, qui éclairait un petit fauteuil, dans un coin, et une desserte jonchée de livres. Ils ôtèrent leurs chaussures et pénétrèrent dans le hall.

Face au manoir de Ramberg, la maison pour laquelle Paloviita s'était surendetté ressemblait à une niche pour chien.

Au fond du hall, un double escalier menait à l'étage. Une cuisine s'ouvrait à gauche et, à droite, un séjour assez vaste pour y réparer un camion. Les meubles, choisis avec soin, s'harmonisaient à la perfection avec le décor. Ramberg les fit asseoir dans des fauteuils en cuir ivoire.

« Café, thé ? » proposa-t-il.

Oksman et Paloviita se regardèrent. « Café, volontiers », dit Paloviita malgré sa décision de refuser toute offre de boisson.

Oksman secoua la tête. « Rien, merci. »

Ramberg les laissa seuls. On entendit de l'eau couler dans la cuisine et, un instant plus tard, une cafetière se mit à glouglouter. Ramberg revint en se séchant les mains dans un torchon à carreaux rouges et blancs. Il resta appuyé à l'une des colonnes de marbre soutenant le plafond. « Ce sera bientôt prêt. »

Oksman se leva, s'approcha de la bibliothèque qui occupait tout le mur du fond et examina le dos des livres, non seulement pour s'éloigner de Ramberg, mais aussi parce que les titres l'intéressaient. Il constata que les ouvrages étaient rangés par genre et par ordre alphabétique. Cela lui plut. Un rayon était réservé aux livres de voyage, un à l'histoire, un à la géographie, le reste aux romans.

« Vous trouvez quelque chose d'intéressant ? » demanda Ramberg, juste derrière lui, en lui posant la main sur l'épaule. Oksman se raidit, les poils de sa nuque se hérissèrent. Il ne l'avait pas entendu approcher. « Je collectionne les premières éditions de la Bibliothèque jaune des éditions Tammi. Vous lisez beaucoup ?

– Pas trop », avoua Oksman.

Ramberg rit. « Un homme qui lit peu mais examine les livres comme le plus fervent des bibliophiles. Je ne suis pas policier, mais vous êtes suspect. »

Ramberg saisit sur une étagère le premier tome de la trilogie d'*Ici, sous l'Étoile polaire* et l'ouvrit. Il montra la page de garde à Oksman. « C'est l'ouvrage qui m'est personnellement le plus précieux. Une première édition avec une dédicace de l'auteur. Je l'ai acheté à une vente aux enchères de vieux livres de l'éditeur WSOY, à Sastamala. »

Paloviita les rejoignit. Il voulait voir la signature de Väinö Linna. « Et ça vaut cher ? »

Ramberg remit le livre dans la bibliothèque. « Cette collection n'a pas de valeur pécuniaire, mais j'ai toujours adoré lire et on peut donc sans doute parler de hobby. Ce qui est passionnant, c'est qu'on ne peut jamais considérer que la collection soit complète. Cet ouvrage, par exemple, est particulièrement émouvant parce que l'auteur l'a tenu dans ses mains. »

Ramberg retourna dans la cuisine et revint avec un plateau sur lequel il avait disposé deux tasses, des biscuits et une bouteille d'eau de source pour Oksman. Leurs regards se croisèrent un instant, et ce dernier lut dans ses yeux qu'il l'avait reconnu.

« Merci de nous accorder de votre temps, dit Paloviita.

– Vous parlez comme si j'avais eu le choix. Mais je vous suis bien sûr reconnaissant d'avoir procédé avec tact. Ma venue à l'hôtel de police aurait provoqué… enfin, vous savez bien.

– Le mur de votre maison a été tagué. »

Ramberg haussa les épaules. « C'est arrivé avant-hier, après ma dernière apparition à la télévision.

– J'ai vu les mêmes inscriptions en ville, constata Paloviita.

– Je suis de nature optimiste, dit Ramberg. Je veux croire que l'humanité évolue, mais j'ai l'impression que nous vivons en ce moment une période d'égoïsme extrême. La presse ne parle que de changement climatique, d'inondations et de famines, mais nous, nous nous querellons à propos de migrants, de vaccins et d'unions homosexuelles. »

Paloviita sortit de sa sacoche la photo de l'homme en blazer qui avait quitté la discothèque en compagnie d'une femme en robe rouge. Il la posa sur la table et la tourna vers Ramberg. Ce dernier chaussa ses lunettes de lecture. Il regarda attentivement le cliché et jeta un coup d'œil à Oksman, dont le visage devenu gris s'était figé en un rictus de poupée de cire.

« Oui, c'est moi, concéda-t-il avec un sourire.

– Pourquoi n'avez-vous pas contacté la police ?

– Vous savez bien pourquoi. Je tiens à protéger ma vie privée. Je n'ai rien à voir avec l'attentat. J'ai quitté la discothèque largement avant l'explosion, mais il ne s'est pas passé une heure sans que j'y pense – comme au fait que j'aurais pu figurer parmi les victimes. »

Paloviita montra la femme en robe rouge. « Et cette personne. D'après les caméras de surveillance, vous êtes arrivé seul et êtes reparti avec cette… femme, qui est entrée dans la discothèque un peu après vous. »

Ramberg se pencha en arrière et jeta à nouveau un bref coup d'œil à Oksman. Celui-ci plissa les lèvres. « J'ai rencontré cet homme à l'intérieur. Je ne l'avais jamais vu auparavant et je ne l'ai pas revu depuis. Je ne lui ai pas demandé son nom. »

Oksman, dont le cœur cognait comme le piston d'un compresseur, sentit sa pression sanguine diminuer légèrement et laissa échapper l'air qu'il retenait dans ses poumons.

Paloviita toussota et regarda Oksman, espérant son aide, mais comprit aussitôt qu'elle ne viendrait pas et poursuivit : « Vous comprenez sûrement qu'il est de mon devoir de vous demander… »

Ramberg avait la mine grave, mais ses yeux souriaient. Il dit : « La réponse est oui. Nous avons eu des relations sexuelles.

– Vous êtes partis à pied.

– J'ai pris une chambre à l'hôtel Vaakuna.

– Vous y étiez donc au moment de l'explosion ?

– Nous dormions.

– Et vous ne connaissez pas le nom de cette femme – de cet homme ? » essaya encore une fois Paloviita.

Ramberg secoua la tête.

« Le reconnaîtriez-vous si vous le voyiez... normalement habillé, sans maquillage ? »

Ramberg se pencha en avant. Il avait l'air plein de bonne volonté. « Je tiens bien sûr à aider la police de toutes les façons possibles, mais je vous le dis franchement : même si je savais qui est cet homme, je ne vous le dirais pas – sauf s'il avait quelque chose à voir avec cet attentat.

– Et ce n'est pas le cas ?

– Il a passé la nuit avec moi au Vaakuna. Vous en trouverez des preuves, la réception a la fiche que j'ai remplie. J'ai payé par carte bancaire. Je suis sûre que le personnel se souviendra de nous et confirmera notre alibi. »

Paloviita fronça les sourcils. Sa voix se fit plus sévère. « On ne vous soupçonne pas d'être un terroriste, mais nous voulons absolument joindre cet homme, pour des motifs qui nous regardent. D'ailleurs je suis sûr que vous mentez et que vous savez qui c'est. »

Ramberg ne répondit pas.

« N'essayez pas de tester nos limites. Nous pouvons très bien poursuivre cet interrogatoire à l'hôtel de police. »

Paloviita attendit en observant le visage de Ramberg. Ce dernier resta calme.

« Je ne dévoile jamais l'identité de mes partenaires sexuels. Jamais.

– Dans ce cas, nous allons devoir vous emmener au poste. Vous dissimulez des informations importantes pour l'enquête. Nos ordres sont clairs.

– Alors allons-y », dit Ramberg, et il allait se lever quand Paloviita l'interrompit en plaçant devant lui deux autres photos. Il les examina attentivement. « Et lui, vous le reconnaissez ? demanda Paloviita. Ce jeune homme aussi était à la discothèque ce soir-là, mais il est parti avant l'attentat. »

Ramberg plissa les lèvres. « Il a quelque chose de familier. J'ai l'impression de l'avoir déjà vu, mais je serais incapable de dire où… » Puis son expression changea et il regarda les enquêteurs. « Est-ce que… est-ce que c'est lui ? »

Paloviita remit les photos dans leur pochette en plastique. « Nous l'ignorons, mais nous aimerions lui parler. Nous avons montré sa photo à tous ceux qui étaient à la discothèque et personne ne se souvient de lui. D'après les caméras de surveillance, il n'est resté à l'intérieur qu'un instant et est parti par la place du Marché vers Antinkatu. Il se peut qu'il n'ait rien à voir avec l'attentat.

– Vous devez comprendre que pour certains, l'orientation sexuelle reste quelque chose de honteux, parce qu'elle vous marque d'un sceau. Vous en voyez les traces sur les murs de ma maison. J'ai moi-même fait mon coming out quand j'avais une vingtaine d'années, mais je connais des homosexuels qui ont des familles, des hommes et des femmes qui vivent en couple hétérosexuel afin de préserver les apparences. C'est très douloureux pour tous les intéressés.

– Je ne comprends pas pourquoi l'homosexualité est encore un tel problème pour tant de gens, dit Paloviita. Ni comment on peut y voir un péché mortel.

– La société finlandaise s'est en très grande partie construite autour de valeurs traditionnelles. Fondamentalement, il s'agit d'une atteinte à un style de vie, une culture et une idéologie. Souvent, ceux que les homosexuels, les travestis et plus généralement tous les LGBT irritent sont aussi irrités par l'effondrement des autres structures patriarcales traditionnelles.

– L'Envoyé justifie ses actes par la volonté de Dieu », fit remarquer Oksman.

Ramberg acquiesça. « Quand j'ai vu aux informations la première vidéo de l'Envoyé, je ne peux pas dire que son contenu m'ait surpris. On se heurte à ces mêmes passages de la Bible dans tous les débats sur l'homosexualité. Quand j'ai participé à la première soirée de la télévision publique sur ce thème, en 1996, j'ai reçu la semaine suivante plus de deux cents menaces de mort, on a rayé la carrosserie de ma voiture et dynamité ma boîte aux lettres. Même au XXIe siècle, il n'est pas facile d'être gay en Finlande.

– C'est incompréhensible.

– Vraiment ? Enfin, c'est peut-être moi qui ai perdu mes illusions. »

Ramberg jeta un coup d'œil à Oksman, qui semblait ne pas savoir où se fourrer, et poursuivit :

« Le fait que des personnalités dans mon genre se montrent de temps en temps à la télévision ne peut pas, à mon avis, être considéré comme de la propagande des pouvoirs publics ou des médias, mais je peux comprendre que ce soit difficile à avaler pour quelqu'un qui considère l'homosexualité comme un trouble mental autoprovoqué dont on peut guérir en priant à genoux.

– Est-ce qu'il n'est quand même pas généralement admis, intervint Paloviita, que l'homosexualité n'est pas une maladie – et que personne ne peut choisir son orientation sexuelle ? Pour ma part, j'ai toujours cru que ces réfractaires étaient très minoritaires.

– En Finlande, on vit dans une bulle, répliqua Ramberg. En dépit de tout, nous sommes un des pays les plus sûrs du monde. Ici, je peux être publiquement ce que je suis, mais je ne pourrais pas l'être ailleurs.

– Comme je l'ai dit, je trouve ça incompréhensible », assura Paloviita. Il termina son café et reposa sa tasse sur sa soucoupe.

« Ah oui ? Les gens changent lentement. L'évolution culturelle prend du temps. Je suis tout à fait sûr qu'en exécutant des homosexuels par pendaison, au Yémen, les bourreaux pensent sincèrement accomplir la volonté de Dieu. Les Gay Prides sont à leurs yeux un blasphème macabre, comme les mariages d'enfants le sont pour nous.

– On ne peut quand même pas comparer la pédophilie à l'homosexualité ?

– Ce que j'essaie de dire, c'est que ce qui est normal ici ne l'est pas forcément ailleurs, et réciproquement. Le racisme est avant tout dû à la peur de perdre sa propre culture. Les manifestes d'Adolf Hitler et de Goebbels ont une origine bien plus ancienne qu'eux et leur mécanisme est encore à l'œuvre aujourd'hui. Ce qui nous paraît une abomination peut être parfaitement normal ailleurs. L'un des principaux arguments des opposants à l'homosexualité est qu'elle serait contre-nature, alors qu'il a été biologiquement démontré qu'elle est présente chez toutes les espèces animales. L'homosexualité a toujours existé. On l'a par moments considérée comme socialement acceptable, et par moments interdite. Dans la Grèce antique, par exemple, les relations sexuelles entre hommes n'étaient absolument pas jugées inappropriées.

– Si deux personnes s'aiment, qu'est-ce que ça enlève à qui que ce soit ?

– C'est aussi ce que je me demande. Et que peut avoir cet amour d'assez grave pour entraîner une condamnation à mort ? »

Paloviita hocha la tête.

« J'ai eu de la chance, reprit Ramberg, mais je peux m'imaginer ce que ç'aurait été de naître homosexuel dans une famille ultraconservatrice – ou, pire, en Afrique. »

Ce fut au tour d'Oksman de hocher la tête, et il vit dans le regard de Ramberg que celui-ci comprenait son remerciement muet.

Le designer se leva. « On y va ? »

Les enquêteurs suivirent son exemple. « En ce qui me concerne, déclara Paloviita, il est inutile que vous veniez à l'hôtel de police. Je vous crois, vous ne connaissiez pas cet homme – cette femme. »

Il jeta un coup d'œil à Oksman. « Tu es d'accord, Henrik ? »

Celui-ci acquiesça.

« Merci, dit Ramberg. J'apprécie. J'aiderai bien sûr la police dans toute la mesure du possible. »

Il les raccompagna dans le hall. Ils remontèrent dans leur voiture, que le soleil avait chauffée à blanc. Oksman prit la direction de Pori et sentit les muscles de sa cage thoracique se relâcher. Alors qu'ils arrivaient au croisement de la nationale 8, Paloviita déclara : « De mon point de vue, on peut cesser de chercher la femme mystère. Je veux en revanche absolument retrouver cet autre homme. »

Oksman hocha la tête. Il avait l'impression qu'elle ne pesait plus rien, mais ne savait trop ce qu'il ressentait. Du soulagement, de la reconnaissance, ou juste de l'apathie ? Quoi qu'il en soit, le cercle qui lui broyait la poitrine s'était desserré – pour l'instant.

41

Oksman fit de la place sur son bureau et étala devant lui un plan de Pori. Il examina avec dégoût le désordre autour de lui, et songea qu'il s'était laissé aller. Des piles de paperasses dans lesquelles il n'avait pas eu le temps de se plonger s'élevaient partout, de plus en plus branlantes. Il était en train de perdre pied.

Soudain, il fut pris d'un impérieux besoin de se laver. Il se leva, se hâta vers les toilettes des hommes, au bout du couloir, régla la température de l'eau au maximum et se frotta furieusement les mains sous le jet avant de les enduire de savon. Peu à peu, son esprit en ébullition se calma et il parvint de nouveau à respirer normalement. Il retourna dans son bureau et se pencha sur le plan de la ville. Il entoura d'abord d'un cercle au feutre rouge la zone où Kalevi et Veeti Aho étaient supposés être allés distribuer leurs exemplaires de *La Tour de garde*. Il n'avait toujours pas réussi à se débarrasser de l'idée qu'il existait un lien entre l'Envoyé et leur disparition.

En y regardant de plus près, il constata que la zone était bien trop vaste. Elle couvrait une grande partie du quartier de Klasipruuki, avec ses centaines de maisons, et s'étendait, par Tuorsniemi, jusqu'à Pinomäki et Niittymaa. On y trouvait aussi bien du tissu urbain dense, des champs et des forêts que toutes les formes intermédiaires d'occupation des sols.

Oksman compara son plan à celui que la police administrative lui avait remis et où figuraient les contacts pris et les visites à domicile effectuées dans le cadre des recherches. Il vit tout de suite que celles-ci couvraient à peine la moitié de la zone. Leurs ressources, même avec l'aide de la PJC, étaient clairement insuffisantes pour des investigations aussi larges, d'autant plus qu'ils devaient en même temps veiller à ce que toute l'affaire ne se termine pas en chaos général, comme cela s'était produit dans de nombreuses villes du monde. Et de toute façon, Niemi se refusait systématiquement à envisager que la disparition de Kalevi et Veeti Aho puisse avoir un rapport quelconque avec l'Envoyé, et renâclait de ce fait à leur accorder les effectifs nécessaires. D'un autre côté, Oksman comprenait ses arguments. On n'avait trouvé aucun élément étayant cette hypothèse, et c'est pourquoi toutes les forces se concentraient sur l'Envoyé.

Oksman regarda le plan et soupira – le suspect pouvait résider n'importe où à Pori ou dans les communes voisines, et ils n'avaient rien qui leur permette de le localiser.

Mais une chose était sûre, songea-t-il, jamais plus il ne sous-estimerait la puissance d'Internet et des discours de haine. Sous une surface à première vue intacte se cachaient des forces qui n'attendaient qu'une faille pour surgir et se déchaîner. Il s'était toujours efforcé, dans son métier de policier, de rester objectif, mais certaines choses, telles que le racisme et l'exclusion, dépassaient son entendement. Il ne pouvait tout simplement pas tolérer les gens qui enfermaient les autres dans des cases en raison de leur origine ethnique, de leur orientation sexuelle ou de leur religion.

Oksman bâilla, roula le plan et s'étira. Il s'appuya au dossier de sa chaise et entreprit de décortiquer les éléments de l'enquête. Il faisait souvent cela. Tout remettre à plat et recomposer le puzzle morceau par morceau. Dans bien des cas, revenir au point de départ permettait de mieux analyser les faits et mettait en lumière les lacunes des investigations. Il y avait forcément quelque chose qu'ils n'avaient pas vu, comme s'ils se trouvaient devant un rideau de douche à travers lequel on ne distinguait que de vagues formes et couleurs dont le contour exact restait flou et indéterminé. Il leur manquait la pièce qui les aiderait à écarter le rideau et à voir ce qu'il y avait derrière. Oksman savait qu'il avait, à un moment, failli la trouver. Il l'avait eue à portée de main, mais chaque fois qu'il avait tenté de s'en saisir, elle lui avait échappé.

Il ferma plus fort les yeux et se concentra sur cette pensée. Sur la réponse qui flottait dans l'obscurité, tout près, mais cachée.

Il repassa les événements en revue à partir de la nuit où il avait quitté le Venus avec Ramberg puis y était revenu pour constater que l'endroit avait été détruit par une explosion. Les images défilaient sous ses paupières closes comme s'il avait regardé un film accéléré à la vitesse de la lumière.

Il se revit, là, devant la discothèque incendiée. Ils avaient trouvé un éclat de grenade. Et là, il était assis avec Paloviita dans le bureau du colonel, se sentant sale et mal à l'aise. Là, ils défiaient Jarno Renlund du regard et se battaient contre les nazis dans la rue. Il était furieux et angoissé. Là, il dévisageait Mikael Fredriksson avec sur la tête une couronne en fil de fer barbelé, des filets de sang coulant dans sa barbe. Là, ils visionnaient encore et encore la vidéo dégoulinante de haine de l'Envoyé.

Soudain, le film cassa à l'endroit qu'il cherchait inconsciemment.

Il ouvrit les yeux.

Sur l'image qui flottait devant lui, il était assis avec Salminen dans la salle des ordinateurs de la police scientifique et écoutait la bande-son de la vidéo de l'Envoyé. Ils avaient entendu le bourdonnement dont Salminen avait estimé qu'il provenait presque à coup sûr d'un puissant ventilateur. Puis des tintements qui avaient dessiné dans la courbe audio des pics évoquant des montagnes ou des crocs de chien.

Un roulement à billes ou quelque chose de ce genre ? avait suggéré Salminen.

Mais ce n'était pas un roulement à billes. Oksman le savait maintenant. Il le savait déjà alors, mais n'avait pas réussi à aller au bout de sa pensée. Ces tintements avaient quelque chose de…

très…

familier…

Les poils de sa nuque se hérissèrent soudain, comme si on avait ouvert la porte d'un congélateur et qu'un souffle glacé avait balayé la pièce.

Il pensa d'abord se tromper, trahi par son cerveau fatigué.

Mais non, il ne se trompait pas. Pas sur ce genre de choses. Ce jour-là déjà, la réponse leur sautait aux yeux et aux oreilles, sur l'écran et dans les haut-parleurs, mais il n'avait pas compris ce qu'il voyait et entendait.

Il avait été sourd et aveugle.

Il saisit sur son bureau un carnet et un stylo et reproduisit de mémoire les pics de la courbe audio. Sa main tremblait, et il dut concentrer toutes ses forces sur le mouvement du stylo. Quand il eut terminé son dessin, il resta à le fixer, incrédule. Son cuir chevelu le picotait. Il sortit son téléphone portable, chercha dans le menu le numéro de Salminen et l'appela.

42

Tous écoutaient les explications d'Oksman, silencieux et stupéfaits, puis de plus en plus inquiets. Salminen, qui l'avait suivi dans le bureau de Niemi, confirma sa découverte. On entendait en arrière-fond de la vidéo de l'Envoyé un appel à l'aide en alphabet morse.

« Je rentrais chez moi quand Henrik m'a appelé. Je n'y ai d'abord pas cru, mais il a insisté et j'ai fait demi-tour, expliqua Salminen.

– Lis-le encore une fois », demanda Niemi. Il avait le visage gris, comme si tout le sang s'était retiré de sa tête, et le front luisant de sueur. Paloviita songea qu'il avait la même expression qu'Oksman juste avant qu'il ne s'évanouisse. Il y avait peut-être vraiment un virus en circulation. Il ne put toutefois s'empêcher de sourire intérieurement. L'expert apparemment parfait de la PJC, Johan « Super » Niemi, avait révélé une faille. Pas énorme, mais une faille quand même. Niemi n'avait pas voulu croire que la disparition des Témoins de Jéhovah avait un lien quelconque avec l'Envoyé, pas plus que lui-même, d'ailleurs, mais cela n'avait plus d'importance. L'essentiel était qu'Oksman et la police locale avaient battu la PJC à plate couture.

« *SOS Veeti Aho. Dans la cave. Stetson. L'Envoyé. SOS*, lut Salminen. Il répète le même message trois fois dans la vidéo, sans doute en frappant le mur ou le sol avec un tuyau de fer.

– Comment as-tu compris que c'était du morse ? » demanda Linda.

Oksman rougit, mais ne répondit rien.

« Veeti Aho est scout, ça expliquerait le morse », déclara Manner après avoir vérifié dans ses papiers.

« *Veeti Aho dans la cave*, répéta Paloviita. Ça ne nous aide hélas pas beaucoup.

– Faux, répliqua Linda. Nous savons que la disparition de Kalevi et Veeti Aho a un lien avec l'Envoyé. Nous savons aussi qu'ils sont en vie, ou au moins l'un des deux.

– Linda a raison. L'Envoyé ne sait sans doute pas que son prisonnier a réussi à nous envoyer un message par l'intermédiaire de sa vidéo. Ça nous donne un avantage, car nous savons où Kalevi et Veeti Aho sont allés distribuer leur journal. Et on peut supposer qu'ils ont frappé à la mauvaise porte au mauvais moment et surpris l'Envoyé, ce qui réduit nettement la zone à explorer. Ça nous donne une possibilité d'entrer dans le jeu. La balle n'est plus entièrement dans le camp de l'Envoyé, même si c'est ce qu'il croit. Nous allons charger des agents de passer des coups de fil pour demander aux gens si des Témoins de Jéhovah sont venus sonner chez eux. Et nous enverrons des patrouilles chez ceux que nous n'aurons pas pu joindre.

– Nous avons commencé à le faire tout de suite après leur disparition, mais sans résultats, déclara Niemi », qui cherchait à l'évidence, sans que personne en soit dupe, à se donner après coup le beau rôle.

« Je vais demander un hélicoptère pour cartographier la zone depuis les airs, reprit-il. Kalevi Aho conduisait une Volvo noire.

– Il faut être prudent. Si l'Envoyé se rend compte que nous sommes proches, il se débarrassera vraisemblablement de toute preuve, et de tout témoin.

– *Stetson*, marmonna Paloviita tout haut. Qu'est-ce que ça veut dire ? Que Veeti a vu l'Envoyé avec ce genre de chapeau ? »

Personne n'avait la réponse.

« N'oubliez pas l'antenne-relais », dit Oksman, et tous se tournèrent à nouveau vers lui. Il regarda Salminen et reprit : « L'Envoyé en a sans doute une dans son jardin.

– Il commence à y avoir trop de variables, constata Niemi en feuilletant ses papiers. Je ne pensais pas que la mission se transformerait en sauvetage et peut-être même en opération de libération d'otages. Cet enlèvement ne cadre toujours pas, selon moi, avec le profil psychologique de l'Envoyé.

– Toutes les réponses ne sont peut-être pas sur le papier », intervint Manner.

Niemi grimaça en comprenant que la pique lui était destinée. « Chargez-vous de chercher les Témoins de Jéhovah, déclara-t-il, puisque vous semblez maîtriser le travail de terrain. Je dois me concentrer sur l'interrogatoire des employés de la paroisse de Länsi-Pori. »

43

Couché en caleçon sur le matelas posé sur le plancher de sa chambre à coucher, Henrik Oksman fixait le plafond, le corps endolori. Il avait frappé son sac de boxe si longtemps que ses bras et ses jambes n'en pouvaient plus. Sa respiration était lourde et saturée d'acide lactique. Les lumières multicolores qui trouaient la nuit de la ville filtraient à travers les stores, dessinant sur les murs et le plafond une mosaïque hallucinée, mouvante, comme si tout dans la pièce avait soudain pris feu.

La poitrine d'Oksman se soulevait et s'abaissait lentement. Quand il fermait les yeux, il voyait le corps nu ensanglanté du pasteur Mikael Fredriksson cloué au mur de l'église. Quand il les ouvrait, il voyait de nouveau le plafond et les formes qui y dansaient.

Mais les bruits ne se taisaient pas.

Ces lancinants aboiements qui le poursuivaient depuis toujours.

Les intarissables hurlements des chiens de chasse de son père.

Yeux fermés : le visage déformé par la douleur de Fredriksson, les clous plantés dans ses mains et les pointes rouillées enfoncées dans son cuir chevelu.

Yeux ouverts : la pièce vide, la lumière faiblissante et le glouglou des tuyauteries – les chiens courant dans l'obscurité.

Yeux fermés : il a onze ans. Il fait nuit, la maison dort. Il est couché, réveillé, et fixe le plafond tendu de papier, cloqué et taché par des infiltrations d'eau. La pièce sent la cave, l'odeur s'est incrustée dans ses draps, ses vêtements et ses cheveux. À l'école, on l'appelle pour ça le putois.

Yeux ouverts : les souvenirs s'insinuent dans sa tête telle la fumée d'un pot d'échappement, lui rétrécissent les veines, crient et hurlent.

Yeux fermés : l'odeur de cave et la même vieille pièce. Il ne parviendra jamais à en sortir. C'est sa prison. Il repousse sa couverture, s'assied et pose ses pieds nus sur le plancher. Le sol est froid, parce qu'on est en février et que dehors le gel claque. Sa respiration se condense en panaches de vapeur. Il enfile ses chaussettes de laine, se lève, s'enroule dans sa couverture et va à la fenêtre. La lampe au bout du hangar à machines est restée allumée. Sa lumière scintille sur la neige fraîchement tombée.

Yeux ouverts : une voiture s'arrête dans la rue. Ses phares dessinent un rai sur la fenêtre. La portière claque. Une femme rit. La voiture redémarre. L'obscurité.

Yeux fermés : le silence. Il est fatigué car il est resté éveillé longtemps à attendre que la maison s'endorme. Puis il a encore patienté un peu. Il s'est peut-être assoupi par moments, il n'en est pas sûr, mais il est maintenant réveillé. Son cœur bat plus fort et pompe du sang chaud dans son corps.

Il est trois heures et demie du matin.

Il ouvre la porte de sa chambre et se tient longtemps sur le seuil à écouter. Rien, pas même des craquements du gel dans les coins. Il laisse entrebâillé, bien que ce soit interdit. De l'air chaud souffle de l'escalier vers sa chambre.

De l'air qui ne sent pas la cave.

Il retourne à son lit et tire de dessous un sac en plastique. Son cœur bat de plus en plus fort, autant sous l'effet de la peur que de l'excitation. L'adrénaline afflue dans son organisme et tous ses sens s'aiguisent. Il flaire, entend et voit avec plus d'intensité. Il s'est donné beaucoup de mal pour se procurer les objets que contient le sac. Ça lui a pris du temps. Il a longtemps conservé son butin dans la forêt, dans le creux d'un rocher, jusqu'à ce qu'il se risque, la veille, à le rapporter en secret à la maison. Il ouvre le sac et en sort une petite culotte de femme, rose avec un bord en dentelle et un petit nœud au milieu. Il la regarde longuement.

Il dispose par terre, en bon ordre, une robe de velours bleu foncé, un soutien-gorge et un collant, recule d'un pas et reste à les admirer. Il pose des escarpins sur la table. Ils sont bien trop grands pour lui, mais peu importe.

Il tend encore une fois l'oreille. La maison soupire, le vent jette du toit des flocons qui tourbillonnent dans le long faisceau de la lumière du jardin.

Il ôte son pyjama et enfile un à un les vêtements posés sur le sol. Lentement, attentif à leur contact. Il déroule avec précaution le collant sur ses jambes et touche ses mollets à travers le tissu. Sa peau semble incroyablement soyeuse, électrique, douce. Il presse la robe sur son visage et s'imprègne de son parfum. Sa nuque le picote. Il ouvre la fermeture Éclair de la robe et l'enfile. Elle est serrée aux hanches et trop large au niveau de la poitrine, mais pour le reste, elle lui va parfaitement. Perché en équilibre précaire sur ses talons hauts, il va et vient prudemment sur le tapis et tente de marcher d'un pas léger, mais les chaussures glissent et il se tord les chevilles. Il fixe son reflet dans la fenêtre et tâte ses cheveux, courts et rêches comme des poils de teckel, promène sa main sur ses joues et son menton, sent les angles de son visage et les tendons de son cou. D'étranges forces invisibles le tiraillent en tous sens. La vitre de la fenêtre, par les fentes de laquelle souffle de l'air froid, distord son reflet. Il ne voit pas son visage, juste des formes qui s'incurvent et s'arrondissent au rythme de ses mouvements.

Là-bas, quelque part, c'est lui. Lui.

Il voit pour la première fois ce qu'il sent depuis longtemps. Le vide, en lui, se comble un instant, et bien que son reflet soit aussi fragile qu'une plaque de sucre, il est entier et beau.

Comme lui.

Mais soudain le reflet se brouille comme quand on jette un caillou dans l'eau. Une ombre pénètre dans la pièce.

« Henrik, pourquoi la porte est-elle ouverte ? Je t'ai dit cent fois que… » La phrase de son père reste en suspens.

« Qu'est-ce que c'est que cet accoutrement ? »

Il actionne l'interrupteur et allume le plafonnier. La lumière jaillit dans la pièce. Pendant un instant, c'est le silence.

« Je te demande ce que tu portes ! », répète le père d'une voix plus effrayée et hésitante que furieuse. Henrik ne l'a jamais entendu parler sur ce ton. Il se tourne et le regarde dans les yeux. Il a encore la main sur la poignée de la porte. Ses doigts la serrent, les jointures blanches, tandis qu'il l'examine de la tête aux pieds et des pieds à la tête.

« Enlève ça, grogne-t-il. Enlève ça tout de suite. »

Henrik plie le bras pour ouvrir la fermeture Éclair, dans son dos. Son père se rue hors de la pièce et dégringole l'escalier. Il lutte pour ne pas pleurer. Il sait ce qui l'attend. Son corps tressaute et il sent une boule monter et descendre dans sa gorge. Mais il ne doit pas pleurer. Il l'a appris tout petit. Pleurer ne fait qu'aggraver les choses.

Il remet son pyjama et plie la robe sur son pupitre.

Son père revient, le visage blême, les yeux brillant d'un éclat bizarre. Il tient des ciseaux à la main. Il saisit la robe et la brandit sous son nez. « Où est-ce que tu as eu ça ?

– Je l'ai trouvée…, balbutie Henrik.

– Ne mens pas ! hurle son père. Tu l'as volée ? »

Henrik baisse la tête. « Achetée… »

Son père pâlit un peu plus. « Achetée ! Et où est-ce que tu l'as achetée ?

– Au marché aux puces. »

L'incrédulité se lit sur le visage de son père. « Au marché aux puces », répète-t-il comme pour goûter les mots. Puis il reste à nouveau un instant silencieux et, pour Henrik, c'est ce qu'il y a de pire, car les créatures les plus effrayantes se tapissent dans le silence. Son père semble chanceler sur une frontière invisible, luttant pour ne pas tomber.

« Tu sais que c'est malade ? Ce que tu fais.

– Pardon, papa, je ne savais pas. Je n'ai pas réfléchi. »

Son père transperce la robe de la pointe des ciseaux et entreprend de la lacérer. « Tu ne veux pas être malade ? halète-t-il. Sais-tu ce que les gens penseraient – s'ils apprenaient que mon… mon fils… »

Des lambeaux de tissu tombent sur le tapis. Son père découpe la robe et le collant, mais il est incapable de toucher à la petite culotte. Il fourre le tout, escarpins compris, dans le sac en plastique qui traîne sur la table et le ferme par un double nœud.

Il jette un dernier coup d'œil à son fils. Celui-ci le lui rend et, pour la première fois, il voit son père totalement impuissant et nu. Tous les masques sont tombés. Il a le regard vide, égaré. Comme s'il lui demandait de l'épargner. Le sac en plastique pend au bout de son bras tel un doudou, de l'autre main, il serre les ciseaux.

« C'est malade, Henrik, répète-t-il, cette fois d'une voix totalement blanche. C'est malade, et si ça continue… si ça continue, je serai obligé de te tuer.

– Oui, papa, je ne le ferai jamais plus.

– Viens ! »

Henrik ne bouge pas.

« Viens ! »

Il s'approche de son père, qui lui saisit le bras. Ses doigts s'enfoncent dans sa chair comme les serres d'un oiseau de proie. Henrik gémit.

Ils descendent au rez-de-chaussée. Henrik sent au passage la chaleur de la salle. Son père le pousse dans le sas d'entrée et enfile ses bottes d'hiver.

« Papa, je te promets », tente Henrik, mais sa supplique reste sans réponse.

Le gel le frappe dès la porte, pénètre jusqu'à sa peau à travers le fin tissu de son pyjama. Son père le traîne dehors, ses chaussettes se mouillent. Le doberman, Rafi, se met à aboyer, à hurler et à claudiquer dans son enclos. Le père ouvre la porte du chenil, pousse Henrik à l'intérieur et réprimande le chien, dont la nuque s'est hérissée. Rafi gémit et se met à remuer la queue. Cette fois, il le félicite et lui gratte le poil à travers les mailles du grillage. Henrik recule dans un coin et soulève ses pieds, qui commencent déjà à geler. Puis son père s'en va, les lumières du jardin s'éteignent l'une après l'autre et seules les étoiles glacées de février continuent de briller. À l'autre bout de la cage, Rafi émet un grondement sourd. Quand son père vient chercher Henrik, une heure plus tard, il est si frigorifié qu'il est incapable de parler. Sa mère l'enveloppe dans des couvertures, allume du feu dans le poêle et le prend sur ses genoux jusqu'à ce que son corps cesse de trembler et qu'il s'endorme.

Yeux ouverts : le plafond blanc de sa chambre et le carré de lumière rayé par les stores sur le mur. Oksman s'assit, se pencha pour toucher ses orteils du bout des doigts et sentit les muscles de l'arrière de ses cuisses se crisper. Les aboiements de chien s'étaient tus. De rares voitures passaient dans la rue. Il se leva et alla à la fenêtre. Elle donnait sur le parking et sur le fleuve qui s'écoulait lentement vers le plus grand delta des pays nordiques, charriant des milliers de tonnes de fins sédiments. Çà et là, l'eau tourbillonnait, emportait un peu de vase de la rive et poursuivait son chemin.

Oksman fit rouler ses épaules, encore douloureuses des suites de son entraînement de la soirée, et passa dans le séjour, au plafond duquel pendait un sac de boxe. Tout, dans la pénombre, avait l'air noir et blanc. Il donna un coup de poing dans le sac. Le cuir claqua, les chaînes cliquetèrent. Il sentit une douleur lui déchirer les épaules et les omoplates. Il fit un pas de côté. L'intérieur de ses cuisses se contracta. Un deuxième coup partit, cette fois un jab au centre du sac, puis un troisième, un crochet du droit qui imprima au sac un mouvement latéral qu'il évita en souplesse. Il avait mal partout, mais son corps bougeait d'instinct. Son cerveau se vida, les coups mille et mille fois répétés pleuvaient automatiquement. Il savait dans quelle direction le sac se balancerait, comment se déplacer et quand frapper pour atteindre sa cible juste au bon moment.

Ses poignets nus l'élançaient, ses jointures saignaient. Son corps entier n'était qu'une masse douloureuse qu'il forçait à chaque instant à accélérer la cadence, donnant des coups furieux, rageurs, éprouvants.

Soudain, il sentit son flanc se déchirer, comme si on lui avait ouvert un muscle en deux, et une vague de froid le traversa. Sans se laisser perturber, il changea de pied et balança de toutes ses forces un crochet. Une flèche de douleur démentielle, tel un clou planté dans sa colonne vertébrale, lui transperça le corps.

Au même moment, il se revit, dans un flash, traverser la foule dans la discothèque. Les visages de ceux qu'il croisait ressortaient, anguleux, dans la lumière stroboscopique. La basse lui pilonnait le sternum.

Nouveau crochet, esquive, direct de l'autre côté du sac. Les chaînes cliquetaient, les pieds d'Oksman frappaient le parquet. À l'étage du dessous, quelqu'un se mit à taper sur un radiateur.

Il va au bar et s'assied sur un tabouret tout juste libéré par un jeune homme qui lui jette un coup d'œil, puis se retourne pour le scruter plus attentivement. Quand son regard fixe croise le sien, il lui adresse un clin d'œil et lui envoie un baiser volant. Le jeune homme se trouble et disparaît dans la foule.

La douleur explosa de nouveau, parcourut sa colonne vertébrale et se déversa dans son cortex. Ses jambes se dérobèrent, ses genoux heurtèrent le sol. De la salive jaillit de sa bouche.

Il revoit la même scène : le jeune homme se lève du tabouret de bar et se retourne, il prend sa place. Dans la lumière stroboscopique, tout semble saccadé, comme si des flashs mitraillaient les danseurs. Son regard croise celui du jeune homme. Ils sont à moins d'un mètre. L'autre lui tourne le dos, mais repivote ensuite sur ses talons et lui lance un regard étonné.

Il tente de se focaliser sur le visage du jeune homme, mais celui-ci ne cesse de se dérober.

La douleur le plia en deux, déferla sur lui et le submergea.

Et soudain le visage du jeune homme apparaît. Clair et net – et il se rend compte qu'il le connaît. Son cerveau scanne à toute allure ses dossiers jusqu'à ce qu'il trouve son jumeau, à l'endroit le plus improbable.

Oksman tenta de se lever, mais il ne sentait plus ses jambes et retomba assis. Il se revit avec Paloviita dans le bureau de Mikael Fredriksson au moment où un employé les avait interrompus.

Pekka.

Un jeune homme en apparence timide et réservé, qui avait sur son bureau, au sous-sol, une boule à neige représentant le Golgotha. Il n'était ni coiffé ni habillé comme au Venus, mais Oksman était sûr de ne pas se tromper. Et l'homme que l'on voyait sur les caméras de surveillance quitter la discothèque en direction d'Antinkatu portait les mêmes vêtements.

Et aussitôt, une autre image. *Ils sont devant l'église. Pekka ratisse des aiguilles de sapin, lève la tête, et, quand son regard rencontre le sien, il a le sentiment troublant de l'avoir déjà croisé.*

Oksman se força à se lever. Les muscles de ses jambes étaient lourds de crampes, il avait mal au flanc. Le voisin qui tapait sur son radiateur avait renoncé et tout était de nouveau silencieux.

Il retourna dans sa chambre, se laissa tomber sur son matelas et s'endormit.

44

Ça avait commencé à l'automne, au moment où les feuilles avaient jauni et commencé à tomber – et ça s'était aggravé en novembre, quand les premières gelées venues de l'est avaient gagné tout le pays. Les mares et les fossés s'étaient couverts de frasil et de la vapeur montait de la mer. Ses plaies avaient d'abord suinté, puis s'étaient mises à saigner de plus en plus abondamment.

Pekka Stetson avait pris peur.

Le médecin lui avait expliqué que la réouverture d'anciennes blessures était rare, mais pas exceptionnelle. Le froid desséchait la peau, qui desquamait. Il se formait sur le tissu cicatriciel une croûte qui pouvait, en cas de frottement, se mettre à saigner. Le médecin lui avait recommandé de veiller à l'hydratation de sa peau et à la propreté des plaies. L'essentiel était qu'elles ne s'infectent pas.

Mais Pekka savait qu'il ne s'agissait pas de croûtes, de tissu cicatriciel ou de sécheresse de la peau, et encore moins de frottement. Ses plaies s'ouvraient et se refermaient, tels des coquillages, sans aucune logique. Le sang coulait parfois comme du lait d'une brique renversée, et le lendemain ses paumes étaient propres et saines – puis saignaient à nouveau.

Et les hémorragies s'accompagnaient de rêves.

De violentes images d'une lointaine cité du désert et d'une colline couverte de crânes et d'os brisés qui se dressait à l'extérieur de ses remparts.

Elles aussi lui faisaient peur, car il craignait que ses rêves ne le rendent fou, ou, par moments, de déjà l'être.

À la fin du mois de mars, alors que les glaces de printemps s'entrechoquaient dans le fleuve et que les mésanges chantaient dans les bouleaux, il avait cessé d'avoir peur. Sa folie et tous ses délires de persécution s'étaient dissipés. Un matin, il avait vu un ange debout à côté de son lit, un vieil homme ridé avec un bonnet de laine sur la tête, qui irradiait d'une lumière brûlante. Il avait senti sa chaleur. L'ange n'avait rien dit, se contentant de le regarder et de le pointer du doigt. Les plaies de ses paumes, dans lesquelles son père avait planté des clous des années plus tôt, s'étaient soudain rouvertes et mises à couler comme des robinets de salle de bains, tachant ses draps et son pyjama.

Ç'avait été une période confuse. Il avait eu l'impression de vaciller sur une frontière invisible, avec d'un côté le passé et de l'autre un avenir masqué par des rideaux. Il ne parvenait pas à voir ce qui se cachait derrière.

En juin, tout s'était soudain éclairci. Les traces de clous de ses mains et de ses pieds, ses rêves et l'ange du Seigneur qui s'était tenu à côté de son lit. Tout était devenu simple, lumineux.

Dieu avait une mission pour lui. Le Seigneur l'avait désigné de son doigt, lui pauvre pécheur, et appelé à participer à sa lutte éternelle contre le mal.

Pekka Stetson alluma la lumière dans l'escalier qui descendait vers les locaux de la maintenance, et s'arrêta au bas des marches. Quelqu'un était venu là. Il pensa d'abord que c'était

Erkkilä, mais ce dernier était en congé maladie depuis la mort du pasteur, comme presque tous les autres employés. On aurait dit que la paroisse entière s'était effondrée d'un coup.

Fredriksson était apprécié de tous, lui y compris.

Le pasteur s'était toujours montré bienveillant envers lui et les autres, leur donnant le sourire et répandant la bonne humeur, mais c'était exactement de cette façon qu'agissait Satan, le Grand Imitateur : il se cachait derrière des milliers de masques. Face à lui, une profonde piété associée à une grande force était nécessaire pour reconnaître toutes les formes du mal et les combattre.

Le pasteur parlait de Jésus, de grâce, d'homosexualité et de pardon des péchés et amenait les gens à l'écouter. Il les inspirait. Beaucoup racontaient qu'il leur avait redonné foi et espoir. Mais c'était ainsi que parlait Satan. Grâce à ses paroles séductrices, il présentait le péché comme raisonnable et juste. Son but était d'inciter le peuple de Dieu à se révolter contre Lui. Il avait semé des germes de rébellion dans l'esprit d'Adam et d'Ève, qui s'étaient mis à argumenter : *Je sais ce que Dieu a dit. Mais je veux faire ce dont j'ai envie.*

Pekka alla dans le bureau qu'il partageait avec Erkkilä et fit le tour de la table. Rien n'avait l'air d'avoir été touché... sauf... Quelqu'un avait-il déplacé sa boule à neige représentant le Golgotha ? Oui. Il songea d'abord que c'était la femme de ménage, une obèse qui aurait eu besoin de prothèses des genoux et haletait dans les escaliers comme un fer à repasser à vapeur.

Mais ce n'était pas elle, car elle ne venait au sous-sol que le lundi – et si ce n'était ni elle ni Erkkilä, ce devait être quelqu'un d'autre.

Quelqu'un d'extérieur.

Le bureau était en désordre, mais Pekka y trouvait son compte. Et il aimait bien Erkkilä. Ce dernier s'occupait de la maintenance de la paroisse depuis plus de quarante ans. Il était désespérément lent et vieux jeu, et il avait parfois envie de le réveiller d'un bon coup de pied dans le cul, mais il était par moments capable de l'étonner par un savoir-faire et des connaissances dont lui-même ignorait tout. Le travail, en outre, n'était pas fatigant. Ils ne se disputaient jamais, ni n'étaient jamais pressés de faire quoi que ce soit. Erkkilä avait toujours le temps d'aider les autres et de bavarder, et jamais il n'élevait la voix ni ne lui donnait d'ordres, le traitant plutôt comme son égal et ne se lassant pas de lui expliquer à l'infini en quoi consistaient ses différentes tâches.

Un jour, Erkkilä lui avait montré comment ouvrir une serrure Abloy prétendument incrochetable avec deux bouts de jauge à huile de voiture. Il lui avait fièrement raconté que s'il filmait l'opération et envoyait la vidéo au fabricant, on lui en donnerait une telle somme qu'il n'aurait plus jamais besoin de travailler. Quand Pekka lui avait demandé pourquoi il ne la postait pas tout simplement sur YouTube afin de précipiter l'usine dans le chaos, Erkkilä était resté muet et l'avait regardé, stupéfait, comme le jour où il avait utilisé le bloc d'alimentation d'un vieil ordinateur, un lecteur de CD et un dissipateur thermique pour construire un laser brûlant dont la chaleur permettait de percer des ballons de baudruche ou d'enflammer des allumettes à trois mètres de distance.

Pekka pensait être passé maître dans l'art de jouer la comédie. Lui aussi portait des masques, et il ne s'autorisait à montrer une petite partie de sa véritable personnalité qu'à Erkkilä. Devant le pasteur, il avait joué les imbéciles, à l'école, les renfermés, et, à l'armée, il s'était contenté de sourire. Il avait compris très jeune toute la force du sourire – le masque des masques. Il était convaincu que l'empereur Néron avait souri en allumant l'incendie de Rome.

Pekka prit son téléphone portable et ouvrit l'application qui commandait aux caméras de surveillance. Il afficha l'image du bureau du sous-sol et sourit à l'objectif, au-dessus de lui. La caméra, qui fonctionnait avec un détecteur de mouvement, s'était allumée à quatorze heures trois. Il cliqua sur l'enregistrement vidéo et regarda le grand policier maigre au visage fermé pénétrer dans le bureau, accompagné de l'employée de la comptabilité, examiner ses affaires, fouiller dans son sac et noter les informations de sa feuille de temps. Ce qui le mit réellement en fureur, ce fut de voir ce sale flic aux allures de gardien de camp de concentration tripoter le Golgotha qu'il avait reconstitué.

Pekka arrêta l'image et agrandit le visage du policier. Il était sûr de l'avoir déjà vu. Pas le jour où lui et son collègue grassouillet se trouvaient dans le bureau du pasteur Mikael Fredriksson, mais avant cela.

Il en était absolument sûr.

Et il était certain que ça lui reviendrait à un moment ou un autre.

45

Oksman jeta son manteau sur le siège des visiteurs de son bureau et feuilleta les papiers qu'il avait laissés la veille sur la table, mais sans trouver ce qu'il cherchait. Sentant l'énervement le gagner, il inspira profondément avant de repasser tranquillement les piles en revue et, dans un tout autre endroit que celui où il pensait les avoir rangées, mit enfin la main sur les photos de groupe des appelés qu'ils avaient récupérées à la garnison de Niinisalo. Il y en avait cinq, avec sur chacune environ quatre-vingts soldats. Les sous-officiers et les aspirants étaient assis au premier rang. Les artilleurs venaient ensuite, alignés par ordre de taille. Tous avaient la même tenue de camouflage, un béret vert et la mine grave. Oksman s'arrêta un instant pour regarder les photos et se rappela son propre service militaire. Il avait apprécié les marches épuisantes, le froid et la chaleur, la faim, la discipline et la routine. Il avait voulu être sergent dans la police militaire et avait passé haut la main les tests de condition physique et d'intelligence.

Il songea que c'était la seule chose dont son père ait été fier à son propos.

Il sortit une loupe de son tiroir et se pencha pour examiner la première photo, visage par visage, s'arrêtant par moments sur l'un d'eux.

Sans se presser, il étudia chaque silhouette. Vers le milieu de la troisième photo, il s'arrêta longuement sur un appelé. Il rapprocha et éloigna tour à tour sa loupe, tentant d'améliorer l'image sur laquelle un jeune homme au regard farouche le fixait. Il étudia longuement ses traits, jusqu'à être sûr de son fait.

Pekka était facile à reconnaître à ses yeux légèrement enfoncés dans son crâne, son visage étroit et sa lèvre inférieure deux fois plus mince que la supérieure.

Oksman posa sa loupe sur la photo et s'appuya au dossier de sa chaise. Il sentait qu'il était près de la solution. Le rideau brumeux s'était écarté et sa vision était maintenant plus nette. Il se concentra au maximum et entreprit de passer au peigne fin les données dont ils disposaient.

Pekka, l'employé de la paroisse qui aidait le responsable de la maintenance, était à l'armée au moment où les grenades et les fusils d'assaut avaient disparu du champ de tir de Niinisalo – et le même Pekka se trouvait au Venus le soir de l'attentat. Il ne se l'était pas rappelé tout de suite, mais il l'avait vu de ses yeux. Le jeune homme y était. Il aurait pu le jurer.

Il se leva et alla trouver Niemi. Son bureau était vide, comme presque tout l'hôtel de police. Toutes les forces disponibles étaient mobilisées sur le terrain pour tenter de retrouver Kalevi et Veeti Aho. Oksman songea que ç'aurait dû être fait depuis longtemps, mais personne ne l'avait écouté. Il était peut-être déjà trop tard. Il espérait que non.

Il entra et passa derrière le bureau de Niemi. Des papiers concernant l'attentat traînaient devant son ordinateur portable. Oksman les examina rapidement. Ils avaient beau avoir l'air en désordre, il ne lui fallut pas longtemps pour comprendre la logique de leur ordonnancement. Les documents relatifs à la mort du pasteur se trouvaient à l'écart de ceux touchant à l'Envoyé, sur une table latérale. Il s'en saisit, écarta les rapports éprouvants à lire du médecin légiste et de la police scientifique et trouva au bas de la pile la liste des employés. Elle n'était pas longue, trente-neuf noms. Mais aucun Pekka.

Oksman fronça les sourcils. Il reposa les papiers, resta un instant planté là puis retourna dans son bureau. Il s'assit sur sa chaise et fit tourner son stylo entre ses doigts, le front creusé de profondes rides. Puis il alluma son ordinateur et chercha les coordonnées de la paroisse de Länsi-Pori. Il essaya de téléphoner au responsable de la maintenance des bâtiments, Taisto Erkkilä, mais tomba sur son répondeur. Il était apparemment toujours en congé maladie. Puis il remarqua dans la liste le nom de Niina Ihalainen, avec qui il avait parlé et qui l'avait accompagné au sous-sol.

Elle décrocha à la troisième sonnerie.

« Henrik Oksman, de la police régionale du Sud-Ouest. Nous avons eu une conversation, ce matin, à propos de la mort du pasteur Fredriksson. »

Oksman sentit une réticence dans sa voix quand elle lui assura se souvenir de lui, et conclut que ce devait être dû à leur incursion dans le bureau du responsable de la maintenance. Il savait que les relations sociales n'étaient pas son fort.

« Erkkilä a un assistant, Pekka, dit-il. Je ne le trouve pas dans la liste des employés de la paroisse. J'ai besoin de son nom et de son adresse.

– Pourquoi vous adressez-vous à moi ?

– Je n'ai réussi à joindre personne d'autre, mentit Oksman.

– Il est soupçonné de quelque chose ?

– Absolument pas. C'est juste que son nom n'est pas sur la liste, mais je me suis rappelé que vous l'aviez mentionné, et nous voudrions le contacter lui aussi. Simple formalité. Et au fait, est-il venu travailler aujourd'hui ?

– Je n'en suis pas sûre… enfin si, je crois l'avoir vu ce matin devant l'église. »

Oksman entendit de légers bruits puis un cliquetis de clavier d'ordinateur, suivi d'un moment de silence.

Il saisit, par pure habitude, un crayon et un bout de papier, même si en réalité il n'en avait pas besoin, et attendit.

« Stetson, Pekka Aatos Rafael, né le 9 décembre 1997, annonça Niina Ihalainen. Ça vous suffit ? »

Oksman déglutit et nota le nom. Son sang bouillonnait et son stylo faillit lui échapper.

Stetson. « Auriez-vous son adresse ? » demanda-t-il, mais sa voix était si enrouée qu'il dut tousser pour l'éclaircir.

« Jussitie 456, à Pori.

– Merci. Ça me suffit », dit Oksman, et il raccrocha. Son pouls s'était accéléré, son cœur battait dans sa poitrine comme un chronomètre détraqué.

SOS Veeti Aho. Dans la cave. Stetson. L'Envoyé. SOS

Les pièces du puzzle se mettaient en place à une vitesse folle. Oksman les entendait s'entrechoquer dans son cerveau.

Stetson

Ce n'était pas un chapeau, mais un nom de famille.

La boule à neige, sur le bureau, représentant le Golgotha.

Oksman ouvrit dans son ordinateur le fichier de données personnelles de la police et entra le nom de Stetson dans le champ de recherche. Il constata que Pekka n'avait pas de casier judiciaire et ne trouva aucune autre mention particulière le concernant. Son adresse correspondait à une maison en bois typique des années soixante, recouverte d'un bardage de fibrociment, dans le quartier de Tuorsniemi. La propriété était enregistrée au nom de Risto Elmeri Stetson, né en 1959.

Apparemment, ce dernier y vivait seul avec Pekka et n'avait pas non plus d'infractions à son actif.

Oksman conclut rapidement que Risto devait être le père de Pekka. Il était bien sûr aussi possible qu'ils soient mariés, mais avec leur différence d'âge, c'était peu vraisemblable. Pour plus de sûreté, Oksman vérifia la chose sur le site de l'état civil et constata que la mère de Pekka, l'épouse de Risto, était décédée en 2007, à l'âge de quarante-deux ans.

D'après Google Maps, la maison était isolée. Il n'y avait autour que de la forêt et des champs où serpentait la route qui y menait. Celle-ci semblait aussi s'y terminer. La photo aérienne était déjà vieille de quelques années, et floue, mais Oksman pu distinguer un bâtiment principal ainsi qu'une longue dépendance et deux petites constructions dans le jardin. On apercevait aussi un véhicule dont il était impossible de voir la marque, mais ce n'était en tout cas pas une camionnette.

Oksman plissa le front et se tapota les lèvres avec son stylo.

Il agrandit autant que possible l'image et tenta de distinguer des détails, mais se heurta à une bouillie de pixels. Il lui semblait pourtant que quelque chose d'étrange se dressait à un bout de la maison. Il ne voyait pas ce que c'était. Ça ressemblait à un arbre, mais ce ne pouvait pas être ça, il aurait été bien trop près de la maison. Puis il comprit. Une gigantesque antenne râteau, ou une antenne-relais. Les poils de sa nuque se hérissèrent. Soudain, la vision d'ensemble se précisait.

Il restait cependant encore beaucoup de points d'interrogation.

Ils avaient été persuadés que l'Envoyé agissait en solitaire, car il n'y avait aucun signe d'un complice. Mais Pekka ne vivait pas seul dans la maison. À moins qu'il n'ait habité tout à fait ailleurs. Quoi qu'il en soit, ils avaient cette fois une piste à suivre. Et même plusieurs. Ils avaient un suspect et une adresse.

Oksman examina encore un instant la photo aérienne. On aurait dit que la maison se trouvait dans un petit vallon, entourée de tous les côtés par une forêt à la densité impossible à évaluer sur l'image. Entre elle et les bâtiments, Oksman remarqua une petite prairie. Il changea de point de vue et repéra un chemin forestier qui s'écartait de la route principale à environ cinq cents mètres de l'allée du jardin des Stetson et se terminait à moins de deux cents mètres de la maison, près de la prairie. C'était la seule voie par laquelle il était possible d'approcher sans se faire remarquer. Il jeta un coup d'œil à sa montre. Chaque seconde était précieuse. Si Veeti Aho et son père étaient encore en vie, ils n'avaient pas un instant à perdre. L'heure tournait. Elle tournait sur les montres, les pendules de l'hôtel de police et l'horloge de la mairie, mais surtout dans la cellule de Veeti Aho. Le temps était un luxe dont ils ne disposaient pas.

Oksman alla prendre son pistolet dans l'armoire à armes, le chargea et enfila son holster. Puis il sélectionna sur son portable le numéro de téléphone de Paloviita.

46

Le dimanche 14 juillet 2019 à onze heures vingt-huit, quand le téléphone de Paloviita sonna, il était en train de faire des crêpes pour Sini et Sara. Terhi se prélassait en peignoir, allongée sur le dos sur le canapé du séjour, un épais roman de Kalle Päätalo à la main. Elle ne portait pas de chaussettes et, en regardant ses ongles de pied laqués de rouge vif, Paloviita songea qu'il ne connaissait rien de plus sexy. Terhi avait relevé sur son front les lunettes de lecture qu'elle utilisait depuis six mois. Il sourit en la voyant plisser les yeux pour mieux voir et déplacer le livre de haut en bas.

Il laissa tomber dans la poêle en fonte une noix de beurre qui se mit aussitôt à grésiller et roussir sur les bords. Il versa la pâte sur le beurre brûlant en un fin ruban, de manière que le pourtour de la crêpe forme une dentelle croustillante. Les filles étaient assises à table et dévoraient déjà leur première portion. Malgré la hotte aspirante, de la fumée bleue ondulait au ras du plafond et Paloviita alla mettre la ventilation plus fort.

« Terhi, il y en a aussi pour toi », cria-t-il en direction de séjour en faisant glisser dans une assiette la crêpe qui rissolait dans la poêle.

Terhi s'assit, retourna son livre ouvert sur le canapé, bâilla et les rejoignit à pas lents dans la cuisine. Paloviita posa l'assiette devant elle et lui servit un verre d'eau gazeuse.

« Tu n'as pas oublié que je vois Anna-Kaisa aujourd'hui ? » demanda-t-elle en roulant avec son couteau un grand morceau de crêpe et en le trempant, du bout de sa fourchette, dans de la crème fouettée et de la confiture de fraises. Celle-ci déborda du coin de ses lèvres quand elle mordit dans le tout. Paloviita détacha une feuille du rouleau d'essuie-tout et la débarbouilla. Terhi le fixa d'abord étonnée, puis sourit.

« Bien sûr que non », répondit-il en jetant un coup d'œil au calendrier, sur la porte du réfrigérateur, où ils notaient leurs rendez-vous. En réalité, il avait eu le temps d'oublier que Terhi avait prévu d'aller chez sa meilleure amie. Cette dernière avait donné naissance à un petit garçon au printemps, et elle n'avait pas encore vu le bébé. La visite avait été reportée plusieurs fois.

Sur la desserte, le portable de Paloviita sonna. Il tourna la tête dans sa direction, puis dans celle de Terhi, dont la bouchée suivante resta suspendue en l'air. Il vit des éclairs jaillir de ses yeux, qui disaient : *ne réponds pas*.

Il baissa le feu sous la poêle et s'approcha du téléphone qui vibrait sur la table. « C'est Oksman », dit-il, et il regarda la pendule, qui indiquait onze heures et demie. Rapide coup d'œil au calendrier – Terhi et Anna-Kaisa n'avaient rendez-vous qu'à seize heures.

« Laisse-le sonner, ordonna-t-elle. Tu es en congé. »

Paloviita décrocha, porta le téléphone à son oreille et resta pétrifié. Les explications d'Oksman durèrent deux minutes, pendant lesquelles il ne dit pas un mot. Le beurre dans la poêle se mit à fumer. Terhi interrompit son repas pour remplacer son mari aux fourneaux.

« Un quart d'heure maximum, dit Paloviita. Non, j'ai mon arme ici… Oui, je vois où c'est… Donc le croisement suivant dans la même direction, oui, j'y suis allé quelquefois pour cueillir des myrtilles… Qui d'autre ? À tout de suite. »

Il raccrocha, glissa l'appareil dans sa poche et resta quelques secondes immobile. Ses lèvres se plissèrent et son front se rida. Son cerveau cherchait l'itinéraire le plus logique à suivre. Il regarda les filles, qui avaient les mains et le visage couverts de sucre, de crème fouettée et de confiture de fraises – puis Terhi, qui ne prit même pas la peine de se tourner vers lui. Il fila au pas de course dans le vestibule et enfila son blouson. Il sortit son pistolet de l'armoire à armes, le vérifia et le glissa à sa ceinture, genre gangster, attrapa ses clés et prit dans le sac à main de Terhi les clés du Honda, songeant qu'un quatre-quatre pourrait s'avérer utile, et se rua dehors. Il sortit en marche arrière de l'allée, rangea son pistolet dans la boîte à gants, passa la première et accéléra. Ce n'est qu'à mi-chemin qu'il se rendit compte qu'il avait aussi dans la poche les clés de la Mercedes. Trop tard, il n'y pouvait plus rien. Son pouls s'accéléra et son cerveau se concentra sur la tâche qui l'attendait, se fermant à toute autre pensée. Ç'avait toujours été son don, en tant que policier. Le moment venu, il était présent à cent pour cent. Et en dehors de son travail, il n'y avait plus que du noir.

47

Oksman prit le chemin forestier qui descendait en pente douce à travers une clairière de coupe, tournait vers l'est et pénétrait dans une jeune pinède, où Paloviita l'attendait près de sa voiture, fumant une cigarette. Il s'arrêta à côté du Honda et ouvrit la portière. L'air sentait la résine et les aiguilles de pin. La forêt semblait sèche, prête à s'enflammer à la moindre étincelle.

Paloviita laissa tomber son mégot par terre et l'écrasa sous la semelle de sa chaussure.

« Où est-ce que c'est ? » demanda Oksman, qui voyait pour la première fois son coéquipier fumer, mais s'abstint de tout commentaire.

Paloviita fit un signe de tête en direction du pied de la colline. « À deux cents mètres environ. Il y a une petite prairie, la maison est tout de suite derrière, dans un vallon. J'ai eu le temps d'aller jeter un coup d'œil.

– Tu as vu une voiture ?

– Non, mais elle peut être garée derrière la maison. On ne voit pas jusque-là, depuis la prairie, et elle peut aussi être dans l'une des dépendances. »

Ils restèrent un moment silencieux. Entre les arbres, il n'y avait pas un souffle de vent. Paloviita ouvrit la portière de sa voiture et sortit son pistolet de la boîte à gants. Oksman hocha la tête et tapota son holster.

« Vers où donnent les fenêtres ? demanda-t-il.

– Dans toutes les directions.

– La prairie fait quelle largeur ?

– Cinquante mètres, peut-être moins. Il y a des buissons et des pommiers dans le jardin. »

Ils se mirent en mouvement, quelques branches mortes craquèrent. Le gazouillis des oiseaux couvrait tous les autres bruits. Le terrain descendait, puis remontait. Ils s'accroupirent à la lisière de la forêt, là où Paloviita était déjà venu repérer les lieux. Oksman constata tout de suite que la prairie était plus large qu'il ne l'avait estimé. Au moins soixante-dix mètres, peut-être plus. Il y poussait des angéliques sauvages, des épilobes et de hautes herbes leur arrivant à la taille.

De l'autre côté, un chemin conduisait droit dans le jardin, puis contournait la maison – un pavillon décrépi revêtu de fibrociment, au toit moussu. Derrière, un long bâtiment en planches abritait une écurie et un bûcher, et un deuxième, plus petit, bordait l'allée. Le plus remarquable était cependant l'immense antenne adossée au mur, qui s'élevait à dix mètres au-dessus du faîte du toit, couronnée par une sorte de cage évoquant une nasse à poissons reliée par plusieurs câbles métalliques de dizaines de mètres de long à la cime des arbres du jardin. Ce dernier était bien entretenu, mais la pelouse n'avait pas été tondue depuis au moins deux semaines. Paloviita sortit ses mini-jumelles de sa poche, scruta la maison et les tendit à Oksman, qui observa à son tour les lieux.

« Les fenêtres sont occultées de l'intérieur, dit Paloviita.

– Ça ne veut pas dire qu'on ne voit pas à travers.

– Qu'est-ce qu'on fait ? »

En réponse, Oksman se coula, courbé en deux, dans les hautes herbes. Paloviita attendit quelques secondes et le suivit, sur une trajectoire décalée d'une dizaine de mètres vers la droite. Au milieu de la prairie, ils s'arrêtèrent et posèrent un genou à terre. Paloviita sortit de nouveau ses jumelles et examina la maison. Aucun mouvement. Il hocha la tête, et ils reprirent leur progression. Ils avançaient de front, s'efforçant de rester à l'ombre d'éléments du paysage, arbres ou buissons. Ils accélérèrent en arrivant à la pelouse avant de s'arrêter, appuyés au mur de fibrociment, pour calmer leur pouls. Puis ils entreprirent de faire le tour de la maison. Ils se baissaient pour passer sous les fenêtres, tapissées de l'intérieur à l'aide d'épais papier et de ruban adhésif. Ils s'arrêtèrent du côté du pignon, au pied de l'antenne, et scrutèrent son sommet. Elle devait mesurer au moins vingt mètres et la cage de métal qui se balançait en haut, au moins cinq mètres de diamètre. Mais le plus étrange était les câbles métalliques qui s'en échappaient en tous sens tels des fils de soie depuis le cœur d'une toile d'araignée.

Le mur du côté de l'allée était équipé d'une rangée de six unités extérieures de climatiseur qui grondaient en soufflant de l'air chaud. On ne voyait ni voiture ni âme qui vive, rien ne bougeait. On distinguait à travers le ronflement des machines, quelque part dans les frondaisons des arbres, le gazouillis familier d'un pinson.

Ils s'accroupirent côte à côte. « On dirait qu'il n'y a personne », murmura Paloviita

Oksman fit un signe de tête en direction de la dépendance et Paloviita acquiesça du menton. Ils jetèrent un coup d'œil aux fenêtres du bâtiment principal puis traversèrent l'allée jusqu'à l'arrière de l'écurie. Ils étaient de nouveau dans la forêt, mais elle ne sentait ni la résine ni les aiguilles de pin, juste l'humus, l'urine et la crasse. La porte, de ce côté, était fermée par un gros cadenas. Oksman sortit de sa poche un crochet électrique et l'y enfonça. L'appareil bourdonna et cliqueta, le cadenas s'ouvrit. Ils entrèrent dans un bûcher obscur, et Paloviita alluma la torche de son téléphone. L'endroit était à moitié vide. Un bric-à-brac d'objets hors d'usage s'empilait le long des murs. Il régnait une puissante odeur de terre, de poussière et de papier en décomposition.

Une vieille tondeuse à gazon rongée par la rouille dont le moteur avait été démonté traînait dans un coin. Des chaises à patins, des pulkas d'enfant et de vieux skis et bâtons étaient accrochés au plafond. Ils traversèrent le bûcher jusqu'à la porte du fond. Paloviita l'essaya. Elle n'était pas fermée à clé et donnait dans un garage exigu et graisseux. Oksman constata qu'il n'y avait pas de fenêtre et actionna l'interrupteur, à côté de la porte. De vieux néons grésillèrent et rougeoyèrent avant de briller de toute leur puissance et d'éclairer l'ancienne écurie comme un bloc opératoire.

Une Volvo noire série 700 trônait au milieu du garage. Paloviita passa devant et vérifia son numéro d'immatriculation, tout en sachant déjà qu'elle appartenait à Kalevi Aho. Plus aucun doute, ils étaient au bon endroit.

Ils s'approchèrent de l'établi. Tout un tas de composants électroniques y traînaient : écheveaux de câbles, circuits imprimés, blocs d'alimentation, condensateurs. Un déambulateur à roulettes prenait la poussière dans un coin. Paloviita et Oksman échangèrent un signe de tête. Ils n'avaient pas besoin de mots pour se comprendre. Oksman éteignit la lumière et ils sortirent par où ils étaient entrés. Une fois dehors, il emplit avidement ses poumons d'air frais.

Paloviita aperçut quelque chose entre les arbres. Ils allèrent voir. Une clairière s'ouvrait au milieu d'une muraille de bouleaux et de trembles.

Au centre, un amas de terre fraîchement remuée.

Paloviita le tâta de la pointe de sa chaussure, puis retourna chercher une pelle dans le bûcher. Il hésita quelques secondes avant de la planter dans la terre meuble. Il n'eut pas à soulever plus de deux ou trois mottes avant que n'apparaisse un bout de tissu noir. Ils se regardèrent. De la pointe de la pelle, Paloviita gratta avec précaution la terre recouvrant le tissu, et une montre d'homme apparut, encore attachée au poignet de son propriétaire. Il recula en chancelant et tendit la pelle à Oksman. Ce dernier continua de creuser. Il dégagea un visage d'homme terreux, déjà en partie décomposé. Une patte d'insecte dépassait de sa narine. Oksman jeta la pelle, qui tomba dans la bruyère.

« Appelle Niemi et dis-lui où nous sommes, et qu'on a trouvé le corps de Kalevi Aho, lui enjoignit Paloviita. Et qu'il envoie deux patrouilles à l'église de Länsi-Pori, et précise bien que Pekka Stetson est très probablement armé et dangereux. »

Oksman hocha la tête et sortit son téléphone de sa poche. Paloviita attendit qu'il ait raccroché, ce qui prit environ trois minutes.

« D'après ce qu'on sait, le père de Pekka Stetson, Risto, est invalide. Il est sans doute dans la maison, même si son fils n'est pas là », déclara Oksman.

Paloviita hocha la tête. Il se rappelait le déambulateur dans le coin du garage.

« Niemi nous a formellement interdit de faire quoi que ce soit et de toucher à quoi que ce soit, dit Oksman.

– Et l'église ?

– Il a dit qu'il y envoyait quelqu'un.

– Quelqu'un ? »

Oksman haussa les épaules. « Ils essaient de rassembler du monde.

– On va voir si la porte est fermée ? suggéra Paloviita.

– Elle est peut-être piégée. »

Paloviita eut un petit rire. La possibilité ne lui était même pas venue à l'esprit. Puis il se souvint des restes de détonateur trouvés dans la camionnette que Raunela leur avait montrés à la réunion qui s'était terminée par l'évanouissement d'Oksman.

Ils attendirent, puis le téléphone d'Oksman sonna et il le porta à son oreille. La conversation fut brève. Il remercia pour l'information et fourra l'appareil dans la poche de son jean.

« Pekka Stetson n'est pas à l'église et sa voiture n'est pas sur le parking. Elle y était encore ce matin, paraît-il.

– Comment est-ce qu'ils l'ont su si vite ?

– Ils ont téléphoné à quelqu'un de la paroisse. »

Soudain, la lourde porte blindée de la maison cliqueta et s'entrouvrit d'une vingtaine de centimètres. Oksman et Paloviita sortirent instinctivement leurs armes. Ils fixèrent la porte, attendant que quelqu'un sorte. Rien ne se passa. Le vent soufflait dans le jardin, faisant bruire les feuilles des arbres et l'herbe déjà haute.

Les secondes se transformèrent en minutes. Aucun d'eux n'osait bouger. Puis Paloviita cria : « Police ! Sortez, les mains en évidence ! »

Rien.

« C'est la police ! Sortez les mains en l'air ! répéta Oksman. La maison est cernée ! »

Toujours rien.

« Et si c'est l'invalide et qu'il ne peut pas bouger ? suggéra Paloviita.

– Comment est-ce qu'il aurait ouvert la porte ? »

Les marches en béton du perron étaient recouvertes de mousse et de lichen. On ne voyait nulle part de rampe d'accès ou autre équipement pour handicapés.

Paloviita allait crier une troisième fois, mais renonça et se redressa.

« Baisse-toi ! grogna Oksman. Tu vas te prendre une balle dans le front ! »

Paloviita s'approcha du gravier et s'arrêta. Il s'attendait à ce que d'une seconde à l'autre une balle lui transperce la poitrine, mais rien ne se produisit. Les feuilles des trembles murmuraient derrière le bûcher. Il avança encore de deux pas. Son cœur battait si fort qu'il avait peur qu'il pompe à vide et s'arrête.

Oksman se redressa et le rejoignit. Ils se regardèrent et, comme d'un commun accord muet, traversèrent au petit trot l'espace découvert. Ils couraient pliés en deux, leurs armes pointées vers le sol, craignant à chaque instant de recevoir une pluie de balles, mais aucun déluge de feu ne s'abattit sur eux, et pas une grenade ne vola dans leurs jambes par l'entrebâillement de la porte.

Ils touchèrent en même temps le haut soubassement de la maison, chacun d'un côté du perron. Paloviita haletait comme une locomotive à vapeur, mais plus sous l'effet du stress que de l'effort. Il vit la mine tout aussi tendue d'Oksman. Ils échangèrent un signe de tête.

« Police ! Sortez, les mains en évidence ! »

Rien.

Oksman saisit la rampe et mit le pied sur la première marche. Paloviita tenait son pistolet pointé sur l'entrebâillement de la porte. Une goutte de sueur coula de son front sur son sourcil et de là dans le coin de son œil, le forçant à fermer les paupières. Il avait l'impression que son appareil auditif était sur le point de glisser de son oreille.

Oksman grimpa jusqu'à la lourde porte et la poussa. Elle s'ouvrit lentement. « Police ! Nous entrons ! » cria-t-il dans l'obscurité.

Paloviita jeta un coup d'œil à sa montre. Les renforts seraient bientôt là, mais si Veeti Aho était toujours en vie, pouvaient-ils se permettre d'attendre ne serait-ce qu'une minute de plus ? Non, bien sûr. En cet instant, il aurait voulu plus que tout l'appui de policiers en tenue d'assaut et surtout de chiens. Il ne voulait pas mourir là. C'est alors seulement qu'il comprit quelle énorme erreur ils avaient commise, mais il était trop tard, car Oksman disparaissait déjà dans la maison. Il se précipita sur ses talons, prêt à tirer.

À l'intérieur, il faisait sombre – et froid. Il régnait une odeur piquante de moisi et de personnes âgées, proche du remugle de cave qu'Oksman sentait chaque fois qu'il allait chez ses parents, mais mêlée à un autre effluve. Ils le sentirent tous deux et haussèrent les sourcils. Ils le connaissaient. Plus ils avançaient, plus l'air était froid. Leurs poils se dressèrent. Paloviita expira par la bouche. Son souffle s'embua comme s'ils s'étaient trouvés dans un réfrigérateur.

Ils restèrent longtemps à écouter dans le couloir obscur, sans fenêtres. Des profondeurs de la maison montait un grondement sourd évoquant le compresseur d'un congélateur géant. Paloviita jeta un coup d'œil à la porte, derrière lui. Elle mesurait dix centimètres d'épaisseur et était équipée d'une serrure électrique à clavier, que quelqu'un venait donc d'ouvrir – peut-être, songea-t-il, au moyen d'une télécommande.

Des sirènes d'alarme se mirent à sonner dans son cerveau.

À hurler, même.

Ils avancèrent en silence. Ce n'était plus le moment de crier des sommations. S'il y avait quelqu'un dans la maison, mieux valait ne pas lui révéler où ils se trouvaient.

Ils parvinrent au bout du couloir. Il y avait d'un côté le séjour, de l'autre la cuisine et, face à eux, une porte fermée et un escalier ouvert menant à l'étage. Ils se séparèrent. Oksman se dirigea vers la cuisine, Paloviita vers le séjour.

Ce dernier ne ressemblait à rien de ce qu'il aurait pu imaginer. Il était meublé comme une église ou une chapelle – ou comme quelque chose de tout à fait différent : les fenêtres étaient cachées par des panneaux de contreplaqué vissés aux montants. Les murs, à l'exception de celui du fond, étaient recouverts du sol au plafond d'icônes, de croix et de crucifix accrochés en désordre sans aucune logique. Il y en avait des milliers. Des grands et des petits, en bois, en métal, en plastique, en porcelaine, de toutes les couleurs et de tous les genres. Des visages de Christ sereins, douloureux, sanglants, suppliants, grimaçants, souriants. Il y en avait tant qu'on ne voyait qu'ici ou là les murs eux-mêmes.

Sur la dernière paroi, aveugle, n'était suspendu qu'un seul crucifix, d'environ soixante-dix centimètres de haut. Un autel de la taille d'une table basse, où reposaient une bible, un chandelier et une boîte d'allumettes, se dressait devant lui. La moquette grenat était jonchée de mouches mortes et d'une couche de poussière si épaisse que les pas de Paloviita la faisaient voleter.

Il leva les yeux vers le plafond tapissé de dalles acoustiques jaunies et gondolées par l'humidité. Une légère odeur de fréon flottait partout, mais il distinguait, dessous, un autre relent.

Des croix et des crucifix pendaient aussi au plafond, aux côtés d'une simple ampoule de cent watts accrochée à deux fils électriques. Paloviita regarda de nouveau le grand crucifix du mur du fond, à coup sûr le plus étrange du monde. La croix était faite de gros madriers taillés à la hache, mais l'effigie grotesque qui y était clouée par les mains et les pieds ressemblait à un bonhomme en pâte à modeler façonné par un enfant. Le corps et le visage étaient faits d'une sorte de cire, qu'on avait ensuite maladroitement peinte. La chair de la tête baissée de Jésus avait l'air d'avoir coulé et d'être prête à tout moment à se détacher de son crâne, ou de ce qui en tenait lieu. Au milieu du visage, deux trous évoquant des plaies béantes figuraient les yeux. Les coups de pinceau étaient eux aussi grossiers, presque violemment bâclés. La peinture rose craquelée de la peau avait été éclaboussée de rouge pour figurer le sang, et la couronne d'épines confectionnée avec du fil de cuivre dénudé.

Un grondement sourd montait des profondeurs, faisant vibrer et résonner les murs et le plancher. Ce devait être, songea Paloviita, une grosse machine, ou une pompe. Il savait que c'était là qu'ils devaient plonger. Dans la cave, dans le centre névralgique de la maison. C'était là, quelque part, que se trouvait Veeti Aho, toujours vivant, espérait-il. Mais avant cela, ils devaient sécuriser le reste des lieux.

Le regard rivé sur les yeux du Christ en croix, il s'avança d'un pas dans sa direction et entra dans le champ d'un détecteur de mouvements. Trois spots s'allumèrent sur le mur du fond, éclairant le Jésus de cire tel un comédien entrant en scène. Un craquement se fit entendre dans un coin, Paloviita se retourna, pointant son arme vers le tourne-disque posé sur une desserte dont l'écran vert venait de s'allumer. L'appareil cliqueta, son plateau se mit en mouvement. L'aiguille de son bras descendit lentement vers le disque qui y tournait et se posa à sa surface.

Les haut-parleurs disposés tout autour de la pièce murmurèrent et crachotèrent, puis des bassons retentirent. Paloviita reconnut le *Requiem en ré mineur* de Mozart. Quand le chœur et les timbales s'y joignirent, la musique enfla, si forte que les icônes et les crucifix accrochés aux murs tremblèrent. Oksman se rua dans la pièce, s'arrêta à la porte et resta lui aussi à fixer l'étrange spectacle. Les violons jouaient à déchirer les tympans et les aigus de la soprano perçaient à travers la puissance de l'orchestre.

Paloviita en avait la chair de poule. Il aurait voulu se précipiter dehors, à l'air libre, mais il ne pouvait pas laisser Oksman seul. Sans parler de l'enfant qui moisissait peut-être, en vie, dans les entrailles de cette maison de fous.

Le Jésus de cire du mur du fond se mit à bouger, grinçant et cliquetant. Il leva la tête et regarda droit devant lui. Des lumières bleues s'allumèrent dans ses yeux, sa bouche s'ouvrit et une lueur bleutée s'en échappa. Il se mit à gigoter et à se tortiller sur sa croix, agitant la tête de haut en bas et de droite à gauche et arquant le dos. Ses bras et ses jambes s'agitèrent comme s'il tentait de s'arracher aux clous, tandis que sa bouche s'ouvrait et se fermait, à croire qu'il criait de douleur.

Oksman traversa la pièce et coupa la musique. Les lumières du mur du fond s'éteignirent, le Christ cessa de se trémousser, la lumière bleue de ses yeux s'éteignit et il baissa la tête, qui resta à pendre tristement, appuyée à son épaule.

Oksman et Paloviita se regardèrent. L'effroi et le dégoût se lisaient sur leur visage. Ils échangèrent un signe de tête. Oksman retourna dans le couloir et, de là, dans la cuisine. Paloviita se dirigea vers la porte latérale du séjour.

Oksman parcourut la cuisine du regard. Il se rappelait ce que disait le profil psychologique de l'Envoyé : il était probablement armé et n'hésiterait pas à user de violence. Il n'oubliait pas non plus que six grenades manquaient toujours à l'appel.

La cuisine était dans un désordre indescriptible. L'évier croulait sous les assiettes, les poêles et les casseroles sales dont les restes de nourriture séchés se couvraient déjà de moisissures vertes. Personne n'avait fait le ménage depuis longtemps, sans doute des années. Un frisson de dégoût parcourut Oksman.

Il s'avança prudemment. L'unique fenêtre était obturée par un panneau de contreplaqué dont le bord laissait filtrer un mince rai de lumière tombant sur un calendrier mural bloqué sur mai 2011. Deux béquilles étaient posées dans un coin, recouvertes de toiles d'araignées.

Des livres et des journaux traînaient sur la table. Le gros ouvrage du dessus s'intitulait *Physics for the IB Diploma*. Oksman l'écarta avec précaution pour voir celui, moins épais, qui se trouvait dessous. C'était un livre pour enfants d'Astrid Lindgren.

La cuisine donnait accès à la chambre du fond, tout comme le séjour. Oksman se mit intérieurement en garde contre le risque de tirer par erreur sur son coéquipier, en espérant que ce dernier y penserait aussi.

Il s'approcha de l'embrasure de la porte. N'importe qui aurait pu se trouver au fond de la pièce sans qu'il le voie. L'obscurité exhalait de l'air froid. Il hésita à allumer la lumière et retira une première fois la main de l'interrupteur, mais alluma finalement le plafonnier.

Une lumière jaunâtre jaillit, l'obligeant à cligner des yeux.

Paloviita, qui arrivait au même moment du séjour, baissa son arme. Oksman remarqua sa pâleur, son air effrayé, ses yeux écarquillés et ses pupilles dilatées par l'adrénaline.

La chambre était aussi à l'abandon que le reste de la maison. En s'écroulant, la bibliothèque avait déversé sur le tapis jonché de crottes de souris et de rat une montagne de livres et de débris d'étagères en aggloméré. Une grande table couverte d'appareils électroniques démontés – écrans d'ordinateur et de télévision, blocs d'alimentation, circuits intégrés, câbles électriques – et de fers à souder, pinces et loupes se dressait devant le mur du fond. Au-dessus, un œil bleu gigantesque, peint à la bombe, fixait celui qui s'y activait.

Paloviita allait s'emparer d'un écheveau de câbles quand il s'immobilisa soudain. Il regarda Oksman. Ils restèrent un instant à se fixer. Sur le coin de la table, derrière tout le bric-à-brac, il y avait une caisse en bois verte. Paloviita s'en approcha. Elle n'avait pas de couvercle. Il leva les doigts de la main gauche. Sa bouche forma en silence un mot : *cinq*.

Oksman hocha la tête, il avait compris. La caisse contenait cinq grenades. Le savoir n'était guère rassurant. Il pointa le doigt vers le plafond.

Paloviita acquiesça d'un signe de tête. L'étage.

Ils retournèrent dans le vestibule en passant par la cuisine. La porte d'entrée était toujours entrouverte. Un rai de lumière vive pénétrait par l'entrebâillement, éclairant le vestibule. Paloviita tendit l'oreille, tentant de percevoir des bruits de sirènes, avant de réaliser que bien sûr, les renforts ne les actionneraient pas.

Le téléphone portable de Pekka Stetson vibra et bipa. Il fronça les sourcils. Personne n'avait son numéro, et la carte SIM qu'il avait clonée était impossible à tracer. Le signal ne pouvait signifier qu'une chose. Il sortit l'appareil de la poche de son jean et le déverrouilla.

Une image de la caméra de chasse qui filmait le chemin forestier derrière sa maison apparut sur l'écran. Il y passait un SUV urbain noir de marque Honda-CRV, qui s'arrêta juste sous la caméra. Un homme d'une quarantaine d'années, pourvu d'une légère bedaine, en descendit, sortit un paquet de cigarettes de sa poche et en alluma une. La caméra était d'excellente qualité, mais Pekka ne parvenait pas à distinguer son visage. Il était cependant certain de deux choses : il l'avait déjà vu, et il n'était pas venu cueillir des baies dans cette tenue. Il se connecta aux douze caméras de chasse qu'il avait installées autour de la propriété et vérifia qu'elles étaient toutes en état de marche et qu'il n'y avait pas d'autres intrus dans le coin. Pour l'instant, tout était en ordre. Il fixa l'homme qui faisait nerveusement les cent pas à côté de sa voiture et alla ensuite uriner au pied d'un arbre tout en fumant sa cigarette. Pour la première fois depuis longtemps, Pekka Stetson hésita. Devait-il rentrer chez lui, ou le risque était-il trop grand ?

Puis une autre voiture apparut sur l'écran, une Saab, qui roulait lentement sur le chemin forestier. Elle s'arrêta derrière le Honda. Un homme en descendit et il ne fallut à Pekka qu'un coup d'œil pour reconnaître l'inspecteur principal Henrik Oksman. Il savait aussi maintenant qui était le premier homme : son coéquipier, le rondouillard équipé d'un appareil auditif qui était venu à l'église parler avec le pasteur Mikael Fredriksson. Il regarda encore l'écran pendant une minute, pétrifié. Le gras du bide prit son pistolet dans sa voiture et les deux policiers se dirigèrent lentement, côte à côte, vers sa maison.

Pekka fourra son téléphone dans sa poche et monta dans son Ascona, garée derrière l'église. Il prit la direction de Tuorsniemi. En chemin, il alluma le talkie-walkie qu'il avait fabriqué à l'aide d'un vieux téléphone VHF et d'un récepteur numérique et écouta les communications de la police. Rien pour l'instant. Dieu était toujours avec lui. À mi-chemin, il sortit son pistolet de la boîte à gants. Il n'avait pas besoin de vérifier s'il était chargé. Il savait qu'il l'était. Il le posa sur le siège passager à côté du talkie-walkie, sortit son portable et tapota un message à l'intention de l'ordinateur central de la cave de sa maison.

Il appuya sur l'accélérateur. Pas trop, pour ne pas attirer l'attention.

Oksman passa une nouvelle fois devant. La première marche protesta sous son poids. Merde ! Ils progressaient lentement. L'escalier grinçait et gémissait, leur respiration s'embuait et leur nez coulait. La fenêtre au bout du couloir de l'étage n'était pas occultée et laissait entrer la lumière du jour. L'humidité s'était condensée sur la vitre, des gouttes coulaient sur le mur jusqu'au sol.

Avec le canon de son arme, Paloviita entrouvrit la porte de la salle de bains. La pièce était pleine de bric-à-brac. Le lavabo débordait de circuits intégrés et d'écheveaux de câbles. La cuvette en porcelaine, fendue, ressemblait à un crâne à la mâchoire inférieure brisée. De gros tas de crottes de rat maculaient le sol.

L'odeur était nauséabonde et ils conclurent l'un comme l'autre que la source de la puanteur qui perçait sous tout le reste se trouvait quelque part à cet étage.

Un fauteuil roulant encombrait le couloir. Le rayon de soleil qui tombait de la fenêtre, coupant le plancher en deux, projetait son ombre sur le mur, telle une gigantesque silhouette d'araignée, révélant la poussière qui le recouvrait.

Ils s'arrêtèrent un instant, puis poursuivirent leur chemin vers la porte du fond. Oksman se mit en position de tir et Paloviita posa la main sur la poignée de la porte. Leurs regards se rivèrent l'un à l'autre. Paloviita abaissa la poignée et ouvrit brusquement la porte. Oksman se précipita par l'ouverture, stoppa, recula dans le couloir et vomit. Paloviita se couvrit le visage du coude. L'odeur de corps en décomposition était si puissante qu'ils avaient l'impression d'avoir reçu un coup de massue. Paloviita retint une nausée et entra dans la chambre qui avait de toute évidence été celle du père invalide de Pekka Stetson. Son cadavre, ou ce qu'il en restait, était allongé sur le dos sur le couvre-lit. Au-dessus, un climatiseur crachait de l'air glacé.

Il ne restait de Risto Stetson qu'un squelette dont le pyjama de flanelle avait été déchiré en lambeaux par les rats. Ils avaient sans doute aussi dévoré la plus grande partie de Risto.

« Mort depuis au moins un an », dit Oksman.

Paloviita approuva d'un signe de tête.

Ils sortirent de la chambre et il referma la porte, mais l'odeur ne faiblit pas. Il était certain qu'il n'oublierait jamais ce lit et ce corps. Il avait déjà en mémoire plusieurs autres scènes, dont un cadavre de femme dissous dans la soude dans une baignoire, le petit cercueil de sa sœur descendu dans sa fosse et le pasteur ensanglanté accroché au-dessus de l'autel de l'église. Les restes rongés par les rats de Risto Stetson dans son pyjama de flanelle rejoignaient sans mal cette cohorte. Un rat bien nourri passa entre les pieds d'Oksman. Il sursauta et donna un coup de pied à l'animal, qui couina puis poursuivit sa course comme si de rien n'était.

Ils redescendirent au rez-de-chaussée. Paloviita tenta d'estimer le temps qu'ils avaient passé dans la maison. Il n'en avait qu'une vague idée, mais les renforts auraient quand même déjà dû être là. Il était étrange, en fait, que l'on n'entende pas d'autre bruit que ce grondement sourd, qui ne parvenait qu'étouffé au premier étage. La porte d'entrée n'avait pas bougé.

Ne restait que la cave. Paloviita songea qu'il l'aurait volontiers laissée au groupe d'intervention de Niemi, mais si Veeti Aho y était toujours enfermé, vivant, ils n'avaient pas le temps de l'attendre. Oksman avait déjà saisi la poignée de la porte et constaté que celle-ci n'était pas fermée à clé. Elle était en revanche revêtue d'un léger blindage et donnait dans un escalier obscur menant au sous-sol. Oksman actionna l'interrupteur. Les marches étaient raides et se terminaient devant une porte en bois à la peinture blanche écaillée.

Oksman s'engagea dans l'escalier. Paloviita regarda la porte d'entrée et le rai de lumière vive qu'elle laissait passer, tel un mineur contemplant une dernière fois le soleil avant de descendre au fond. Puis il suivit son coéquipier. Sa gorge s'était un peu desserrée. Ils avaient examiné toute la maison et il n'y avait personne. Si ce n'avait pas été le cas, l'occupant des lieux aurait déjà tenté quelque chose.

L'escalier de la cave était en pierre et ils ne faisaient aucun bruit. Plus ils descendaient, plus le grondement s'amplifiait. Ils avaient l'impression de s'enfoncer dans la tanière d'une énorme bête sauvage. Oksman constata que la porte en bois gonflée par l'humidité était coincée. Le bruit venait de derrière. Il abaissa la poignée et donna un coup de hanche. Il dut y mettre plus de force et ce n'est qu'à la troisième poussée que la porte céda. Un air glacé les accueillit. Oksman alluma le plafonnier et ils restèrent un moment immobiles à contempler le spectacle.

Au milieu d'un grand espace vide trônait un gigantesque centre électronique vers le cœur duquel serpentaient telles des artères d'épais câbles sortant des murs. Il y avait là des dizaines de tours d'ordinateur. Le grondement provenait d'autant de ventilateurs ainsi que d'unités intérieures de climatiseur qui soufflaient de l'air froid pour refroidir les appareils. Dans un coin de la pièce se dressaient la table qu'ils connaissaient et, devant, une caméra vidéo sur un trépied. Paloviita remarqua tout de suite qu'il manquait le FN utilisé comme accessoire. La constatation n'avait rien de très rassurant. Il y avait encore quelque part une grenade et un pistolet – et l'Envoyé, Pekka Stetson.

Oksman fit le tour du centre névralgique bourdonnant. Il suivit du regard les épaisses liasses de câbles dont certaines plongeaient dans une armoire électrique mobile posée sur un socle et d'autres disparaissaient dans le mur.

« Ce bazar, là, et l'antenne, dehors, expliquent pourquoi la police n'a pas pu déterminer l'adresse IP de l'ordinateur », constata-t-il.

Trois grands écrans d'ordinateur, éteints, étaient posés côte à côte sur la table. Paloviita en alluma un. Ils attendirent quelques secondes, puis un message demandant le mot de passe s'afficha. Au même moment, le voyant rouge de la caméra de surveillance qui se trouvait dans un coin de la pièce clignota. Ils restèrent à la fixer, certains qu'en cet instant, quelqu'un l'utilisait pour les regarder.

« On va laisser ces machines aux équipes de Niemi et de Raunela », dit Oksman. Le sentiment désagréable qu'ils n'étaient finalement pas seuls dans la maison s'insinuait dans son esprit.

Paloviita acquiesça, tourna la tête et remarqua une porte fermée par un cadenas – la seule, jusque-là, qui ait été verrouillée. Il s'en approcha, y colla presque les lèvres et chuchota :

« Veeti, tu es là ? C'est la police. »

Oksman se raidit pour écouter.

« Qu'est-ce qu'il y a ? » demanda Paloviita.

Oksman pointa le doigt vers le haut.

« L'équipe de Niemi ? » suggéra Paloviita, et il tendit lui aussi l'oreille, mais à travers le bourdonnement des appareils et le grondement de la ventilation, on ne distinguait rien.

Il frappa légèrement à la porte et chuchota, cette fois plus fort : « Veeti, si tu es là, réponds, ou si tu ne peux pas parler, fais-nous un signe !

– Cet homme est là ? demanda une faible voix d'enfant.

– Non, attends, nous allons ouvrir la porte. Tu vas bien ?

– Oui, mais papa...

– Je sais. »

Paloviita sortit son crochet électrique de sa poche. Quelques secondes plus tard, le cadenas s'ouvrit. Au même instant, le garçon se rua vers l'escalier, si vite que Paloviita n'eut pas le temps de réagir, mais les réflexes d'Oksman étaient plus vifs. D'un bras d'acier, il attrapa et souleva le garçon, gigotant et donnant des coups de pied dans le vide.

« Chut ! ordonna Oksman. Tout va bien. Nous sommes de la police. Tu es en sécurité, maintenant. »

Quand Veeti Aho comprit que les deux hommes n'étaient pas des acolytes de l'Envoyé, il se calma, et Oksman le reposa par terre. « Allons-y ! »

Mais au lieu de prendre la direction de l'escalier, Paloviita entra dans la petite pièce. Oksman hésita un instant, mais le suivit, tenant toujours Veeti par la main. Dans la lumière pénétrant par la porte ouverte, ils examinèrent les lieux. Tout était recouvert d'une épaisse poussière et de crottes de rat et de souris. Aucun d'eux n'eut à dire tout haut ce qu'était cet endroit, l'évidence sautait aux yeux. Ils avaient vu tant de cellules dans leur vie qu'ils les reconnaissaient au premier regard : c'était là qu'on enfermait les méchants enfants pour qu'ils réfléchissent à leurs actes.

En plus du lit et du pot de chambre, la pièce ne contenait que deux livres traînant sur le sol. Paloviita en ramassa un. Un *Donald Poche* de 2007. Oksman fit un rapide calcul et conclut que Pekka Stetson avait alors dix ans. Il se demanda combien de nuits il avait passées dans cette pièce. Sans doute bien plus qu'il n'en avait lui-même passé dans le chenil avec le doberman fou de son père.

Paloviita fit le tour de la cellule et allait retourner dans la pièce principale quand il remarqua quelque chose au ras du plafond. Un petit conduit d'aération y débouchait, d'où pointait un peu de blanc. Il monta sur le lit, introduisit la main dans le conduit, où elle entrait tout juste, et en tira une feuille de papier glacé plusieurs fois pliée. Il la déplia et souffla le plus gros de la poussière. Il regarda un instant la photo et la tendit à Oksman. C'était une publicité pour des jeans, découpée dans un magazine, qui montrait un jeune homme musclé, torse nu dans un champ de blé. Oksman la lui rendit.

« Allons-y », dit-il, cette fois d'un ton plus ferme. Paloviita hocha la tête et le suivit avec Veeti dans l'escalier.

En arrivant au rez-de-chaussée, Oksman s'en aperçut le premier : la porte d'entrée blindée s'était refermée. Le voyant rouge de la serrure électrique brillait dans la pénombre. Ils se figèrent sur place. Le ronflement des machines montait de la cave, les unités intérieures des climatiseurs chuintaient, crachant de l'air glacé dans la cuisine et le séjour. Si quelqu'un avait pénétré dans la maison, il était impossible de l'entendre se déplacer. Paloviita songea avec effroi qu'en plus de l'Envoyé, il se promenait quelque part un pistolet et une grenade. Pas besoin d'être un policier d'élite pour deviner que ces trois-là se trouvaient au même endroit.

Dans cette maison.

Aucun d'eux n'osait bouger. Paloviita se saisit à nouveau de son arme. Oksman en fit autant et serra Veeti contre lui. Malgré le vrombissement ambiant, ils entendirent des voitures arriver en masse. Des pneus crissèrent, des portières claquèrent. Le portable de Paloviita sonna. Son bruit familier, inattendu au milieu du chaos de la maison, le fit sursauter si fort, tout comme Oksman, qu'il crut sentir son cœur s'arrêter. Il tira l'appareil de sa poche et répondit. C'était Niemi.

Paloviita écouta sans rien dire, le visage fermé, puis raccrocha. « Ils sont dehors. Ils savent que Pekka Stetson est à l'intérieur. »

Il fit un pas vers la porte et constata qu'elle n'avait pas de poignée à l'intérieur. Un point rouge brillait à la place, tel l'œil furieux d'un cyclope. De nouveaux véhicules de police s'arrêtèrent devant la maison. Des cris résonnaient de tous côtés dans le jardin.

Un cliquetis se fit entendre dans le séjour, puis le *Requiem* de Mozart éclata avec une puissance inouïe, noyant tous les autres bruits et arrachant un gémissement involontaire à Paloviita. La musique hurlait si fort qu'elle lui perçait les oreilles. Ses nerfs ne tarderaient pas à lâcher, il le savait. Il était sur le point de craquer.

Oksman et lui étaient conscients que l'on pouvait, comme ils l'avaient constaté, faire le tour de la maison depuis le séjour. Stetson pouvait surgir de n'importe où.

Avec une grenade à fragmentation.

Paloviita se força à bouger les pieds. Il avait l'impression qu'ils étaient coulés dans du béton. Il alla jeter un coup d'œil dans le séjour, puis un deuxième et encore un troisième, afin de vérifier qu'il n'y avait personne, à part le tourne-disque déversant le *Requiem* et le Jésus de cire qui gigotait sur le mur du fond.

Il recula lentement jusqu'à Oksman, qui se dirigea pour sa part vers la cuisine. La fente des panneaux de contreplaqué laissait filtrer un étroit rai de lumière et permettait de voir qu'il y avait vraiment beaucoup de monde dehors. À l'intérieur, les respirations exhalaient une vapeur blanche. Puis, aussi brusquement qu'elle avait retenti, la musique se tut. Malgré le bourdonnement de la climatisation et le grondement de la salle des ordinateurs de la cave, le silence, après le vacarme, semblait presque fantomatique.

Oksman et Paloviita fixaient l'embrasure obscure de la porte du séjour. On n'y voyait rien, mais tous deux sentaient que quelqu'un se tapissait dans le noir. Paloviita s'apprêtait à lever son arme, mais il suspendit son geste en saisissant toute l'horreur de la situation.

Ils attendirent. Les climatiseurs ronflaient. Paloviita serra les dents, il sentait une insupportable pression dans sa vessie.

Soudain, Oksman se mit à parler en direction de l'embrasure de la porte. Ses mots tombèrent dans l'obscurité.

« Ce n'est pas le bout de la route », commença-t-il.

Pas de réponse. Le monde semblait se réduire à un petit espace vide. Plus rien n'existait en dehors du couloir entre la cuisine et le séjour. Ni le temps, ni le cosmos, rien.

« Il y a toujours un chemin. Il n'est jamais trop tard. »

Toujours rien. Ils fixaient le rectangle noir, certains que quelqu'un se tenait dans l'obscurité et les regardaient – ou ils étaient devenus fous et ce n'était que leur imagination.

« La suite dépend de toi », poursuivit Oksman.

Silence. Pendant un instant, Paloviita fut certain qu'il n'y avait personne dans l'embrasure de la porte, qu'ils s'étaient trompés. Mais soudain, ils se trouvèrent face à un mince jeune homme. Ils avaient beau avoir eu le regard rivé sur le rectangle de la porte, ils eurent l'impression qu'il avait surgi de nulle part. Son visage restait dans l'ombre, on ne distinguait que l'éclat de ses yeux. Un pistolet pendait mollement dans sa main droite, tel un doudou, et il serrait un objet dans la gauche. Même sans le voir, dans la pénombre, Oksman et Paloviita étaient certains qu'il s'agissait de la grenade manquante.

« Tu as fouillé dans mes affaires, au sous-sol de l'église, et maintenant tu crois me connaître, mais en fait tu ne sais rien, dit Pekka.

– C'est là que tu te trompes. »

Paloviita resta immobile. Il osait à peine respirer. Il sentait qu'il se passait quelque chose dont il était totalement exclu. Il existait entre ces deux-là un lien étrange qu'il ne comprendrait jamais.

« *Pekka Stetson !* tonna un porte-voix, à l'extérieur. *La maison est cernée ! Sors les mains en l'air !*

– Ordonnez-leur de décamper ! »

Oksman donna un coup de coude dans les côtes de Paloviita, qui réagit et sortit son téléphone. Il ordonna aux policiers de reculer et de quitter le jardin. « Ils sont partis », annonça-t-il après avoir raccroché.

Ils entendirent des portières claquer et des moteurs démarrer.

« Vous avez dressé mon profil psychologique, n'est-ce pas ?

– Oui.

– Qu'est-ce qu'il dit ? Que je suis un psychopathe sexuellement perturbé et homophobe qui vient d'une famille violente ?

– Que tu es perdu. »

Pekka Stetson éclata d'un rire forcé, sans âme, sinistre et plein de rage contenue.

« Je suis au courant pour ton père, reprit Oksman. Celui dont les ossements reposent là-haut. Tu peux me croire, je sais et je comprends mieux que personne ce que ça a été. »

Le rire de Pekka s'interrompit net. Paloviita tenta de distinguer l'expression de son visage, mais il faisait trop sombre. Il ne parvenait à se concentrer que sur une chose – la grenade dans sa main fermée.

« Donne-nous cette grenade. Tu n'en as pas besoin. Ton père est mort. Tu n'as plus rien à prouver – ni à craindre », poursuivit Oksman.

Pekka resta muet.

Paloviita n'avait rien d'un négociateur de prise d'otage, mais le silence, dans une telle situation, n'était jamais bon signe. Si Oksman n'arrivait pas à le faire parler, cela ne pourrait signifier qu'une chose : leur fin à tous les quatre.

« Crois-moi, je sais ce que c'est. Je t'ai vu au Venus, et tu m'as vu. Tu m'as vu tel que je suis vraiment – et réciproquement.

– Silence ! Ferme-la ! Je ne suis pas comme toi !

– Pekka, pose cette grenade, tu m'entends ? Il n'est pas trop tard. C'était ton père qui te faisait du mal quand tu étais enfant ? Je suis vraiment désolé.

– Ta gueule ! » cria Stetson en avançant d'un pas. Ils voyaient maintenant son visage, ni furieux ni même en colère, plutôt triste et abattu. La commissure gauche de ses lèvres était agitée d'un léger tic. Paloviita leva son arme et le visa droit à la poitrine. Ils n'étaient qu'à quatre mètres l'un de l'autre. Il ne pouvait pas le rater.

Quelque part dans l'obscurité, une goupille de grenade tinta sur le sol. Le poing de Pekka Stetson resta serré sur la cuillère. Oksman et Paloviita comprirent à cet instant qu'aucun d'eux ne sortirait vivant de la maison. Cet étrange cabinet de curiosités bourdonnant et tapissé de crucifix serait leur tombeau. Il n'était plus question de tirer. Si le jeune homme lâchait la grenade, elle exploserait, mais Paloviita ne pouvait pas non plus baisser son arme. À mille fois sa vitesse habituelle, son cerveau fit le tour de la situation, passant en revue différentes possibilités de fuite et de survie, sans aboutir à autre chose que des impasses. Stetson était prêt à mourir et les emporterait avec lui. Quelque part du fond de son esprit, Paloviita réussit à faire surgir la photo qui se trouvait sur le coin de son bureau : Terhi, les filles et lui. Elle resta à flotter là, dernière vision avant le noir.

« Je sais ce que c'est que de cacher son moi le plus profond. De vivre dans le mensonge. On s'y perd soi-même.

– Ta gueule, pédé ! » cria Stetson. Des gouttes de salive jaillirent entre ses dents serrées. « Je ne suis pas comme toi ! Tu ne sais rien de moi ! »

Le téléphone de Paloviita sonna dans la poche de son pantalon, les faisant tous sursauter. Il l'éteignit en hâte. Oksman lâcha Veeti Aho et fit un pas prudent en direction de Stetson.

« Ça n'a pas besoin de se terminer comme ça. Ne fais pas ça.

– Pas un pas de plus ! » Le jeune homme brandit la grenade dans son poing fermé. Oksman s'immobilisa. Paloviita ferma les yeux, mais les rouvrit aussitôt, car l'onde de choc ne l'avait pas projeté contre le mur et aucun éclat de métal brûlant et coupant comme une lame de rasoir n'avait tranché sa chair et ses tendons. La main de Pekka s'était figée en l'air.

Le regard de Paloviita s'arrêta soudain sur la porte légèrement blindée de la cave, entre lui et eux. Ils en étaient sortis un instant plus tôt et l'avaient laissée entrouverte. À peine, mais il voyait clairement qu'elle n'était pas complètement fermée. Le pêne de la serrure touchait tout juste le montant de la porte. Le cerveau de Paloviita se remit en marche et calcula rapidement leurs chances. La porte était à environ un mètre cinquante. Oksman à quelques pas de plus. Les charnières se trouvaient du côté de Stetson. Il ignorait quel était le délai de détonation de la grenade, mais il devait être de plusieurs secondes. Si le jeune homme la laissait tomber, ils pouvaient avoir le temps de se ruer vers la porte, de l'ouvrir et de se jeter dans l'escalier. Cela ne servirait peut-être à rien, mais ils pouvaient en tout cas essayer. Ils n'avaient rien à perdre.

« Je suis homosexuel, dit Oksman. Je n'ai jamais demandé à l'être, mais c'est une part de moi. Je suis né comme ça. Personne ne choisit de l'être. »

Les yeux de Stetson remuaient nerveusement. Paloviita se prépara à empoigner son coéquipier pour le tirer vers la porte de la cave.

Le temps resta de nouveau suspendu. Les muscles du visage de Pekka tressaillaient et ondulaient au rythme d'une lutte intérieure. Et soudain, sans préavis, son poing s'ouvrit et la grenade tomba au sol, comme Paloviita s'y attendait. Il lui fallut cependant un moment pour comprendre que ce n'était finalement pas une grenade, mais une petite bible reliée de cuir. Comme dans un film au ralenti, il vit le jeune homme lever l'autre main et pointer son pistolet. C'est alors qu'une grenade vola, venue de nulle part. Comprenant presque inconsciemment que c'était Veeti Aho qui l'avait lancée, Paloviita réagit à la vitesse de l'éclair et lâcha son arme. Avant même que celle-ci ou la grenade ne touchent le sol, il se précipita, attrapa le garçon et tenta de saisir Oksman. Sa main se referma cependant sur le vide car les réflexes de son coéquipier étaient encore plus rapides que les siens. Alors que lui-même prenait à peine son élan, Oksman s'était rué sur Stetson, qui actionna son arme. Le coup de feu claqua comme un coup de tonnerre. La balle passa à quelques centimètres à peine de l'oreille d'Oksman et arracha des éclats de bois au montant de la porte de la cuisine.

La grenade heurta le sol en même temps que sa cuillère, rebondit légèrement et roula vers Oksman et Pekka. Paloviita saisit la poignée de la porte de la cave et l'ouvrit. Il eut le temps de voir Oksman tenter de donner un coup de pied à la grenade, mais elle tournoya hors de sa portée. Aussitôt après, son épaule osseuse heurta Stetson à la poitrine, l'envoyant valser dans les airs vers l'embrasure de la porte par laquelle il était apparu un instant plus tôt. Un deuxième coup de feu partit, mais cette fois la balle toucha le plafond dans un nuage de poussière. Paloviita, de son côté, avait tiré Veeti dans l'escalier obscur, où il trébucha et se cogna durement la hanche sur la marche du haut tout en tentant de protéger le garçon de ses bras et en criant le nom d'Oksman. Il ne savait pas combien de secondes s'étaient écoulées depuis que la cuillère avait été arrachée. Peut-être juste quelques-unes, peut-être beaucoup plus. Il était déjà sûr qu'Oksman était perdu quand une silhouette sombre surgit dans l'embrasure de la porte. Celle-ci claqua, l'obscurité se fit.

Tout explosa.

Un éclair blanc leur brûla la rétine, suivi d'un tonnerre qui leur déchira les tympans. La membrane de l'appareil auditif de Paloviita se fendit et se mit à grésiller. La porte de l'escalier, arrachée à ses gonds, disparut comme par magie tandis que des flammes s'engouffraient dans l'étroit escalier.

Paloviita tomba, se cogna l'épaule, le coude et la hanche sur les marches et sentit sur son visage le souffle brûlant du feu. Ses sourcils grillèrent, ses cils fondirent et se recroquevillèrent. Puis l'arrière de son crâne heurta un angle dur et il perdit connaissance. Son corps inerte s'écrasa sur le sol de béton au pied de l'escalier et y resta couché sur le dos. Dans le grondement des climatiseurs et des ordinateurs, les yeux fermés, il flotta pendant un instant, quelque part loin de cette maison des horreurs. Dans un endroit où sa petite sœur, Tiina, était en vie, adulte, et préparait le repas. Ses yeux en amande brillaient. Terhi sortit de la cuisine, portant dans ses bras Sara, qui venait de naître. Puis la conscience lui revint en même temps qu'une vive douleur qui s'installa derrière ses yeux.

Il ne reprit vraiment ses esprits qu'en se sentant vigoureusement secoué, par des mains qui lui semblèrent venues de nulle part. Il ne comprit d'abord pas où il était. Tout semblait lointain, comme s'il s'était réveillé dans son lit. Il ouvrit les yeux et vit la mine inquiète d'Oksman. Derrière ce dernier, tout brûlait. Des flammes teintées de suie grimpaient le long des murs de l'escalier, léchant la peinture au passage.

« On y va », dit-il, et il saisit Paloviita par le devant de son blouson.

Ce dernier n'eut pas le temps de répondre. Oksman le remit debout d'un geste et, d'un second, le jeta sur son épaule comme s'il n'avait été qu'un sac de plumes et non un adulte de quatre-vingt-cinq kilos. Veeti Aho se balançait sur son autre épaule. Ils montèrent l'escalier. L'air était saturé de fumée. Le bois brûlait autour d'eux, craquant et crépitant, et Paloviita ferma les yeux. Il s'agrippa aux vêtements d'Oksman comme un noyé à son sauveteur et sentit sous le tissu le mouvement de ses muscles puissants. Ils progressaient vite, et par moments un vent chaud lui balayait la figure, qu'une gerbe d'étincelles frôla. Une explosion retentit quelque part, et il ne put que resserrer sa prise sur Oksman. Ils parvinrent dans le vestibule. Tout brûlait. Des langues de feu dévoraient les murs, les plafonniers tombaient dans des pluies d'étincelles. La porte d'entrée blindée était toujours verrouillée. Oksman fonça vers le séjour. Paloviita eut le temps de voir par l'embrasure de la porte les quelques lambeaux qui restaient de Pekka Stetson. Les flammes montaient à l'assaut des centaines de crucifix, les allumant un par un telles des bougies. Une bouillie ralentie du *Requiem* se déversait encore des haut-parleurs, puis les éléments en plastique du tourne-disque finirent de fondre sous l'effet de la chaleur et la musique se tut. Le feu s'attaqua à la bible ouverte sur l'autel et au Jésus qui se débattait sur le mur du fond. Son visage de cire coulait, dévoilant un crâne en métal où brillaient deux lumières bleues. Des gouttes brûlantes tombèrent sur la moquette, accélérant l'incendie. Puis le Christ entier s'embrasa et brûla telle une torche, crépitant et se tortillant.

Oksman se rua vers la fenêtre recouverte de contreplaqué et y donna un coup de pied. Le panneau se fendit et s'enfonça. La vitre, derrière, vola en éclats. Un second coup de pied brisa le contreplaqué en deux. À l'extérieur, des policiers se précipitèrent pour agrandir la brèche.

Ils se retrouvèrent dehors. La lumière aveuglante du soleil, des couleurs irréelles. Les feuilles murmurant dans le vent du tremble du jardin et une armada de policiers courant en tous sens.

Des mains les saisirent. Des gens de tous côtés. Un ciel bleu pastel, quelques nuages. Des cris. Oksman posa Paloviita sur la pelouse.

« Les grenades ! cria-t-il. Éloignez-vous de la maison ! Tous ! »

Paloviita s'assit. De la fumée noire s'échappait au ras du toit et des flammes orange léchaient le pied de la cheminée, courant sous les tuiles faîtières.

« Les grenades ! » cria de nouveau Oksman, mais personne ne semblait l'écouter.

L'explosion déchira toute la façade de la maison. Des bouts de planche et des éclats de bois volèrent à la ronde tandis que les cinq dernières grenades explosaient en série. L'onde de choc jeta au sol les policiers les plus proches, les autres se couchèrent à plat ventre. Un vent brûlant balaya le jardin. L'incendie s'étouffa un instant, mais repartit de plus belle en retrouvant de l'oxygène.

« Éloignez-vous ! ordonna quelqu'un. Reculez ! »

Des mains saisirent à nouveau Paloviita pour le tirer vers la lisière des arbres, où il savait que se trouvait la tombe forestière.

Assis en silence côte à côte, Oksman et Paloviita regardaient brûler la maison. Le toit commença par ployer, puis s'effondra dans les flammes, soulevant des gerbes d'étincelles. Un hélicoptère décrivait de larges cercles au-dessus de la propriété et de la forêt. Veeti Aho était assis sur le siège avant d'un fourgon à la portière ouverte, une couverture sur les épaules, les jambes pendant dans le vide, étrangement calme. Une policière lui parlait.

Johan Niemi se tenait au milieu du chaos de voitures de police, l'air perdu, désemparé. Des policiers passaient en courant sans lui jeter un regard. Ses yeux erraient, inquiets, et il semblait ne savoir que faire de ses mains. Puis il vit Oksman et Paloviita assis à la lisière de la forêt et se dirigea vers eux.

« On m'a tout raconté. Beau travail. L'Envoyé, je veux dire Stetson, où est-il ? »

Oksman fit un signe de tête en direction des ruines.

Derrière eux, dans les bois, la police scientifique s'employait à déterrer le corps enseveli et à ratisser les alentours avec des chiens. Niemi paraissait hésiter sur la conduite à tenir : rester en retrait ou prendre la direction des opérations. Il finit par se contenter d'observer la scène de loin, car la police locale semblait maîtriser la situation. Paloviita et Oksman se regardèrent, puis reportèrent leur attention sur Niemi.

« C'est très… impressionnant », dit-il, puis il se tut et jeta un coup d'œil à Veeti Aho, toujours assis dans la voiture de police, puis à l'hélicoptère des médias, et fixa de nouveau les ruines fumantes. Paloviita en conclut qu'il ne trouvait rien d'autre à dire et en éprouva une satisfaction secrète. Il y avait des choses que l'on n'était pas obligé d'exprimer tout haut.

Le téléphone de Niemi sonna, le sortant d'embarras. Il décrocha et se mit à parler d'une voix forte en marchant de long en large dans le jardin, l'air affairé.

« Ne le dis à personne », murmura Oksman sans tourner les yeux vers Paloviita.

Ce dernier ne comprit d'abord pas de quoi il voulait parler, et son silence dura de ce fait trop longtemps. Puis il finit par additionner deux plus deux. « Bien sûr que non, ça ne me regarde pas, et il n'y a pas à en avoir honte – ni même à le cacher. » Ses yeux s'écarquillèrent soudain. « Tu ne veux pas dire que… c'était toi… la femme en rouge… avec Ramberg… » Sa stupéfaction se transforma en un sourire complice.

« Jari…

– Je te le promets. Je te le promets vraiment, Henrik.

– L'automne dernier… ce couteau. C'est toi qui l'as pris ? »

Le sourire de Paloviita s'effaça. Il lui fallut un long moment avant de répondre : « Peut-être.

– On est quittes, alors ? »

Sans le regarder, Paloviita hocha la tête. Puis ils restèrent à contempler en silence le spectacle hypnotique de l'incendie. Les poutres noircies s'écroulaient les unes après les autres dans les entrailles de la maison, alimentant le brasier. Des policiers sillonnaient le jardin au pas de course et, encore loin, on entendait le hurlement ininterrompu de sirènes de pompiers.

« Il y a quand même un truc qui m'échappe, dit Paloviita en se tournant vers Oksman.

– Quoi ?

– Comment as-tu su que ces tintements, dans la vidéo, c'était du morse ?

– Quand j'étais petit, j'avais le *Manuel des Castors Juniors*. »

Paloviita éclata de rire. Il s'essuya les yeux. « Henrik, tu es sans conteste l'homme le plus extraordinaire que je connaisse. »

Lorsqu'ils passèrent devant l'ambulance où Veeti Aho avait été installé pour un examen médical, le regard de ce dernier croisa celui d'Oksman. Un sourire fugitif passa sur leurs lèvres.

48

Le soir tombait. Le soleil descendit derrière les arbres, rougeoya et embrasa la bordure des nuages. Puis la lumière faiblit, lentement, comme si l'on avait éteint la flamme d'une lampe à pétrole. Oksman était assis dans les hautes herbes. La chaleur du soleil avait tourné autour de lui, lui brûlant d'abord le visage, puis la nuque et enfin la joue gauche. L'air fraîchit et les taons firent place aux moustiques.

Quand la dernière lueur s'éteignit à l'horizon et que les lampadaires s'allumèrent, il se leva, étira son corps engourdi et se frotta la nuque, couverte de piqûres d'insectes. Il glissa dans sa poche le carnet dans lequel il avait noté toutes les allées et venues des alentours et rangea ses mini-jumelles dans leur étui. Il resta longtemps debout à l'abri des arbres, totalement immobile, et ne quitta leur ombre que quand il fut absolument sûr qu'il n'y avait plus personne à l'intérieur du bâtiment industriel. Il se mit en mouvement, d'un pas souple et silencieux, comme si ses pieds ne touchaient pas l'herbe humide de rosée. Pendant un instant, sa longue ombre coupa la pelouse en deux, mais un instant plus tard elle s'était fondue dans les gouffres noirs que celles des constructions creusaient entre les lampadaires.

Il fit le tour du bâtiment. Il savait que la zone était couverte par deux caméras de chasse, mais il les avait décrochées dans la journée. Il n'eut aucun mal à forcer le cadenas de la porte de derrière avec deux clés serre-tubes. Le métal cliqueta et la porte s'ouvrit. Il s'arrêta dans l'embrasure et tendit l'oreille. La nuit soupirait doucement. Il fallut un moment à ses yeux pour s'habituer à l'obscurité et distinguer le bar, l'immense drapeau à croix gammée accroché au mur et la rangée de boîtes de Zyklon B vides sur la plus haute des étagères à alcools.

Il posa son jerrican par terre, dévissa le bouchon et le jeta dans un coin. Il alluma sa torche électrique, fit le tour du bâtiment pour s'assurer qu'il n'y avait vraiment personne et aspergea tout le local d'essence. Il en versa sur les murs, les rideaux, les meubles, le sol et les tapis. Les vapeurs âcres lui piquaient les yeux et lui emplissaient la bouche. Il recula jusqu'à la porte, balança le jerrican vide à l'intérieur et sortit une boîte d'allumettes de sa poche. Il en gratta une et la jeta par la porte. Le feu prit avant même qu'elle ne touche le sol. Un vent brûlant accompagné de flammes souffla vers l'extérieur. Oksman recula de deux pas, des langues de feu acérées lui léchèrent le visage. Puis elles se rétractèrent, s'emparèrent du plancher et des tapis et grimpèrent le long des murs. Une épaisse fumée s'échappa par la porte, les fenêtres et les interstices du rebord du toit.

Il retourna à l'abri des arbres, traversa les hautes herbes dans lesquelles il était resté assis pendant six longues heures et demie, et se retourna pour jeter un dernier coup d'œil au siège de White Order. Les vitres éclataient, des flammes perçaient sous les gouttières. Les soupirs du feu et les détonations des murs de tôle bosselés par la chaleur parvenaient jusqu'à ses oreilles.

À l'intérieur, les flammes ronflaient comme dans un four à gaz et dépouillaient les murs de leurs drapeaux à croix gammée et autres emblèmes nazis. Le feu se saisit du portrait peint à l'huile d'Adolf Hitler, d'où des gouttes brûlantes tombèrent sur le sol, puis perça soudain la toile et la déchira en deux. Le contenu des bouteilles d'alcool se mit à bouillir, les faisant exploser comme si on avait tiré dessus à la carabine. Pour finir, les étagères s'écroulèrent et les vieilles boîtes de Zyklon B roulèrent dans le brasier.

Le hurlement sauvage de sirènes de pompiers résonna derrière les arbres, les voisins couraient dans la rue en direction de l'incendie. Oksman partit au petit trot le long d'un fossé, coupa par des cours obscures encombrées de ferraille, enjamba des troncs d'arbres tombés, pénétra dans la forêt et franchit un pont de bois affaissé pour arriver à un chemin de terre battue. Les sirènes approchaient maintenant de deux côtés, leur écho ricochait entre les arbres. Derrière leurs cimes noires, le ciel était teinté d'orange. Quand Oksman parvint à une voie asphaltée, il ralentit et alla reprendre sa voiture, garée en lisière d'un petit parc arboré.

Sur la route de Mäntyluoto, il croisa une caravane de camions de pompiers.

Épilogue

Paloviita ouvrit la porte, ôta dans le sas d'entrée ses vêtements imprégnés d'odeur de fumée et les porta sur la terrasse à l'arrière de la maison pour qu'ils s'aèrent. Il faisait chaud. Il resta longtemps là, à regarder l'étang où nageait un couple de cygnes, suivi de deux jeunes au plumage gris. Puis il rentra. La télévision était allumée. Au bas de l'écran, un bandeau annonçait *Édition spéciale*. Des pompiers éteignaient les restes de la maison de Pekka Stetson et déblayaient les décombres. Un hélicoptère des médias tournait bas dans le ciel au-dessus de la propriété. Le jardin était plein de véhicules de secours. L'énorme antenne se dressait toujours debout, carbonisée, évoquant un râteau planté en terre par un géant. Un journaliste interviewait Johan Niemi, qui avait eu le temps de se préparer pour l'émission. Il expliqua comment la police locale avait réussi à sauver in extremis Veeti Aho de la maison en flammes, qui avait explosé juste après. L'Envoyé avait été identifié comme étant Pekka Stetson, et avait été tué lors de l'opération de police. On avait trouvé son corps dans les ruines, ainsi que celui d'un autre homme, sans doute son père. On avait aussi découvert dans la forêt voisine un cadavre dont la police n'avait pas encore vérifié l'identité.

En voyant les regards de Terhi et des filles quand il pénétra dans le séjour, Paloviita comprit qu'il avait quelque chose sur la figure. Il se regarda dans le miroir et constata qu'elle était couverte de crasse et de suie. Ses cils et ses sourcils avaient grillé. Il se lava le visage et les mains dans la salle de bains et fila dans la cuisine. Sur la desserte, une pile de crêpes refroidies attendait. Il attrapa une assiette et un verre dans le placard et s'en réchauffa une au micro-ondes.

Terhi le rejoignit et dressa le couvert pour le reste de la famille. Ils passèrent à table et prirent tous ensemble leur repas, en silence. Paloviita et sa femme se regardaient, souriant tous les deux.

La bruine qui tombait depuis le matin se transforma peu à peu en pluie au fil de la journée. Dans l'après-midi, le vent se leva et, vers quinze heures, les rafales étaient déjà si fortes qu'elles ployaient la cime malmenée des arbres. Dans le sas d'entrée de l'hôpital central, Oksman secoua son blouson, se sécha le visage avec un mouchoir en papier et rectifia la raie de ses cheveux mouillés. Il vérifia sa tenue dans le miroir du couloir, redressa une dernière fois le col de sa chemise et se dirigea vers l'escalier. Il serrait sous son bras une boîte de chocolats qu'il avait achetée en chemin et protégée de la pluie sous son blouson.

Il avait peur des hôpitaux.

On y emmenait les gens pour qu'ils y meurent, et les lieux grouillaient de virus, de bactéries et de maladies.

Il suivit les lettres, les chiffres et les flèches peintes au sol jusqu'au deuxième étage, avisa le flacon de désinfectant accroché au mur, s'en aspergea les mains et se les frotta vigoureusement. La chambre de sa mère se trouvait à mi-chemin du couloir. Il s'arrêta devant la porte et resta un moment à écouter. Il inspira profondément, serra la boîte de chocolats sous son bras, abaissa la poignée et entra.

« Bonjour maman, je t'ai apporté des chocolats… » Les mots se coincèrent dans sa gorge, sa phrase resta en suspens. Son regard croisa celui de son père, qui l'observait depuis l'autre côté du lit d'hôpital. Oksman tourna les yeux vers sa mère, à demi assise, appuyée à ses oreillers. Il resta un moment sur le seuil, puis entra et referma la porte derrière lui. Il sortit la boîte de chocolats de sous son bras.

Sa mère le regarda. Elle avait le côté gauche du visage enflé, un coquard qui avait commencé à virer au noir et, au coin de la bouche, une écorchure recouverte d'une croûte.

« Je me disais que des chocolats pourraient te faire plaisir. Comment ça va ? »

Son père replia le *Satakunnan Kansa* qu'il était en train de lire, le posa sur la table et se leva. « Ta mère va bien. »

Sans le regarder, Oksman se concentra sur les yeux de sa mère. Elle secoua presque imperceptiblement la tête. Ses pupilles brillaient et elle cligna une fois des paupières : *non*.

Son père portait un jean et une chemise de flanelle rouge foncé. Il avait beau s'être tassé avec l'âge, il était toujours aussi grand que lui. Sa chemise le serrait aux épaules et à la poitrine, les veines de son cou étaient gonflées. Il examina son fils de la tête aux pieds, évitant son regard. Un sourire s'élargit sur son visage.

« Nous parlions justement de toi », dit-il.

Oksman ne répondit pas. Il rassembla toutes ses forces pour affronter sans flancher le regard de son père.

« Il y a un article dans le journal, poursuivit celui-ci. Nous sommes fiers de toi. Beau résultat, l'explosion de ce pédé. Tu sais ce que je pense des policiers, tous de la merde, mais pour une fois, tu as agi en homme. »

Oksman resta muet. Son poing droit se serra. Sa mère le vit et secoua la tête, cette fois plus nettement. Son mari tourna les yeux vers elle. Sa mine s'assombrit encore et ses narines se dilatèrent. Elle tenta de sourire, mais ne parvint à esquisser qu'une vague grimace.

Il tendit la main, et Oksman lui donna la boîte de chocolats. Il la posa au bout du lit.

« Tu sais bien que le sucre est mauvais pour ta mère. Putain, ce que tu peux être crétin ! Apporter du chocolat à l'hôpital !

– Comment ça va ? » demanda de nouveau Oksman à sa mère. Il s'aperçut que sa voix tremblait, mais ne réussit pas à l'en empêcher. Son père sentit sa peur, tel un chien de chasse, et son sourire s'élargit.

« Je t'ai dit que tout allait bien. Et d'ailleurs qu'est-ce que tu fais là à cette heure ? Les visites ne sont autorisées qu'à partir de dix-huit heures.

– Ils t'ont examiné l'estomac ?

– L'estomac ! s'écria son père. Pourquoi est-ce qu'ils feraient ça ? Tu es complètement idiot ? C'est la figure que cette espèce d'éléphant de combat s'est cogné, même pas capable de descendre un escalier.

– Tes douleurs à l'estomac ? Tu en as toujours ? » insista Oksman.

Sa mère réussit à sourire. « Tout a été contrôlé, dit-elle. Mon estomac va très bien. »

Un long silence. Un sourire flottait sur les lèvres du père, ses yeux brillaient.

« Les portes du paradis sont fermées aux pédés, asséna-t-il. C'est écrit dans la Bible. »

Oksman et lui se mesurèrent du regard. « Tu l'as frappée. »

Le sourire de son père ne vacilla pas une seconde, et il continua de vriller son fils des yeux. « Qu'est-ce que c'est que ce délire ?

– Je vais te dénoncer à la police », lâcha Oksman. Les mots avaient jailli de ses lèvres sans même qu'il s'en rende compte, et il les entendit résonner comme un écho à ses oreilles.

Son père éclata de rire. « À la police ? Sale petit pédé ! Tu me dénoncerais. Ton propre père. Tu sais ce qui se passerait. On trébuche dans les escaliers tous les jours, heureusement que *cette fois*, ce n'était pas plus grave. »

Oksman fixa son père, tentant de le dominer, mais se heurta à son regard, qui le transperça tel un faisceau de rayons gamma.

« Je… il faut que ça cesse », balbutia-t-il.

Soudain son père le saisit par le devant de sa chemise, d'un geste si rapide qu'il n'eut pas le temps de réagir. Une couture du tissu craqua. Oksman voulut riposter, mais toutes ses forces l'abandonnèrent. Il était comme paralysé. Son père le plaqua contre le mur et colla presque son visage au sien.

« Tu sais ce qui se passe… de quoi je suis capable, haleta-t-il. Je vais te jeter aux chiens.

– Je… »

Son père lui saisit les joues d'une main et serra. « Tu vas fiche le camp et nous laisser tranquilles, ta mère et moi. Compris ? »

Oksman hocha la tête, accompagné dans son mouvement par la poigne de son père.

« Bien », approuva ce dernier.

Puis il ouvrit la porte, le poussa dans le couloir et l'y suivit pour vérifier que la scène n'avait pas de témoins. Oksman lissa sa chemise et fit jouer sa mâchoire. Pendant un instant, ils se fixèrent en silence, puis son père rentra dans la chambre et referma la porte derrière lui. Oksman suivit en chancelant la flèche jaune menant à la sortie. Son menton tremblait, ses canaux lacrymaux débordaient, ses poings s'ouvraient et se fermaient. Il se sécha les joues dans sa manche. Gardant son blouson sur le bras, il laissa la pluie le fouetter.

En amples touches, il applique du fond de teint sur son visage, le poudre et souligne ses yeux de khôl. Il porte une robe rouge moulante. Son large dos est nu, ses omoplates osseuses pointent sous les bretelles spaghettis.

Il vérifie une dernière fois sa tenue dans le miroir. Sa robe lui descend aux chevilles, mais sa longue fente dévoile un grand pan de peau claire. Il sourit à son reflet, s'envoie un baiser volant et ferme derrière lui la porte de son appartement. Il sent les regards réprobateurs, derrière les œilletons des voisins, mais n'en a cure. Pour aujourd'hui.

Il marche le dos droit, d'un pas léger. Les talons de ses escarpins claquent sur les marches.

Dehors, l'air est pur et tiède. Le vent lui caresse les cheveux, les rejette en arrière et dans ses yeux. Un taxi descend la rue. Son sac à main sur l'épaule, il traverse le parking. La porte du taxi s'ouvre et un homme en chemise blanche et costume trois-pièces gris en sort, sourit, l'embrasse sur la joue et l'aide à s'installer sur la banquette arrière. Le taxi se glisse dans le flot de la circulation et, au bout de la rue, tourne vers les publicités lumineuses du centre-ville.

Restons en contact

La newsletter des Éditions de La Martinière,
un rendez-vous mensuel incontournable !
Chaque mois, recevez une lettre d'information inédite par e-mail,
avec toujours plus d'idées lecture, des activités culturelles,
des jeux-concours, des contenus exclusifs. Ne manquez rien
de toutes nos actualités.
Je m'inscris :

La collection Onyx

La collection Onyx est née sur une veine de la littérature que certains disent noire – mais que nous préférons appeler « littérature » tout court. Les romans qu'elle abrite racontent cette possibilité que nous avons tous de basculer dans le mal sans lâcher la main de notre humanité. L'onyx, pierre précieuse translucide ou bien opaque, striée de blanc ou d'un noir profond comme la nuit, est le reflet de nos âmes, quand celles-ci se confrontent à l'appel du gouffre, au vertige de notre condition – l'homme face à lui-même.
Miroir de la collection Rubis, créée aux Éditions de La Martinière en 2017, la collection Onyx explore les déchirures et la complexité de la psyché de l'homme.

À retrouver dans la collection Onyx

Le Serment, Arttu Tuominen

Ils sont trois : un cadavre lardé de coups de couteau, un suspect errant les mains ensanglantées à l'orée d'un bois et l'inspecteur chargé de l'enquête. Trois hommes qui se connaissaient ; trois hommes qui ne s'étaient pas revus depuis vingt-sept ans.

Dans les prairies sauvages de Finlande ressurgissent les souvenirs d'une enfance féroce, les traumatismes du passé. Entre les courses à vélo et les vengeances de sortie d'école, un pacte de sang a été scellé. Un serment qui se rappellera à eux, trois décennies plus tard.

À la façon d'un Ron Rash ou d'un Dennis Lehane plongés dans une Finlande rugueuse, Arttu Tuominen offre un roman noir puissant, hanté par les conflits entre morale et poids du secret.

Arttu Tuominen est ingénieur environnemental et écrivain. *Le Serment* a reçu le Grand Prix finlandais du meilleur roman policier 2020 et été finaliste du très prestigieux Prix Clé de verre 2021 du meilleur roman policier scandinave.

La Fosse aux âmes, **Christophe Molmy**

Un attentat dans un cinéma : la vie de Fabrice explose. Sa compagne est tuée par les terroristes, lui en réchappe. Le sens de sa vie gît quelque part, criblé de balles. C'est sur cette crête, entre folie et possible résilience, que Fabrice avance désormais. L'amour d'une autre femme, comme une pulsion de vie, suffit un temps à calmer le trauma. Mais quand cette dernière disparaît à son tour, Fabrice est accusé et le mal en lui se réveille. Tout bascule. Il est un fugitif, un survivant – quoi qu'il en coûte. Un roman humaniste sur la part d'ombre et de lumière qui existe en chacun de nous.

Christophe Molmy est policier et écrivain. Chef de la BRI de Paris (Brigade antigang) pendant la période des attentats de 2015, il dirige aujourd'hui la Brigade de protection des mineurs. Il est l'auteur de trois romans policiers, profondément humains, salués par de nombreuses sélections de prix et critiques.

La
Martinière
littérature s'engage à
imprimer ses livres en France
pour réduire la production de CO_2 ;
à imprimer sur du papier PEFC
qui garantit une gestion durable
des forêts ; à ne faire appel qu'à des
imprimeurs appliquant la charte Imprim'vert.
La certification Imprim'vert impose la collecte
et l'élimination des déchets en conformité
avec la réglementation, un suivi régulier
des consommations d'énergie et
interdit
l'utilisa-
tion de
produits
toxiques.

UN LIVRE A LE MÊME PRIX PARTOUT

En France, un livre a le même prix partout. C'est le « prix unique du livre » instauré par la loi de 1981 pour protéger le livre et la lecture.
L'éditeur fixe librement ce prix et l'imprime sur le livre. Tous les commerçants sont obligés de le respecter.
Que vous achetiez votre livre en librairie, dans une grande surface ou en ligne, vous le payez donc au même prix.
Avec une carte de fidélité, vous pouvez bénéficier d'une réduction allant jusqu'à 5 % applicable uniquement en magasin (les commandes en ligne expédiées à domicile en sont exclues). Si vous payez moins cher, c'est que le livre est d'occasion.

RÉALISATION : NORD COMPO À VILLENEUVE-D'ASCQ
ACHEVÉ D'IMPRIMER SUR ROTO-PAGE
PAR L'IMPRIMERIE FLOCH À MAYENNE
DÉPÔT LÉGAL : SEPTEMBRE 2023. N° 147252 (102997)
IMPRIMÉ EN FRANCE